HEYNE

Das Buch

Von ihrer herrischen Großmutter nur geduldet, führt die junge Lea ein freudloses Leben auf der Insel Wangerooge. Sie sehnt sich nach ihrer Zwillingsschwester Rebekka, die vor zwei Jahren nach Amerika ausgewandert ist und von der sie seitdem nie wieder gehört hat. Einzig ihre schwärmerische Liebe zu ihrem Jugendfreund Immo belebt ihren Alltag. Als ihre Großmutter stirbt, erfährt Lea, dass diese monatelang Rebekkas Briefe unterschlagen hat. Lea beschließt, ihre Schwester in Amerika aufzuspüren. Mit einer Fahrkarte, die Rebekka ihr zugeschickt hatte, begibt sie sich auf die Reise nach New Orleans, von dort aus den Mississippi hinauf bis nach St. Louis und schließlich in das Präriestädtchen Quincy. Dort wird sie nicht gerade mit offenen Armen empfangen und muss feststellen, dass das Leben in der Fremde nicht einfach ist. Doch Lea gibt nicht auf. Sie gewöhnt sich an das harte Leben der Siedler, fügt sich in die Dorfgemeinschaft ein und wird zu einer selbstbewussten und unabhängigen Frau.

Die Autorin

Jutta Oltmanns, geboren 1964, schreibt neben ihrer Tätigkeit bei der Wasser- und Schifffahrtsdirektion Nordwest historische Romane. Ostfriesland und die Küste sind zugleich Inspiration und Schauplatz ihrer Bücher. Sie lebt mit ihren zwei Söhnen in Warsingsfehn, wo sie an ihrem nächsten großen Roman arbeitet.

Lieferbare Titel

Das Geheimnis der Inselrose

Jutta Oltmanns

Tochter der Insel

Historischer Roman

WILHELM HEYNE VERLAG
MÜNCHEN

Verlagsgruppe Random House FSC-DEU-0100
Das für dieses Buch verwendete FSC®-zertifizierte Papier
Holmen Book Cream liefert Holmen Paper, Hallstavik Schweden.

Originalausgabe 12/2011
Copyright © 2011 by Jutta Oltmanns
Copyright © 2011 by Wilhelm Heyne Verlag, München
in der Verlagsgruppe Random House GmbH
Printed in Germany 2011
Umschlagillustration und Umschlaggestaltung:
Nele Schütz Design, München
Satz: Greiner & Reichel, Köln
Druck und Bindung: GGP Media GmbH, Pößneck
ISBN 978-3-453-47108-5

www.heyne.de

»Ich bin Gast von gekrönten Häuptern und Feuermann auf einem Mississippi-Dampfer wie Tagelöhner gewesen, aber ich war stets frei und unabhängig wie der Vogel in der Luft ...«

Friedrich Gerstäcker

All denen gewidmet, die auszogen, um Grenzen zu überwinden und Neues zu wagen.

Prolog

Wangerooge, im Juli 1852

Wenn er nun nicht kommt?« Rebekka biss sich auf die Lippen.

»Aber du warst dir gestern doch noch so sicher.« Lea griff nach der Hand ihrer Zwillingsschwester und drückte sie beruhigend. »Sei nicht so ungeduldig.«

Sie blickte zu dem alten Lederkoffer, in dem sich jetzt alles Hab und Gut ihrer Schwester befand. Rebekka hatte so viel wie möglich hineingestopft. Wer wusste schon, was sie in der Wildnis Amerikas alles brauchen würde. In ein Tuch eingeschlagen befanden sich Käse und Speck, ein Laib Brot und eine Flasche mit kaltem Tee. An einem Band um den Hals trug sie einen Beutel mit Geld.

Lea hatte ihrer Schwester geholfen, sich heimlich davonzustehlen, und nun musste sie sich von ihr verabschieden. Rebekka schaute mit angespanntem Gesichtsausdruck über die Dünen zum Strand.

Lea blickte zum Himmel und sah eine Möwe, die sich mit raschen Flügelschlägen Richtung Meer entfernte. Es gab ihr einen Stich, als sie den Vogel nicht mehr ausmachen konnte. Die Möwe war fort. Und das würde auch Rebekka bald sein. Sie vermisste die Schwester jetzt schon. Hoffentlich tat Rebekka das Richtige! Wie begeistert sie von dem Fremden gesprochen hatte. Aber was konnte sie schon über diesen Mann wissen, von dem nun ihr Schicksal abhing? War er wirklich der, für den Rebekka ihn hielt? Oder war dieser Sprung in die Freiheit, das Vertrauen in einen Fremden der größte Fehler ihres Lebens? Lea seufzte. Es war nicht ihre Entscheidung.

Ein lauter Ton durchschnitt die Stille.

Nervös knetete Rebekka ihre Hände. »Mein Gott, das Signalhorn gellt schon. Das Schiff wird bald fahren. Wo er nur bleibt?«

Mit zitternden Fingern schob sie sich eine dunkle Haarsträhne aus der Stirn, doch der starke Wind griff erneut nach ihren Locken. Ihr herzförmiges Gesicht war bleich und bot einen starken Kontrast zu dem tiefschwarzen Haar. Die 17-jährigen Mädchen glichen einander wie ein Ei dem anderen. Als Kinder hatten sie Haarschleifen in unterschiedlichen Farben tragen müssen, damit man sie auseinanderhalten konnte. Doch wer sie näher kannte, der begriff schnell, dass sie so verschieden waren wie Feuer und Wasser. Lea ruhig und zurückhaltend, wohlüberlegt und bedächtig. Rebekka dagegen temperamentvoll, impulsiv und wagemutig.

Lea griff nach den Händen der Schwester. »Du solltest jetzt zum Strand gehen. Nicht, dass Großmutter dich noch im letzten Moment aufhält. Dein Liebster wird schon kommen.« In ihrem Lächeln lag ein Anflug von Trauer.

»Du kannst dir nicht vorstellen, wie sehr ich mich auf die Reise freue! Gestern noch hat einer der Seeleute erzählt, dass es abends bei Musik und Wein immer gesellig zugeht. Diesmal wird keiner Großmutter zutragen, mit wem ich wie oft tanze.«

Lea strich ihr über den Arm. »Genieße deine neuen Freiheiten.«

»Das werde ich. Ach Lea, du wirst mir so sehr fehlen. Wir waren noch niemals voneinander getrennt.«

»Ich weiß gar nicht, wie ich es aushalten soll ohne dich. Großmutter wird außer sich sein. Sie wird …« Lea verstummte. Rebekka sollte sich keine Vorwürfe machen müssen. Mochte die alte Frau auch noch so toben.

»Liebes, ich werde hart arbeiten und dir bald Geld für eine Fahrkarte schicken. Ich kann den Gedanken kaum ertragen, dass du hier zurückbleiben und dich weiterhin von Großmutter schikanieren lassen musst.«

»Ich werde es schon aushalten. Mir hilft der Gedanke, dass sie es im Grunde ja nur gut mit uns meint. Auf ihre Weise versucht sie, uns zu rechtschaffenen Menschen zu erziehen.«

»Auf diese Erziehung kann ich gut und gern verzichten.« Rebekkas Augen begannen zu leuchten. »Nicht lange, und du wirst mir nach Amerika folgen können. Es ist das Land der Freiheit, das Paradies auf Erden, in dem es weder Armut noch Unterdrückung gibt. Ich will nicht länger der Sündenbock einer verbitterten alten Frau sein. Keiner soll mich jemals wieder schlagen oder beleidigen. Niemand wird dort über meine dunkle Haut die Nase rümpfen.«

»Du musst jetzt wirklich gehen.« Lea schloss die Schwester ein letztes Mal in die Arme. Dann griff sie in die Tasche ihres Kleides, holte einen seidenen Beutel hervor und ließ ihn in die Hand ihrer Schwester gleiten.

»Mein Abschiedsgeschenk.«

Rebekka starrte ungläubig auf das Säckchen, in dem sich, wie sie beide wussten, eine Goldkette befand. Lea hatte sie vor langer Zeit nach einer Sturmnacht am Strand entdeckt.

»Aber du kannst doch nicht …«

»Nimm den Schmuck nur. Vielleicht wird er dir eines Tages nützlich sein.« Lea spürte die Glieder der schweren Kette durch die dünne Seide.

Rebekka umarmte sie. »Ich werde dir jede Woche schreiben und Zeichnungen schicken. Du wirst dir alles ganz genau vorstellen können. Ich werde dir die Menschen dort beschreiben, und wenn du dann kommst, wird dir nichts mehr fremd sein. Wie freue ich mich heute schon darauf. Ach, wenn du doch nur mitkommen könntest!«

Lea strich der Schwester sanft über den Arm. »Geh du nur voran und ebne mir den Weg. Hast du das nicht immer getan, deinen Kopf für uns beide riskiert? Meine wunderbare mutige Schwester.« Sie zwang sich zu einem Lächeln, umschloss Rebekkas Gesicht mit beiden Händen und hauchte einen Kuss auf ihre Stirn. »Nun ist aber Schluss mit Abschiedsschmerz! Geh und finde dein Glück. Wie beneide ich dich um das große Abenteuer und den Mann deiner Träume.«

Lea sah ihrer Schwester nach, die, ohne sich noch einmal umzudrehen, den Weg zum Strand einschlug. Kurz durchzuckte sie der Gedanke, dass sie Rebekka vielleicht niemals wiedersehen würde. Dann aber straffte sie die Schultern. Was für ein Unsinn! Hatte Rebekka nicht immer alles erreicht, was sie wollte? Und es sollte sie nicht wundern, wenn es ihr tatsächlich gelingen würde, einen Weg zu finden, damit sie bald wieder zusammen sein konnten.

Doch zunächst einmal musste der *Mann ihrer Träume*, wie Rebekka ihn genannt hatte, kommen. Unbeschwert und fröhlich, so hatte die Schwester den Fremden beschrieben. Nach außen mochte er das sein, doch wie war dieser Mann wirklich, der Rebekka mit sich nehmen wollte? Was, wenn all seine Weisheiten über das Land der unbegrenzten Möglichkeiten nicht der Wahrheit entsprachen?

Leas Gedanken drehten sich im Kreis und blieben schließlich wieder bei der alles entscheidenden Frage stehen: Was, wenn er nicht kam?

Weit unten konnte sie Rebekkas Gestalt ausmachen. Es war menschenleer am Wasser, die Badegäste standen beim Pavillon, um die Abfahrt des Dampfers, der *Telegraph,* zu beobachten. Rebekka hatte ein Treffen in der Nähe des Landeplatzes vorgeschlagen. Und nun stand sie wie verloren am Meeressaum und blickte den Pfad hinauf, von dem ihr Liebster kommen musste.

Mit dem gleichen Bangen saß Lea in ihrem Dünenversteck und wartete. Die Sonne brach für einen Augenblick durch die Wolken und legte einen goldenen Schleier auf das Wasser. Doch Lea nahm die Schönheit der Insel, das Zusammenspiel von Wellen, weißem Sand und goldenem Meer, nicht wahr. Ihre Hände krallten sich in ihr besticktes Taschentuch. Sie fühlte die Pein der Schwester, als ob es ihre eigene wäre. Spürte mit jedem Herzschlag die Hoffnung ein bisschen mehr schwinden. Der Fremde, der den Namen Arne trug, würde nicht kommen!

Doch gerade als Lea alle Hoffnung fahren lassen wollte, hörte sie ein Pfeifen und sah in unmittelbarer Nähe eine Gestalt. Endlich! Vom schmalen Weg lief jemand mit großen Schritten auf den Strand zu.

»Er ist es wahrhaftig!«, murmelte Lea.

Sie sah zu Rebekka, die einen Arm hob und winkte. Ein Strahlen lag auf ihrem Gesicht.

Der Mann mit dem Gang eines Seefahrers hatte helles, lockiges Haar und ein fröhliches Lächeln um den Mund. Der Fremde strahlte eine gewisse Leichtigkeit aus. Sein gutes Aussehen täuschte über das verwaschene Hemd und die schäbige Hose hinweg. Dieser Mann sah nicht so aus, als habe er viel mitzunehmen in die Neue Welt. Und wie Lea wusste, konnte er Rebekka außer der Fahrkarte von Bremerhaven nach Amerika, die er einem armen Süddeutschen beim Kartenspiel abgenommen hatte, nichts bieten.

»Als ob mir das etwas ausmachen würde. Wir beide werden in Amerika gemeinsam unser Glück machen«, hatte sie nur leichthin gemeint.

Lea atmete erleichtert auf. Er war tatsächlich gekommen. Für einen Moment überwog die Freude und verdrängte den Abschiedsschmerz. Sie sah, wie Rebekka mit einer Hand das Tuch mit dem Proviant fest an sich drückte und mit der anderen nach dem Koffer griff. Sie stolperte über den Strand und blieb schließlich vor dem Mann stehen, der seinen breitkrempigen Hut lüftete und sich leichtfüßig verbeugte. Er nahm Rebekka den Koffer aus der Hand und sank theatralisch in die Knie. Dann stelle er das Gepäckstück wieder ab, umfasste mit beiden Händen Rebekkas Gesicht und küsste sie lange und ausgiebig. Lea wandte sich verlegen ab. Ihre Wangen begannen zu glühen.

Schließlich ließ der Fremde Rebekka los und griff wieder nach dem Koffer. Gemeinsam entfernten sie sich. Rebekkas roter Rock mit dem breiten grünen Wollband blähte sich im Wind und gab ihre wohlgeformten Beine frei.

Ihre schlanke Gestalt warf einen Schatten auf den weißen Sand.

Für einen winzigen Moment wandte die Schwester sich um und blickte zurück. Lea hob die Hand und winkte. Rebekka nickte ihr zu, warf den Kopf in den Nacken und lachte.

»Ich reise der Sonne entgegen«, rief sie so laut, dass es zu Lea herüberschallte. Dann streckte Rebekka die Arme aus, als wolle sie die goldene Kugel umfangen und nie wieder loslassen.

»Ich wünsche dir alles Glück der Welt«, murmelte Lea leise.

I.

Wangerooge
Frühjahr 1854

1

Lea!« Die Stimme von Katharina Brons durchschnitt schrill die Stille.

Lea seufzte und erhob sich von der Fensterbank. Sie trat aus ihrem Zimmer, verharrte beim Treppengeländer und sah nach unten.

Die alte Frau warf einen Blick nach oben und winkte ihrer Enkeltochter zu. Dann trat sie schwer atmend an die Glasvitrine, in der sie auch den Ständer mit Tonpfeifen aufbewahrte, und griff nach der Goldkette mit dem Hänger in Form eines Schlüssels. Rasch legte sie den Schmuck an.

Lea kam langsam die Treppe herunter. Ein Schauer lief ihr über den Rücken. Sie fragte sich, wie schon so oft, zu welchem Schloss dieser Schlüssel gehörte, und warum Großmutter einmal im Monat mit der *Telegraph* nach Bremen fuhr. Auf ihre Fragen hatte es keine Antwort gegeben. Was waren das für Geheimnisse, von denen sie nichts wissen durfte?

»Dass du die Zeit nicht mit Trödeln vertust, Lea! Du weißt, es wartet einiges an Arbeit auf dich. Morgen kommen die Eheleute Freese mit dem Dampfer. Ihre Kammern musst du noch herrichten. Sie werden sich auch wohl kaum mit Hafergrützensuppe und Feldbohnen zufriedengeben. Sprich bitte bei der Hofrätin vor, ob die beiden im Seebad ihre Mahlzeiten einnehmen können. Gegen die Köche vom Festland kommen wir nicht an.«

Katharina Brons' Atem ging keuchend. Sie hatte ein schwaches Herz und es brauchte viele Kissen, damit sie nachts genügend Luft bekam. Schon seit Jahren drängte der Badearzt auf Ruhe und Mäßigung beim Essen, doch davon wollte Großmutter nichts wissen. Sie hatte ihren eigenen Kopf.

Lea wandte den Blick vom Dielenfenster, durch das sich ein Sonnenstrahl ins Haus gestohlen hatte, und betrachtete ihre Großmutter. Auf dem von Falten durchzogenen Gesicht lag ein missmutiger Ausdruck. Das graue Haar war zu einem Knoten aufgesteckt. Neben Großmutters Größe und Fülle kam sich Lea wie ein kleines Kind vor. Sie wusste, was gleich kommen würde, und straffte trotzig, wie gegen einen starken Wind, die Schultern. Es waren immer die gleichen Tiraden. Am liebsten hätte sie sich die Ohren zugehalten.

»Und beschwer dich nur ja nicht über die viele Arbeit. Es ist zu deinem Besten. Ich will nicht, dass du wie deine Mutter endest. Die hatte nichts Vernünftigeres zu tun, als dem lieben Gott mit Lesen und Müßiggang den Tag zu stehlen. Ich habe meinen Sohn damals gewarnt. Aber nein, er musste sich ja eine gebildete Frau vom Festland mitbringen! Dieser dumme Bengel war vor Liebe ganz blind. Hätte mich lieber vorher fragen sollen. Ich hab gleich gewusst, dass die beiden nicht zusammenpassen. Singen konnte deine Mutter, ja, und Gedichte zu Papier bringen. Doch sie brachte es nicht einmal fertig, die Bohnen in einer geraden Reihe zu pflanzen, wusste nicht, wie man das Vieh melkt und Butter ansetzt. Dieses Frauenzimmer hatte ihr Lebtag noch kein Essen auf den Tisch gebracht. Das musste ich ihr alles mühevoll beibringen.

Und was glaubst du, war der Dank? Was hat sie getan, wenn mein Sohn zur See fuhr? Spazierte am helllichten Tage mit diesen ach so feinen Badegästen durch die Dünen, anstatt der Schwiegermutter beim Täglichen zu helfen. ›Was, denkst du, tut so eine wochentags im besten Kleid, wenn ihr Mann auf See ist? Wenn niemand auf sie aufpasst?‹, habe ich zu meinem Sohn gesagt. Es war ihre Strafe, dass sie bei der Niederkunft umgekommen ist. Diesen Fluch hat Gott ihr gesandt.«

Jedes Wort bohrte sich in Leas Herz wie ein vergifteter Pfeil. Es war ein offenes Geheimnis, dass ihre Mutter ihren Ehemann betrogen hatte. Sie und Rebekka waren der lebende Beweis dafür. Am liebsten wäre Lea aus dem Haus gerannt. Es war unverkennbar, dass Großmutter wieder einmal nur ihre Verbitterung über die vermeintliche Schuld der Mutter am Tod ihres Sohnes an ihr auszulassen versuchte. Vielleicht war es sogar dieser Hass, der sie am Leben hielt.

»Und deine Schwester ist genauso treulos wie ihre Mutter«, fuhr die alte Frau fort. Ihr Atem ging schnell. Sie legte eine Hand aufs Herz. »Es ist am besten, wenn du sie vergisst. Rebekka hat mir nur Schande gemacht. Ich bin froh, dass du so ganz anders bist. Ein Glück, dass deine Schwester fort ist. Da kann sie dich nicht mehr auf den falschen Weg bringen.«

Die alte Frau nahm die dunkle Kopfbedeckung und den Mantel von der Garderobe. Sie griff nach der Reisetasche und wandte sich ein letztes Mal zu Lea um.

»Also, du weißt, was ich von dir erwarte!« Ihre Stimme war kalt wie ein Wintermorgen. Missbilligend musterte sie Leas dunkle Locken, die sich ungebändigt um das zarte Gesicht ringelten. »Binde dir das Haar ordentlich zusammen und denk an die Haube, wenn du rausgehst.«

Lea sah der alten Frau nach, als sie das Haus verließ. Warum nur konnte Großmutter ihre Abneigung nicht ablegen? Den Insulanern begegnete sie mit einer gleichbleibenden Freundlichkeit. Auf Wangerooge hielt man große Stücke auf sie. Sie half, ohne zu fragen, wo es nötig war. Als nach den beiden Sturmfluten im Februar dieses Jahres zwei Häuser abgerissen werden mussten, hatte Großmutter die Obdachlosen kostenlos untergebracht und sie mit Lebensmitteln und Kleidung versorgt. Sie kümmerte sich um die Witwen, deren Männer auf See geblieben waren, und stand ihnen mit Rat und Tat zur Seite. Ihre Meinung galt etwas auf der Insel und wenn jemand Geldsorgen hatte, dann half Großmutter, wo sie konnte.

Doch all das täuschte Lea nicht darüber hinweg, dass sie ihr gegenüber stets kühl blieb. Sie hatte geglaubt, nach Rebekkas Abreise würde sich ihr Verhältnis bessern, aber das Gegenteil war der Fall. Voller Misstrauen beobachtete Großmutter jeden ihrer Schritte. Selbst die Zusammenkünfte mit dem alten Jannes Books, dem sie ab und zu eine kleine Freude machte und vorlas, hatte sie verboten. Lea seufzte traurig. Wie schön es wäre, nicht nur versorgt, sondern mit mütterlicher Herzlichkeit behandelt zu werden. Sie hatte versucht, eine Brücke zu schlagen, mit Großmutter zu reden, doch es war ihr nicht gelungen.

Lea ging in die Küche und griff nach dem Teegeschirr. Während sie darauf wartete, dass das Wasser kochte, trat sie ans Fenster. Gedankenverloren musterte sie die weißen Wolken, die wie eine Schäfchenherde am Himmel vorbeizogen.

Wenn sie nur wüsste, was Großmutter einmal im Monat nach Bremen trieb! Begonnen hatten die Besuche kurze Zeit, nachdem Rebekka verschwunden war. Rebekka! Lea biss sich verzweifelt auf die Lippen. Sie sollte hier sein, an ihrer Seite! Ohne Rebekka war das Haus so leer und kalt. Ihr Aufbruch war so plötzlich gekommen. Großmutter hatte vielleicht geglaubt, dass sie weinen oder zusammenbrechen würde, doch sie zwang sich aus Eigenschutz zu aufgesetzter Ruhe.

Lea schob das Schiebefenster hoch und lehnte sich hinaus. Die frische Luft tat gut. Ein Windstoß wirbelte ihr Haar durcheinander. Sie strich mit den Fingern durch die dunkle Pracht. Nein, heute würde sie es nicht bändigen, sondern offen tragen.

Seit sie fünf Jahre alt waren, hatte Großmutter ihr und Rebekka morgens stets einen Zopf geflochten. Dabei hatte sie das Haar so fest zusammengezogen, dass sich die Haut spannte und Lea Kopfschmerzen bekam.

»Ihr seht sonst aus wie Zigeunerinnen«, war ihre lapidare Erklärung dafür gewesen, dass sie der Haarpracht jeden Morgen aufs Neue den Krieg erklärte. Schmerzhaft hatte sie den beiden Mädchen mit jedem Bürstenstrich klargemacht, wie sehr sie sich doch von den anderen Kindern auf der Insel unterschieden. Immer wieder, bis Lea sich wie ein Ungeheuer vorgekommen war mit ihrer dunklen Haut, dem unmöglichen blauschwarzen Haar und den braunen Augen in dem herzförmigen Gesicht. Und dann ihre Statur! Im Gegensatz zu den meisten Bewohnerinnen, die groß und stattlich waren, blieben die Schwestern klein und zierlich. Keines der Kleidungsstücke, die Großmutter kaufte, passte ihnen richtig.

»Wir sehen aus wie Gespenster. Wie die Vogelscheuchen in deinem Garten«, hatte Rebekka kurz vor ihrem dreizehnten Geburtstag geklagt. »Du bist doch nicht arm. Ich wünsche mir ein Kleid, das nicht zu lang und zu weit ist. Kannst du uns nicht ein passendes schneidern lassen?«

Es hatte kein Kleid zum Geburtstag gegeben. Einmal, als Rebekka vorschlug, ihre Sachen selbst zu ändern – sie war geschickt in solchen Dingen –, hatte Großmutter gezischt, dass Eitelkeit eine schwere Sünde sei.

Lea versuchte, die Erinnerungen zu verscheuchen, doch es wollte ihr nicht gelingen. Immer wieder sah sie das Gesicht ihrer Schwester vor sich. An einem Abend, sie waren damals vierzehn gewesen und Großmutter ausgegangen, zogen sie sich nackt aus und bauten sich voreinander auf. Lea wusste, dass dies sündhaft war. Zum Umziehen nutzten die Schwestern sonst einen Umhang, und sie badeten getrennt. Aber Rebekka lachte nur verächtlich.

»Ich möchte einmal im Leben wissen, wie wir ohne dieses scheußliche Flatterzeug aussehen. Es gibt im ganzen Haus keinen Spiegel, aber wir brauchen auch keinen.«

Rebekka hatte recht. Genau wie ihre Gesichter waren auch ihre Körper wie aus einem Guss. Lea konnte den Blick nicht von ihrer Schwester lösen. Deren Haut war selbst da dunkel, wo die Sonnenstrahlen sie niemals erreichten. Rebekka war schön. Klein zwar, doch nicht hager und knochig, wie manche junge Mädchen der Insel. Rebekkas Brüste waren fast so groß und rund wie die Apfelsi-

24

nen, die manchmal an den Strand gespült wurden. Trotzig befreite sie das lange Haar aus dem geflochtenen Zopf. Es fiel weit über ihre Schultern, fast bis zur schmalen Taille. Rebekka ergriff eine Strähne und hielt sie hoch.

»Ich finde, wir sehen richtig hübsch aus, Lea. Selbst das hier.« Sie deutete auf das herzförmige Muttermal unterhalb ihres linken Auges, das auch Lea an derselben Stelle hatte. »Es sieht von Weitem aus wie eines der Schönheitspflaster, die sich die Gäste der Hofrätin manchmal ins Gesicht kleben. Nur Großmutter gefallen wir nicht. Aber das hat mit unserem Vater zu tun, der wahrscheinlich nicht einmal etwas davon weiß, dass es uns gibt. Es ist so ungerecht! Vielleicht wäre er froh, Töchter zu haben. Vielleicht sind wir Kinder eines Königs. Eines Tages kommt er und entführt uns von dieser tristen Insel. Doch bis dahin müssen wir hier ausharren.« Sie drehte sich um sich selbst, und das dunkle Haar umwehte ihren Körper wie ein Schleier.

Lea sah ihre Schwester vor sich. Rebekka, der temperamentvolle Wirbelwind, dem es mit der Zeit immer schwerer gefallen war, den inneren Widerstand gegen Großmutter einzudämmen. Sie wusste genau, womit sie die alte Frau treffen konnte. Damals erntete die Schwester die ersten bewundernden Blicke. Großmutter fand es schon sündhaft, einen Mann nur zu bemerken. Doch Rebekka tat viel mehr als das. Sie begann die Männer zu locken, sich von den Matrosen und wohlhabenden Badegästen ansprechen und einladen zu lassen. Das Tändeln schien ihr im Blut zu liegen. Sie genoss die Aufmerksamkeit, forderte sie geradezu heraus.

Das erste Mal, als Großmutter davon hörte, dass Rebekka mit den männlichen Gästen der Hofrätin und der Besatzung ankommender Schiffe kokettierte, stand Lea noch deutlich vor Augen. Stunde um Stunde saß Großmutter am Tisch und wartete auf Rebekkas Heimkehr. Sie selbst versuchte, den Tratsch herunterzuspielen, Entschuldigungen zu finden, wurde jedoch nur finster angestiert.

Als Rebekka endlich singend das Haus betrat, strahlte sie pure Lebensfreude aus, und ihre Wangen waren gerötet. Großmutter blickte sie an, schob den Stuhl zurück und baute sich vor Rebekka auf. Ihr Gesicht war von Wut verzerrt. Die späte Nachmittagssonne schien durch das Sprossenfenster herein und tauchte alles in ein sandig graues Licht. Rebekka erstarrte, und Lea bemerkte den merkwürdig erwartungsvollen Ausdruck auf ihrem Gesicht. Einen Herzschlag lang waren die beiden Gegenspielerinnen wie erstarrt. Großmutter groß und füllig. Ihr grauer Haarknoten schien vor Missbilligung zu zittern. Ihr gegenüber ihre zierliche Zwillingsschwester, das Gesicht in trotzigem Stolz erhoben, die Schultern gestrafft.

Wie David und Goliath, schoss es Lea durch den Kopf.

Großmutter hob ihre Hand und schlug Rebekka mit voller Wucht ins Gesicht. Ein dumpfes Klatschen. Rebekkas Kopf flog zur Seite.

»Schande über dich, dass du mir das antust. Du bist keinen Deut besser als deine Mutter!«

Rebekka stand einfach nur da und sah sie an. Die frische Farbe war aus ihren Wangen verschwunden, das fröhliche Lachen erstorben. Wo der Schlag sie getroffen hatte, färbte sich die Haut rot. In ihren Augen glitzerten Tränen.

»Diese Schande! Ich sorge für dich, obwohl du nicht mein eigenes Fleisch und Blut bist. Ich versuche, einen anständigen Menschen aus dir zu machen, und du tust mir das an! Schleichst bei den Seeleuten herum, wie eine Hafendirne.«

»Du hast kein Recht, mich mit einer Dirne zu vergleichen.«

»Wenn ich an deine Mutter denke, habe ich jedes Recht dazu. Schlechtes Blut fließt durch deine Adern. Es fehlt nur noch, dass du mir einen Balg ins Haus bringst.«

»Sollte ich einmal Kinder haben, wärst du die Letzte, die sie zu Gesicht bekäme. Meine Kinder werden es einmal besser haben als ich!«

»Du hast es gar nicht schlecht, sage ich dir. Wo wärst du denn ohne mich gelandet? Zuerst im Waisenhaus und dann in der Gosse. Ich habe mich meiner Christenpflicht erinnert, als Gott mir den Sohn nahm.«

»Du hast uns doch nur aufgenommen, damit du deine Wut an irgendjemandem auslassen kannst.«

Lea wurde von den Reden der beiden fast übel.

»Hört auf!«

»Ach Lea! Dich behandelt sie doch auch wie den letzten Dreck. Wir werden uns das nicht länger gefallen lassen, nicht wahr!«

»Rebekka, bitte … Lass gut sein!«

»Du hörst es. Lea wird dich nicht unterstützen! Zumindest bei ihr fruchtet meine Erziehung. Und du, mein liebes Kind, wirst in den nächsten Tagen das Haus nicht verlassen!«

Lea stöhnte leicht auf bei der Erinnerung. Ihr war in all den Jahren immer wieder die Rolle einer Vermittlerin zugefallen. Doch das Verhältnis wurde zusehends gespannter und ihre Aufgabe immer schwieriger.

Und schließlich war Rebekka gegangen. Großmutter hatte sie von der Insel in die Arme eines Fremden getrieben.

Warum schrieb sie nicht? Das Schiff, das Rebekka in die Neue Welt gebracht hatte, war angekommen, das hatte Lea schon vor einem Jahr herausgefunden. Mehr aber auch nicht. Mittlerweile hatte sie die Hoffnung auf Nachrichten fast aufgegeben. Hatte die Schwester sie vielleicht bei all der Aufregung und dem Neuen, das sie erlebte, vergessen? Dieser Gedanke tat weh. Sie dachte an den Abend vor der Abreise. Stundenlang hatten sie miteinander geredet.

»Ich bin so froh. Endlich brauche ich mir nicht mehr anzuhören, wie schlecht und verdorben ich bin. Lass dir das nur ja nie einreden. Und hässlich sind wir auch nicht. Wenn du wüsstest, wie Arne mich anschaut.« Rebekka hatte verzückt die Augen verdreht. »Es tut so gut, nach all den bösen Worten. Er sagt, ich sei schön und klug. Das einzige Mädchen, das er jemals heiraten will. Und ich glaube ihm.«

Lea kehrte langsam wieder in die Realität zurück. Wie sehnte sie sich heute nach einem Wort von Rebekka. Wo, um alles in der Welt, mochte ihre Schwester nur stecken? Zwei Jahre waren vergangen, seit sie diesem Fremden in die Neue Welt gefolgt war. Zwei Jahre, in denen Lea weder ein Brief noch eine andere Nachricht erreicht hatte. Anfangs war sie noch voller Hoffnung zum Postschiff gegangen, doch das hatte sie eines Tages aufgegeben.

Großmutter hatte sie darin bestätigt. »Es ist sinnlos, auf Nachrichten von Rebekka zu warten. Ich sage dir, sie ist genauso treulos wie ihre Mutter. Folgt dem Erstbesten, der Hosen anhat, nach Amerika. Wo sie es hier so gut hatte!

Na, die wird sich noch wundern. Glaubt, das Gold liegt dort auf der Straße.«

Die vermeintliche Treulosigkeit ihrer Mutter lag wie ein dunkler Schatten über Leas ganzer Kindheit. Was es damit auf sich hatte, war Lea erst später klar geworden. Hiske, die ihnen den Haushalt führte, nahm die beiden Mädchen eines Tages zur Seite und erzählte ihnen die ganze Tragödie.

»Damit ihr es nicht von falscher Seite erfahrt und euch nicht alles so zu Herzen nehmt, was die Frau Brons von sich gibt. Ist ja mit Worten immer schon ein bisschen derb gewesen. Aber eigentlich hat sie das Herz auf dem rechten Fleck, und die Bezahlung stimmt. Und ihr habt es auch ganz gut bei ihr, nicht wahr. Wo doch sonntags immer Fleisch auf dem Tisch steht und eigens ein Lehrer vom Festland kommt.«

»Auf den und seine Rute könnte ich gut und gern verzichten«, hatte Rebekka gemurmelt.

»Mädchen, ihr wisst ja, dass die Frau Brons nicht eure richtige Großmutter und der Alert, ihr Sohn, nicht euer Vater ist«, war Hiske unbeirrt fortgefahren. »Während er zur See fuhr, hat sich eure Mutter in einen Badegast verguckt, der hier auf der Insel die Sommermonate verbrachte. Es muss die große Liebe gewesen sein. Die beiden spazierten Hand in Hand über die Insel und scherten sich nicht darum, was die Leute davon hielten. Irgendwann reiste der Fremde – ein Ausländer wohl – ab, und man sah eure Mutter oft in der Nähe des Landeplatzes stehen. Sie wartete wohl auf seine Rückkehr.

Doch heim kam nur Alert. Als er von der Untreue seiner Frau hörte und sich herausstellte, dass sie ein Kind erwartete, ließ der Unglückliche sich für eine waghalsige

Schiffsfahrt anheuern, von der er nicht zurückkehrte. Eure Mutter starb, als sie euch das Leben schenkte. Die alte Frau Brons hat ihr nie verziehen, dass sie Alert in den Tod getrieben hat, und trägt bis heute Zorn in ihrem Herzen. Ihr wisst es. Sie lässt ihn ja häufig genug an euch beiden aus. Es ist aber auch ein Kreuz, dass ihr diese dunkle Haut und das schwarze Haar abkriegen musstet. Da hat sie die Schmach jeden Tag wieder neu vor Augen. Eure Mutter, die war so hell und freundlich wie ein Frühlingsmorgen. Und Alert hatte auch nichts Dunkles an sich.«

»Aber wir können doch nichts für unser Aussehen«, regte sich Rebekka auf.

Hiske hatte nur die Arme ausgebreitet und die beiden Mädchen liebevoll umfangen.

Lea schluckte bei der Erinnerung an das längst vergangene Gespräch. Sie schloss das Fenster und lehnte die Stirn gegen die Scheibe. Rebekka! Schließlich griff Lea nach dem Teekessel. Das heiße Getränk beruhigte sie. Sie musste sich der Gewissheit stellen, dass die gemeinsame Zeit der Vergangenheit angehörte und all ihre Pläne für die Zukunft nicht in Erfüllung gehen würden.

Lea griff nach der wollenen Jacke und zog sie über ihr blaues Kleid. Sie schlang sich ein Tuch um die Schultern. Die Arbeit würde warten müssen. Sie trat aus dem Haus, atmete tief durch und schlug den Weg zum Strand ein, vorbei am Kirchturm, dem dunklen Riesen, der inmitten des Dorfes stand. Er reckte sich weithin sichtbar wie ein Mahnmal gen Himmel und diente den Seefahrern zur Orientierung. In einem der fünf Geschosse feierten die Insulaner ihre Gottesdienste. Die kleinen mit Reet gedeckten Häuser rund um den Turm schienen sich hinter den

Dünen zu ducken. Der Ziegelweg zwischen ihnen war, wie so oft, versandet. Die Vogtei mit dem Logierhaus wirkte einsam und verlassen, der Pavillon, im Sommer von Badegästen bevölkert, verwaist.

Lea gefiel es, dass im Augenblick nur wenige Gäste den Frühling auf Wangerooge verbrachten. Noch war das Wasser zu kühl zum Baden. Im Sommer schickte der Badearzt Dr. Chemnitz seine Patienten nach einem strengen Plan in die Fluten – natürlich getrennt nach Männern und Frauen. Zu diesen Zeiten war es den Einheimischen verboten, die Strände zu betreten. Dann schien die Insel nur mehr den Gästen zu gehören. Neben dem Baden im Meer und gutem Essen war das Flanieren eine ihrer Hauptbeschäftigungen. Es gab kaum einen Flecken auf der Insel, wo man sie nicht antraf. Herren mit Frack und Zylinder, Damen, die sich mit Schirmchen gegen die Sonne schützten und Kleider trugen, die für Bälle geschneidert schienen. Sie wetteiferten miteinander um die schönsten Roben und die besten Quartiere. Lea seufzte bei dem Gedanken daran. Doch dann hellte sich ihr Gesicht wieder auf. Noch war es nicht so weit! Lea beschleunigte ihre Schritte.

Schon von Weitem drang das Rauschen der Wellen beruhigend an ihre Ohren. Der Wind strich über ihre heißen Wangen. Sie bewunderte die silbrige See, die in der Aprilsonne glänzte. Wie das Meer ihr Herz berührte! Einerseits strebte alles in ihr fort von der Insel, fort von Großmutter. Doch andererseits fragte Lea sich, ob sie leben könnte ohne all dies. *Du könntest nicht leben ohne das Meer und nicht ohne Immo,* raunte eine Stimme in ihr.

Bei dem Gedanken an ihn wurde ihr das Herz weit. In seinem letzten Brief hatte er geschrieben, dass er bald kommen würde. Seit frühester Kindheit waren Rebekka, Immo und sie ein unzertrennliches Kleeblatt gewesen. Der Sohn des Inselvogtes und sie hatten all ihre Kostbarkeiten miteinander geteilt: Muscheln und Schnecken, Vogeleier und Steine. Als sie älter wurden, teilten sie ihre Träume. Immo hatte stets neue Ideen für ihr künftiges Leben als Piraten der sieben Weltmeere beigesteuert. Lea, der das Erzählen im Blut lag, malte ihnen Stunde um Stunde in allen Einzelheiten die Abenteuer aus, die sie bestehen würden. Und Rebekka bannte all ihre Geschichten mit bunten Farben auf Papier.

Dann hatte Immo Wangerooge für lange Zeit verlassen müssen. In der Obhut eines Verwandten besuchte er eine Schule auf dem Festland und begann später mit seiner Ausbildung zum Lehrer. Seine Besuche wurden selten, doch immer führte ihn sein erster Weg auf der Insel zu den Brons-Schwestern. Bei seinem letzten Besuch war er furchtbar traurig darüber gewesen, dass Rebekka die Insel verlassen hatte. Jetzt schloss ihn nur noch eine Schwester in ihre Arme.

Bei der Vorstellung, von Immo umarmt zu werden, schoss Lea Röte in die Wangen. Wie sehr sie sich danach sehnte, ihm nahe zu sein. Fast glaubte sie, seinen festen Männerkörper zu spüren. Lea schloss die Augen und beschwor Immos Gesicht herauf. Sie liebkoste in Gedanken jedes Detail: das energische Kinn, die blauen Augen, die bronzene Haut und sein Haar, das so hell war, dass es im Sonnenlicht weiß schimmerte.

Immer schon hatte sie ihn geliebt. Von Anfang an. Und immer war diese Liebe ihr Geheimnis geblieben.

Nicht einmal Rebekka wusste davon. »Er ist wie unser

Bruder«, hatte sie behauptet. Aber für Lea war es nie so gewesen. Mit ihrem *Zuhause* verband sie nicht nur die Insel, das Haus, in dem sie aufgewachsen war, und das Meer, sondern auch Immo.

Lea sah ihn vor sich, als Jungen mit geflickter Hose, der mit ihr und Rebekka am Strand nach Schätzen Ausschau hielt, dann als jungen Mann, der winkend vor dem Fenster der Großmutter stand, und schließlich erwachsen, selbstbewusst und gut aussehend.

Ein warmes Gefühl der Vorfreude durchzog sie. Seine Studien würden nicht ewig dauern. Bald käme er nach Hause zurück, und vielleicht würde ihr Traum von einem gemeinsamen Leben in Erfüllung gehen.

Der Schrei einer Möwe riss Lea jäh aus ihren Träumen. Sie war beim Damenbadestrand angekommen, sah von den Badekarren, die auf Gäste zu warten schienen, zu den weißen Schaumkronen, die auf dem Meer tanzten. Rasch schlüpfte sie aus den Schuhen und spürte das Wasser an ihren Füßen. Wie es wohl wäre, sich einfach den Wellen zu überlassen, mit hinausgetragen zu werden, weiter und immer weiter?

Lea trat noch einen Schritt in das Wasser hinein und blieb dann stehen. Umschmeichelt von den Wogen schaute sie zum Horizont und merkte, wie ihr Kopf klarer wurde. Sie beobachtete die vorbeiziehenden Schiffe und fragte sich, wohin sie wohl unterwegs sein mochten.

Versunken in ihrer Träumerei bemerkte Lea nicht, wie jemand auf sie zukam.

Immo blieb in einiger Entfernung stehen und beobachtete die einsame Gestalt. Lea wiederzusehen, ihr von seinem

Glück zu erzählen, darauf hatte er sich am meisten gefreut. Er schloss die Augen und sog die feuchte salzige Luft ein. Es tat so gut, wieder hier zu sein. Als er das erste Mal Abschied nehmen musste, da hatte er geglaubt, es auf dem Festland nicht aushalten zu können. Fern von Wangerooge fühlte er sich allein und unglücklich. Doch da war sein unbeugsamer Wille gewesen, Lehrer zu werden. *Halte aus, wovor du dich am meisten fürchtest – und du wirst daran wachsen.* Den Satz hatte sein Vater ihm mitgegeben. Das Heimweh war geblieben, aber hatte gelernt, damit zu leben.

Doch es änderte nichts daran, dass er nur auf Wangerooge wirklich zu Hause war. Und Lea war ein Teil von Wangerooge. Er lief auf sie zu und rief ihren Namen.

Sie drehte sich erschrocken zu ihm um. Dann leuchtete ihr Gesicht auf, und sie breitete die Arme aus.

»Immo! Wann bist du angekommen?«

»Vor gut einer Stunde. Die *Telegraph* hat mich auf die Insel gebracht, und statt meiner deine Großmutter mitgenommen.«

»Ein guter Tausch!«

Immo löste sich sanft aus ihrer Umarmung und musterte sie liebevoll. »Es ist schön, dich zu sehen!«

»Wie lange?«

»Eine Woche kann ich bleiben. Und soll ich dir ein wunderbares Geheimnis verraten?«

Lea nickte ihm strahlend zu.

Immo ergriff ihre Hände und flüsterte: »Bald werde ich für immer hier sein.«

»Ist das wirklich wahr?«

»Ja! Der alte Schulmeister Jensen hat sich schon längst seine Pension verdient. Ich soll sein Nachfolger werden. Es gibt nicht viele Bewerber, die sich danach strecken, unsere Inselkinder zu unterrichten.« Er zwinkerte ihr zu.

»Das ist ja wunderbar!«

Immo zog Leas Arm unter den seinen und gemeinsam schlenderten sie am Strand entlang. Er berichtete von den Erlebnissen der letzten Monate. Vom Studentenleben, den Verwandten in der Stadt, dem Lärm auf den Straßen und seiner Sehnsucht nach Wangerooge. Sie vergaßen die Zeit.

Erst als die Sonne schon im Meer versank, merkte Immo, dass er die wichtigste Neuigkeit noch ausgespart hatte. Unvermittelt blieb er stehen, bückte sich nach einem Stein und ließ ihn über das Wasser tanzen. Warum hatte er Lea nicht gleich davon erzählt? Warum fiel es ihm plötzlich so schwer, Carlottas Namen zu nennen? Er hatte es doch kaum erwarten können, von ihr zu sprechen.

»Lea, es hat seinen ganz besonderen Grund, dass ich für einige Tage auf die Insel gekommen bin. Morgen wird eine Freundin mich besuchen. Ich möchte sie meinen Eltern vorstellen und natürlich auch dir. Ihr Name ist Carlotta. Wir beide haben im letzten halben Jahr viel Zeit miteinander verbracht.«

»Eine Freundin?«

»Ja. Sie ist einfach zauberhaft. So ganz anders als alle Frauen, die ich kenne. Carlotta ist wunderbar verrückt. Sie trägt die unglaublichsten Kleider und schert sich keinen Deut darum, was andere davon halten. Ich war lange Zeit sehr einsam in der Stadt. Das hat sich geändert, als ich sie kennengelernt habe. Wo Carlotta ist, da ist das Leben.« Immo ergriff erneut Leas Arm, und während er sie mit sich fortzog, schwärmte er weiter: »Carlotta nimmt einfach nichts ernst – und alles wird leicht. Diese Frau ist wie warmer Wind, der einen im Sommer streichelt. Wir waren zusammen im Theater und an der See. Durch sie habe ich die interessantesten Menschen kennengelernt, Künstler, Musiker und Tänzer. Anfangs dachte ich, ein zukünftiger Lehrer wäre nicht gut genug für Carlotta. Sie kommt aus reichem Hause, musst du wissen. Aber ihre Eltern haben mich sehr freundlich empfangen.«

Er blieb abrupt stehen und strahlte Lea an. »Ich glaube, sie liebt mich.«

Er wartete auf eine Reaktion. Sie kam nicht. Lea wich seinem Blick aus. Für einen Herzschlag dachte Immo, sie würde gleich anfangen zu weinen, doch kurz darauf schien es ihm, als habe er sich das nur eingebildet.

»Das freut mich für dich. Ich muss mich erst an den Gedanken gewöhnen. Du hast nie von ihr erzählt, Immo. Es kommt alles so überraschend«, sagte sie schließlich mit brüchiger Stimme.

»Ich wünsche mir so sehr, dass ihr Freunde werdet.«

Lea drehte sich von ihm weg. Sie steckte ihre Hände in die Jackentaschen und zog fröstelnd die Schultern hoch. »Immo, der Himmel zieht sich zu. Ich glaube, wir sollten uns lieber auf den Heimweg machen. Es könnte Regen geben.«

Ohne ein weiteres Wort wandte Lea sich um. Mit raschen Schritten holte Immo sie ein. Sie kamen am Anger vorbei, auf dem das Vieh weidete, am Leuchtturm, dessen Kupferkuppel im Sonnenlicht glänzte, und immer noch schwieg Lea. Schließlich blieb sie an der Weggabelung stehen.

»Ich wünsche dir, dass deine Träume in Erfüllung gehen und du mit Carlotta glücklich wirst.«

Immo zog Lea an sich und drückte seine Wange an ihr kühles Gesicht. Eine Abschiedsgeste aus Kindertagen.

»Danke! Du musst nicht glauben, dass sich durch Carlotta zwischen uns etwas ändert. Lea, wir werden immer die besten Freunde sein. Ich werde dir Carlotta vorstellen. Du wirst sie mögen!«

Als Lea gegangen war, blieb Immo unentschlossen stehen. Er wusste nicht, warum, aber seine freudige Erregung war einer Beklemmung gewichen. Immo schlug den Kragen seiner Jacke hoch und machte sich auf den Heimweg. Kälte umfing ihn. Vor die Sonne hatten sich Wolken geschoben und verdunkelten den Tag.

2

Hiske warf einen Blick auf die Uhr an der Wand über dem Küchentisch. »Die Frau Brons ist aber heute spät dran.«

Lea nickte nur und legte mechanisch die Wäsche zusammen. Ihre Gedanken waren nicht bei Großmutter, deren Rückkehr von Bremen sie erwarteten, sondern drehten sich einzig und allein um Immo. Sie war immer noch wie gelähmt vor Entsetzen. Warum war ihr nie der Gedanke gekommen, Immo könnte sich verlieben? Hatte sie wirklich erwartet, dass er sich nicht für andere Frauen interessieren, dass die Freundschaft mit ihr ihm genügen würde? Diese Zeit war lange vorbei und Immo ein erwachsener Mann, der ein Recht darauf hatte, sein eigenes Leben zu leben, sich eine Frau nach seinem Sinn zu suchen. Es war dumm von ihr gewesen, darauf zu hoffen, dass er sie eines Tages mit anderen Augen sehen und lieben würde.

Lea merkte, wie ein leichtes Zittern sie befiel. Sie musste die Zähne zusammenbeißen. Niemand durfte etwas von ihrer Enttäuschung merken.

Ich wünsche mir so sehr, dass ihr Freunde werdet. Freunde! Lea wusste nicht einmal, wie sie die Begegnung mit dieser Fremden überstehen sollte. Sie spürte, wie sich ungeweinte Tränen in ihr sammelten.

Der Türklopfer draußen wurde angeschlagen und lenkte Lea ab. Sie bedeutete Hiske, beim Brotteig zu bleiben. »Ich geh schon.«

An der Tür erkannte sie die wuchtige Gestalt des Inselvogtes. Die silbernen Knöpfe an seiner blauen Jacke blitzten. Der Mann nahm den breitrandigen Hut ab. Er wirkte bedrückt.

»Darf ich hereinkommen?«

»Natürlich.«

»Lea, es fällt mir nicht leicht, derjenige zu sein … Ich habe es auch gerade erst erfahren.« Erst jetzt hob er den Kopf und sah sie an. »Leider muss ich dir sagen, dass deine Großmutter gestorben ist. Es ist wohl ganz überraschend geschehen.«

Leas Hände fühlten sich plötzlich klamm an. Sie brachte kein Wort hervor.

Der Vogt legte einen Arm um Leas Schultern und zog sie sanft an sich. »Es tut mir so leid, mein Kind! Ein Mann namens Ferdinand Gärber, er sagt, er sei der Finanzberater deiner Großmutter gewesen, hat ihren Leichnam überführt.«

Lea konnte kaum fassen, was sie da hörte. Sie sah hilfesuchend zu Hiske, die aus der Küche kam und sich die Hände an ihrer Schürze abtrocknete.

»Ich habe alles mitgehört. Die Frau Brons ist tot? Was ist geschehen? Woran ist sie gestorben?«

»Der Fremde sagt, es sei ein Herzanfall gewesen. Er war der Letzte, der sie lebend gesehen hat. Hiske, ich werde jetzt die Runde drehen und es allen erzählen. Kannst du bei Lea bleiben und ihr zur Seite stehen oder soll ich …?«

»Natürlich bleibe ich hier. Und du bleibst auch noch einen Moment. Wir brauchen jetzt erst mal einen Schnaps.«

Während Hiske eine Flasche und Gläser holte, ging Lea mit hölzernen Schritten in die Küche zurück und sank wie betäubt auf einen Stuhl. *Großmutter war tot!* Sie versuchte die Nachricht zu begreifen, doch es gelang ihr nicht. Vielleicht träumte sie. Doch da war der Vogt, die Trauer auf seinem Gesicht. Er zog ein Taschentuch aus seiner Weste und wischte sich über die Augen.

»Und nun erzähl alles noch einmal ganz genau«, wies Hiske ihn an, nachdem sie einen Schluck getrunken hatten.

Lea gelang es kaum, sich auf die Worte des Vogtes zu konzentrieren. Sie wünschte nichts mehr, als allein zu sein, und war froh, als der Mann nach seinem Hut griff und sich erhob. An der Tür drehte er sich noch einmal um.

»Ach, fast hätte ich es vergessen. Lea, dieser Finanzberater wird sich noch mit dir in Verbindung setzen. Er bleibt bis nach der Beerdigung und sagt, es gibt einiges zu regeln. Ich habe ihn im Logierhaus einquartiert.«

Der Trauerzug näherte sich in ungeordneter Reihe dem Inselfriedhof. Ein starker Wind blies von See her und brachte den Geruch von Salz und Fisch mit sich. Er zerrte mit eisigen Fingern an den schwarzen Röcken und dunklen Mänteln.

Vom Turm her wehte Glockengeläut herüber, das sich mit dem Rauschen des Meeres zu einem traurigen Gesang vereinigte. Beim Grab angekommen, stellten die Träger den Sarg auf zwei Bretter, die über der frisch ausgehobenen Grube lagen.

»Der Tod kommt wie ein Dieb in der Nacht«, sagte der Pastor.

Lea riss ihre Augen vom Sarg los. Ihr Blick suchte Immo. Als sie neben ihm Carlotta entdeckte, durchzuckte sie ein heißer Schmerz. Die junge Frau war wirklich eine Schönheit. Sie hatte etwas von einem bunten Schmetterling an sich. Ihre Leichtigkeit stach neben der Ernsthaftigkeit der meisten Insulaner nur umso deutlicher hervor. Helles Haar fiel ihr leicht und lockig auf die Schultern. Carlotta trug, dem Anlass angemessen, ein dunkles Kleid. Doch bei jeder Bewegung schimmerte es wie Seide. Am gestrigen Abend hatten die beiden Lea besucht. Durch Großmutters Tod war das Gefühl der Befangenheit Immo gegenüber in den Hintergrund getreten. Er hatte sie besorgt betrachtet, und am liebsten wäre Lea ihm in die Arme gefallen, um sich trösten zu lassen. Doch Carlotta hatte sie davon abgehalten. Statt seiner war die Fremde auf Lea zugeflogen und hatte sie umarmt.

»Immo hat mir ja schon so viel von dir erzählt. Dass ihr zusammen aufgewachsen seid und alles. Es ist schrecklich, dass du jetzt neben der Schwester auch noch deine Großmutter verloren hast. Was wirst du jetzt tun, so ganz allein?«

Lea war zusammengezuckt. Carlottas hohe Stimme hatte ihr Kopfschmerzen verursacht.

»Das weiß ich noch nicht.«

»Es ist doch furchtbar einsam und eintönig, immer nur auf dieser Insel zu sein. Komm eine Weile zu uns in die Stadt. Wir zeigen dir das Leben. Nicht wahr, Immo?! Musik und Tanz. Wein und die Gesellschaft guter Freunde. Was gibt es Besseres?«

Immo hatte kaum etwas gesagt. Sein Gesicht war ernst, und Lea hatte sich plötzlich mehr Sorgen um ihn als um sich selbst gemacht. Irgendetwas beunruhigte Immo, das spürte sie auch heute, am Grab ihrer Großmutter.

Lea musterte die anderen Insulaner, die einen Halbkreis um das offene Grab bildeten. Alle waren gekommen, sogar Hofrat Westing und seine Frau, die den herrschaftlichen Badebetrieb leiteten. Auch der Vogt und Dr. Chemnitz, der Badearzt. Hiske, die neben ihr stand, wischte sich mit einem Tuch über die Augen.

Wo wäre ich ohne sie, ging es Lea durch den Sinn. Hiske war ihr in den letzten Tagen eine sehr große Hilfe gewesen. Sie hatte alles in die Hand genommen, bis hin zur Beerdigung.

Großmutter sei einem Herzanfall erlegen, so stand es im Bericht des Bremer Arztes. Lea konnte nicht um sie weinen, sie empfand nicht einmal Trauer. Sie war nur erschrocken über die Nachricht. Was war in Bremen geschehen? Gab es eine Ursache für den Herzanfall? Sie musste versuchen, es herauszufinden.

Wenn ich nur jemanden hätte, der mir dabei helfen würde, dachte Lea. Ihre Tränen brachen sich Bahn. Tröstende Blicke trafen sie. Man nickte ihr zu, Hiske strich leicht über Leas Arm.

Sie sind gekommen, damit ich nicht allein diesen schweren Gang antreten muss, ging es Lea durch den Sinn und fühlte sich getröstet.

Ihre Gedanken wanderten zu der kleinen Holztruhe, die noch immer ungeöffnet auf dem Sekretär im Zimmer der Großmutter stand. Ferdinand Gärber hatte die Schatulle noch am Tag seiner Ankunft gebracht. Dem Finanzberater wäre es wohl am liebsten gewesen, wenn Lea das Kästchen in seinem Beisein geöffnet hätte. Doch diesen Gefallen hatte sie dem Fremden nicht getan.

Beim Gedanken an ihn sah sich Lea verstohlen um und bemerkte, dass er ganz in ihrer Nähe stand. Lea verspürte wieder den unangenehmen Druck im Magen. Sie wusste nicht, warum, aber da war von Anfang an eine tiefe Abneigung gegen diesen Menschen gewesen. An seinem Äußeren konnte sie dies kaum festmachen. Gärber war ein großer schlanker Mann. Sein gut geschnittener dunkler Anzug saß perfekt. Das schmale Gesicht mit dem dunklen Haar, das an den Schläfen schon grau wurde, hätte sympathisch wirken können, wenn da nicht diese scharfen Habichtaugen gewesen wären.

Seine Manieren Lea gegenüber waren tadellos, trotzdem fühlte sie sich in seiner Gegenwart unbehaglich. Es lag nicht an dem, was er sagte. Mit einfühlsamen Worten hatte er sein Bedauern über den Tod seiner Kundin, ihrer Großmutter, geäußert. Und doch war da in seiner Stimme ein leichter Unterton, so, als ob er sich über sie lustig machte.

Es schien, als ob der Finanzberater spürte, dass sie an ihn dachte. Er drängte sich zu Lea vor und ergriff ihren Arm. Als sie versuchte, sich ihm zu entziehen, wurde sein Griff so fest, dass es schmerzte. Schauer liefen Lea über den Rücken. Er würde sie nicht loslassen! Lea sah sich wieder nach Immo um, doch dieser starrte mit einer merkwürdigen Verzweiflung im Gesicht nur vor sich hin.

Der Geistliche kam zum Ende seiner Traueransprache. Die Sargträger traten vor und packten die dicken Seile, um den Sarg langsam ins Grab zu senken.

»Asche zu Asche. Staub zu Staub«, zitierte der Prediger laut.

Die Finger Ferdinand Gärbers drückten sie fester, und Lea erkannte, dass der Pastor sie auffordernd anschaute. Sie trat mit erhobenem Kopf vor und ließ eine Handvoll Sand in das offene Grab rieseln.

Kurz darauf war alles vorbei, und die Menschen gingen zögernd auseinander. Einige sprachen Lea ihr Beileid aus. Hofrat Westing kündigte seinen Besuch für die nächsten Tage an. Seine Frau drückte Lea an ihren ausladenden Busen. Der Vogt neigte nur mitfühlend den Kopf. Der Fremde aber blieb an ihrer Seite.

Lea war erleichtert, als sie sich dem Haus näherten. Sie sah das interessierte Blitzen in seinen Augen, als er den massiven Steinbau mit den hohen Schiebefenstern und dem Ziegeldach musterte.

Lea wollte sich von Ferdinand Gärber verabschieden, doch er kam ihr zuvor.

»Ich weiß, dass dies ein schwerer Tag gewesen ist. Deshalb werde ich Sie jetzt allein lassen. Ich nächtige in der herrschaftlichen Badeanstalt und werde morgen wieder vorbeischauen.«

»Das ist wirklich freundlich, aber nicht notwendig. Ich …«

»Es ist notwendig!« Seine Stimme war eiskalt. »Als finanzieller Berater Ihrer Großmutter muss ich Sie über gewisse Dinge informieren. Ich werde morgen Nachmittag wieder bei Ihnen sein.«

Damit verbeugte Ferdinand Gärber sich knapp und wandte sich zum Gehen.

3

Lea atmete erleichtert auf, als sich die Tür hinter ihr schloss. Mit zitternden Händen schob sie den Riegel vor, zog den Mantel aus und hängte ihn an die Garderobe. Wie eine Traumwandlerin ging sie in die Küche und sah durch das Fenster in den umzäunten Garten. Sie fühlte ein Stechen im Kopf, und es gelang Lea kaum, ihre Hände ruhig zu halten.

Hiske, die ihr von der Gartentür aus zuwinkte, riss sie aus ihrer Versunkenheit. Lea ließ die Haushälterin ein und diese begann sogleich, geschäftig durch die Räume zu wirbeln, wobei sie unablässig vor sich hin plapperte. Sie sprach von der Beerdigung, den Worten des Pastors und den Trauergästen. Ausführlich ging sie auf die auffällige Erscheinung der Fremden ein, Carlotta. Als beide gegessen hatten und die Abendsonne schon durch das Fenster schien, verabschiedete sich die Haushälterin.

»Bis morgen, Mädchen. Leg dich ins Bett. Der Tag war hart. Lass es dir nicht zu schwer werden.« Ihre von der Arbeit rauen Hände strichen über Leas Wangen.

Lea schloss die Tür und lehnte sich gegen das Holz. Doch dann gab sie sich einen Ruck und zwang sich die Treppe hinauf. Sie hatte es bis jetzt aufgeschoben, das Kästchen, das Gärber ihr gebracht hatte, zu öffnen.

Die Schatulle stand im Zimmer der Großmutter auf dem Sekretär. Das große Dachzimmer schien noch den Geruch zu verströmen, der der Verstorbenen stets angehaftet hatte. Ein herber Blumenduft, der an Verwesung erinnerte. Direkt neben dem Fenster stand der Sekretär, an dem Großmutter so oft gesessen hatte. Lea ließ sich auf den Stuhl davor nieder, stützte die Ellenbogen auf die Schreibplatte und zog das Kästchen zu sich heran.

Unentschlossen spielte sie mit den Beschlägen. Sie wollte die Schatulle öffnen, konnte es aber nicht. Es war, als beobachtete Großmutter sie. Sie würde hier nicht bleiben können! Lea umfasste die Schatulle und floh aus dem Zimmer.

Auf der Treppe atmete sie tief durch. Was für ein Unsinn, Großmutters Geist im Zimmer zu vermuten. Lea raffte den Rock und stieg die Stufen hinab. Nach der Kälte im oberen Stockwerk empfand sie die Wärme des Wohnzimmers als sehr angenehm. Das Kaminfeuer schien sich in den hellen Wänden widerzuspiegeln. Es machte einen heimeligen Ort aus der Stube.

Es war allein Großmutters Kälte, die dieses Zimmer stets bedrückend auf mich wirken ließ, erkannte Lea staunend und schaute sich um, als sähe sie alles zum ersten Mal. Die dicken Deckenbalken, die Stickarbeiten in den runden Rahmen an der Wand, der mächtige geschnitzte Schrank, der das kostbare Essgeschirr barg. Zwischen den beiden bleiverglasten Fenstern tickte die Uhr, deren Gehäuse mit Holzschnitzereien verziert war.

Zögernd stelle Lea das Kästchen auf den ovalen Eichentisch und zog sich einen der gepolsterten Stühle heran. Bei der Betrachtung der kleinen Holztruhe hatte sie sofort an die Kette mit dem Schlüssel denken müssen. Lea hatte sie in Großmutters Mantel, in einer kleinen unscheinbaren Seitentasche, entdeckt.

Jetzt zog sie mit einem Seufzer die Kette hervor. Für eine Weile verharrte sie mit dem Schmuckstück in ihrer Hand. Doch dann überwand Lea sich, griff nach dem Schlüssel und schob ihn vorsichtig ins Schloss. Er ließ sich ganz leicht drehen. Lea drückte das geöffnete Scharnier beiseite und hob den gerundeten Deckel des Kästchens. Ein leichter Blütenduft entströmte ihm, und sofort wusste Lea, woher dieser Geruch rührte. In dem Kästchen lag ein Stoffbeutel, in dem sich allem Anschein nach Papiere befanden, denen der Duft entströmte. Lea hob den Beutel heraus und legte ihn zur Seite.

Dann griff sie nach dem schmalen, mit rotem Samt umhüllten Etui, das tiefer in der Schatulle verborgen lag. Vorsichtig öffnete Lea es und stieß einen verzückten Laut aus. Auf heller Seide lag ein schweres Goldmedaillon. Das ovale Kleinod war reich mit Blüten und Ranken verziert. Als Lea einen kleinen, kaum sichtbaren Hebel an der Seite berührte, sprang der Deckel auf. In einem Rahmen aus Glas kam das Porträt einer jungen Frau zum Vorschein. Auf dem winzigen Bildnis hatte der Maler den weichen Ausdruck ihres Gesichts mit den blauen Augen und dem hellen Haar eingefangen. Lea stockte der Atem. Dies musste den Beschreibungen nach ihre Mutter sein. Sie lehnte sich zurück und betrachtete lange das Gesicht, das ihr fremd, aber doch auch seltsam vertraut war.

Draußen war es dunkel geworden und Lea zündete die Lampe an. Sie legte ein Scheit nach, schloss die Vorhänge und ging zögernd zum Tisch zurück.

Es widerstrebte ihr, sich den Papieren zuzuwenden. Lea schüttelte über sich selbst den Kopf und zog mit einer energischen Bewegung den Stoffbeutel zu sich heran. Behutsam brachte sie den Inhalt ans Licht. Vor ihr lagen etwa ein Dutzend Umschläge. Das Briefpapier war einfach, die Schrift klein und kühn, spitz im Ansatz und die Buchstaben eng beieinander. Lea betrachtete die geschriebenen Worte, ohne zu erkennen, dass es ihr Name war, der dort geschrieben stand. Sie sog sich an den Buchstaben fest. Keuchend griff sie nach dem ersten Umschlag und zog mit fieberhafter Eile den Bogen hervor. Ihr Herz raste. Es war Rebekkas Schrift! Dies waren Briefe von ihr! Großmutter musste sie in Bremen abgefangen haben.

Deshalb also ist sie Monat für Monat in die Stadt gefahren, dachte Lea und spürte, wie es hinter ihren Schläfen zu pochen begann. Wie hatte Großmutter ihr das nur antun können! Das Wissen um diese Herzlosigkeit brachte Lea zum Beben. Es war ein unmenschlicher Betrug gewesen, ihr Rebekkas Briefe vorzuenthalten. Großmutter hatte doch gesehen, wie das Warten sie zermürbte! Lea schlug mit der flachen Hand auf den Tisch, dass es schmerzte.

Sie sprang auf, trat zum Feuer und blickte, ohne etwas wahrzunehmen, in die züngelnden Flammen. Doch so schnell, wie sie gekommen war, verrauchte ihre Wut wieder und machte einer tiefen Verzweiflung Platz. Großmutter hatte es nicht aus Bosheit getan. Sie hatte verhindern wollen, dass Rebekka auch weiterhin ihren, wie sie glaubte, schlechten Einfluss auf Lea ausübte. Vielleicht hatte Großmutter auch Angst gehabt, sie könnte genau wie Rebekka die Insel verlassen. Es würde keine Antwort geben. Großmutter war tot. Lea wandte sich vom Feuer ab und wieder den Briefen zu.

Ihre zitternden Finger griffen nach dem ersten Bogen und falteten ihn auf. Er war datiert auf den 16. Juli 1852. Zehn Tage, nachdem Rebekka die Insel verlassen hatte. Sie musste ihn auf dem Schiff geschrieben haben! Lea begann begierig zu lesen.

Meine liebe Lea,

heute sind wir endlich einem Schiff begegnet, dem ich meine Zeilen mitgeben kann. Wenn dieser Brief dich erreicht, dann bin ich vielleicht schon längst in New Orleans. Manchmal kann ich es kaum glauben und kneife mich in den Arm, um zu sehen, ob ich aufwache. Doch es ist wirklich wahr: Ich reise der Sonne entgegen!

Die Unterbringung auf der Columbia *ist nicht die beste. Es ist eng hier und karg. Um das ganze Zwischendeck läuft eine Reihe Betten, mehrere nebeneinander und je zwei übereinander. Wir sind wie Heringe gepackt. Man stolpert ständig über Kleider und Hausrat. Mit Arne kann ich nur tagsüber zusammen sein. Da wir noch nicht verheiratet sind, schlafe ich im Abteil für ledige Frauen.*

Ich habe dir eine Zeichnung von Arne beigefügt. Er ist einfach wunderbar, hat immer ein Lachen auf den Lippen und lässt sich von niemandem etwas sagen. Wenn ich mit ihm zusammen bin, dann scheinen sich alle Probleme in Luft aufzulösen. Arne sagt, er weiß immer ganz genau, was er will, wenn es ihm über den Weg läuft. Und mich hat er gewollt. Es blieb nur keine Zeit, lange zu werben und mich zu überzeugen. Und so hat er mich einfach in die Arme geschlossen und geküsst. Ist das nicht herrlich gefühlvoll? Ich habe ihn ge-

fragt, warum er überhaupt nach Wangerooge gefahren ist. Du kannst dir seine Antwort nicht vorstellen. Er wollte nur mal kurz ergründen, wie es sich anfühlt, auf einer Insel zu sein, ganz von Wasser umgeben und immerzu Ebbe und Flut um sich her.

Lea konnte ihre Neugier nicht bezwingen und wandte sich dem Porträt am Ende des Briefes zu. Sie studierte die Zeichnung des Mannes so eingehend, als könne sie ihr dessen Charakter verraten. Er sah jungenhaft und unbeschwert aus. Sein voller Mund wirkte leidenschaftlich und war zu einem Lächeln verzogen, so, als ob er sich gerade köstlich über etwas amüsierte. Lachfältchen umrahmten seine Augen wie Sonnenstrahlen. War dieser Mann sich seiner Verantwortung für Rebekka bewusst? Sie hatte in der Neuen Welt niemanden außer ihm.

Arne bewirtschaftet zusammen mit seinem Bruder Joris eine Farm in der Nähe von Quincy. Es gab einen Nachlass zu regeln, deshalb hat Arne die Reise in die alte Heimat angetreten. Arne ist der jüngere der beiden Brüder und das schwarze Schaf in der Familie. Mit Schule hat er nichts im Sinn gehabt, war jahrelang auf der Walz und hat viel von der Welt gesehen. Joris dagegen muss ein schlauer Kopf sein. Er ist an einer Tierarzneischule ausgebildet worden. Joris war politisch sehr aktiv und hat versucht, die Verhältnisse im Land zu ändern. Mit Gesinnungsgenossen ist er diesbezüglich sogar den König von Hannover angegangen. Das Ende vom Lied war eine Inhaftierung wegen Hochverrats und Majestätsbeleidigung. Arne hat ihn aus dem Gefängnis befreit, und die beiden sind dann nach Amerika geflohen. Du merkst, ein bisschen was von der Familiengeschichte habe ich Arne schon entlocken können.

Ach herrje, die Glocke läutet. Ich muss wieder unter Deck. Lass dich umarmen von deiner
Rebekka

Lea, eines noch: Ich habe mir deinen Namen ausgeliehen. Nicht einmal Arne weiß, wie ich wirklich heiße. Meinen eigenen Vornamen habe ich in den Papieren unkenntlich gemacht. Großmutter hat es mir mit Rebekka verdorben. Dass sie uns biblische Namen gegeben hat, ist ja schon schlimm genug. Lea – die sich vergeblich Bemühende. Wie interpretierte Großmutter es noch? Dass du dich zeit deines Lebens bemühen müsstest, die Schuld unserer Mutter abzutragen? Aber Rebekka – der Strick – das geht zu weit! Einmal hat sie mich in ihrer Wut sogar ihren Galgenstrick genannt. Ich kann diesen Namen nicht mehr ertragen. Aber an dich denke ich gerne. Wenn mich jemand Lea ruft, fühle ich mich dir nah.

Fast meinte Lea, Rebekkas Stimme zu hören. Ihre Zwillingsschwester gab sich mit ihrem Namen aus! Ein ungutes Gefühl überkam sie.

Während die Nacht hereinbrach, las Lea Bogen um Bogen. Rebekkas nächster Brief berichtete von einem Sturm, bei dem gewaltige Wellen über das Schiff hinwegfegten. Lea wagte kaum zu atmen, doch alles ging gut, und die *Columbia* gelangte wieder in ruhigeres Fahrwasser. Rebekka berichtete, dass viele Reisende von Seekrankheit geplagt wurden. Auch ihr ging es zeitweilig schlecht. Arne jedoch blieb verschont.

Ihre Schwester hatte dem Brief verschiedene Zeichnungen beigefügt: das Meer bei ruhiger See und bei Sturm, die Matrosen bei der Arbeit und Fische, die aussahen, als flögen sie über dem Wasser.

Der dritte Brief schilderte die Ankunft am 10. September in New Orleans. Mit einem Dampfschiff war der Segler den Mississippi hinaufgezogen und in den Hafen geschleppt worden. Am Tag nach der Ankunft in New Orleans hatten Rebekka und Arne geheiratet.

Ich bin jetzt Arnes Frau! Mrs Backer! Wenn ich meinen Mann sehe, spüre ich ein warmes Gefühl im Herzen. Wie ich diesen großen, starken Burschen liebe! Ein Richter hat uns getraut. Er war so betrunken, dass er Arne mit meinem Namen und mich mit seinem angesprochen hat.

Ach Lea, wie habe ich mich vor der Hochzeitsnacht gefürchtet, und dann haben wir die halbe Nacht mit Lachen zugebracht. Es war aber auch zu vergnüglich. Da lagen wir, nach den langen Wochen auf See, endlich allein in einem Zimmer, das die Größe einer Pferdebox hatte. Auf dem roh gezimmerten Bett befanden sich nur ein Strohsack und eine von Mäusen angefressene Decke. Aus der Küche wehte der Geruch von Gebratenem zu uns herüber. Nur dünne Wände teilen die Kammern. Es ist nicht sehr romantisch, wenn dich dein Liebster küsst, während das Ehepaar nebenan streitet, jemand in sein Taschentuch schnäuzt oder du einen anderen Nachbarn auf dem Nachttopf sein Geschäft verrichten hörst. Und trotzdem war es die schönste Nacht meines Lebens.

Der Tag nach unserer Hochzeit war ein Sonntag, und wir haben ihn genutzt, um New Orleans zu erkunden. Es ist eine große Stadt, Lea, obwohl sich vieles noch im Aufbau befindet.

Man sieht Haus um Haus in die Höhe schießen. Ich habe niemals zuvor so viele verschiedene Sprachen um mich herum gehört und den Gegensatz zwischen Arm und Reich so stark wahrgenommen. Auf der einen Straßenseite flanieren Damen in Abendkleidern aus heller Atlasseide, mit weißen Handschuhen und kostbaren Halsbändern, während auf der anderen Bettlerinnen in Lumpen um Brot für ihre Kinder bitten.

Liebes, ich muss jetzt aufhören. Arne kommt die Treppe herauf. Ich schreibe dir, sobald ich wieder Gelegenheit dazu finde.

Deine Rebekka

Lea betrachtete die beigefügten Zeichnungen. Der Gasthof, in dem Rebekka und Arne übernachtet hatten, wirkte wie ein großer Bretterhaufen, der lieblos zusammengezimmert war. Kutschen standen vor dem Eingang, auf der Straße konnte sie Kopfsteinpflaster ausmachen.

Der folgende Brief schilderte die weitere, neun Tage dauernde Reise mit dem Dampfer nach St. Louis. Rebekka hatte die überfüllten Straßen gezeichnet und den Hafen. Hier bestimmten Fuhrwerke, die mit Maultieren und Ochsen bespannt waren, das Bild.

Sie legte die Skizzen zur Seite und wandte sich dem nächsten Brief zu. Bislang hatte Rebekka einen leichten, fast überschwänglichen, Ton angeschlagen, doch bei dem folgenden Bogen war die Tinte an mehreren Stellen verwischt. Lea runzelte die Stirn.

Meine liebe Lea,
endlich bin ich am Ziel! Wir haben die letzten Meilen mit Hilfe eines Planwagens hinter uns gebracht. Die Landschaft,

durch die wir gefahren sind, ist einfach wunderschön. Ich wusste gleich, dass ich dieses Fleckchen Erde lieben werde. Alles sieht so unberührt aus, als habe Gott es gerade erst geschaffen. Die Pfade sind holprig. Du glaubst nicht, wie sehr ich jede Meile in den Knochen gespürt habe. Auf dieser Strecke habe ich das Fluchen gelernt. Ach Lea, ich war am Ende der Reise so müde und hoffte auf ein freundliches Willkommen. Doch wie sehr habe ich mich getäuscht!

Es fing schon mit der Farm an, die ich mir ganz anders vorgestellt habe. Mein neues Zuhause ist nicht viel besser als der Gasthof, in dem Arne und ich die erste Nacht verbracht haben. Eine Hütte aus behauenen Baumstämmen, deren Ritzen mit Lehm verschmiert sind. Das Dach ist mit Grassoden gedeckt. Einfacher noch als die schlichteste Fischerkate auf der Insel. Ich war enttäuscht, und meine Niedergeschlagenheit hat dann auf Arne abgefärbt.

Es wurde nicht besser, als Joris auf einem Pferd herangepprescht kam. Auch ihn habe ich mir anders vorgestellt. Mit dem großen ledernen Hut und den hohen Stiefeln wirkte er weiß Gott nicht wie ein Gelehrter, sondern eher wie ein Cowboy. Er sprang vom Pferd und blieb vor uns stehen. Ich habe ihn angestarrt und er mich. Kein Gruß kam über seine Lippen.

»Was will sie hier?«, fragte er. Kannst du dir das vorstellen?! Er sprach über mich, als sei ich gar nicht da. Arne wurde ein bisschen verlegen. Doch dann hob er den Kopf und sagte:»Sie kommt von der Nordseeinsel Wangerooge. Lea ist ein wunderbares Mädchen. Du wirst sie mögen.«

»Du schickst sie am besten gleich wieder nach Hause«, schlug dieser ungehobelte Klotz vor.

Ich schäumte vor Wut und sagte: »Ich bin weder mit Taub-

heit noch mit Stummheit geschlagen! Außerdem werde ich nicht wieder von hier verschwinden. Ich bin Arnes Frau.«

Der Cowboy hat mich angestarrt wie ein neues Weltwunder, sich umgedreht und ist einfach davongeritten. Ich kann ihn nicht ausstehen.

Joris ist noch am gleichen Tag ausgezogen. Ich bin froh darüber, Abstand zu ihm zu haben. Der Mann ist so wild und rau wie das Land. Er kommt mir seltsam ruhelos und unberechenbar vor. Joris provoziert mich, wo er nur kann. Er wartet darauf, dass ich innerhalb kürzester Zeit von hier verschwinde. Doch diesen Gefallen werde ich ihm nicht tun!

Lea, ich habe jetzt ein neues Zuhause. Bitte schreibe mir bald, denn ich brauche einfach ganz dringend ein paar aufmunternde Worte. Beigefügt habe ich dir einige Zeichnungen, darunter auch eine von Joris. Du kannst immer so gut in meinen Bildern lesen. Was sagt dir das Porträt?

Einen lieben Gruß aus der Ferne
Rebekka

Lea blickte auf den Brief in ihrer Hand. Er war vor so langer Zeit geschrieben worden und es hatte keine Antwort darauf gegeben. Tränen verschleierten ihr die Sicht. Wie sehr mochte Rebekka auf ein Wort von ihr gewartet haben. Hatte sie geahnt, dass die Briefe nicht angekommen waren, oder dem Ausbleiben ihrer Antwort eine andere Bedeutung beigemessen?

Lea verharrte eine Weile und griff dann nach den beigefügten Zeichnungen. Sie sah die Hütte vor sich, einen Hühnerstall und Weiden. Dahinter konnte Lea Stallungen ausmachen. Auch den Maultierwagen hatte Rebekka skizziert. Der Treiber sah knorrig und alt aus, doch ein freundliches Lachen lag auf seinem Gesicht.

Zögernd nur griff Lea nach der letzten Zeichnung. Ein Mann schaute ihr entgegen. Er ähnelte in gewisser Weise Arne. Das lockige Haar trug er länger. Die Augen waren zusammengekniffen und blickten den Betrachter argwöhnisch an. Diese Augen waren es auch, die den Unterschied zwischen den Männern deutlich machten. Sein stechender Blick schien Lea zu bannen. Es lag eine Härte darin, die aus dem zu rühren schien, was dieser Mann erlebt hatte.

Das sind gefährliche Augen, dachte Lea. Wie hypnotisiert betrachtete sie die Zeichnung wieder und wieder, sah die Bartstoppeln auf dem Gesicht des Fremden und den missbilligend verzogenen Mund.

Diese Missbilligung gilt sicherlich Rebekka, begriff Lea und bedauerte die Schwester.

Zögernd nur griff Lea nach den nächsten Briefen, die in großen zeitlichen Abständen gekommen waren. Die Jahreszeiten wechselten, Rebekka hatte viel Arbeit auf der Farm. Sie kümmerte sich vor allen Dingen um den Haushalt. Mit jedem Brief sprach mehr und mehr eine gewisse Unzufriedenheit aus den Zeilen. Sie liebte die Arbeit auf der Farm nicht und beschwerte sich über die Abgeschiedenheit, in der sie lebten. Erst im Frühjahr des folgenden Jahres wurde der Ton der Briefe wieder heiterer. Die beiden Brüder hatten ein neues Farmhaus für Arne und Rebekka gebaut.

Das Verhältnis zwischen Joris und Rebekka war und blieb gespannt, aber die beiden Brüder schienen miteinander auszukommen. Jetzt klang verhaltene Kritik ihrem Mann gegenüber durch. Nachdem die beiden anfangs glücklich gewesen waren, verbrachte Arne mehr und mehr Zeit außerhalb der Farm. Und es waren nicht nur Besorgungen oder Aufträge, denen er nachging. Arne schien dem Kartenspiel nicht abgeneigt, und Rebekka beschwerte sich über Abende, die sie allein verbringen musste. Zwischen den Zeilen glaubte Lea herauslesen zu können, dass Rebekka vermutete, sie selbst sei es, die Arne von der Farm trieb. Er sei ein lieber Mensch, aber ein unsteter Geist, den man nicht an die Kette legen könne.

Lea spürte die Einsamkeit, die in den Briefen anklang. Gab es keine anderen Siedler in der Nähe? Keinen Menschen, mit dem Rebekka Freundschaft geschlossen hatte? Lag es an den Brüdern, die man nicht mochte, oder an Rebekka selbst?

Das wird bald ein Ende haben, beschloss Lea und legte die Umschläge in den Beutel zurück. Ich werde mich auf die Reise machen und Rebekka besuchen. Dafür wird Großmutters Erbe sicherlich reichen.

Das Schlagen der Uhr ließ sie zusammenfahren. Lea schob die Umschläge von sich, wie um Abstand zum Gelesenen zu gewinnen, und schloss für einen Moment die brennenden Augen.

Rebekka! Wie sie sich danach sehnte, sie wiederzusehen! Ein warmes Glücksgefühl durchströmte Lea. Sie wäre am liebsten sofort aufgesprungen, hätte die Koffer gepackt und sich auf den Weg gemacht. Doch dafür war es noch zu früh.

Lea öffnete seufzend die Augen. Das Feuer im Kamin war erloschen. Sie erhob sich und streckte die steifen Glieder, zündete eine Kerze an und schraubte den Docht der Lampe herunter. Mit der Kerze in der Hand machte sie sich auf den Weg in ihre Schlafkammer. Sie seufzte, als ihr Ferdinand Gärber einfiel. Die Briefe hatten den anstehenden Besuch in den Hintergrund gerückt. Lea zwang sich, nicht an ihn zu denken. Diese Nacht gehörte allein den Träumen von Amerika und einem Wiedersehen mit Rebekka.

4

Immo hatte nicht vorgehabt, an den Strand zu gehen. Aber irgendetwas – vielleicht der Trost, den das ewige Kommen und Gehen des Meeres bot, vielleicht die Schreie der Möwen, die seine Traurigkeit unterstrichen –, irgendetwas lockte ihn dort hin. Es war alles vorbei! Carlotta hatte heute in aller Frühe die Insel verlassen. Sie war zurückkehrt in ihre eigene Welt, unerreichbar für ihn.

Vor Immo rollten die Wellen an den Strand. Nasse Muscheln glänzten in der Sonne, und auf dem Wasser spiegelten sich Sonnenstrahlen. Unberührt vom Geschehenen.

Gestern, nach der Beerdigung von Leas Großmutter, hatten Carlotta und er sich ausgesprochen.

»Du willst also nicht in der Stadt arbeiten«, hörte er sie sagen.

»Nein. Ich wollte nie etwas anderes als hier auf Wangerooge leben.«

Immo seufzte. Das war das Ende gewesen. Er würde die Insel nicht verlassen. Er konnte es nicht! Nicht einmal für sie. Warum nur hatte er sich in Carlotta verlieben müssen? Warum war diese Sehnsucht in ihm, hier mit ihr den Rest des Lebens zu verbringen? Er war sich Carlottas Liebe so sicher gewesen, dass er sie nach Wangerooge einlud, um ihr einen Heiratsantrag zu machen.

Doch sie passte so wenig hierher wie eine Rose in ein Beet von Ringelblumen. Es gab nichts, was Carlotta an der Insel gefiel. Aus ihrer Sicht erkannte auch Immo plötzlich die Kargheit, die Einsamkeit und die Kälte, die das Eiland ausstrahlen konnte. Eine kurze Zeit lang hatten sie versucht, sich etwas vorzumachen, doch schließlich war Immo klar geworden, dass sie hier zusammen nicht glücklich werden konnten.

»Bitte sag, dass du die Stelle als Lehrer nicht annehmen wirst. Komm mit mir zurück ins Leben!«, hatte Carlotta gefleht.

Er hatte nur den Kopf geschüttelt. »Ich gehöre hierher.«

Carlotta war wütend geworden. Ob auf ihn oder auf sich selbst, wer konnte das wissen.

»Ach Immo! Für dich gibt es plötzlich nichts anderes mehr als diese verdammte Insel. Du hast dich entschieden und erwartest, dass ich mich füge. Aber ich fühle mich noch zu jung, um mich für ein ganzes Leben wegsperren zu lassen. Es gibt so vieles, was ich tun möchte, erleben will ...«

Ihm fiel keine Antwort auf ihren Gefühlsausbruch ein. Am Ende sagte er: »Carlotta, was wird nun aus uns?«

»Immo, ich liebe dich. Aber ich mag mich nicht festbinden lassen.«

»Und festgebunden wärst du hier?«

»Ja!«

»Ich werde nicht immer so mittellos sein wie heute. Es gibt schulfreie Zeiten. Wir könnten reisen, zum Einkaufen in die Städte fahren, Freunde besuchen ...«

»Du meinst Geld? Du glaubst doch nicht etwa, ich lehne deinen Heiratsantrag ab, weil du kein Geld hast? Wie kannst du nur so etwas von mir denken?«

»Carlotta, ich liebe dich! Bitte verlass mich nicht.«

»Es tut mir leid!«

Sie hatte sich umgedreht und war davongelaufen. Als er sie schließlich in ihrem Zimmer im Logierhaus aufsuchte, waren Carlottas Koffer schon gepackt. Sie hatten lange miteinander gesprochen, aber Carlotta ließ sich nicht mehr umstimmen.

»Das habe ich nicht gewollt«, war alles, was er beim Abschied herausbrachte.

Und jetzt stand Immo am Strand, versunken in seine Trauer. Er wünschte sich Lea herbei. Sie würde ihn verstehen.

Und dann, als habe seine Sehnsucht sie zu ihm gerufen, sah er sie plötzlich. Den Blick auf das Meer gerichtet, schlenderte sie gedankenverloren am Strand entlang auf ihn zu. Eine dunkle Gestalt vor dem hellen Sand. Ihr Haar war nachlässig zusammengebunden und zu einem Knoten aufgesteckt. Einige Locken hatten sich gelöst und fielen ihr ins Gesicht. Sie wirkte sehr zerbrechlich. Lea nahm ihn nicht wahr. Als er ihren Namen rief, blickte sie erschrocken auf wie jemand, der aus einem tiefen Traum erwachte.

»Du bist es.« Ein schwaches Lächeln überflog ihr Gesicht. Sie musterte ihn. »Was tust du hier so ganz allein? Wo ist Carlotta?«

Er hätte sich am liebsten in ihre Arme gestürzt, sich von Lea trösten lassen. Doch auf irgendeine Weise stand Carlotta zwischen ihnen. Seit sie die Insel betreten hatte, war ihr Verhältnis ein anderes.

»Carlotta ist fort.«

»Wohin?«

Und dann brach alles aus ihm heraus. »Ich habe an eine gemeinsame Zukunft geglaubt, doch wir konnten nicht zusammenbleiben«, endete er schließlich. »Weißt du, hier auf der Insel hat sich gezeigt, dass wir nicht füreinander geschaffen sind. Carlotta kann sich ein Leben auf Wangerooge nicht vorstellen. Und ich will auf Dauer anderswo nicht sein. So einfach ist das!«

»Aber du liebst sie doch!«

»O ja, ich liebe sie sehr und werde es vielleicht immer tun. Doch mir ist bewusst geworden, dass ich nicht nur meine Zukunft mit Carlotta teilen würde, sondern auch ihre Vorstellungen vom Leben. Wir können hier nicht glücklich sein. Ich habe es vorher nicht geahnt, aber Carlotta würde sich hier auf Wangerooge wie ein Vogel im Käfig fühlen – und sollte ich mit ihr in die Stadt ziehen, dann würde ich irgendwann zerbrechen. Ich weiß es, das kannst du mir glauben. Lange genug war ich fort.« Er breitete die Arme aus. »Als Kind hielt ich all das für selbstverständlich. Später wurde mir bewusst, dass Wangerooge ein Teil von mir ist.«

»Wann hast du herausgefunden, dass die Insel euch trennt?« Sie berührte seinen Arm. Er war dankbar über die Wärme ihrer Hand.

»Schon kurz nach Carlottas Ankunft. Und nicht ich habe es herausgefunden, sondern sie. Ich habe Carlotta mit der Nachricht überraschen wollen, dass wir hier auf Wangerooge leben werden, dass ich sie schon bald heiraten kann. Doch diese Überraschung ist mir nicht gelungen. Weißt du, als ich Carlotta kennenlernte, da war es für mich wie ein Wunder, dass diese Frau mich überhaupt bemerkte. Sie kam aus einer ganz anderen Welt. Es gab zudem so viele elegantere, weltgewandtere Männer. Doch sie nahm mich bei der Hand, und von da an wurden meine Tage heller und schöner. Mir war, als lebte ich in einer bunteren Welt. Und als sie dann von einer gemeinsamen Zukunft sprach, da war ich wunschlos glücklich. Es war leider nur ein kurzer Traum.«

Er blickte zum Wasser. »Die Wahrheit ist, dass Carlotta plötzlich nichts mehr von einem gemeinsamen Leben wissen will. Sie hat gesagt, da sei nicht genug Liebe in ihr, um sich meinetwegen auf diesem öden Eiland einsperren zu lassen.«

»Nein!« Leas Arme umfingen ihn.

»Doch. Sie wollte mich nicht mehr. Carlotta wird bestimmt nicht an gebrochenem Herzen sterben, glaube mir. Das ist ganz und gar nicht ihre Art. Für eine kurze Zeit hat sie mich auf ihre ganz eigene Weise geliebt. Dieser Trost bleibt mir.«

»Immo, es tut mir so leid!«

Es tat gut, Lea sein Herz auszuschütten, ihren Trost, ihr Verständnis zu spüren. Sie liefen Arm in Arm am Meeressaum entlang, scheuchten grell schreiende Austernfischer auf, stiegen über angeschwemmtes morsches Holz und umrundeten Priele, die das Wasser in den Sand gegraben hatte. Sträucher schmiegten sich in die windgeschützten Sandmulden, Möwen schrien hoch am Himmel.

Lea wies nach oben. »Weißt du noch, Immo, wie wir beide der kranken Ottilie den Flügel geschient haben?«

»Die Möwe Ottilie! Den ganzen Sommer über mussten wir sie füttern. Und dann, eines Tages, ist sie davongeflogen. Doch Ottilie kehrte immer wieder zurück, ließ sich auf deiner Schulter nieder und zerzauste dir mit dem Schnabel das Haar.«

»Und unsere Ausritte an den ersten warmen Frühlingstagen. Wenn die Pferde der Kutscher wie verrückt waren vor Freude, kannst du dich daran noch erinnern? Wir hatten Angst, dass sie uns abwerfen und wir ins Wasser fallen könnten. Und weißt du noch, wie Rebekka, du und ich an den heißen Sommertagen gemeinsam im Meer gebadet haben? Weit entfernt von den Stränden der Gäste. Immer mit der Angst im Nacken, jemand könnte uns entdecken, sehen, dass wir den Anstand nicht wahrten.«

»Rebekka hat ihr Haar dem Wind überlassen, aber du hast selbst im Wasser immer diesen riesigen zerfledderten Strohhut getragen. Und einmal hat sich ein ganzer Schwarm Schmetterlinge darauf niedergelassen.« Immo lachte bei der Erinnerung daran, wurde aber unvermittelt wieder ernst. Er blieb stehen, griff nach Leas Händen und stellte erstaunt fest, dass sie zitterten.

»Warum erinnerst du mich an all das, Lea?«

»Du bist enttäuscht darüber, dass ein Leben mit Carlotta nicht möglich ist. Aber vielleicht ist sie einfach nicht die Richtige für dich. Weißt du, was Herzensnähe bedeutet?«

Er schüttelte den Kopf. Lea stand ganz dicht vor ihm und lächelte. Doch ihre Augen blickten ernst.

»Es bedeutet, tiefe Gefühle für einen anderen Menschen zu hegen. Gemeinsam lachen und schweigen zu können, sich der Verbundenheit des anderen ganz sicher zu sein. Diese Herzensnähe spüre ich zwischen uns beiden. Immer schon. Ich liebe dich, so lange ich denken kann, Immo!«

Ihre Worte trafen ihn wie ein Schlag. »Ich möchte nicht, dass du mich liebst. Du bist Lea, ein Teil meines Lebens. So wie die Insel und das Meer. Wir beide sind Freunde, die besten, die man sich vorstellen kann.« Er umfasste sanft ihre Schultern und schüttelte den Kopf. »Lass alles zwischen uns so bleiben, wie es ist, bitte. Ich könnte etwas anderes jetzt nicht ertragen.«

»Alles verändert sich, Immo. Ich wollte dir meine Liebe nicht gestehen, doch nun ist es geschehen und ich kann die Worte nicht mehr zurücknehmen.«

»Warum musstest du dich überhaupt in mich verlieben?«

Er sah, wie sie schluckte. Wie sie mit den Tränen kämpfte. »Es scheint mein Schicksal zu sein. Ich konnte nicht davor weglaufen. Meine Liebe zu dir ist beständig. Sie ist ein Teil von mir, wie mein Herzschlag.«

»Ich bin ganz wirr im Kopf.« Immo bückte sich und nahm gedankenverloren eine Hand voller Sand auf und ließ sie durch die Finger rieseln. Er betrachtete Lea. Sie sah so jung und verletzlich aus. Eine dunkle Haarlocke fiel nach vorne und verbarg ihr Gesicht. Immo merkte, dass er sich in einem Gewirr aus widersprüchlichen Gefühlen verfing. Er wünschte sich, Lea in die Arme zu nehmen, doch er konnte sich nicht rühren. Ihre Freundschaft, ihre gemeinsamen Erlebnisse – all das schien weit entfernt zu liegen. Ihre Worte hatten eine unüberwindliche Hürde zwischen ihnen aufgebaut.

Schließlich sagte sie: »Ich werde fortgehen, bald schon. Es gibt etwas, das du wissen musst. Ich habe Briefe von Rebekka erhalten und möchte zu ihr nach Amerika fahren.«

Lea schob sich die Haarlocke aus dem Gesicht und blickte ihn an. Sie schien auf etwas zu warten, doch Immo wusste nicht, auf was.

Er versuchte, einen klaren Gedanken zu fassen. Rebekka! Über sie konnte er sprechen. »Wie geht es ihr? Warum hat sie so lange nichts von sich hören lassen?«

»Sie hat mir geschrieben, Immo, oft. Doch Großmutter hat all ihre Briefe versteckt. Du kannst dir denken, warum. Gestern erst habe ich sie gefunden und in der Nacht gelesen. Rebekka lebt auf einer Farm und scheint dort sehr einsam zu sein. Ach Immo, ich wünsche mir nichts sehnlicher, als sie wiederzusehen.«

Immo klammerte sich an das Gespräch über Rebekka wie an einen Strohhalm. »Vielleicht ist es gut für dich, die Insel für eine Weile zu verlassen. Besuche Rebekka, lerne ein anderes Land kennen und neue Leute. Deine Großmutter ist vermögend gewesen. Nimm dir einen Teil des Erbes und entdecke die Welt, Lea.«

»Das werde ich.«

In ihren großen Augen spiegelte sich eine unendliche Traurigkeit. Als müsste sie sich schon jetzt von allem verabschieden, kniete Lea nieder, strich über das Dünengras, tauchte eine Hand in den weichen Boden.

»Ich muss gehen, Immo.«

Er sah ihr wehmütiges Lächeln. Sie erhob sich, strich ihm zart über die Wange und wandte sich dann dem Pfad zum Dorf zu. Er blickte ihr nach. Ein schlankes anmutiges Mädchen in einem dunklen Mantel.

Lief sie vor ihm davon? Vertrieb er sie von Wangerooge? Der Gedanke war ihm unerträglich.

Für einen winzigen Augenblick verspürte Immo den

drängenden Wunsch, Lea nachzulaufen, sie zurückzuhalten. Doch dann verflüchtigte er sich wie ein Duft, den der Wind davontrug.

5

Der Türklopfer wurde angeschlagen, Lea zuckte zusammen. Ferdinand Gärber war der letzte Mensch, den sie jetzt sehen wollte. Sie hätte viel dafür gegeben, allein sein zu können. Wieder und wieder stiegen vor ihrem inneren Auge die Bilder der Begegnung mit Immo am Strand auf. Sie schluckte und bemühte sich, die Fassung zu wahren. In ihrem Kopf drehte sich wie ein Karussell die Gewissheit, dass sie mit ihren dummen Worten alles verdorben hatte. Lea spürte, wie sich ihre Wangen bei der Erinnerung daran vor Scham röteten. Es nützte nichts, sich einzureden, dass nur der Zeitpunkt falsch gewählt war. Immo liebte sie nicht. Bis zuletzt hatte sie darauf gehofft, dass er sie davon abhalten würde, nach Amerika zu gehen. Doch das war nicht geschehen.

Armer Immo! Was hatte sie ihm nur zugemutet! Neben dem Kummer mit Carlotta musste er nun auch noch mit ihrem kindischen Geständnis fertigwerden. Es würde das Beste sein, wenn sie so schnell als irgend möglich die Insel verließ. Sie wusste nicht, ob sie es ertragen könnte, Immo jemals wieder in die Augen zu sehen.

Das erneute Klopfen an der Tür riss Lea aus ihren Gedanken. Sie öffnete widerwillig. Doch es war nicht Ferdinand Gärber, der vor der Tür stand, sondern Heye Harms, der Kutscher, der auf der Insel die ankommenden Gäste zu ihren Quartieren fuhr. Verlegen drehte er seinen Hut zwischen den Händen.

»Tag auch, Lea. Wunderst dich sicher, dass ich hier einfach vor der Tür stehe, noch dazu so kurz nach der Beerdigung. Doch ich hab mir gesagt, Heye, fass dir ein Herz und geh hin.« Sein Gesicht bekam eine tiefrote Farbe.

Umständlich zog er einen Umschlag aus seiner Jackentasche. »Du wirst nicht glauben, was ich hier für dich hab. Ist direkt beim Kapitän der *Telegraph* für dich abgegeben worden. Dieser Trottel hat einige Zeit auf dem Brief gesessen. Erst heute Morgen hat einer von der Mannschaft den Umschlag entdeckt und mir zukommen lassen. Soll direkt bei dir abgegeben werden. Ich hab mich mit dem Abliefern der Gäste beeilt, um dir den Brief ganz schnell bringen zu können. Du wartest ja schon so lange auf Nachricht von ihr, nicht.« Er streckte ihr einen Umschlag entgegen und lächelte Lea beifallheischend zu.

Diese betrachtete ihn verständnislos, doch dann begriff sie. Heye hatte den Absender gelesen. Ungläubig blickte sie von ihm zu dem Umschlag. Ohne Zweifel, dies war ein Brief von Rebekka! Sie griff danach.

»Vielen Dank.« Lea sprach die Worte, ohne sich dessen bewusst zu sein.

Heye setzte seinen Hut wieder auf, hob die Hand zum Gruß und wandte sich um.

Lea nahm es kaum wahr. Noch im Gehen riss sie den Umschlag auf. Eine Karte und einige Geldscheine fielen zu Boden. Lea bückte sich und starrte wie gebannt auf das Billett in ihren Händen. Eine Passage für die Fahrt am 15. April von Bremerhaven nach New Orleans! Sie ließ sich in einen Stuhl sinken. Es schien, als habe das Schicksal ihr die Entscheidung darüber, wann sie die Insel verlassen sollte, abgenommen. Ihre Gedanken begannen zu rasen. Der 15. April – das war ja schon in wenigen Tagen! Fiebrig zog Lea den Bogen aus dem Kuvert.

Meine liebste Lea,

ich wünsche mir so sehr, von dir zu hören, und mehr noch, dich zu sehen. Doch alle Briefe sind unbeantwortet geblieben. Aus diesem Grund wähle ich jetzt einen anderen Weg, dir die Post und eine Fahrkarte nach New Orleans zukommen zu lassen. Hatte ich nicht versprochen, dich bald zu holen?! Jetzt ist es so weit. Bitte komm!

Lea, ich bin schwanger und will mein Kind nicht allein auf dieser abgelegenen Farm bekommen. Arne weiß nichts von der Schwangerschaft. Es hat mehr und mehr Streit zwischen den Brüdern gegeben. Daran trägt – das muss ich leider sagen – mein Mann die Hauptschuld. Manchmal ging es auch um meine Anwesenheit auf der Farm, die Joris nicht recht ist.

Und jetzt hat sich Arne Hals über Kopf für den Präriehandel einfangen lassen. Er ist so ein Kindskopf und läuft einfach vor den Problemen davon. Die Händlertrecks brechen bald auf, treffen mit Kaufleuten, die von der anderen Seite des Kontinents kommen, zusammen, tauschen ihre Waren und kehren dann wieder um. Es kann bis zu einem Jahr dauern, bis Arne nach Hause zurückkehrt. Er hat mir einen langen Brief mit vielen Worten der Entschuldigung hinterlassen. Arne hofft, mit dem Geld aus dem Präriehandel für uns beide eine eigene Zukunft aufbauen zu können. Er hat sich einfach fortgeschlichen und mich alleine gelassen. Kannst du dir vorstellen, wie wütend ich war?

Lea, mein Kind wird in sechs Monaten zur Welt kommen. Bis dahin will ich dich bei mir haben. Bitte, bitte komm! Ich habe viele meiner Zeichnungen und die goldene Kette verkauft, um dir eine Reise unter besseren Umständen zu ermöglichen, als ich sie hatte.

Während ich diese Zeilen schreibe, bin ich auf dem Weg nach St. Louis. Morgen werde ich dort die Gesellschaft für Einwandererhilfe aufsuchen. Sie sollen mir einen vertrauenswürdigen Menschen benennen, der nach Deutschland fährt. Diesem werde ich meine Zeilen und das nötige Geld für ein Billett mitgeben. Ich werde ihn anweisen, in Bremerhaven eine Fahrkarte für dich zu lösen. Die Schiffe nach Amerika sind häufig auf Wochen ausgebucht. Mein Brief soll dich direkt über die Telegraph *erreichen. Ich bete zu Gott, dass mein Plan gelingen möge. Verrate dich nicht bei Großmutter, sondern schleiche dich heimlich von der Insel. Das Geld reicht für eine Kajütpassage. Es wird noch genug übrig sein, um bis nach Quincy zu reisen.*

Du glaubst nicht, wie ich es genieße, der Farm und den Problemen für kurze Zeit zu entfliehen! Einige Tage werde ich in St. Louis bleiben, um dann mit der Lucky Star *wieder zurückzureisen. Ich habe ein Billett für die Jungfernfahrt des Dampfers gebucht. Die erste Fahrt ist immer etwas Besonderes.*

Lea, ich kann es kaum noch erwarten, dich bei mir zu haben. Ich freue mich unbändig auf dich!

Deine ungeduldige Rebekka

Lea ließ den Bogen sinken. Eine Fahrkarte nach Amerika! Gerade noch hatte sie eine Reise dorthin nur im Geiste geplant und jetzt fiel ihr das Billett einfach in den

Schoß. Was für eine wunderbare Fügung des Schicksals! Ihr Körper begann vor Erregung zu kribbeln, und Gedanken wirbelten wie Schneeflocken durch ihren Kopf. Sie würde nicht länger zusehen müssen, wie Immo sich vor Sehnsucht nach Carlotta verzehrte. Sie würde einfach fortgehen und alles hinter sich lassen. Bilder stiegen vor ihr auf. Ein stolzes Schiff, das weite Meer und ein fremdes Land mit glücklichen Menschen. Schließlich Rebekka, die sie freudestrahlend in die Arme schloss.

Während sich in ihrem Kopf die Gedanken jagten, klopfte es zum zweiten Mal an diesem Tag. Lea schrak zusammen. Sie hatte den Besuch Gärbers fast vergessen. Was für ein Glück, dass Hiske heute im Haus und sie nicht allein mit diesem unangenehmen Kerl war.

Lea erhob sich rasch, legte den Brief zur Seite und ging zur Tür. Sie öffnete und hieß den Finanzberater eintreten. Ferdinand Gärber nahm den Hut ab und betrachtete mit einem seltsam triumphierenden Ausdruck zuerst Lea, die ein schlichtes dunkles Kleid trug, und dann das Innere des Hauses. Er schnalzte anerkennend mit der Zunge. Lea fühlte sich unangenehm berührt und führte ihn widerstrebend ins Wohnzimmer. Hiske deckte gerade den Tisch mit Teegeschirr ein.

Ich muss ihm gleich erklären, dass ich von nun an jemand anderen in finanziellen Dingen beauftragen werde, dachte Lea nervös.

Der Finanzberater blieb auf der Schwelle zum Wohnzimmer stehen und wies Hiske überheblich an: »Sie können gehen, meine Liebe. Wir haben etwas unter vier Augen zu besprechen.«

Fragend blickte die alte Haushälterin Lea an. »Geh nur,

Hiske. Du kannst vielleicht schon anfangen, Großmutters Sachen zu ordnen.« In Gedanken fügte sie noch hinzu: Hauptsache, du verlässt das Haus nicht.

Lea war wütend. Wie kam der Kerl dazu, Anweisungen zu erteilen? So schnell wie möglich musste sie diesen Widerling loswerden.

Als die Tür hinter Hiske ins Schloss fiel, wandte der Finanzberater seine ganze Aufmerksamkeit Lea zu. Er betrachtete sie von oben bis unten. Lea griff mit zusammengebissenen Zähnen, aber auch leicht verwirrt, nach einem Stuhl, setzte sich und wies auf den gegenüberliegenden Platz.

»Es wäre gut, wenn wir die Angelegenheiten rasch regeln könnten. Ich fühle mich noch nicht recht wohl und hätte Sie niemals empfangen, wenn es sich nicht um finanzielle Dinge handeln würde, die ja scheinbar keinen Aufschub dulden.«

Gärber ignorierte Leas Geste und setzte sich dicht neben sie. »Das verstehe ich gut. Aber es gibt etwas, das Sie wissen sollten, und zwar schnellstmöglich. Deshalb bin ich gekommen. Ich muss Ihnen leider einen zweiten schweren Schlag zumuten, meine Liebe.« Er beugte sich zu ihr, so dass Lea sein weingeschwängerter Atem unangenehm in die Nase stieg. Seine Hand tätschelte ihren Oberarm. Sie spürte die Hitze seiner Finger, als ob sie sich verbrannt hätte. Rasch zog sie ihren Arm zurück. Gärber registrierte es mit hochgezogener Braue.

»Also, worum geht es? Hat es mit Großmutters Vermögen zu tun?«

»So ist es. Um es kurz zu machen: Es existiert kein Vermögen mehr. Ihre Großmutter hat sich verkalkuliert.«

Scheinbar bedauernd neigte er sich zu ihr hinüber. »Leider muss ich sagen, dass Ihnen als Erbin so gut wie gar nichts bleibt.«

Lea starrte ihn an. Sie konnte nicht glauben, was ihre Ohren gehört hatten, und schüttelte unbewusst den Kopf. »Das ist nicht möglich! Man kann Großmutter vieles nachsagen, aber in Geldangelegenheiten war sie unfehlbar. Wie oft sind die Insulaner, selbst die Hofrätin und der Vogt, zu ihr gekommen, um sich mit ihr in finanziellen Dingen zu beraten. Was Sie sagen, kann einfach nicht wahr sein!«

»Leider ist es das aber doch. Vor längerer Zeit stieg sie in ein besonderes Geschäft ein. Es ging um Schiffsladungen von Stoffen, Gewürzen und Tabakwaren. Ihre Großmutter investierte ihr ganzes Vermögen. Sie glaubte an die Sache. Ich riet ihr ab, aber sie beharrte darauf, sich auch noch Geld von der Bank zu leihen. Ihre Großmutter glaubte, dass der Betrag bis zur Fälligkeit längst wieder eingebracht wäre. Doch da hat sie sich getäuscht, und all ihr Hab und Gut ist jetzt verloren.«

»Alles ist weg? Sie meinen, dieses Haus hier, die Gästeunterkünfte, das gesamte Vermögen?«

»So ist es. Ihnen gehören nur noch die Kleider, die Sie am Leib tragen.«

Lea erstarrte. Sie sah ihn fassungslos an, dann die Stickereien an den Wänden, das dunkel schimmernde Holz der Möbel und das Teegeschirr auf dem Tisch. Es war so still, dass das Knacken des Holzes im Kamin wie Donnerschläge dröhnte.

Lea öffnete den Mund, doch erst beim zweiten Anlauf gelang es ihr, die Worte herauszubringen. »Dann muss ich all das hier aufgeben?«

Er nickte nur, zog die entsprechenden Papiere aus seiner Tasche und breitete sie vor Lea aus. Sie fing sich wieder und studierte eingehend die Urkunden. Es waren Vollmachten darunter, aber auch Papiere, die Großmutters Unterschrift trugen.

»Wem gehört das Haus jetzt?«

»In gewisser Weise mir. Ich besitze ausreichend Vermögen und habe mich entschlossen, die Schulden Ihrer Großmutter bei der Bank zu tilgen. Die Papiere für den Kauf dieses Besitzes sind schon unterzeichnet.«

Lea sprang auf und trat ans Fenster. »Sie haben meine Großmutter hereingelegt. Es kann gar nicht anders sein.« Sie wandte sich an den Finanzberater. »Sie wollten Großmutters Besitz und haben ihn ihr abgeluchst! Ich kann mir sogar vorstellen, dass Sie ihren Tod willentlich herbeigeführt haben, um davon zu profitieren.«

Gärber betrachtete sie wie ein bemitleidenswertes Kind. »Meine Liebe …«

»Wozu brauchen Sie überhaupt ein Haus auf unserer Insel?«

Er erhob sich und kam auf Lea zu. »Vielleicht, um mich auszuruhen. Und dies natürlich am liebsten in der richtigen Gesellschaft. Obwohl ich glaubte, die Familienverhältnisse Ihrer Großmutter genau zu kennen, habe ich nichts von Ihnen gewusst. Sie sind ein reizendes Geschöpf.« Ferdinand Gärber umfasste unvermittelt Leas Schultern mit beiden Händen und bannte sie mit seinen Augen. »Ich werde mir auf Wangerooge einen Ruhesitz schaffen und wünsche mir angenehme Gesellschaft. Was hältst du davon, wenn du im Haus bleiben darfst und hier immer auf mich wartest? Unsere gemeinsame Zeit wird ein Schwelgen in Lust sein.« Er schien wie im Fieber. Seine Rechte strich aufreizend über die Rundung ihrer Schulter. Mit einem Ruck zog er sie zu sich heran, doch Lea stieß ihn fort.

»Was fällt Ihnen ein?«

»Ach, zier dich doch nicht so.« Gärbers Atem ging jetzt stoßweise. Seine Stimme klang scharf. »Das ist das beste Angebot, das du bekommen wirst. Dir bleibt kaum eine andere Wahl. Du hast kein Geld.«

Seine Kälte ließ Lea das Blut in den Adern gefrieren. Das alles war ein Albtraum, es konnte gar nicht anders sein.

»Und Dienstmädchen gibt es wie Sand am Meer. Natürlich könnte dir dein Äußeres etwas einbringen. Ich habe gute Ohren. Die Leute im Dorf haben von deiner Mutter gesprochen, die sich zu Lebzeiten für die männlichen Inselgäste nicht zu schade war, und von deiner Schwester, die mit dem Erstbesten auf und davon ist. Doch ich glaube, dass du nicht gerne von einem Bett ins nächste hüpfen möchtest. Sei also dankbar für mein Angebot. Es wird dir, solange ich dich an meiner Seite wünsche, dein täglich Brot sichern.«

Lea wurde speiübel. Sie konnte nicht glauben, dass er all dies gesagt hatte.

»Bitte gehen Sie, sofort!«

Er umschlang sie erneut. »Kannst du dir vorstellen, wie du mich faszinierst? Nein, das kannst du nicht. Du bist meine persönliche Entdeckung. Niemals zuvor habe ich ein solch zartes Wesen gesehen von so ungewöhnlichem Aussehen. Eine südländische Frucht mit der Kühle des Nordens. Es wird mir eine Freude sein, dein Temperament zu wecken, dich zu lehren, wie du mir Vergnügen bereiten

kannst. Hab keine Angst. Es wird dir gut gehen bei mir.«
Seine Lippen waren ganz dicht an ihrem Ohr, sein übler
Atem ekelte sie an. »Du wirst dich nicht mehr zu schinden
brauchen, und meinetwegen können wir auch die Haushälterin behalten. Nur eines musst du sein: schön und ge-
schmeidig und allzeit bereit. Das ist meine Bedingung.«
Sein Mund kam näher, um sie zu küssen. Lea versuchte
verzweifelt, seinen Lippen zu entkommen.

»Du wirst noch willig werden, Lea. Ich verspreche es
dir.« Aus seiner seidenweichen Schlüpfrigkeit war die
Grobheit nicht zu überhören.

Leas Angst verwandelte sich von einem Moment zum
nächsten in Zorn. Dieser Kerl hatte ihr nicht nur das Zuhause genommen, sondern auch die Menschen, die sie
liebte, in den Dreck gezogen. Sie riss sich von ihm los
und spürte, wie er sich dagegen wehrte, sie freizugeben.
Die Finger des Mannes umschlossen den Ausschnitt ihres
Kleides und Lea hörte, wie der Stoff zerriss. Ihr Peiniger
gab einen überraschten Ton von sich, zog dann scharf die
Luft ein. Lea sah, dass die Knöpfe des Unterkleides abge-
sprungen waren und jetzt den Blick auf ihre nackte Haut
freigaben. Gierig streckte der Rohling die Finger aus, zog
den Rest des Stoffes mit einem Ruck von ihren Schultern und umfasste ihre Brüste mit beiden Händen. Dabei
stöhnte er wohlig auf.

Lea fuhr zurück, als sei sie von einer Schlange gebissen
worden. Während ihre Hände den Stoff des zerrissenen
Oberteils zusammenrafften, schrie sie ihn an: »Niemals
werde ich auf Ihr Angebot eingehen – und wenn Sie der
letzte Mann auf Erden wären! Ich habe eine Schwester in
Amerika, die mich nur zu gerne aufnehmen wird.« Dann

wandte sie sich zur Tür, öffnete sie mit einer wilden Bewegung und stürmte die Treppe hinauf.

»Komm sofort zurück!«

»Ich glaube, Lea möchte, dass Sie jetzt gehen.«

Wie aus dem Nichts stand Hiske in der Tür. Mit eiskalter Miene wies sie auffordernd zum Ausgang.

Der Finanzberater strafte die Haushälterin mit einem vernichtenden Blick. An der Treppe blieb er stehen und schaute nach oben. Dann griff er in seine Jackentasche und zog einen Umschlag hervor, den er triumphierend schwenkte. »Es gibt niemanden, der auf dich wartet. Lass dir das gesagt sein. Ich weiß es! Daher denke noch einmal ganz in Ruhe über mein Angebot nach. Morgen komme ich wieder und hole mir deine Antwort. Ich erwarte ein angemessenes Willkommen.«

Lea kauerte auf dem Treppenabsatz. Nach Gärbers Worten lief es ihr eiskalt den Rücken hinunter. Kaum hatte Hiske den Riegel vorgeschoben, da brach sie zusammen und ließ sich auf die Stufe fallen.

Die Haushälterin stürmte die Treppe hinauf. Empört betrachtete sie das zerrissene Kleid. »Kind, was hat er dir getan?«

»Es ist nichts passiert. Ach Hiske.«

Ihre Tränen drohten hervorzubrechen, doch Lea ließ es nicht zu. Sie hatte keine Zeit zum Weinen. Sie musste nachdenken. Stockend berichtete sie von der schlechten Nachricht und von den Handgreiflichkeiten.

Hiske schlug die Hände über dem Kopf zusammen. Ihr sonst so blasses Gesicht bekam rote Flecken. »Du armes Kind. Und ich dachte, dieser Mann sei ein feiner Herr.«

Dieser Schuft würde sich nicht abspeisen lassen, keine Ruhe geben und sie jagen wie ein Tier. Auf Wangerooge war sie nicht mehr sicher. Daran konnten weder der Vogt noch sonst ein Mensch etwas ändern. Der Kerl würde sich hier auf der Insel häuslich niederlassen und ihr auf ewig nachstellen. Das würde ihr die Luft zum Atmen nehmen.

Wie war es ihm nur gelungen, sich Großmutters gesamten Besitz anzueignen? Da stimmte doch etwas nicht, auch wenn die Papiere ohne Zweifel Großmutters Unterschrift und das Siegel des bekannten Bankhauses Krummrat trugen. Doch wie sollte sie beweisen, dass dieser Schuft sich an ihrem Erbe bereichert hatte? Ihr Erbe? Sie war weder die leibliche Enkeltochter von Katharina Brons noch gab es andere Bande zwischen ihr und der Verstorbenen. Konnte sie überhaupt etwas annehmen von dieser Frau, die Rebekkas Briefe unterschlagen und ihr so wehgetan hatte?

Lea griff sich an die Stirn. In all dem Durcheinander in ihrem Kopf fasste sie einen einzigen klaren Gedanken: Sie wollte fort von hier. Fort von diesem Betrüger und auch fort von Immo. Und sie hatte die Möglichkeit dazu! Das Billett. Jetzt war sie von Herzen dankbar dafür. Es gab kein Überlegen mehr. Sie würde in Amerika an Rebekkas Seite ein neues Leben beginnen.

»Ich muss weg von hier. Morgen früh, mit dem ersten Schiff, verlasse ich Wangerooge.«

»Das ist doch Unsinn! Vor Schwierigkeiten davonzulaufen ist nicht der richtige Weg. Wir beide gehen jetzt erst zu Immo und dann zum Vogt und erzählen alles. Die beiden werden wissen, was zu tun ist, und dem Kerl schon die Leviten lesen. Außerdem kannst du dir doch nicht einfach dein Zuhause wegnehmen lassen. Und sollte es tatsächlich so sein, dass du mit leeren Händen dastehst, dann hat die Geheime Hofrätin bestimmt Arbeit für dich. Unterkommen kannst du gerne bei mir.«

Lea schüttelte entschieden den Kopf. »Das ist lieb gemeint, aber ich muss gehen. Dieser Betrüger wird mich nicht in Ruhe lassen und ich habe weder einen Vater noch einen Bruder, der mich auf Dauer vor seinen gierigen Händen schützen könnte. Hiske, ich habe furchtbare Angst vor ihm.«

»Ich habe immer geglaubt, dass Immo und du …«

Lea schüttelte den Kopf. »Wirst du mir helfen zu fliehen?«

»Aber, Kind, wohin willst du denn gehen?«

»Nach Amerika, dort kann er mich nicht finden.«

»Das geht doch nicht, noch dazu so ganz alleine. Und wie willst du das Geld für die Reise aufbringen?«

»Rebekka wartet auf mich. Sie hat mir eine Fahrkarte geschickt. Heye Harms brachte sie mir heute Morgen, zusammen mit einem Brief von ihr. Mach nicht so ein Gesicht, es ist wahr. Hiske, es bleibt keine Zeit mehr für lange Erklärungen. Du brauchst dir wirklich keine Sorgen zu machen. Rebekka erwartet mich in der Neuen Welt. Gärbers Betrügereien betreffen sie genauso wie mich. Gemeinsam mit ihr werde ich entscheiden, was zu tun ist, ob wir um unser Erbe kämpfen. Doch jetzt muss ich fort von hier. Schnell, bring mir Großmutters Reisekoffer.«

Die Haushälterin schien zu erkennen, dass Lea sich nicht würde umstimmen lassen. Kopfschüttelnd stand sie auf und brachte das Gewünschte.

Lea straffte die Schultern. Sie hatte ihre Entscheidung

getroffen. Entschlossen öffnete sie die Schubladen ihres Schrankes und stopfte wahllos Strümpfe und Unterröcke, Wäsche und mehrere Kleider in den Koffer.

Draußen ging die Sonne bereits unter, als Lea mit dem Packen fertig war. Sie trat ins Wohnzimmer und warf zum Abschied einen letzten Blick in den Raum. Dann zog sie entschlossen die Tür hinter sich zu.

Hiske stand in der Diele und ergriff ihre Hände. »Kind, ich bitte dich, schlaf noch eine Nacht über deine Entscheidung. Bei Licht sieht alles anders aus. Ich werde morgen in aller Frühe wieder hier sein. Wenn du dann immer noch gehen willst, dann sollten wir den unauffälligen Weg durch die Dünen nehmen. Ich bringe für das Gepäck den Handkarren mit. Aber ich hoffe bei Gott, dass du vernünftig bist und den Vogt oder zumindest Immo zu Hilfe rufst.«

Lea küsste die Haushälterin auf die Wange. »Was würde ich nur ohne dich anfangen? Und jetzt geh nach Hause. Die Nacht wird kurz genug sein.«

Als Lea erwachte, war der Himmel noch dunkel. Nur ein Lichthauch verriet, dass der Morgen bald anbrechen würde. Obwohl es kühl im Zimmer war, schob sie die Vorhänge des Wandbettes ganz zur Seite, trat ans Fenster und sah hinaus. Schemenhaft konnte sie die Landschaft ausmachen. Mit schmerzhafter Deutlichkeit erinnerte sie sich an den gestrigen Tag. Sah das Gesicht von Ferdinand Gärber vor sich. *Ich erwarte ein angemessenes Willkommen.* Es schüttelte Lea. Darauf konnte er lange warten! Immos Bild erschien vor ihrem inneren Auge. *Ich möchte nicht, dass du mich liebst.* Lea drückte ihre Stirn gegen die Scheibe. Eine

Woge von Schmerz überrollte sie. Liebe ließ sich nicht bestimmen! Sie würde ihren Weg ohne Immo gehen müssen.

Schmerz, Verlust und Zorn hatten Veränderungen herbeigeführt, die sie zwar nicht sehen oder fassen, aber sehr wohl spüren konnte. Ihr altes Leben war vorbei. Ihr blieb keine Zeit für Grübeleien, Klagen oder Erinnerungen. Sie würde Rebekkas Geschenk annehmen und das Beste aus ihrer Situation machen.

Lea verspürte wieder die bebende Erwartung des gestrigen Morgens in ihrem Inneren. Amerika! Das Land rief sie.

»Ich komme«, antwortete sie leise.

2.

Die Reise

Frühjahr/Sommer 1854

I

Im Sonnenlicht sah das Gasthaus ganz passabel aus, fand
Lea. Sie hatte sich, auf Empfehlung des Kutschers, in
der *Weserlust* einquartiert. In früheren Jahren hatte sich
das Hotel vor Gästen kaum retten können. Alle, die von
Bremerhaven aus in die Neue Welt reisen wollten, mussten
sich in Bremen eine Bleibe suchen. Seit vor einigen Jahren
das Auswandererhaus in Bremerhaven fertiggestellt war,
konnten die Ausreisenden jetzt auch direkt beim Hafen
unterkommen.

Lea hatte sich ganz bewusst von diesem Quartier fern-
gehalten. Falls Gärber nach ihrem Verbleib forschen sollte,
würde sein erster Weg ihn vielleicht geradewegs dorthin
führen. Morgen wollte sie mit einem der Schlepper die
Reise nach Bremerhaven antreten und von dort aus direkt
in See stechen. Ihr Schiff hieß *Mary-Ann*. Das hatte Lea
gestern beim Auswandererbüro erfahren und auch, dass
die Reise nach New Orleans sechs bis acht Wochen dauern
würde. Der Segler gehörte einem amerikanischen Reeder,
der Tabak, Baumwolle und Zucker einführte und im Ge-
genzug Auswanderer nach Amerika mitnahm. 270 Zwischendeckpassagiere und dazu noch etliche Kajütreisende
fanden auf dem Schiff Platz.

Lea, die niemals zuvor ihre Heimatinsel verlassen hatte,

spazierte mit großen Augen durch die Stadt. Sie war von all den neuen Eindrücken fasziniert. Bremen war so groß! An den imposanten Gebäuden, Fabriken, Kutschen und Menschen, die die Straßen bevölkerten, konnte sie sich kaum sattsehen. Wie Ameisen rannten Männer und Frauen geschäftig hin und her. Hier suchte Lea die Ruhe, die auf Wangerooge vorherrschte, und die Ausgeglichenheit der Insulaner vergeblich. Aber all die neuen Eindrücke halfen ihr auch, sich von den Geschehnissen der letzten Tage abzulenken.

Du ziehst jetzt in ein anderes Land. Du beginnst ein neues Leben – und Rebekka wartet auf dich, sagte sie sich immer wieder.

Mit diesem beruhigenden Gefühl ließ sich Lea von einer Droschke zu dem ihr empfohlenen Warenhaus bringen, um all die Dinge einzukaufen, die für die Überfahrt noch fehlten. Die Kutsche hielt vor einem großen alten Gebäude, dessen rechte Hälfte mit dem Schild *Hardenberg – Alles, was der Mensch braucht* überschrieben war, während die andere Hälfte den glanzvollen Namen *Morgenstern* trug.

In dem großen Verkaufsraum des Kaufhauses stapelten sich die Waren in Regalen bis unter die Decke. Das Angebot reichte von Trockenobst und Würsten über Essgeschirr bis hin zu Unterbetten. Eine große Tür führte zu einem separaten Raum. Dort saßen im Sonnenlicht, das durch die großen Fenster fiel, einige Herren, lasen die Morgenzeitung und tranken Kaffee. Neben ihnen gestapelte Kisten und Körbe kündeten von den Einkäufen, die sie getätigt hatten. Eine hübsche junge Bedienung eilte geschäftig hin und her und nahm eifrig Bestellungen auf.

Während Lea noch die Eindrücke auf sich wirken ließ, trat ein Verkäufer auf sie zu. Er war hochgewachsen, hielt sich sehr gerade und trug eine runde Nickelbrille.

»Ich sehe, Sie wollen ausreisen«, begrüßte er sie.

Lea fragte sich, woher er das wissen konnte. Vielleicht sprach er jeden Kunden so an. Der Mann schien keine Reaktion von ihr zu erwarten.

»Es ist die richtige Entscheidung, sich bei *Hardenberg* mit dem Nötigsten zu versorgen. Sie werden hier alles finden, was für eine Reise nach Übersee unentbehrlich ist. Beginnen wir mit den Nahrungsmitteln.« Er griff nach Leas Arm und führte sie stolz durch das Lager. »Ich kann Ihnen nur empfehlen, sich mit reichlich Proviant einzudecken. Sie werden Wochen unterwegs sein, und die Verpflegung an Bord ist meistens ungenießbar.«

»Ich werde als Kajütpassagier reisen.« Lea sah an der Rundung seines Mundes zu einem O, dass der Mann sie falsch eingeschätzt hatte. Sofort wurden seine Gebärden um einiges höflicher, die Verbeugungen tiefer.

»Eine weise Entscheidung. Wie gut für Sie. Dann speisen Sie natürlich etwas komfortabler. Aber auch hier ist das Mitnehmen gewisser Lebensmittel empfehlenswert. Die Eintönigkeit der Küche wird Sie sonst umbringen.«

Lea schluckte angesichts der Preise, mit denen die Waren ausgezeichnet waren. Sie würde sich einschränken und nur das wirklich Notwendige erwerben können.

»Ich denke, mit Proviant bin ich reichlich ausgestattet.«

Der Verkäufer zwinkerte ihr verständnisvoll zu. »Ich sehe schon, dass Sie wirklich nur das Unerlässlichste dazukaufen wollen. Als Kajütpassagier werden Sie zum Glück auch kein Geld für ein Unterbett ausgeben müssen, meine Liebe. Also, als Zusatzproviant empfehle ich wärmstens Kaffee und Tee, Salz, Zucker, Backobst und Zitronen. Sie werden mich nach drei Wochen Fahrt für diese Empfehlung einen Engel nennen.« Er bedachte ihr Äußeres mit Kennerblick. »Außerdem benötigen Sie noch Decken und Kleidung, die heftigem Wind und Regen standhält – oder irre ich mich da?«

Lea nickte. Ihr gefiel der Mann und seine leichte Art, mit Kunden umzugehen. Er hatte sie durchschaut und trotzdem nichts von seiner Höflichkeit verloren. Sie fühlte sich gut aufgehoben bei ihm und genoss seine fachmännische Beratung.

Als Lea die gekauften Waren bezahlte und sich von dem Verkäufer verabschieden wollte, brach dieser das Gespräch unvermittelt ab. Mit offenem Mund starrte er auf einen Punkt hinter ihr. Lea wandte sich um. In der Eingangstür mitten im Sonnenlicht stand eine junge Frau, die an jedem Ort der Welt die Gedanken eines Mannes abgelenkt hätte. Sie hatte helles, lockiges Haar, veilchenblaue Augen und eine üppige Figur. Die Blondine trug unter ihrem geöffneten Mantel ein Seidenkleid, das genau den Farbton ihrer Augen widerspiegelte, und einen modischen Hut mit hellen Bändern. Ihr Gesicht war von klarer Schönheit. Die marmorne Blässe ihrer Haut bildete einen starken Kontrast zu den vollen roten Lippen. Ihre Augen blitzten mit der Sonne um die Wette. Sie strahlte Wärme und Fröhlichkeit aus, eine Mischung, die alle in ihren Bann schlug.

Der Wind hatte einige Locken unter dem Hut hervorgezaubert. Mit einer einzigen Handbewegung fegte die Frau ihre Kappe vom Kopf, schritt durch den Raum und ließ sich mit fröhlichem Lachen an einem der Tische des Cafés nieder.

Während Lea sich fragte, was jemand wie sie hier zu suchen hatte, ließ der eben noch so aufmerksame Verkäufer sie stehen und eilte zu der Neuangekommenen.

Er winkte nach der Bedienung. »Teresa, nimm dich doch der Garderobe dieser jungen Dame an.« Dann wandte er sich an den blauen Engel. »Legen Sie den Mantel getrost ab, meine Liebe, und suchen Sie in Ruhe Ihre Waren aus. Mein Name ist Kalle Hardenberg. Ich bin der Besitzer dieses Warenhauses. Sofort stehe ich Ihnen zur Verfügung.«

»Wirklich? Ganz und gar?« Die blauen Augen der Frau lockten ihn.

Ihre Frage verwirrte den Mann. Er starrte sie mit unverhohlener Bewunderung an, um dann über die Anspielung zu lachen.

Sie ist es gewohnt, dass die Männer ihr zu Füßen liegen, dachte Lea und wunderte sich darüber, dass die Person ihr nicht unsympathisch war.

Die Fremde reichte Teresa Mantel und Hut. Mittlerweile hatten auch alle anderen den neuen Gast bemerkt und gafften. Der jungen Frau gelang es mit einem hinreißenden Lächeln, alle Kunden und Cafébesucher, in der Mehrzahl Männer, für sich einzunehmen.

»Sie sind genau der Mann, nach dem ich gesucht habe, Herr Hardenberg. Deshalb laufen Sie bitte nicht gleich wieder fort.« Sie hielt ihn am Ärmel fest. Der Kaufmann ließ sich auf einen Stuhl sinken und bedeutete der Blondgelockten, sich ebenfalls zu setzen. Die Dame zögerte einen winzigen Moment und schaute ihr Gegenüber prüfend an.

»Man sagte mir, dass Sie der Besitzer des *Morgenstern* sind, in dem man sich die Zeit unter anderem mit Kartenspielen und Wetten vertreiben kann.«

Hardenbergs Gesicht nahm einen reservierten Ausdruck an. »Es ist nichts Anrüchiges an meinem Etablissement, wenn Sie das meinen. Ich habe das Lokal angemeldet. Die Wetten werden reell notiert und unter Aufsicht der jeweilige Gewinner ermittelt.«

Die Fremde legte ihm beruhigend eine Hand auf den Arm. »Sie scheinen mich für eine dieser Damen zu halten, die den Seeleuten nach wochenlanger Reise kalte Milch und ein Gebetbuch in die Hand drücken wollen. Wie nennt man das Kartenspielen doch auch noch? Lesen im Gebetbuch des Teufels?« Sie lachte glockenhell. »Ich bin eine Frau, die weiß, dass diese Männer dann etwas ganz anderes brauchen. Mein Name ist Bell.« Sie streckte ihm ihre Hand entgegen. »Ich habe lange Zeit in einer Spielbank gearbeitet und weiß alles, was man über Karten wissen kann – und noch einiges mehr.« Sie zwinkerte ihm zu. »Von *Lomber* über *Rouge et Noir*, von *Pikett* bis *Baccara* – Karten sind mein Leben, und nebenbei gesagt singe und tanze ich auch ganz passabel.«

Die Gäste um sie herum, aber auch Hardenberg selbst, rissen Mund und Augen auf.

»Möchten Sie eine Kostprobe? Dann geben Sie mir bitte ein Paket Karten.«

Hardenberg stand auf, holte Spielkarten aus einem Regal und reichte sie ihr. Während Bell die Gesichter der Neugierigen belustigt musterte, öffnete sie das Kartenpaket. Lea wurde sich ihrer langen und feingliedrigen Finger bewusst. Für einen Moment hielt Bell das Spiel einfach nur in den Händen, dann teilte sie das Päckchen in zwei Hälften. Mit einem sirrenden Geräusch mischte sie. Bell verharrte einen Atemzug, wie um sich in eine gewisse Stimmung zu versetzten, dann ließ sie die Karten tanzen.

Bells rechte Hand umfing das ganz Spiel, während die Finger der linken einzelne Karten herauszogen. Aufrecht wie Soldaten standen sie, um im nächsten Moment wieder Teil des Spiels zu werden. Wieder surrten die Karten. Einhändig schlug sie Fächer, legte Bänder aus Karten auf den Tisch und fing sie wieder ein. Ihre Augen glänzten, die Wangen gewannen an Farbe, und jetzt erst wurde sich Lea der Anziehungskraft dieser Frau auf Männer richtig bewusst. Bell war in ihrem Element und strahlte eine Sinnlichkeit aus, die die Männer anlockte wie Honig die Bienen.

Die Cafébesucher ließen ihre Zeitungen sinken, standen auf und traten mit großen Schritten auf sie zu. Andere starrten sie nur an und nippten wie gebannt von ihrem Kaffee. Die Verkäufer im Warenlager vergaßen ihre Kunden. Sie alle waren wie verzaubert, und auch Lea konnte sich nicht abwenden.

Hexerei, dachte sie verblüfft.

Mit einem triumphierenden Laut fächerte Bell die Karten auf und ließ sie dann von einer Hand in die andere sausen, wie ein Akkordeonspieler, der sein Musikinstrument auseinanderzieht und wieder schließt. Die Männer gaben bewundernde Laute von sich und klatschten vor Begeisterung in die Hände. Bell mischte das Spiel erneut. Es gelang ihr, derart geschickt aufzudecken, dass der Abstand zwischen den Karten exakt bemessen schien.

»Mein Gott, Sie können aber damit umgehen!«, rief einer der Kunden und zog den Hut vor ihr.

»Wollen Sie ein Spielchen mit mir wagen?« Ein älterer Graubart verbeugte sich galant.

Sie lächelte ihm zu. »Heute Abend, sofern ich in den *Morgenstern* eingeladen werde.«

»Es wird mir ein Vergnügen sein, Sie begrüßen zu dürfen.« Mit einem Hundeblick schaute Hardenberg ihr tief in die Augen. »Mein Gott, wird das die Wetten in die Höhe treiben!«

»Werden Sie auch kommen?« Die Fremde wandte sich mit einem etwas spöttischen Ausdruck Lea zu, die zum Tisch getreten war.

»Ich spiele nicht.«

Ihr war bewusst, wie bieder das klang. Es wunderte Lea sehr, dass die Fremde sie überhaupt bemerkt hatte.

Bell schaute sie amüsiert an. Bevor sie etwas erwidern konnte, rief der Graubart: »Aber wir anderen werden alle da sein!« Er warf jubelnd seinen Hut in die Luft.

Bell lachte. Ihre Locken flogen, die Augen blitzten. Sie schien die Aufmerksamkeit zu genießen. Nacheinander stellten alle sich ihr vor. Lea wünschte sich, sie könnte auch mit einer solchen Leichtigkeit die Menschen für sich gewinnen.

»Na dann. Ich freue mich auf heute Abend.« Bell legte die Spielkarten auf den Tisch zurück, erhob sich, griff nach Mantel und Hut und stolzierte zur Tür hinaus.

Die Männer starrten ihr verträumt hinterher. Hardenberg seufzte laut. »Was für ein Weib!« Er küsste jeden Finger seiner Hand einzeln.

Dann, als sei ihm gerade erst bewusst geworden, dass

er Lea einfach hatte stehen lassen, wandte er sich wieder ihr zu. »Und Sie, meine Dame, brauchen unbedingt noch eine große Truhe, die all Ihre Einkäufe beherbergen kann.« Er wirkte wie aufgezogen. »Meine Liebe, Sie scheinen mir Glück zu bringen. Heute Abend wird die Kasse klingeln. Ich werde Ihnen deshalb die Seekiste zu einem akzeptablen Preis verkaufen.«

Kurze Zeit später ließ Lea ihre Einkäufe aufladen und fuhr mit der Droschke zum Gasthaus zurück. Sie war müde, aber zufrieden. Was für ein ereignisreicher Tag! Über all dem Erlebten war sie keinen einzigen Moment zum Grübeln gekommen, hatte weder an Wangerooge noch an Immo und schon gar nicht an den Finanzberater gedacht.

Lea beschloss, sich nach dem Essen hinzulegen. Im Restaurant des Gasthauses bestellte sie das empfohlene Mittagsgericht, aß mit Appetit und lehnte sich schließlich seufzend zurück.

Als sie hörte, wie sich Schritte der Tür näherten, blickte sie auf. Das Rascheln seidener Röcke drang an ihr Ohr, und dann hielt sie unwillkürlich den Atem an. Es war Bell, die Kartenspielerin aus dem Warenhaus. Und sie war nicht allein. Ein dunkelhaariger attraktiver Mann ging an ihrer Seite, hielt ihren Ellenbogen und führte Bell zum Tisch. Er bestellte ein opulentes Mahl und den besten Wein.

Der Kellner katzbuckelte um die beiden herum, ganz so, als handle es sich um das Königspaar persönlich. Was für ein Fatzke!

Bells Augen trafen sich mit denen Leas, und da wusste sie, dass die Kartenspielerin dasselbe dachte. Bell verzog spöttisch den Mund und nickte ihr unmerklich zu. Lea hätte sich am liebsten unsichtbar gemacht. Gleich würde die Fremde sich mit ihrem Begleiter über ihr prüdes Verhalten im Kaufhaus amüsieren. Doch die Frau schenkte ihr ein ermutigendes Lächeln.

Lea schlief einige Stunden und machte danach einen kurzen Spaziergang vor dem Abendessen. Auf dem Weg zurück in ihr Zimmer kamen ihr zwei Männer auf der Treppe entgegen. Der eine war glatzköpfig und gedrungen. Er hatte ein Kreuz wie ein Stier. Der andere war schlank und gut aussehend, der Mann, mit dem Bell gegessen hatte.

»Sie hat das Hotel bestimmt nicht verlassen«, sagte er gerade halblaut.

Der Stiernackige nickte ihm zu. »Dieses verdammte Luder. Ich hab das Gebäude die ganze Zeit beobachtet und könnte schwören, dass das Frauenzimmer sich noch hier aufhält.«

Sie verstummten, als Lea näher kam. Der Gutaussehende glitt an ihr vorbei wie eine Schlange. Lea sah ihnen nach und wandte sich dann ihrem Zimmer zu. Verwundert stellte sie fest, dass die Tür unverschlossen war. Sie musste in Gedanken gewesen sein, als sie aufgebrochen war. Wie leichtsinnig!

Lea trat ein und schloss die Tür hinter sich. Im gleichen Moment legte sich eine Hand über ihren Mund. Sie versuchte sich zu befreien, kämpfte verzweifelt und wehrte sich mit Händen und Füßen.

»Bitte erschrecken Sie nicht«, flüsterte eine Stimme dicht an ihrem Ohr. »Ich bin es, Bell, und halte Ihnen nur den Mund zu, damit Sie nicht schreien. Es wird Ihnen nichts geschehen, das verspreche ich. Nur bitte, seien Sie leise. Ich bin auch gleich wieder verschwunden.«

Leas Herz schlug einen wilden Rhythmus, doch sie verhielt sich still. Aufseufzend ließ Bell sie aus der Umklammerung. Mit bleichem Gesicht stand die Kartenspielerin vor ihr. Um die Schultern trug sie eine kurze Pelzjacke über einem braun glänzenden, tief dekolletierten Kleid. Ihre Füße steckten in zierlichen Schühchen und die Hände in weißen Handschuhen. Im Halbdunkel des Abendlichts konnte Lea das Funkeln der Perlen um ihren Hals ausmachen. Sie verglich sich unwillkürlich mit dieser Frau. Was für ein Unterschied! Sie selbst trug ein einfaches dunkles Reisekleid mit weißem Kragen, derbe Schuhe und hatte das Haar zu einem Knoten aufgesteckt.

Doch Lea vergaß jeglichen Vergleich, als ihr die versteinerten Züge und die weit aufgerissenen Augen der Fremden auffielen. Es lag eine Verzweiflung darin, die so gar nicht mehr an das Strahlen am Morgen erinnern wollte. Lea erschrak. Wie konnte ein Mensch sich in kürzester Zeit derart verändern? Doch dann verstand sie plötzlich. Die Suche der Männer auf der Treppe hatte Bell gegolten.

»Sie sind hier vorerst sicher. Bleiben Sie für eine Weile.«

»Das kann ich nicht. Ich würde Sie in große Schwierigkeiten bringen.«

»Bitte bleiben Sie.« Lea merkte die Verwunderung der Lockenköpfigen.

»Sie sind großartig, meine Liebe. Ich danke Ihnen.« Aufatmend ließ Bell sich in einen Sessel fallen.

»Wie kann ich Ihnen sonst noch helfen?«

Bell legte die Hände um das Gesicht und ein leichtes

Lächeln flog über ihre versteinerten Züge. »Einen guten Schluck auf den Schreck wäre das Richtige. Aber, ich denke nicht, dass Sie …«

»Gerne.« Lea zwinkerte ihr zu, als sei es ganz selbstverständlich, dass sie über Alkohol verfügte. Sie nahm ein kleines Glas und die Flasche mit der goldgelben Flüssigkeit zur Hand. Insgeheim dankte sie Herrn Hardenberg, der ihr den Rum aufgeschwatzt hatte.

»Vielen Dank.« Bell stürzte den Branntwein in einem Zug hinunter. »Ach herrje. Ich bin noch immer ganz durcheinander.«

»Soll ich Riechsalz holen oder mein Flakon mit Rosenwasser?«

»Nein. Ich habe noch alle Sinne fest im Griff.« Bell setzte den Hut ab und legte ihn auf den Tisch. Ihre hellen Locken waren mit einem Seidenschal zusammengebunden, sodass die Ohrläppchen freilagen. Daran hingen funkelnde Edelsteine, die Lea bewundernd betrachtete.

»Sie gefallen mir auch.« Bell griff nach dem Geschmeide, zog es mit einem Ruck von den Ohren und hielt es Lea hin. »Ich schenke sie Ihnen.«

»O nein, das dürfen Sie nicht.«

»Sie bedeuten mir nichts. Ein Mann gab sie mir, für den der Preis dieser Ohrringe nur ein Botenlohn ist. Ihre Hilfe ist tausendmal mehr wert. Ich heiße Bell. Würden Sie mir die Freude machen, mich so zu nennen.«

»Gerne. Und ich heiße Lea. Wir können wohl auf das Förmliche verzichten, nach diesem gemeinsamen Abenteuer.«

Bell stand auf und trat ans Fenster. Vorsichtig schob sie die Vorhänge zur Seite und spähte hinaus, ohne dass jemand sie sehen konnte. »Ich muss es jetzt wagen. Noch mehr Unannehmlichkeiten will ich dir nicht zumuten.«

»Warte noch. Die Männer werden sicher bald verschwinden. Ich weiß, wie die Kerle aussehen, und kann hinuntergehen und nachsehen, ob die Luft rein ist.«

»Lieber nicht. Diese Bluthunde werden so lange warten, bis sie mich haben. Ich kenne ihren Auftraggeber. Er duldet keine Misserfolge. Schätzchen, ich muss irgendwie unbemerkt aus diesem Hotel herauskommen, und nicht nur das. Ich muss die Stadt, am besten das Land, noch heute verlassen. Wenn diese Männer mich einfangen, dann werde ich ins Gefängnis wandern. Es könnte mich sogar den Kopf kosten.«

Lea zuckte bei ihren Worten zusammen. »Was hast du denn nur getan?«

»Was hättest du davon, wenn ich dir jetzt irgendeine Geschichte erzähle, Lea? Darin bin ich gut. Doch es besteht keine Veranlassung, mir ein Wort von alldem, was ich sage, zu glauben!« Sie ließ die Schultern hängen. »Mein Gott, die Gäste des *Morgenstern* werden vergeblich auf mich warten. Dabei hätte ich das Geld gebrauchen können. Verdammt!«

Lea zuckte zusammen.

Bell bemerkte es. »Liebes, warum versteckst du mich eigentlich? Ich bin eine dir völlig unbekannte Person.«

Lea blieb die Antwort erspart. Ein energisches Klopfen an der Tür ließ die Frauen zusammenfahren. Bell zitterte am ganzen Körper. Leas Augen flogen hin und her. Sie überlegte fieberhaft. Schließlich schob sie die bebende Bell in die Schlafkammer und wies auf die große leere Holztruhe, die dort stand.

»Schnell, dort hinein.«

Erneut ertönte ein Klopfen, diesmal ungeduldiger. »Machen Sie sofort auf!«

Es war eindeutig nicht das Zimmermädchen, das um Einlass bat. Es pochte ein drittes Mal so laut und eindringlich, dass Lea dachte, die Tür würde aus den Angeln springen. Das Herz schlug ihr bis zum Hals. Ihre Augen folgten Bell, die lautlos wie ein Schatten verschwand. Dann hörte sie Scharniere knarren. Jemand rüttelte von außen heftig an der Klinke und übertönte das Geräusch.

Lea durchwühlte mit ihren Händen das Haar. »Mein Gott! Wollen Sie ein Loch ins Holz schlagen?« Empörung lag in ihrer Stimme.

Dann öffnete sie die Tür einen Spaltbreit. Drei Männer standen davor. Zwei davon hatte sie auf der Treppe gesehen, bei dem Dritten handelte es sich um den Hotelier. Der Stiernackige wolle Lea zur Seite schieben und das Zimmer betreten, doch das ließ sie nicht zu.

»Wie benehmen Sie sich denn? Klopfen mich einfach aus dem Schlaf. Glauben Sie, ich empfange Männer im Nachthemd! In diesen Raum lasse ich nur das Zimmermädchen.«

»Ha, das werden wir ja sehen.« Wieder versuchte der Glatzköpfige, sich an ihr vorbeizuschieben.

»Lassen Sie das!«

Der feiste Kerl schnaubte, während der Hotelbesitzer schuldbewusst die Hände rang. »Meine liebe Dame, es tut mir so leid, Ihnen dies zumuten zu müssen. Doch die Herren ließen sich nicht von ihrem Vorhaben abhalten. Denken Sie nur, sie vermuten eine Mörderin unter meinem Dach!«

Lea keuchte und griff sich mit beiden Händen an den Hals. Sie brauchte für einen Moment nicht zu schauspielern. Ihr Entsetzen war echt.

»Eine Mörderin! Hier im Haus? Ich wünsche sofort eine Erklärung. Wie kommen Sie dazu, Verbrecher bei sich aufzunehmen?«

»Ich wusste es ja nicht! Die Frau sah so vertrauenerweckend aus. Sie bezahlte im Voraus und machte keine Umstände …«

»Bitte beruhigen Sie sich.« Der schlanke, elegant gekleidete Mann glitt an die Seite des Hauswirts. Er schien jetzt die Sache in die Hand nehmen zu wollen. »Mein Name ist Peter Lind«, stellte er sich mit einer knappen Verbeugung förmlich vor. »Ich werde Ihnen das Ganze kurz erläutern. Wir suchen im Auftrag von Bruno Neumann nach einer Verbrecherin. Die Weberei Neumann müsste Ihnen ja bekannt sein, nicht wahr?«

Lea wusste nichts darüber, nickte aber zögernd.

»Nun, die liederliche Person erschoss in einem der Büroräume den Sohn des Fabrikbesitzers, Bruno Neumann junior. Dieses Frauenzimmer ist mit allen Wassern gewaschen. Sie tingelt schon seit einer Reihe von Jahren mit einer Theatertruppe durchs Land und beehrt in jeder großen Stadt die Spielhäuser und die Männer mit ihrer zweifelhaften Gunst. Ihren Namen wechselt diese Dirne so oft wie die Bäume ihre Blätter. Die letzte Fährte dieser Person führte uns in die *Goldgrube,* wo sie auftrat. Von dort konnte ich ihre Spur bis hierher weiterverfolgen. Ich hätte die Verbrecherin schon heute Mittag in Gewahrsam nehmen können, wusste aber nicht, ob sie eine Waffe bei sich trägt, und wollte die anderen Gäste des Hotels nicht gefährden.«

Er schlug sich mit der Faust in die offene Hand. »Mein Gott, ich hätte es riskieren sollen!«

»Ist diese Frau denn wirklich eine Mörderin? Gibt es Zeugen für das Verbrechen?«

»Augen- und Ohrenzeugen! Dieses Weibsbild hatte eine Affäre mit dem jungen Neumann. Wer weiß, was sie sich von der Verbindung alles erhofft hat. Als er dann in eine reiche Familie einheiratete, war natürlich Schluss mit teuren Geschenken und Unterkünften in noblen Hotels. Das wollte diese Person nicht hinnehmen. Immer wieder belästigte die Frau den Frischvermählten und seine Gattin. Und eines Tages dann folgte sie ihm in sein Büro, zog eine Waffe und schoss. Der junge Neumann war sofort tot. Seit diesem Tag sind seine Witwe und Bruno Neumann senior untröstlich. Nachdem die Gendarmerie die Suche nach der Person aufgegeben hat, beauftragten sie uns mit dem Auffinden der Verbrecherin. Und wir werden sie finden, das ist so sicher wie das Amen in der Kirche! Mein Partner und ich stellen das gesamte Hotel auf den Kopf. Kein Mäuseloch wird ausgespart.« Er lächelte Lea beruhigend zu.

»Erlauben Sie mal! Es gibt keine Mäuse in meinem Gasthaus«, mischte sich der Hotelier ein.

Der Schlanke beachtete ihn nicht. »Verstehen Sie jetzt, dass wir deshalb auch Ihre Räumlichkeiten aufs Genauste überprüfen müssen?« Er beugte sich zu Lea vor und wisperte: »Ich höre, dass Sie alleinstehend sind, meine Liebe. Vielleicht dürfte ich Sie, als kleine Wiedergutmachung sozusagen, heute Abend zum Essen ausführen?«

Sein Angebot war so eindeutig, dass es nicht der Unverschämtheit des Stiernackigen bedurft hätte, um Lea vor Wut schäumen zu lassen. Was bildete sich dieser Schönling nur ein! Hielt er sie für Freiwild, nur weil sie allein reiste? Er war genauso ein Schuft wie Gärber. Kein Wunder, dass Bell vor Angst zitterte. Dieser Mann log, das roch sie auf zehn Meter Entfernung.

»Ihre Einladung erlaube ich mir, überhört zu haben.«

»Nun ist ja wohl genug mit Geschwafel, Peter«, knurrte sein Begleiter. »Alles Gerede bringt ja doch nichts bei Zippeltrienen wie dieser. Das verdammte Weibsbild muss drinnen sein! Der Trunkenbold von oben hat eindeutig eine Frau hier hineingehen sehen.«

»Was glauben Sie eigentlich, was ich bin? Eine Kuh? Vor wenigen Minuten erst habe ich selbst meine Räumlichkeiten betreten.«

»Aber Sie haben keinen Hut auf dem Kopf gehabt. Jedenfalls nicht, als Sie uns auf der Treppe begegnet sind. Und der Saufkopf von oben hat ein Weibsbild mit Hut gesehen.«

»Betrunkene sehen ja so allerhand. Manchmal sogar weiße Mäuse.«

»Nun lassen Sie meinen Gast endlich zufrieden«, verlangte der Hotelier und wandte sich Lea zu. »Bitte entschuldigen Sie dieses unverzeihliche Benehmen. Ich werde Ihnen einen Teil der Kosten für das Zimmer erstatten.«

»Das ist auch das Mindeste. Ich wundere mich sehr über Ihr Hotel und bin mir nicht sicher, ob ich Ihre Gastlichkeit noch einmal in Anspruch nehmen oder weiterempfehlen kann.«

Der Hotelier erblasste, doch der Feiste ließ sich von Leas Schauspiel nicht beirren. Er verschaffte sich mit einem angriffslustigen Knurren entschlossen Einlass, schob die Gardinen zur Seite, als vermute er dort die Gesuchte, und lugte dann unter den Tisch. Schließlich wandte er sich der Schlafkammer zu. Der Dicke öffnete jede der Schranktüren und spähte hinein.

Lea rannte wütend hinter dem Mann her, holte aus und gab ihm eine schallende Ohrfeige. »Raus mit Ihnen, sofort! Verlassen Sie auf der Stelle meine Kammer!«

Fluchend holte der Dicke aus und wollte zurückschlagen, doch der Hotelier war schon zur Stelle und schob den Mann aus dem Zimmer.

»Lassen Sie mich sofort los! Ich lass mich doch von so einer Schnepfe nicht aufhalten.«

»Die Frau, die Sie suchen, ist nicht hier. Sie haben doch überall nachgesehen«, redete der Hotelier auf ihn ein.

Lea wartete das weitere Gespräch nicht mehr ab. Mit einem Knall schlug sie den Männern die Tür vor der Nase zu und drehte demonstrativ den Schlüssel herum. Aufatmend lehnte sie sich gegen das Holz. Nach einer Weile entfernten sich die Stimmen, das Knarren von Treppenstufen drang an ihr Ohr.

Sie hörte ein Kichern in der Schlafkammer. Bell erschien im Türrahmen. Tränen liefen ihr über die Wangen. »Mein Gott, Kindchen. So habe ich mich lange nicht mehr amüsiert. Denen hast du es gezeigt! Ich bin so stolz auf dich. Du hättest Schauspielerin werden sollen.« Spontan trat sie auf Lea zu und schloss sie in die Arme.

»Wie gut, dass mir die Reisekiste eingefallen ist. Ich wollte dich erst in den Schrank lotsen. Das hätte ein Unglück gegeben!«

Unvermittelt wurde Bell ernst. »Eines muss ich dir sagen: Du darfst diesen Männern nicht glauben, dass ich eine Mörderin bin.«

»Das habe ich keine Sekunde lang getan.«

»Es war alles ganz anders, als dieser Schuft erzählt hat. Bruno Neumann hat sich vor einem Jahr an Christine, eine junge Tänzerin, herangemacht. Sie gehörte der Künstlertruppe an, mit der ich durchs Land zog. Wir haben Christine gewarnt, doch sie vergötterte den Mann und war überzeugt davon, dass auch Bruno sie liebte. Doch für den jungen Neumann war sie nur ein Abenteuer. Du kannst dir vorstellen, wie es weiterging. Christine wollte nicht mehr mit uns tingeln, sondern blieb in der Nähe ihres Geliebten. Die ersten Monate hat sich Bruno wohl auch noch um sie gekümmert, doch dann fand sein Vater eine gute Partie für ihn – und es wurde geheiratet. Christine war nur noch gut genug für gelegentliche Schäferstündchen. Als sie schwanger wurde, zwang Neumann das Mädchen dazu, eine Engelmacherin aufzusuchen.«

»Die Arme«, entfuhr es Lea.

»Diesen Schritt hat Christine wohl nie verwunden. Sie wurde irgendwie wunderlich. Sprach mit dem Kind, das sie nicht hatte haben dürfen. Wiegte es im Arm und sang leise Schlummerlieder. Einige nannten Christine verrückt. Bruno besorgte dem Mädchen Arbeit in der Weberei und wandte sich dann von ihr ab. Christine hatte niemanden in der großen Stadt und als unsere Truppe im folgenden Jahr dort Station machte, da haben wir sie fast nicht wiedererkannt.« Lea hörte die Trauer in Bells Stimme.

»Wir liebten sie alle sehr und es tat uns so leid um dieses junge Leben und das Kind, das sterben musste. Ich habe versucht, Christine zu überreden, wieder als Tänzerin bei uns anzufangen, doch die Dunkelheit hielt sie schon zu fest umfangen. Als ich mich ein letztes Mal auf den

Weg zur Fabrik machte, um mit ihr zu sprechen, wartete ich vergeblich auf meine Freundin. Ich schlich mich in die Weberei, hörte einen Wortwechsel und dann einen Schuss. Ich betrat den Raum, sah den toten Neumann und rechnete eins und eins zusammen. Schleunigst schob ich Christine hinaus und schärfte ihr ein, sich unauffällig zu verhalten. Mir war klar, dass sie in ihrer Verfassung eine Gerichtsverhandlung und das Gefängnis nicht überstehen würde.

Man fand mich, führte mich ab und steckte mich ins Gefängnis. Meine Leute handelten schnell. Sie befreiten mich, und ich floh aus der Stadt. Die Künstlertruppe zog am gleichen Tag in die andere Richtung weiter. Christine nahmen sie mit sich. Vielleicht fängt das Mädchen sich wieder, dann war mein Tun nicht umsonst.«

Lea starrte sie bewundernd an. Diese Frau hatte, ohne lange zu überlegen, die Schuld eines anderen Menschen auf sich genommen.

»Weißt du, Christine war mir sehr teuer«, sagte Bell, als habe sie Leas Gedanken gelesen. »Dieses Mädchen hätte in ihren guten Tagen alles für mich getan. Sie war immer wie eine Schwester zu mir.«

»Bell, du hast so viel Mut und Herz bewiesen. Das darf nicht bestraft werden. Wir müssen einen Weg finden, dich aus diesem Gasthaus zu bringen. Und dann werde ich versuchen, dir eine Passage nach Amerika zu besorgen. Ich bin auf dem Weg dorthin. Hast du Geld bei dir und Papiere?«

Bell hob die Röcke und Lea sah staunend auf eingenähte Taschen, die sich gut bepackt nach außen wölbten. »In meinem Beruf ist es gut, alles direkt am Körper zu tragen. Etwas Geld kann ich dir bieten und will auch gerne meinen Schmuck und das Kleid versetzen. Meine Papiere sind in Ordnung. Sie lauten auf den Namen Frieda Ernstmann.«

»Na, dieser Name passt aber ganz und gar nicht zu dir.«

»Was willst du? Er ist alteingesessen. Mein Vater war Bankdirektor und ging mit meiner Mutter jeden Sonntag in die Kirche. Alle meine Geschwister haben seriöse Berufe und machen meinen Eltern Ehre. Nur ich, das jüngste von acht Kindern, fiel aus dem Rahmen. Man versuchte allerhand, doch die meisten Schulen wollten mich nicht. Schließlich landete ich bei der vornehmen Kamilla Kornbach im Institut für höhergestellte Damen. Dort habe ich gelernt, richtig zu gehen und zu stehen und natürlich Haltung zu bewahren in allen Lebenslagen. Wohl hundertmal hat die alte Ziege uns mit einem Buch auf dem Kopf die steilen Treppen des Hauses rauf und runter gejagt.«

Bell schilderte die Mühen so anschaulich und ahmte die Lehrerinnen so gekonnt nach, dass Lea lachen musste.

»Wie ist es nur möglich, dass du all das überstanden hast, ohne tatsächlich eine steife Dame zu werden?«

»Ganz ohne Anstrengung war es nicht. Denn du kannst dir denken, dass ich mich zur Wehr setzte. Immer hieß es: ›Frieda, benimm dich. Lauf nicht so schnell, das ist nicht schicklich. Und das laute Lachen hören wir auch nicht gern.‹ Manchmal kniff ich mir in die Wangen und bemalte mir die Lippen, nur um die altjüngferlichen Lehrerinnen aufzubringen. Sie sprachen von der Ungeheuerlichkeit, sich wie eine der liederlichen Schauspielerinnen zu benehmen. Und damit war die Idee aus der Taufe gehoben. Schauspielerin! Ich träumte nachts davon, eine zu sein und all das zu tun, was mir im Institut verwehrt wurde. Vielleicht hätte es geholfen, wenn die Damen uns Sinnvolles gelehrt hätten, aber wir wurden mit Nichtigkeiten vollgestopft wie Weihnachtsgänse. Ich konnte es schließlich nicht mehr ertragen und deshalb verschwand ich heimlich.«

»Du bist weggelaufen?«

»Richtig. Ich versteckte mich bei einer Theatervorstellung unter den Zuschauern und schloss mich dann heimlich der aufführenden Truppe an, die von Stadt zu Stadt zog. Damals war ich fünfzehn Jahre alt und wollte um nichts in der Welt zurück zu Kamilla Kornbach, aber auch nicht zu meinen Eltern. Und so nahmen Christines Leute mich auf. Ich wurde Teil einer großen Familie. Leo der Löwe, stärkster Mann der Welt, brachte mir das Kartenspielen bei. Von der Dame Linda wurde ich in Gesang und Klavierspiel ausgebildet und Loretta, die Tänzerin, schließlich, brachte mir noch ganz andere Dinge bei.« Leas aufgerissene Augen ließen Bell innehalten.

»Doch davon ein anderes Mal mehr. Ich war glücklich, viele Jahre lang. Doch leider musste ich die Truppe nach dem Mord verlassen. Ich habe mich eine Zeit lang versteckt und glaubte, dass jetzt endlich Gras über die Sache gewachsen sei. Außerdem ging mir auch das Geld aus. Deshalb wagte ich es vor einigen Wochen erstmals wieder, unter einem neuen Namen aufzutreten. Ich finde, Bell passt sehr gut zu mir.« Sie klimperte kokett mit den Wimpern.

»Unglaublich gut.« Lea lachte. Dann wurde sie unvermittelt wieder ernst. »Weißt du, Bell, ich glaube wirklich, dass du mit mir ausreisen solltest. Und mir ist auch eingefallen, wie wir das bewerkstelligen können.« Lea wies auf die Holzkiste. »War es sehr unbequem, dort drinnen?«

»Oh, du meinst doch nicht etwa …«

»Doch! Vielleicht beschweren sich die Männer morgen über das schwere Gepäck, aber gegen einen zusätzlichen Obolus werden sie die Kiste sicher zur Droschke tragen.«

»Sie werden glauben, dass du Wackersteine mit nach Amerika nehmen möchtest.« Bell klopfte bezeichnend auf ihr wohlgerundetes Hinterteil.

Die Frauen lachten, und eine nie gekannte Unbeschwertheit erfasste Lea. Das Gefühl von abgrundtiefer Einsamkeit verlor sich. Die neue Freundschaft ließ ihre dunklen Gedanken dahinschmelzen und die bevorstehende lange Reise wie ein großes Abenteuer erscheinen.

2

Beim Auswandererbüro herrschte ein unbeschreibliches Durcheinander. Menschen drängten sich mit Koffern, Kisten und Säcken aneinander vorbei. Lange Schlangen hatten sich vor dem Fahrkartenschalter gebildet. Vielleicht lag es daran, dass heute einige Weserkähne Richtung Bremerhaven fuhren. Lea stellte sich mit bangem Herzen in die Reihe der Wartenden. Hoffentlich gelang es ihr, eine Karte für Bell zu ergattern!

Die Hürde mit der Seekiste war genommen. Tatsächlich hatten die Träger gemurrt, doch Lea sprach von Porzellan und Besteck, das unbedingt mitmüsse.

»Ich werde nur zu meiner letzten Reise wieder in eine solche Kiste steigen«, sagte Bell stöhnend, als sie in einem unbeobachteten Moment ihr Versteck wieder verlassen konnte.

»Schlimmer kann das Schaukeln auf See auch nicht sein. Und dann diese Enge. Mir tun sämtliche Knochen weh. Doch ich will mich nicht beklagen. Lieber ein wenig zerbeult als in den Fängen dieser Mordbuben!«

Gesprächsfetzen drangen an Leas Ohr. »Tut mir leid, für die *Mary-Ann* gibt es keine Karten mehr. Das Schiff ist seit Tagen ausgebucht. Selbst im Zwischendeck ist nichts mehr frei.« Die Stimme des Mannes hinter dem Tresen klang bestimmt.

Lea biss sich auf die Lippen. Es *musste* eine Möglichkeit geben, Bell doch noch mit auf das Schiff zu schleusen!

»Bitte?«

»Ich möchte eine Fahrkarte für die *Mary-Ann* kaufen.« Sie schob dem Mann Bells Papiere zu.

»Da haben Sie Pech. Auf dem Segler ist keine Passage mehr frei.«

»Ich selbst bin Kajütpassagier. Vielleicht wäre es möglich, dass ich die Kabine mit meiner Freundin teile. Ich meine, wenn ich ein zusätzliches Unterbett auf eigene Kosten besorge, dann würde es vielleicht gehen. Mir würde es nichts ausmachen und Sie könnten mehr Geld verdienen.«

»So einfach ist das nicht. Wir haben unsere Vorschriften. Das Schiff darf nicht überladen werden. Die *Mary-Ann* ist voll. Sie haben es ja gehört. Bitte halten Sie die anderen Anstehenden nicht länger auf.«

Lea trat zur Seite und sank auf eine Holzbank. Es klappte nicht! Was sollte sie jetzt tun? Bell ihre eigene Passage überlassen und später nach Amerika aufbrechen? Doch was, wenn Gärber sie bis dahin aufstöbern würde? Lea spürte, wie ihr ein kalter Schauer über den Rücken lief.

Aufgebrachtes Geschrei ließ sie hochschrecken. Ein schlanker Mann in eleganter Kleidung redete beruhigend auf einen dicken Kerl ein, der wild mit den Armen fuchtelte.

»Ich verstehe, dass Sie aufgebracht sind, und möchte mich hiermit in aller Form bei Ihnen entschuldigen. Es tut mir leid, dass Ihre Kajütkabine versehentlich doppelt belegt wurde. Was ich Ihnen stattdessen anbieten kann, ist eine freie Zweierkabine auf dem Zwischendeck. Sie würden den Raum natürlich allein nutzen, hätten einen privaten Bereich und könnten das Essen im Speisesaal mit den Kajütpassagieren einnehmen.«

»Ich werde in keiner Kabine nach Amerika reisen, die sich im Zwischendeck befindet, und nicht eher von hier verschwinden, bis Sie mir eine Kajütpassage besorgen!«

Lea sprang hoch. »Sie können meine haben!«

Der Dicke wandte sich zu ihr um. Auch der schlanke Mann riss überrascht die Augen auf, fing sich dann aber rasch wieder. Ein Ausdruck von Erleichterung glitt über sein Gesicht. Er kam auf Lea zu und ergriff ihren Ellenbogen.

»Meine Dame, Sie haben tatsächlich eine Kajütpassage für die *Mary-Ann*?«

Lea nickte und wühlte fieberhaft in ihrer Tasche. »Hier!« Stolz streckte sie ihm das hellbraune Billett mit der dunklen Schrift und dem skizzierten Schiff hin.

Der Schlanke lächelte Lea dankbar an. »Gut. Wenn ich es recht verstehe, können Sie die Reise nicht mehr antreten und hofften, Ihr Geld zurückzubekommen? Das ist kein Problem ...«

»Im Gegenteil! Ich möchte um alles in der Welt nach Amerika reisen. Aber nicht alleine. Meine Freundin hat sich kurzfristig entschlossen, mich zu begleiten. Ich wäre Ihnen äußerst dankbar, wenn wir beide die Zweierkabine belegen könnten, von der Sie sprachen. Uns würde es nichts ausmachen, auf dem Zwischendeck zu reisen.«

»Dann soll es so sein. Natürlich gilt auch für Sie und Ihre Begleiterin das Angebot, die Mahlzeiten im Speisesaal der Kajütpassagiere einzunehmen.«

Mit einem Strahlen auf dem Gesicht eilte Lea kurze Zeit später zurück zum Hafen, wo Bell schon auf sie wartete. Lea schwenkte die Schiffspassagen wie Trophäen.

»Du bist ein Engel! Wie hast du das gemacht?«

Lea berichtete mit glänzenden Augen.

»Nie im Leben hätte ich damit gerechnet. Und es ist mir völlig egal, dass wir im Zwischendeck untergebracht sind. Dazu passt mein neues Äußeres ja auch viel besser. Sag, wie findest du mich?« Selbstgefällig drehte sich Bell um die eigene Achse.

»Mein Gott! Fast hätte ich dich nicht erkannt.« Lea trat einen Schritt zurück und musterte die Freundin ungläubig.

Bell sah aus wie eine ganz gewöhnliche Landarbeiterfrau. Ihr schien nur noch ein Kind an der Hand zu fehlen. Sie trug ein schwarzblaues hochgeschlossenes Wollkleid mit hellem Kragen. Selbst der letzte Knopf war geschlossen. Ein dunkles Tuch lag um ihre Schultern. Die Füße steckten in derben Schuhen, und das Haar trug sie als hellen Kranz um den Kopf geschlungen.

»Im Verkleiden bin ich gut.« Zufrieden griff Bell nach ihrem neuen Reisekoffer. »Den Mädchen am Hafen war meine Robe einiges wert, und den Schmuck habe ich auch zu einem ordentlichen Preis verkauft. So ist nun für das neue Leben sogar noch ein wenig Anfangskapital übrig.« Sie hakte Lea mit der freien Hand unter. »Komm, wir müssen aufs Schiff.«

Dichter Nebel hüllte den Weserkahn ein, der sich langsam seinem Ziel näherte. Die Welt um sie her war still, und nur das gelegentliche Schlagen der Segel im Wind durchbrach die Reglosigkeit. Die Passagiere standen an der Reling und beobachteten schweigend den Landungsplatz. Langsam durchbrachen die ersten Sonnenstrahlen das Grau. Ein Raunen ging durch die Menge, als der Umriss des Auswandererhauses wie ein riesiges Ungeheuer vor ihnen auftauchte.

Gesprächsfetzen in den unterschiedlichsten Sprachen klangen zu Lea herüber. Seeleute schrien, Händler priesen Waren an, Auswanderer saßen auf gepackten Kisten und Körben und unterhielten sich.

Neben ihr pfiff Bell fröhlich durch die Zähne. Ihr hatten die langen Stunden an Bord und die notdürftigen Unterbringungen an Land nichts ausgemacht. Niemals hätte Lea vermutet, dass Bell sich so schnell einer veränderten Situation anpassen konnte. Vor einigen Tagen noch die elegant gekleidete, mit Schmuck behangene Dame und heute nun eine Frau, die sich mit den schlichtesten Unterkünften und dem einfachsten Essen zufriedengab.

Bell zeigte auf die Menschenmenge am Hafen. »Sieh nur die vielen verschiedenen Volkstrachten.«

Hellgrüne Röcke blitzten durch den Nebel und rote Kopftücher. Einige Mädchen trugen Hauben, die mit langen Bändern geschmückt waren.

Diese Menschen sind hier Fremde, genau wie ich. Jeder von ihnen hat seine eigene Geschichte. Sie alle haben sich auf den Weg gemacht und verlassen ihr Zuhause, ging es Lea wehmütig durch den Kopf.

Sie forschte in den Gesichtern der Wartenden, die jetzt deutlicher zu erkennen waren. Tränenschwere Blicke trafen sie, und sie sah schmerzvoll verzerrte Züge.

Ihr selbst war es, als habe sie die Insel Wangerooge schon weit hinter sich gelassen. In Gedanken war sie längst auf dem Weg nach Amerika.

3

Bell und Lea waren in einem der letzten Fährboote, die die Auswanderer zum Segelschiff brachten.

»Da ist es, schau nur«, hauchte Lea ergriffen, als die *Mary-Ann* in Sicht kam.

Das Schiff war selbst mit aufgerollten Segeln in seiner Größe ehrfurchteinflößend.

»Mein Gott, sieht das gefährlich aus.« Bell deutete auf einen Seemann, der sich hoch über ihren Köpfen in einer Affenschaukel aus Tauen hin und her hangelte.

Das Einsteigen der Zwischendeckpassagiere überwachte ein Schiffsoffizier. Nachdem ihre Namen auf einer Liste abgehakt worden waren, führte ein Matrose sie eine steile Treppe hinunter, in einen großen, dunklen Raum, der in schmale Gänge unterteilt war. Über die gesamte Länge erstreckten sich dreistöckige Kojen aus Holz. Öllampen an den Wänden spendeten ein flackerndes Licht. Der Matrose schob sie in eine Kabine, die durch eine dünne Holzwand von den anderen getrennt war.

Bell schaute sich in der winzigen Koje um. »Herrje, was für ein Heringsfass. Aber wir können uns immer noch glücklich schätzen, eine Kabine für uns alleine zu haben.«

»Es gibt sogar ein Fenster hier.« Lea blickte zu dem winzigen Bullauge an der rechten Seite der Kajüte.

Nachdem sie sich eingerichtet hatten, gingen die Frauen an Deck, um das Ablegen des Schiffes nicht zu verpassen.

»Hagius, bringen Sie mich zu den beiden Damen, die in der Doppelkabine auf dem Zwischendeck einquartiert sind«, hörte Lea jemanden hinter sich sagen.

»Wir sind hier«, rief Bell.

Ein großer grauhaariger Mann mit Backenbart streckte ihnen die Hand entgegen. »Herzlich willkommen an Bord, meine Damen. Mein Name ist Petersen. Ich bin der Kapitän. Herr Behrends, der Leiter des Auswandererbüros, hat mich über Ihren großzügigen Verzicht informiert. Hagius, mein Erster Schiffsoffizier, ist mir persönlich dafür verantwortlich, dass es Ihnen an nichts fehlt. Die Mahlzeiten werden Sie selbstverständlich mit den Passagieren der Kajütkabinen einnehmen.« Lea runzelte die Stirn und wollte etwas erwidern, doch Bell trat ihr auf den Fuß. »Wenn ich sonst noch etwas für Sie tun kann, dann scheuen Sie sich bitte nicht. Ich muss mich jetzt empfehlen. Fräulein Brons«, er verneigte sich vor Bell. »Fräulein Ernstmann«, sein Kopfnicken galt Lea.

Bevor die beiden Gelegenheit hatten, den Irrtum aufzuklären, trat einer der Matrosen auf den Schiffsführer zu. »Kapitän Petersen, ein Mann ist mit dringendem Auftrag zum Schiff gebracht worden. Er sucht eine Person, die laut Bordliste hier auf unserem Segler sein soll.«

»Aus welchem Grund wird diese Person gesucht?«

»Er sagt, sie ist eine Betrügerin. Hat Verbindlichkeiten, die noch beglichen werden müssen, und wählt jetzt die Flucht nach Amerika. Ihr Name lautet Lea Brons.«

Lea zuckte zusammen. Ferdinand Gärber! Er hatte sie doch noch gefunden.

»Geh nach unten«, zischte Bell leise.

Lea versteckte sich, blieb jedoch in Hörweite.

Sie sah noch, wie Bell nach dem Ärmel des Kapitäns griff. »Habe ich da gerade meinen Namen gehört? Ich soll eine Betrügerin sein? Wo ist der Mann, der das behauptet?«

»Er kommt gerade aufs Schiff.«

»Wo ist Lea Brons?« Das war zweifelsfrei Ferdinand Gärber.

»Ich bin hier. Was fällt Ihnen ein, mir Betrug zu unterstellen?«

»Was will dieses Flittchen?« Gärbers Frage schien an den Kapitän gerichtet.

»Bitte mäßigen Sie sich im Ton. Dies ist die Dame, nach der Sie Ausschau halten. Und wie ich unschwer erkennen kann, haben Sie sie noch nie im Leben gesehen. Es kann sich also folglich nicht um die Betrügerin handeln, stimmen Sie mir zu?«

»Vor mir steht eine Dirne und nicht die Frau, die ich suche. Dies ist doch nur ein Trick, um mich zu täuschen. Wo ist Lea Brons? Mach den Mund auf, los!«

Lea hörte Bell schreien, dann ein klatschendes Geräusch.

»Verdammtes Miststück!«

»Hagius, der Mann möchte sofort gehen«, sagte Kapitän Petersen bestimmt.

»Sie können doch nicht einfach … Halt, warten Sie … Verdammt, lassen Sie mich los!« Gärbers Fluchen und Zetern wurde leiser und verklang schließlich.

»Ich weiß nicht, meine Liebe, was in diesen Burschen gefahren ist. Ich weiß nur, dass ich solche Kerle nicht ausstehen kann. Und zum Glück bin ich der Hausherr auf meinem Schiff. Gehen Sie beruhigt zu Ihrem Quartier und trinken Sie eine Tasse Tee.«

Lea schloss erleichtert die Augen und wankte auf ihre Kabine zu. Keine Sekunde später betrat Bell den Raum.

»Mein liebes Kind, du kannst froh sein, dass du den Fängen dieses fiesen Halunken entkommen bist. Er gehört zu den Männern der übelsten Sorte.«

»Ach Bell! Ich bin dir ja so dankbar.«

»Es war mir ein Vergnügen!«

Ein Ruf erklang. »Es geht los!«

Die Schiffsglocke läutete, die Anker wurden hochgezogen, und sie hörten, wie das Wasser klatschend gegen die Holzplanken des Schiffsrumpfes schlug.

»Komm Lea, vergessen wir Gärber!«

Sie drängten sich mit den anderen an Deck und bildeten eine Kette rund um das Schiff. Über ihnen standen die Kajütpassagiere. Ein Trompeter blies: *So leb denn wohl, du stilles Haus.*

Es fiel kein Wort, als die Heimat entschwand. Kaum ein Auge blieb trocken. Die Besatzung hastete hin und her, riss an dicken Tauen, dass der Wind in die Segel fuhr. Dann, mit Hilfe der Flut, glitt die *Mary-Ann* in die offene See hinaus. Die Reise hatte begonnen.

Einige Zeit später versammelten sich die Zwischendeckpassagiere auf Anordnung des Kapitäns erneut an Deck.

»Willkommen auf meinem Schiff«, begann dieser. »Wir haben eine lange Fahrt vor uns. Wenn sie erfolgreich verlaufen soll, dann müssen sich alle an Bord an gewisse Regeln halten. Wer dies nicht tut, wird die Reise im nächsten Hafen beenden.« Der Kapitän verschränkte die Arme hinter dem Rücken – und dabei wurde eine Pistole sichtbar, die in seinem Gürtel steckte. »Zum einen dulde ich keinen Alkohol an Bord. Ausnahme ist der Wein, der den Kajütpassagieren am Abend serviert wird. Zweitens dulde ich außer meiner Pistole keine Waffen, und zum Dritten wird kein offenes Feuer im Zwischendeck entzündet. Das bedeutet, dass unten nicht gekocht und geraucht wird. Auch Kerzenlicht fällt aus.«

Gemurmel setzte ein. »Ich weiß, dass dies auf anderen Schiffen lascher gehandhabt wird.« Mühelos übertönte Kapitän Petersen das Raunen. »Doch ich möchte nicht mitten auf dem Ozean in einem brennenden Schiff voller Menschen gefangen sein. Außerdem betritt niemand von Ihnen den Frachtraum. Dort lagert ausschließlich das Gepäck der Kajütpassagiere. Diese reisen auf dem Hauptdeck – und auch dort haben Sie nichts verloren. An den Geruch der Tiere im Unterdeck werden Sie sich gewöhnen müssen. Sie sind für unsere Versorgung unerlässlich. Es ist strengstens verboten, Tiere im Zwischendeck zu halten. Daher untersage ich es auch, Kaninchen zum Spielen heraufzuholen oder in den Hühnerställen nach Eiern zu suchen.« Mit strenger Miene schaute er zu den Kindern hinüber.

»Aber Herr Kapitän, wie sollen wir denn kochen ohne Feuer?«, fragte eine junge Frau.

»Hier, auf dem Deck, gibt es drei Kochstellen, die jeden Morgen entzündet werden. Gruppenweise können dort die Mahlzeiten zubereitet werden. Einmal in der Woche werden neue Rationen an Lebensmitteln ausgegeben. Frisches Wasser gibt es täglich. Es kann sein, dass das Wasser knapp wird und wir zum Waschen Salzwasser verteilen müssen. Ist so weit alles klar?«

Die Passagiere nickten zögerlich.

»Den Abort finden Sie hier an Deck. Das Erleichtern an anderer Stelle des Schiffes ist nicht erlaubt.« Wieder setzte Geraune ein. »Dies ist nur in Ihrem Sinne, damit sich keine Krankheiten ausbreiten«, rief Petersen laut.

Der Kapitän wandte sich zum Gehen, und seine Zuhörer zerstreuten sich. Lea beschloss, noch eine Weile an der frischen Luft zu bleiben. Sie beobachtete, wie sie sich vom Festland entfernten, und verspürte eine tiefe Erleichterung, Ferdinand Gärber entronnen zu sein.

Bell schien den Vorfall längst vergessen zu haben. »Sieh nur, wie sich die Sonne im Meer spiegelt«, rief sie begeistert.

»Wunderschön«, sagte Lea und eine unbändige Freude stieg in ihr hoch. Mit jeder Meile näherte sie sich Amerika – und Rebekka.

4

Als Lea am nächsten Morgen erwachte, fielen ihr als Erstes die schaukelnden Bewegungen und ein leises Plätschern auf. Für eine Weile blieb sie ganz ruhig liegen und lauschte auf die Geräusche um sie herum. Leise Gespräche drangen an ihr Ohr. Die gespannte Atmosphäre war gewichen. Die Menschen schienen sich eingerichtet und mit ihrem jeweiligen Platz an Bord abgefunden zu haben. Sie hörte das eine oder andere Kind weinen und sanfte Worte der Beruhigung.

Bell regte sich und schlug mit einem wohligen Seufzen die Augen auf. »Ich habe von einem üppigen Frühstück geträumt. Einem ganz in Weiß gedeckten Tisch und Silberbesteck. Lass uns nachsehen, ob das Essen der Kajütpassagiere wirklich meinen Vorstellungen entspricht.«

»Vielleicht sollten wir uns doch lieber mit dem dünnen Kaffee und dem Zwieback der Zwischendeckpassagiere begnügen. Es könnte Missgunst wecken, wenn wir neben der Zweierkabine schon wieder eine Sonderbehandlung bekommen.«

»Unsinn! Wem ist damit gedient, wenn wir aus Angst vor übler Nachrede auf ein bisschen Luxus verzichten?«

Letztlich saßen Lea und Bell dann aber doch nicht im Speisesaal des Oberdecks. Mit den Resten ihres Frühstücks, das aus Zwieback, Käse, Schinken und einer Birne bestand, traf Schiffsoffizier Hagius die beiden Frauen im Freien an.

»Meine Damen, warum frühstücken Sie nicht im Speisesaal?«

»Wir waren nicht willkommen«, sagte Bell nur kurz.

»Das Essen schmeckt nicht, wenn man den Duft des Zwischendecks in der Nase hat«, äffte Lea einen der Kajütpassagiere nach.

»Das ist eine Unverschämtheit. Ich könnte dem Kapitän …«

Bell winkte ab. »Nein, lassen Sie es. All diese hochnäsigen Gesichter würden mir doch nur den Appetit verderben. Wir werden uns die Rationen direkt vom Koch aus der Kombüse holen. So ist es mit ihm abgesprochen.«

Als Lea ins Zwischendeck ging, um sich ein wärmendes Tuch zu holen, schlug ihr schlechte Luft entgegen. Das lag nicht nur an dem durchdringenden Gestank nach Tieren, der vom Unterdeck heraufdrang. Einige Passagiere schienen sich noch nicht an das Schwanken des Schiffes gewöhnt zu haben und lagen, mit Übelkeit kämpfend oder sich erbrechend, in ihren Kojen.

Die Stimme des Arztes klang zu Lea herüber. »Ich versichere Ihnen, die Übelkeit geht vorbei. Sie müssen sich nur erst an das Schaukeln gewöhnen.«

Lea blickte neugierig in die Gesichter ihrer Mitreisenden und fragte sich, welche der Frauen zu den bestellten Bräuten gehören mochten. Bell hatte davon erzählt, dass eine Gruppe von Frauen auf dem Weg zu ihnen unbekannten Männern war, um diese vom Fleck weg zu heiraten.

»Mir müsste diese Art, unter die Haube zu kommen, eigentlich gefallen«, hatte sie gemeint. »Es ist wie ein Glücksspiel. Bekommt man einen gut aussehenden Jüngling mit gefülltem Geldsack oder aber einen abgerissenen Unglücksraben?«

Hatten die anderen Reisenden die beiden Freundinnen anfangs noch misstrauisch beäugt, so änderte sich dies, als sie großzügig die ihnen zugedachten besseren Lebensmittel mit den anderen teilten.

Als sie am zehnten Tag der Reise den Kanal von Dover erreichten, stand Lea an der Reling und betrachtete das Meer. Die *Mary-Ann* hatte drei Tag unter ungünstigen Verhältnissen gekreuzt. Lea hatte an Übelkeit gelitten und kaum etwas essen können. Doch jetzt war die See wieder ruhig. Fasziniert glitten ihre Augen über die schillernden Wogen, die sich endlos bis zum Horizont zogen.

Das Deck unter Leas Füßen neigte sich ein wenig, doch mittlerweile machte ihr das sanfte Schaukeln des Schiffes nichts mehr aus. Manchmal traf ein feiner Dunst ihre Haut.

Leas Gedanken wanderten zu Rebekka. Sie wartete sicherlich schon sehnsüchtig auf ihre Ankunft. Sich die waghalsige Schwester in der Mutterrolle vorzustellen fiel Lea schwer. Und bei dem Gedanken an Rebekkas Übermut beschloss sie, ihr Kommen nicht vorab mitzuteilen, sondern sich allein auf den Weg zur Farm zu machen. Rebekka brachte es fertig, ihr hochschwanger in einem schaukelnden Ochsenwagen entgegenzufahren.

Als Lea wieder unter Deck kam, bot ihr die rundliche Wilhelma, auch eine der bestellten Bräute, eine Schüssel mit Hafergrütze an. Der Brei war zwar etwas klumpig, tat aber Leas geschundenem Magen gut.

»Wie die Männer wohl sind, die drüben auf uns warten? Hoffentlich krieg ich nicht so eine dünne Bohnenstange ab«, sagte Wilhelma.

»Na, dann kochst du ihm jeden Tag was Gutes und fütterst ihn dir eben heraus«, schlug Lea vor, und alle lachten.

»Was soll nur werden, wenn mich mein Bräutigam scheußlich findet und nicht haben will?«

Bell ließ sich neben ihr auf die Koje nieder. »Mädchen, mach dir keine Sorgen. So dünn gesät, wie Frauen dort sind, werden die Jungs euch mit offenen Armen empfangen. Männer sind Männer. Bei einem weichen warmen Frauenkörper werden sie schwach. Da schaltet sich das Denken von selbst aus.«

Die Tage und Wochen vergingen, und alle hatten sich längst an den Rhythmus des Lebens an Bord gewöhnt. Manchmal holten einige Passagiere ihre Instrumente hervor und ließen Lieder über der See erklingen.

Viele alleinstehende Männer reisten im Zwischendeck, aber auch ganze Gruppen von Familien. Sie alle genossen das ruhige Dahingleiten des Seglers und schauten kaum jemals nach oben, da sie sich des neugierigen Beäugens der Kajütpassagiere bewusst waren.

»Ich komme mir vor wie die Tiere des Wanderzirkus, mit dem meine Truppe einige Zeit herumgereist ist. Wir dienen denen da oben als Unterhaltung gegen ihre Langeweile«, sagte Bell eines Tages erbost. »Ich kann spüren, was sie denken. Was für arme Kreaturen! Hoffentlich stecken sie mit ihrer Kocherei nicht das ganze Schiff in Brand.

Und seht nur, wie schmutzig und ungepflegt dieses Volk ist. Abschaum! Gut, dass wir uns von denen abheben!«

»Ignoriere sie einfach, Bell. Wir werden in Amerika ankommen, genau wie sie! Und das allein ist wichtig.«

»Ich kann es kaum abwarten, Lea. Du glaubst nicht, wie ich mich darauf freue, endlich wieder etwas anderes zu hören als das ewige Gerede der Frauen über Kinder und Männer, über Kochen und Putzen. Es macht mich ganz verrückt. Ich fiebere der Zeit entgegen, wo ich wieder tanzen und singen kann, wo das Leben anfängt. Ich will unter Männern sein, Karten spielen und Kleider tragen, die ein bisschen mehr Haut zeigen. Ich vermisse funkelnden Schmuck und hasse meine Hauben und vor allen Dingen die dicken Strümpfe.« Sie zog verächtlich am wollenen Stoff.

»Das ist nicht meine Welt! Ich will in der Bewunderung der Männer baden und sehne mich nach dem Geruch von Tabak und Pferden. Eines weiß ich nach dieser Reise ganz genau: Für mich ist dieser ganze Frauenkram nichts. Ich könnte ein solches Leben nicht aushalten!«

Nach ihrem Gefühlsausbruch blieb es still. Bells Worte erschreckten Lea. Sie hatte ganz bewusst den Gedanken daran, dass sich nach der Ankunft in New Orleans ihre Wege trennen würden, von sich geschoben.

»Was genau wirst du tun in Amerika, Bell?«

»Ich weiß es noch nicht. Ich habe dir doch von den Riverboat-Casinos erzählt, die den Mississippi bereisen. Vielleicht versuche ich, auf einem der Schiffe unterzukommen. Oder ich bleibe in New Orleans. In der Stadt soll es Unmengen von Abendlokalen geben. Da ist bestimmt eines dabei, wo ich willkommen bin.«

Sie griff nach Leas Arm. »Aber das wird nichts an unserer Freundschaft ändern, Lea. Wenn du magst, dann besuche ich dich auf der Farm. Ich bin ja so gespannt auf Rebekka! Nach all dem, was du mir über eure Kindheit erzählt hast, steht sie mir in Wildheit wohl in nichts nach. Und deinen Neffen oder deine Nichte muss ich natürlich auch kennenlernen. Ganz zu schweigen von den Männern. Du wirst mich nicht so schnell wieder loswerden.« Sie zog Lea an sich und schloss sie in ihre Arme.

Diese drückte Bell ganz fest an sich, und der harte Klumpen in ihrem Magen löste sich langsam auf. Sie würden sich trennen, einander aber nicht aus den Augen verlieren.

Je weiter die *Mary-Ann* nach Süden vorankam, desto wärmer wurde es. Das Schiff segelte in den Sommer hinein. Zwischen dem Blau des Himmels und dem des Meeres glitten sie dahin. Wellen schienen mit dem Segler um die Wette zu laufen. Um der Hitze des Tages zu entgehen, suchte Lea oft Schatten unter einem der Segel. Sie liebte es, am Bug zu stehen und über das Wasser zu schauen. Schwärme großer Fische folgten dem Schiff. Manchmal blitzte ein silberner Leib auf.

In den Nächten warf der Mond seine hellen Strahlen auf das Meer. Sie lagen wie Lichtpfade auf dem schwarzen Wasser. Lea konnte sich kaum sattsehen am dicken runden Silbermann, der wie eine reife Frucht am Himmel hing.

Am 28. Mai passierte die *Mary-Ann* den nördlichen Wendekreis. Tagelang segelten sie wie schwerelos durch strahlendes Blau. Als Land sichtbar wurde, reihten sich die

Passagiere an Deck auf. Im Nebel schimmerten die Umrisse von Bergen.

»Das muss St. Domingo sein. Gestern habe ich jemanden von der Besatzung davon sprechen hören«, rief Bell.

Wolken hingen über der Insel und schienen sich an den Gebirgskronen zu brechen.

Zwei Tage später durchquerten sie den Kanal zwischen dieser Insel und Kuba. Mit günstigem Wind kam die *Mary-Ann* gut voran. Wie viele andere verbrachten auch Lea und Bell die Nächte auf dem Deck, um der Hitze im Bauch des Schiffes zu entfliehen.

Waren sie seit St. Domingo fortwährend mit günstigem Wind gesegelt, so änderte sich das gegen Ende der Reise.

Am 17. Juni zogen dunkle Wolken heran, und ein starker Wind kam auf. Das Unwetter verschlimmerte sich stündlich. Der Kapitän gebot den Passagieren, in ihren Kojen zu bleiben.

Lea lag in der schwankenden Kabine und erspähte durch das Bullauge das Spektakel auf dem Ozean. Ein Albtraum! Wellen türmten sich zu Felsen auf. Das Schiff erklomm auf senkrechtem Weg das Wassergebirge, um vom Gipfel sofort in die Tiefe zu stürzen.

»Gott im Himmel, die *Mary-Ann* schwankt wie ein Strohhalm im Wind. Halt dich gut fest. Gleich gibt es einen Totentanz!«, schrie Bell.

Lea klammerte sich an die Seitenkanten ihres Schlafplatzes, während der Segler ächzte und stöhnte. Stunden schien der Sturm zu dauern. War es Abend oder Morgen, Lea wusste es nicht. Sie zitterte wie Espenlaub, ihr Magen rebellierte, und sie spürte, wie ihre Kräfte erlahmten.

Sie hätte alles für festen Boden unter ihren Füßen gegeben. Doch Lea musste sich gedulden und warten und wusste nicht, worauf. Auf das Ende des Sturms oder den Tod? In den schlimmsten Momenten sehnte sie ihn herbei.

Nach einer schier endlosen Zeit hörte der Wahnsinn auf. Das Schiff bewegte sich wieder ruhig und gleichmäßig. Lea sank wie betäubt auf ihr Lager und fiel in einen tiefen Schlaf.

Einen Tag und eine Nacht hatte die *Mary-Ann* gegen die Naturgewalten gekämpft. Als am Morgen des zweiten Tages endlich wieder blauer Himmel zu sehen war, stießen der Kapitän und die Mannschaft Seufzer der Erleichterung aus. Nachdem die Schäden überprüft waren, stieg Petersen ins Zwischendeck hinab, um nach den Passagieren zu schauen und die gute Botschaft zu verkünden, dass sie wieder an Deck gehen könnten.

Der Besatzung stand die Anstrengung ins Gesicht geschrieben. Eines der Segel war zerrissen, und die Masten mussten repariert werden.

Kapitän Petersen sprach ein Dankgebet. Klar und fest war seine Stimme, doch Lea sah die Erschöpfung in den Augen des Mannes. Seine Hand zitterte, als er die Seiten des Gebetbuches umblätterte.

Lea starrte wie gebannt auf die ruhige See, die den Gedanken an den Sturm der vergangenen Stunden unwirklich erscheinen ließ. Der Wind säuselte sacht. Wie kleine Kobolde huschten Sonnenflecken über dem Wasser.

An diesem Abend spielte kein Fiedler, und niemand tanzte. Alle waren zu erschöpft und sanken wie betäubt in ihre Kojen. Lea tat jeder Knochen weh, doch sie verspürte eine große Erleichterung. Sie waren noch einmal davongekommen.

5

Drei Tage später waren sie kurz vor ihrem Ziel. Lea spähte in die nur langsam schwindende Dunkelheit. Einer der Seeleute zog mit einer Laterne Kreise aus Licht. Wie eine Antwort darauf ertönte ein lautes Heulen, das alle zusammenfahren ließ.

Lea sah ein von Nebelschwaden umwabertes Schiff näher kommen. Seine großen Schaufelräder drehten sich langsam. Die *Delta-Queen* hielt längsseits und Matrosen warfen Seile herüber. Ein durchdringendes Tuten, dann nahm der Schlepper Fahrt auf und glitt durch das Wasser auf einen der Hauptarme des Mississippi zu.

Die aufgehende Morgensonne ließ den Nebel zerfließen, und Bäume und Büsche erschienen wie aus dem Nichts. Lea sah, wie sich die Farben des Mississippis mit denen des Golfs mischten. Ein schlammig braunes Band, das in Blaugrün stieß und es verdunkelte.

Der Segler wurde an den Inseln in der Mündung vorbeigezogen. Kleine Nebenflüsse führten vom Hauptstrom weg ins Verborgene. In den sumpfigeren Gebieten streckten sich ihnen entwurzelte Stümpfe entgegen. Bäume hingen, von Moos und Flechten bedeckt, halb im Wasser. Lea nahm einen modrigen Geruch wahr. Ein großer schlanker Vogel mit langem Hals stakste zwischen den im Wasser stehenden Bäumen. Die Sonne ließ sein weißes Gefieder aufleuchten.

Rebekka hatte in ihren Briefen von all dem berichtet, aber die Wirklichkeit übertraf Leas Vorstellungen. Die Welt, auf die sie schaute, war urtümlich und eigenartig fremd.

Stunde um Stunde durchpflügte die *Mary-Ann* den Fluss. Die ersten Zuckerrohrplantagen und Baumwollfelder kamen in Sicht. Weiß getünchte, mehrstöckige Wohnhäuser, umrahmt von Orangenbäumen, thronten majestätisch auf kleinen Hügeln, zu deren Füßen Reihen von einfachen Hütten standen.

Dann, am späten Nachmittag, erreichten sie endlich New Orleans. Eine drückende Hitze lag über der Stadt, Lea schwitzte in ihrem blauen Reisekleid.

Mit großen Augen blickte sie auf Dutzende von Kais. Seeleute verluden Fässer und Ballen in die Schiffsbäuche. Zucker und Mehl, aber auch Tabak und Whisky.

Die Schiffsglocke der *Mary-Ann* begann zu läuten. Kurz darauf wurden Befehle laut, Ketten rasselten, Taue flogen durch die Luft. Die Brücke zum Verlassen des Ozeanseglers wurde geräuschvoll herabgelassen.

Lea starrte auf das geschäftige Treiben hinunter. Sie sah unrasierte Männer mit Messern im Gürtel neben altehrwürdigen Herren mit Uhrketten an der Weste. Spanier in engen Samtjacken, Franzosen und natürlich Farbige in allen Schattierungen. Die Hautfarben variierten von tiefschwarz bis milchkaffeebraun.

»Diese vielen dunklen Gesichter!« Lea war sich nicht bewusst, dass sie den Satz laut ausgesprochen hatte.

Ein klug aussehender Mann mit Brille schaute sie von

oben herab an. »Das ist ja nur eine Handvoll. Was glaubst du, mein Kind, wie viele von ihnen auf den Baumwollfeldern schuften. Großgrundbesitzer herrschen über ihre Plantagen und Sklaven wie Könige. Reichtum, erworben auf dunklem Rücken. Mein Vater hat mich gelehrt, alle Menschen seien von Natur aus frei und niemals Besitz eines anderen. Doch hier gilt dieses Gesetz nicht. Mich hat die Ungerechtigkeit aus Europa vertrieben, die Sehnsucht nach Freiheit. Hier im Süden könnte ich niemals leben. New Orleans ist der Inbegriff der Unterdrückung.«

»Das hören die Plantagenbesitzer gar nicht gerne. Ich rate Ihnen, Ihre Meinung für sich zu behalten, sonst sind Sie schneller wieder auf dem Schiff, als Ihnen lieb ist«, empfahl ihm ein grauhaariger Passagier spitz, der einen kugeligen Bauch vor sich herschob.

Das Gespräch der Männer wurde unterbrochen, als Zollbeamte und der Hafenarzt an Bord kamen. Kurze Zeit später wurden die Seekisten der Passagiere von Trägern zu einem Hafengebäude gebracht, und die Reisenden konnten das Schiff verlassen.

»Ich laufe wie ein alter Seebär, der seit Langem wieder einmal auf Landgang ist. Es ist, als ob der Boden unter meinen Füßen schwankte«, beklagte sich Lea, als sie den Landungssteg herabwankten.

Bell nickte. »Tja, unser Gang ist wirklich alles andere als damenhaft. Das wäre was für Kamilla Kornbach. Junge Frauen, die sich bewegen, als ob sie rittlings auf einem Pferd gesessen hätten.«

Die bestellten Bräute wurden von einem Pastor in Empfang genommen.

»Folgen Sie mir. Ihre Zukünftigen warten im Hafengebäude«, trieb er seine Schäfchen an.

Bell winkte Lea. »Komm. Ich will einen Blick auf die Männer werfen, denen unsere Täubchen zufliegen. Danach müssen wir uns eine Unterkunft besorgen.«

»Ich habe mich entschlossen, morgen in aller Frühe eine Passage auf einem der Flussdampfer zu buchen. Rebekka schreibt, dass man mit ihnen den Mississippi hinauf bis nach St. Louis fahren kann.« Lea versuchte, nicht zu traurig zu klingen.

Bell sah sie mit einem schelmischen Ausdruck an. »Und *ich* habe mich entschlossen, dich bis nach St. Louis zu begleiten. Mich quält der Gedanke, dass dieser verdammte Neumann mir seine Bluthunde bis nach Amerika hinterherschicken könnte. In jeder Stadt gibt es Theater und Saloons. Überall wollen die Männer schöne Frauen sehen und Karten spielen. Warum sollte ich also schon in New Orleans meine Zelte aufschlagen? Was sagst du dazu?«

»Ach Bell! Das ist die beste Neuigkeit des Tages!«

»Ihr habt es gut! Unser Abenteuer ist erst einmal zu Ende«, wisperte Wilhelma.

»Wie man's nimmt«, rief eine ihrer Begleiterinnen.

Lea sah die kleine Gruppe wartender Männer schon von Weitem. Eine gewisse Unruhe ging von ihnen aus. Einige scharrten verlegen mit den Füßen, während andere vor Neugierde die Hälse reckten.

Ein blonder Riese steuerte zielgerade auf Wilhelma zu. Seine helle Haut war von der Sonne gebräunt, und das Hemd spannte sich unter seinen Muskeln. Er verbeugte sich leicht.

»Blond, rundes Gesicht und unglaublich gut gebaut! Nach der Beschreibung glaube ich, dass wir einander versprochen sind.«

Wilhelma lachte laut auf. »Das war die netteste Umschreibung für meine Körperfülle, die ich je gehört habe.«

Der junge Mann stimmte in das Lachen ein und streckte ihr eine Hand entgegen. Bald waren beide in ein angeregtes Gespräch vertieft.

Lea und Bell hielten sich etwas abseits und beobachteten, wie der Pastor den Männern die jeweilige Braut zuwies. Mit mehr oder weniger fröhlichen Gesichtern fügten sich die Pärchen in ihr Schicksal. Sie winkten Lea und Bell zum Abschied und waren bald ihren Augen entschwunden.

Nachdem sie ein Quartier gefunden und etwas gegessen hatten, beschlossen Lea und Bell einen Spaziergang zu machen. Die Straßen der Stadt waren schlecht gepflastert, die Fußwege aber akzeptabel. Ihren Augen und Ohren bot sich eine erstaunliche Mischung aus Sehenswürdigkeiten und seltsamen Geräuschen. New Orleans strotzte vor Leben, hatte die prächtigsten Häuser, Gebäude mit hohen Fenstern und Balkonen, aber auch die ärmlichsten Hütten.

Tagsüber fand Lea die Stadt in gewisser Weise schön, doch als sie sich auf Bells Bestreben abends erneut aufmachten, durchflutete eine Erregung New Orleans, die sie befremdete. Obwohl sie in der Nähe des Wassers waren, gab es hier nichts, was sie an Abende auf Wangerooge erinnerte. Kein beruhigendes Wellenrauschen und keine frische reinigende Brise von See her, die alles wieder ins richtige Lot brachte. Hier pulsierte eine andere Art von Leben. New Orleans schien auch in der Nacht rastlos zu sein.

Die Luft war schwer und von allerlei fremden Düften erfüllt. Kutschen ratterten über die Wege aus Kopfsteinpflaster und hielten vor eleganten Theatern und Casinos. Ihnen entstiegen Frauen in glitzernden Abendroben, deren Schmuck im Licht der Laternen funkelte. Edel gekleidete Herren griffen nach ihren Armen und führten sie in die Etablissements. Musik drang bis nach draußen.

Türen öffneten sich, und Lea konnte das Innere des Theaters erkennen. Dicke Teppiche bedeckten den Boden, Kronleuchter spendeten ein warmes Licht. Glitzernde Kristalle blitzten im Schein der Lampen. Gemälde mit üppigen Schönheiten hingen an den Wänden.

Bell wies unauffällig auf eine der Frauen, die direkt an ihnen vorbeischritt, ohne sie eines Blickes zu würdigen. Sie bewegte sich mit einer natürlichen Anmut und war prachtvoll gekleidet. Ihr Gesicht war nicht weiß.

»Außergewöhnliche Schönheiten, nicht wahr? Ich glaube, man nennt sie Quarteronen. Über ihr zartes Weiß zieht das Negerblut einen verführerischen Schatten. Dazu diese großen dunklen Augen und das tiefschwarze Haar. Auf dem Schiff habe ich die Männer von ihnen reden hören. Dieser Frauen sollen die teuersten Gespielinnen in New Orleans sein.«

Lea spürte, wie sie rot wurde. Eine scheue Befangenheit griff nach ihr. Diese Welt war ihr fremd.

Bell dagegen schien sich so wohlzufühlen wie seit Langem nicht mehr. Ein vergnügliches Lächeln lag um ihren Mund. Sie taxierte die Männer und konnte sich kaum sattsehen an den Roben der Frauen.

Als sie kurz stehen blieben, um in eines der Lokale zu spähen, hörte Lea eine tiefe männliche Stimme fragen: »Sind Sie allein heute Abend, meine Schönen?«

Sie drehte sich erschrocken um. Auch Bell wandte sich dem elegant gekleideten dunkelhaarigen Mann zu. Sie setzte ihr attraktivstes Lächeln auf und schüttelte bedauernd den Kopf.

»Das ist sehr schade. Ich hätte gerne den Abend mit Ihnen verbracht.«

»Man begegnet sich im Leben immer zweimal«, tröstete ihn Bell, ergriff entschlossen Leas Arm und zog sie mit sich fort.

»Was für ein Mann«, schwärmte sie und Lea spürte, dass Bells Bedauern dem Fremden gegenüber nicht gespielt gewesen war.

»Er hat uns angesprochen, aber dich gemeint.«

»Vielleicht liegt es an meinem hellen Haar. Blonde Frauen sind hier selten. Lea, ich würde ganz gerne in eines der Theater gehen, um mir eine der Vorstellungen anzuschauen.«

Kurze Zeit später saßen sie im *Flowers* an einem der Tische vor der Bühne. Junge, nur spärlich bekleidete Frauen brachten Getränke und verschwanden wieder zwischen den Reihen. Einige Musiker begannen zu spielen, der rote Vorhang ging auf. Ein bunter Reigen an Darbietungen begann, der mit zwei Schwestern eröffnet wurde, die Teller warfen und sie auf Stangen balancierten.

Immer mehr Gäste betraten das Theater. Das Gewirr der Stimmen übertönte fast die Musik. Der Vorhang schloss und öffnete sich wieder. Tänzerinnen wirbelten nun über die Bühne. Sie warfen ihre roten Röcke hoch in die Luft. Ihnen wurde mehr Beachtung geschenkt als den

Artistinnen. Je mehr Haut sie zeigten, desto lauter jubelten die Zuschauer. Als sie von der Bühne tänzelten, tobte das zumeist männliche Publikum.

Zum Schluss trat eine Sängerin auf, deren Talent eher gewöhnlich war, die aber in ihrem dunkelblauen hautengen Samtkleid und dem weißblonden Haar die Gäste zu wahren Begeisterungsstürmen hinriss.

»Das könnte ich besser«, flüsterte Bell zu Lea herüber. An ihrem Gesichtsausdruck sah Lea, dass sie sich danach sehnte, auf der Bühne zu stehen.

Auf dem Heimweg zum Gasthaus näherten sie sich wieder der Hafengegend, und der Zauber verflog jäh. Matrosen kamen ihnen entgegen, die Mädchen der gewöhnlichsten Sorte am Arm hielten. Ihr Lachen klang kreischend, und wenn sie sprachen, vernahm man derbe Untertöne. Als die Seeleute und ihre Begleiterinnen an ihnen vorbeischlenderten, wehte ein Geruch von Whisky zu Lea herüber. Sie schüttelte sich leicht.

»Tja, auf die eine oder andere Weise scheint einem diese Stadt das Geld aus der Tasche zu ziehen«, kommentierte Bell trocken.

Am nächsten Morgen gingen sie zeitig zu den Anlegeplätzen der Schaufelraddampfer. Über den flachen Rümpfen erhoben sich Aufbauten von jeweils zwei oder drei Etagen. Schlote ragten in den Himmel und bliesen dunkle Wolken in die Luft.

»Ganz oben sind Kabinen für die reichen Herrschaften. Danach kommt das einfachere Volk, und auf Deck finden sich dann der Rest und die Sklaven. Viele Händler und Geschäftsleute pendeln zwischen den nördlichen Städten und dem alten Süden hin und her. Sie haben angestammte Plätze«, informierte sie der Fahrkartenverkäufer.

Schwarze Anschlagtafeln informierten über Ziel und Preise. Auch die Zwischenstationen waren mit Kreide notiert.

»Fahren Sie wirklich in elf Tagen bis nach St. Louis?« Bell machte ein ungläubiges Gesicht.

»Jawohl. Und es ist dabei ganz egal, ob ihr im mittleren Deck oder darüber reist. Die Fahrzeit bleibt die gleiche, nur das Futter ist unterschiedlich!« Der Verkäufer lachte über seinen eigenen Scherz.

Sie buchten eine Fahrt auf der *Champion* und veranlassten, dass ihr Gepäck zum Anleger gebracht wurde. Lange vor der Abfahrt ging es am Hafen schon zu wie in einem Bienenstock. Eine Kapelle spielte, Kutschen ratterten vorbei, Gepäckträger schoben sich brüllend durch die Menge.

Da ihnen noch Zeit blieb, beschloss Bell, sich ein neues Kleid zu kaufen.

»Oder kannst du dir vorstellen, dass mich jemand so auf die Bühne lässt?« Sie zupfte an ihrem schlichten Rock.

Die beiden vereinbarten einen Treffpunkt, und Lea schlenderte allein über den Marktplatz des französischen Viertels, der sich ganz in der Nähe der Kais befand. Bauern verkauften Gemüse und Kartoffeln, Italiener fremdartige Früchte, Deutsche und Holländer priesen Backwaren und Wurst an. Kinder drängten sich um die exotischen Stände der Sumpfbewohner, die Tierfelle und Schlangenhäute ausgebreitet hatten.

Ein Plakat an einem der größeren Gasthäuser erregte Leas Aufmerksamkeit. Sie blieb stehen und versuchte, den Text zu entziffern, es gelang ihr jedoch nicht.

»Kommen Sie nur herein.« Lea erkannte einen der Passagiere. Er nickte zum Eingang der Gaststube. »Wer weiß, ob wir jemals wieder Gelegenheit haben, so etwas zu sehen. Es ist ein Teil des Südens.«

Lea folgte ihm zögernd. Stühle, von denen die meisten besetzt waren, standen in Reihen vor einer Bühne. In den Gängen dazwischen liefen Männer hin und her. Andere waren in Gespräche vertieft.

Ein Mann in dunklem Anzug betrat das Podest. »Meine Herrschaften, bitte begeben Sie sich auf Ihre Plätze. Wir beginnen.«

Erst jetzt bemerkte Lea die Gruppe Farbiger, die vor der Bühne warteten. Sie hielten die Köpfe gesenkt. Und plötzlich begriff Lea. Hier, mitten in den belebten Straßen von New Orleans, wurden Menschen verkauft!

Der Mann in Schwarz winkte gebieterisch eine der Frauen zu sich auf die Bühne. Sie war groß, schlank und trug ein graues Leinenkleid.

»Unser erstes Angebot, meine Herren. Wie viel ist Ihnen diese junge Negerin wert? Ihr Name ist Belinda. Sie ist zweiundzwanzig Jahre alt.«

Das Gesicht der Frau war ausdruckslos. Sie schaute, die Arme eng an den Körper gepresst und den Kopf hocherhoben, abwesend über die Köpfe der Menge hinweg.

»Nun, wie viel wird geboten? Belinda kann kochen und waschen. Sie hat sich in ihrem alten Haushalt um die Pflege ihres Herrn gekümmert. Er war alt und ist gestorben. Nur deshalb kann ich sie Ihnen heute anbieten.«

Lea spürte, wie ihr der Schweiß ausbrach. Sie sah, was da geschah, konnte es aber nicht glauben. Ihre Hände schlangen sich verkrampft ineinander, ihr Mund war ausgetrocknet. Die junge Frau strahlte einen Stolz aus, der Lea anrührte. Sie spürte, wie ihr eine Träne über die Wange rann. Und dann, für den Bruchteil eines Herzschlags, traf sich ihr Blick mit dem der Farbigen. Die Maske aus Stolz fiel, und Lea las Verzweiflung in den dunklen Augen, abgrundtiefe Verzweiflung, Hass und Resignation. Am liebsten wäre Lea nach vorn gelaufen, hätte die junge Frau bei der Hand genommen und von der Bühne gezogen.

Die Stimme des Ausrufers klang wie durch einen Nebel zu ihr herüber. »Diese Negerin ist jung und kerngesund. Wenn Sie einen männlichen Sklaven besitzen, dann wäre sie auch eine gute Anlage für die Zukunft. Schauen Sie nur: dieser Wuchs, diese Haltung. Zudem ist sie arbeitsam und gehorcht aufs Wort. Also, was höre ich?«

Das Bieten der Männer begann. Die routinierte Stimme des Auktionsleiters verursachte Lea Übelkeit. Sie sprang auf, rannte aus der Gaststube und blieb schließlich schwer atmend in der Nähe eines Kaffeehauses stehen.

Als Lea sich gefasst hatte und feststellte, dass sie nicht mehr wusste, wo sie sich befand, bog zu ihrer großen Erleichterung Bell um die Ecke.

»Lea, was tust du hier? Was ist passiert?«

Nachdem sie der Freundin alles erzählt hatte, schlug Bell vor, etwas trinken zu gehen. Sie ergriff Leas Arm und führte sie in das Kaffeehaus.

»Wie findest du meine Neuerwerbung?«, versuchte Bell sie abzulenken und packte ein dunkelblaues Kleid aus schimmernder Seide aus. Lea hatte kaum einen Blick dafür. Ihre Gedanken waren immer noch bei der Auktion.

»Ich habe mir Amerika anders vorgestellt. Hier sollte doch alles besser und gerechter sein! Doch dann sah ich gestern schon diese armen Gestalten, die Bettler und Säufer am Hafen und heute nun die Sklaven. Man behandelt sie nicht wie Menschen. Es ist barbarisch.«

»Ich weiß.« Bell setzte die Tasse ab. »Ich bin kein Freund der Sklaverei, aber hier ist es ein Teil des Lebens, etwas ganz Selbstverständliches. Wir sind Fremde, Lea, und müssen uns dem anpassen.«

»Bell, das kann doch nicht dein Ernst sein. Wir sollen uns damit abfinden, dass Menschen verkauft werden? Ich kann das nicht. Im Gegenteil. Am liebsten hätte ich mich vor dem Auktionshaus auf ein Fass gestellt und herausgeschrien, was ich von alledem halte. Ich war so wütend und so machtlos …«

»Lea, wie willst du von einem Tag auf den nächsten ändern, was die Menschen hier seit Generationen für richtig halten?«

»Du nimmst das alles in Schutz?«

»Nein. Ich bin, wie gesagt, gegen die Sklaverei. Aber ich versuche zu verstehen.«

»Oh Bell, lass uns nicht streiten«, bat Lea erschöpft.

Bell strich ihr über den Arm. »Wir streiten doch nicht. Wir unterhalten uns und tauschen Meinungen aus. Das ist etwas Anregendes, so wie ein gutes Kartenspiel. Und Lea, du gefällst mir, wenn du so kämpferisch bist. Das erinnert mich an Bremen und wie du diese beiden Schnüffler davon abgehalten hast, in dein Hotelzimmer zu kommen.«

Lea lächelte. »Wie lange das her ist. Es kommt mir vor wie eine Ewigkeit. Bremen! Damals erschien mir die Stadt so groß und gefährlich. Aber im Gegensatz zu New Orleans ist Bremen zahm wie ein Kätzchen.«

6

Schwarzer Rauch stieg aus den beiden Schornsteinen des ablegenden Dampfers und wehte wie eine Fahne hinter der *Champion* her. Vom Schaufelrad am breiten Heck angetrieben, fuhr das Schiff den Mississippi hinauf.

Mit jeder Meile verlor sich mehr und mehr das bedrückende Gefühl, das sich Lea in New Orleans bemächtigt hatte. Der Mississippi trug sie fort, brachte sie Rebekka näher.

Kiefern und Zypressen säumten die Ufer des Flusses und gaben ihm einen Rahmen aus sattem Grün. Der Steuermann stand vorne auf dem obersten Deck, in einem kleinen offenen Häuschen, wo er freie Aussicht hatte. Die *Champion* glitt an riesigen Baumwollplantagen und Zuckerrohrfeldern vorbei. Das monotone Stampfen der Maschinen wirkte betäubend, und nach der letzten unruhigen Nacht schlief Lea schon am frühen Abend erschöpft ein.

Am nächsten Tag steuerte das Dampfschiff einen kleinen Anlegeplatz an, eine riesige Menge von Holzscheiten wurde an Bord verfrachtet.

»Bis St. Louis werden wir einen halben Wald verfeuert haben!«, rief der Heizer.

Im Dunkeln lotete der Raddampfer die Fahrrinne im Schein von Laternen aus. Die Nächte auf dem Mississippi hatten etwas Zauberhaftes an sich. Der gewaltige Strom, der zu anderen Zeiten ganze Waldstücke fortzuwälzen vermochte, flutete geruhsam dahin wie eine majestätische Kraft aus der Urwelt. Mondglanz lag über den grauen weiten Gewässern, die Maschine stöhnte und wühlte in einem fort, der Wind zischte im Tauwerk und knarrte um die Rauchschlote, aus denen die Funken wie Feuerfliegen stoben.

Ab und zu zeigten sich am Ufer helle Punkte, vielleicht Hütten. Manchmal sahen sie auch in der Ferne über dem Wasser Lichter. Zumeist gehörten diese zu anderen Dampfschiffen, die an der *Champion* vorbeiglitten. Deren Glutöfen glichen feurigen Ungeheuern.

Je weiter sich das Schiff von New Orleans entfernte, desto kühler wurde es. Die drückende Hitze ließ nach, und ein frischer Luftzug umwehte den Dampfer. Tag für Tag legten sie Meile um Meile auf dem Mississippi zurück, nahmen Fracht und Passagiere auf, während andere Reisende von Bord gingen.

Raubvögel zogen ihre Runden in großer Höhe über dem Wasser oder den Waldungen. Einmal, als sie nahe am Ufer vorbeikamen, bemerkte Lea einen ertrunkenen Hirsch, der halb aus Schlamm und Wasser hervorragte.

Endlich, als Lea schon glaubte, es nicht mehr abwarten zu können, erreichten sie St. Louis.

An den Kais lagen über zwanzig Dampfboote, die von der Betriebsamkeit der Stadt kündeten. St. Louis schien auf den ersten Blick nur aus weiß getünchten Häusern, Warenlagern und Handwerkerbuden zu bestehen, doch später entdeckten Lea und Bell die eleganteren Viertel. Die Straßen des älteren Stadtkerns waren eng und verwinkelt, jene auf der Anhöhe jedoch breit und luftig. Lea war beeindruckt von den wunderschönen Steinhäusern, den imposanten Kirchen und der Stadthalle mit dem Marktplatz im Erdgeschoss. Das Leben und Treiben jedoch fand seinen Mittelpunkt am Mississippi.

Die beiden Frauen mieteten sich in einem am Fluss gelegenen Gasthaus ein. Bell fand noch vor Ende des Tages eine Anstellung in einem der vielen Saloons in der Nähe des Landungsplatzes.

Die wenigen Tage bis zum Abschied vergingen schnell – und schließlich kam der letzte Abend. Lea beschloss, Bell im *Paradies* zu besuchen.

Aus dem Lokal fiel helles Licht in die Nacht. Lea blieb unentschlossen stehen. Der Lärm aus dem Saloon übertönte das Heulen des Windes. Frauengelächter, Gläserklirren und Klavierspiel klangen zu Lea herüber. Pferde und Maultiere standen am hölzernen Geländer festgebunden. Ihre Hinterlassenschaften stanken fürchterlich.

Lea verzog das Gesicht und trat entschlossen durch die Saloontür. In dem großen Gastraum, dessen Fenster zur Straße ging, sah sie eine Bar mit langem Tresen, eine Bühne und etliche runde Tische mit gemütlicher Bestuhlung.

»Los, komm herein. Zier dich nicht so!«

Bell stand hinter dem Schanktisch. Sie trug das neue Kleid, ihre Hände steckten in fingerlosen Seidenhandschuhen. Das helle Haar hatte sie zu Korkenzieherlocken gedreht. Bell wirkte wie ein Engel und strahlte eine ansteckende Fröhlichkeit aus.

»Dieser lange Kerl hier heißt Joe.« Bell tippte einem jungen Farbigen auf die Schulter, der dabei war, Gläser zu spülen.

»Und dort drüben, die attraktive Frau, die den Karten- spielern über die Schulter schaut, das ist Dorothy.«

»Was höre ich? Attraktive Frau?« Die Inhaberin des Sa- loons kam zu ihnen herüber und reichte Lea die Hand. »Ich bin zu alt zum Tanzen, zum Singen und zu noch ei- nigem mehr. In meinem Alter verschafft einem eine Pistole den größten Respekt.« Sie zeigte auf die Waffe, die gewich- tig an ihrer Hüfte baumelte.

Der Mann am Klavier war in sein Spiel versunken, eine träge Melodie klang durch den Raum. An einem der Ti- sche spielten vier Männer Karten, während doppelt so viele weiter hinten an der Bar saßen.

Einige Gäste betraten das Lokal, Bell nahm ihre Bestel- lungen auf. Lea hörte an ihren Gesprächen, dass die Neu- ankömmlinge, wie jeder Zweite in der Stadt, Landsmän- ner waren. In St. Louis gab es Germantowns wie Baden und Bremen, in denen ausschließlich Deutsche lebten.

Das macht es für Bell um einiges leichter, dachte Lea.

Die neue Sprache bereitete Bell genauso wie ihr selbst noch große Schwierigkeiten.

Während die Freundin den Männern einschenkte, beugte sich einer zu ihr vor. Lea hörte ihn fragen: »Sie sind neu hier, nicht wahr? Wie heißen Sie?«

»Bell.«

»Ein hübscher Name. Und ein noch hübscheres Ge- sicht. Was hat Sie hierher verschlagen, meine Liebe?«

»Das Christkind hat mich gebracht, damit St. Louis auch einen Engel hat.«

Der Mann lachte lauthals und nickte Bell anerkennend zu. Auch Lea musste schmunzeln. Bell würde nicht lange brauchen, um sich in dieser Stadt heimisch zu fühlen.

Als die Männer versorgt waren, kam sie zu Lea herüber. »Heute Nachmittag habe ich zusammen mit Roy ein Lied einstudiert.« Sie nickte unauffällig in Richtung des Klavierspielers. »Man soll es nicht für möglich halten, doch er ist richtig gut. Am nächsten Samstag wollen wir es auf der Bühne vorstellen. Dorothy ist ganz begeistert und meint, es wird die Gäste nur so ins Lokal strömen lassen. Ach Lea, ich freue mich schon darauf.«

Dorothy, die ihre Augen überall hatte, zupfte Bell am Ärmel. »Meine Liebe, die Herren dort drüben wollen Pokern, und wie ich sehe, fehlt ihnen ein Mitspieler. Was meinst du?«

»Nur zu gerne!«

Lea verabschiedete sich rasch.

»Soll Joe dich begleiten oder schaffst du es alleine?«, fragte Bell besorgt.

Lea lächelte ihr beruhigend zu. »Danke, aber ich denke, zu dieser frühen Zeit brauche ich keinen Aufpasser. Es ist ja nicht weit.«

Lea zog erleichtert die Tür des *Paradies* hinter sich zu. Auf der Straße atmete sie tief durch. Für Bell mochte dieses Etablissement das Richtige sein, doch sie könnte dort niemals glücklich werden.

3.

In der Prärie
Sommer/Herbst 1854

I

Hatte Lea schon auf der Fahrt nach St. Louis ihre Ungeduld kaum zügeln können, so schien ihr jetzt die kurze Reise nach Quincy endlos zu dauern. Vielleicht lag es daran, dass ihr die Zerstreuung durch Bell fehlte. Der Abschied war ihnen schwergefallen. Doch Bell hatte versprochen, sie bald auf der Farm zu besuchen.

Quincy lag über einem Steilufer und war in einen oberen Stadtteil auf dem Hügel und einen unteren am Fuß der Anhöhe unterteilt. In der Ferne konnte Lea malerische Erhebungen ausmachen, die mit Wald bedeckt schienen. Ihr erster Eindruck von der Stadt selbst war der eines riesigen Ameisenhaufens. Über den Türen der unzähligen Läden hingen bunte Schilder mit Namen. Schmale Straßen, auf denen beständig Karren und Kutschen fuhren, durchzogen die Stadt.

Nachdem sich Lea ein Quartier gesucht hatte, beschloss sie, einen Erkundungsgang zu machen. In einigen Stadtteilen schienen, wie schon in St. Louis, ausschließlich Deutsche ansässig zu sein. Lea erkannte es an der gut lesbaren Beschilderung der Warenhäuser. Hier wurden Pflüge, Kutschen, Öfen, Möbel und Bier verkauft.

Immer wieder hatte sie Rebekkas Briefe gelesen und fand sich anhand der Beschreibungen erstaunlich gut zurecht. Auch der Platz, von dem aus Planwagen in die Prärie aufbrachen, ließ sich ohne Schwierigkeiten finden.

An einem Balken, der dem Anbinden von Pferden diente, lehnte eine Gruppe auffallend muskulöser Burschen mit verwitterten Gesichtern. Sie trugen Hosen und Jacken aus Leder.

»Flachbootmänner. Das sind noch ganze Kerle, was?«, krächzte jemand hinter Lea.

Sie fuhr herum. Unter einem Baum stand ein knorrig aussehender alter Mann und beobachtete das Treiben. Sein Gesicht war braun und runzelig, die Hose starr vor Schmutz. Auf dem Kopf trug er, wie die Sklaven in New Orleans, einen Strohhut zum Schutz gegen die Sonne. Einige Strähnen grauen Haares lugten darunter hervor. Mit Genuss spuckte er einen Tabakstrahl dicht an Leas Gesicht vorbei in den Staub. Dann winkte er Lea zu sich heran.

»Diese Männer sind die wahren Helden Amerikas. Mit ihren flachen Booten durchpflügen sie den Mississippi, arbeiten in den tiefen Wäldern und legen sich sogar mit Bären und Alligatoren an.«

Ein Indianer mit eingefallenem Gesicht und nacktem Oberkörper schlenderte vorüber, als kümmere all dies ihn nicht. Das lange dunkle Haar wurde von einem Stirnband zusammengehalten.

»Ein Indianer! Ich wusste gar nicht, dass es sie hier noch gibt«, flüsterte Lea.

»Ihre Zeit ist vorbei. Nur wenige Jahre noch – und es wird am unteren Mississippi kein Indianer mehr zu sehen sein. Schwarze ja, aber keine Indianer.«

»Wohin sind sie alle gegangen?«

»Gegangen? Freiwillig hätten die Indianer ihre angestammten Gebiete niemals verlassen. Vor fünfzig Jahren war dies die Heimat der Sauk, Fox und Kickapoo. Nach einem Kriegszug hat man sie über den Mississippi vertrieben. Viele von ihnen leben in Reservaten, doch ab und zu verirrt sich noch mal einer hierher. Ich kenne einige Indianer, bin ja schon einige Jährchen hier. Sie sind nicht so übel, wie die meisten glauben. Ist wie bei allen Menschen, gibt gute und schlechte. Die Indianer sind arm dran. Sie genießen das gleiche Ansehen wie die Zigeuner.«

Lea hörte die Trauer in der Stimme des Mannes. Sie versuchte das Thema zu wechseln. »Ich bin heute mit dem Flussdampfer angekommen und stelle gerade fest, das Quincy so ganz anders ist als New Orleans oder St. Louis.«

»Es gibt weniger Nobles und dafür mehr Buntes.«

»Das Leben scheint hier irgendwie wilder zu sein.«

»Gefährlicher ist es außerdem, das kann ich dir flüstern. Jeder ist sich selbst der Nächste und muss für seinen eigenen Schutz sorgen.« Der Alte klopfte auf das Messer an seinem Gürtel. »In Quincy trägt man auf der Straße einen Dolch oder eine Pistole bei sich. Ich würde dir raten, abends nicht auszugehen. Dann rennen hier eine Menge Galgenvögel herum.«

»Vielen Dank für den Hinweis.«

»Du fragst dich sicher, wer ich bin.« Er zog seinen Hut. »Hardy, immer zu Diensten, wenn dir der Sinn danach steht, eine Reise in die Prärie zu machen und du den Wagen mit Kerzen, Salz, Bohnen, Mehl und einigen Ballen Stoff teilen magst. Hab ein Gespann mit acht Ochsen und kann den morgigen Tag kaum noch erwarten. Dann ziehe ich wieder los. Die Stadt ist mir zu laut und zu voll.«

Lea stellte sich nun ihrerseits vor.

»Woher wussten Sie eigentlich, dass ich Deutsche bin?«

»Du hast vorhin ›hier muss es sein‹ gesagt.«

Lea seufzte. »Ach herrje. Jetzt fange ich schon an, Selbstgespräche zu führen.«

»Hat mich auch verwundert. Wenn ich einsamer Ochsentreiber so durch die Prärie fahre, dann spreche ich auch gelegentlich mit mir selbst oder den Tieren. Aber ein junges Mädchen …«

»Ach ja, Sie befahren die Prärie«, unterbrach Lea ihn und kramte in ihrer Tasche nach Rebekkas Anschrift. »Liegt das auf Ihrem Weg?«

»Das mit dem Sie spar dir mal, mein Kind. Ich bekomme davon immer Kopfweh.« Hardy nahm den Zettel. »Zu Joris willst du. Ja, ich kann die Farm anfahren.«

»Du kennst ihn?«

Der Ochsentreiber musterte sie lange. »Nach all den Jahren kenne ich jeden Stein meines Weges und jede Farm, an der ich vorbeikomme. Allerdings nehmen er und sein Bruder meine Dienste eher selten in Anspruch. Arne fährt häufig selbst in die Stadt. Übrigens wirst du ihn nicht auf der Farm antreffen.«

»Ich weiß.«

Bevor Lea ihn nach Rebekka fragen konnte, knuffte ein älterer Mann Hardy in die Seite.

»He, alter Ochsenknecht. Bill hat bei mir einige Kuriositäten für seinen Laden bestellt. Hast du noch Platz auf deinem Wagen?«

»Aber sicher doch.« Ein Tabakstrahl schoss an ihm vorbei.

Hardy schien es eilig zu haben, das Geschäft abzuwickeln. Er vereinbarte mit Lea einen Treffpunkt für die morgige Abfahrt und trollte mit seinem Auftraggeber davon.

Erleichterung durchströmte Lea, als sie sich auf den Weg zurück zu ihrer Pension machte. Hardy würde sie zu Rebekka bringen. Die lange Reise kam endlich ihrem Ende entgegen! Lea wurde leicht ums Herz. Rebekka würde Augen machen, wenn sie so plötzlich vor ihr stand. Eine unbändige Vorfreude stieg in Lea auf.

Als sie am Anlegeplatz vorbeikam, fielen Lea die vielen Dampfboote auf. Langsam schlenderte sie an den Schiffen und Landungsgebäuden entlang. Während sie den Blick über die Häuser gleiten ließ, bemerkte Lea einen Aushang, der an einem der Gebäude angeschlagen war. Wie gebannt blieb Lea davor stehen. Zu sehen war ein Raddampfer, der scheinbar orientierungslos in einer starken Strömung trieb. Teile der Decksaufbauten flogen durch die Luft, andere schwammen schon im Wasser. Dampfwolken hüllten das Schiff ein, dessen hintere Hälfte in Flammen stand.

Leas Magen zog sich zusammen. Ein Unglück, dachte sie und versuchte den Text auf dem Aushang zu entziffern.

Ein junger Mann stellte sich neben Lea. »Ist vor einigen Wochen passiert. Meine Zeitung hat ausführlich darüber berichtet.« Er streckte ihr die Rechte entgegen. »Ich bin Dieter Kobinki und arbeite für ein deutsches Blatt. Sie sind neu hier, nicht wahr?«

Lea nickte.

»Mittlerweile habe ich ein Auge für Ankömmlinge aus der alten Heimat.«

»Lea Brons. Sie schüttelte seine Hand. »Dieses Unglück dort. Was ist passiert?«

»Auf der Strecke von St. Louis nach Quincy ist bei dem Schiff der Dampfkessel explodiert. Kaum jemand hat überlebt. Die Passagiere sind entweder verbrannt oder im Rauch erstickt.« Der Journalist nahm seinen Hut ab, wie um der Verstorbenen zu gedenken. »Das Unglück hat alle hier am Mississippi erschüttert. Da die Namen der Überlebenden bekannt waren, haben die Behörden anhand der Passagierliste die Anschriften der Toten ermittelt und die Angehörigen informiert.«

Lea hörte ihm zu, vermochte aber nicht, die Augen von dem Plakat zu lösen. Undeutlich konnte man den Namen des Dampfschiffes lesen: *Lucky Star*. Lea stutzte. Warum kam ihr das so bekannt vor? Und plötzlich wurde ihr klar, wo sie den Namen schon einmal gehört, nein gelesen hatte. In einem von Rebekkas Briefen! Sie hatte ein Billett für die *Lucky Star* gekauft. Rebekka war mit diesem Dampfer gefahren! Lea fasste sich an die Kehle.

»Ist Ihnen nicht gut?«, fragte der Journalist besorgt.

Lea kramte mit zitternden Händen Rebekkas Brief hervor. Sie glättete die Seiten und fand den Namen: *Lucky Star!*

»Der Dampfer … An welchem Tag ist das Unglück passiert?«

»Dieses Schiff ist nur ein einziges Mal unterwegs gewesen. Der Eigner hatte verdammtes Pech. Das Unglück ereignete sich auf der Jungfernfahrt.«

Lea spürte, wie Übelkeit in ihr aufstieg. Das konnte einfach nicht wahr sein! Es *durfte* nicht wahr sein. Rebekka! Ein stummer Schrei kam über ihre Lippen. Doch es gab keinen Zweifel. Rebekka war an Bord des Schiffes gewesen. Und plötzlich stieg ein Bild vor ihrem inneren Auge auf. Sie sah Ferdinand Gärber und hörte seine Stimme. *Es gibt niemanden, der auf dich wartet. Lass dir das gesagt sein. Ich weiß es!* Dieser Kerl hatte gewusst, dass Rebekka tot war. Großmutter hatte eine Nachricht erhalten, die er an sich genommen hatte. Rebekka musste, warum auch immer, ihre alte Adresse auf der Passagierliste angegeben haben.

Lea hörte einen heiseren erstickten Schrei und wusste nicht, dass sie es war, die ihn ausgestoßen hatte. Das Blut pochte ihr in den Ohren. Sie sah Dieter Kobinkis besorgtes Gesicht wie durch einen Nebelschleier. Alles begann sich um sie zu drehen. Lea lief und wusste nicht, wohin. Sie schwankte, taumelte, brach in die Knie. Eine Kältewelle wogte über sie hinweg.

»Es ist nicht wahr! Ich könnte es nicht ertragen!«

Unbewusst war ihr klar, dass sie es würde ertragen müssen. Rebekka war tot.

Lea sah sich selbst, wie sie auf einem Dampfschiff steht und auf das Wasser des Mississippi hinunterstarrt. Plötzlich treibt aus der Tiefe des Flusses Rebekkas Körper an die Oberfläche. Sie sieht das lange dunkle Haar wie Tentakel und den aufgedunsenen Körper. Lea beugt sich vor, weit vor, sie fällt. Das Wasser des Flusses schlägt über ihr zusammen und verschlingt sie beide. Tot. Vorbei. Nie wieder …

Lea erbrach sich und sank in den Sand.

Wie konnte der Tag so strahlend blau und die Luft so hell sein? Die Nacht mit ihrer Schwärze war ihr lieber. Lea hatte geweint, bis keine Tränen mehr kamen, und war erst gegen Morgen in einen bleiernen Schlaf gefallen. Der

Journalist hatte sie zu ihrem Quartier gebracht und dafür gesorgt, dass Lea hinauf in ihr Zimmer kam. Er schien zu glauben, dass seine Geschichte sie so furchtbar mitgenommen hatte, hatte sich zerknirscht verabschiedet und war fast fluchtartig gegangen.

Lea setzte sich im Bett auf und lehnte den Kopf gegen die Wand. Tiefes, ersticktes Schluchzen brach sich erneut Bahn. Das Schicksal war grausam und es gab absolut nichts, was sie dagegen tun könnte. Der Traum von einer gemeinsamen Zukunft in Amerika war ausgeträumt, zerbrochen. Lea biss sich auf die Lippen, bis sie bluteten. Nur der Schmerz ließ sie wissen, dass sie noch lebendig war. Was blieb ihr jetzt noch? Sie war allein, furchtbar allein.

Wohin sollte sie gehen? Zurück nach Wangerooge, wo Ferdinand Gärber auf sie lauerte? Nein! Außerdem besaß sie kaum noch Geld. Sie könnte nach St. Louis fahren und bei Bell um Aufnahme bitten, aber irgendetwas in ihrem Inneren sträubte sich dagegen. Sie würde Bell nur eine Last sein und im *Paradies* konnte sie einfach nicht arbeiten. Aber auf der Farm würde man sie auch nicht aufnehmen. Die Männer kannten sie überhaupt nicht und Joris hatte schon mit Rebekka im Streit gelegen. Rebekka!

Lea holte die Briefe ihrer Schwester hervor und las jeden einzelnen noch einmal, um ihr nahe zu sein. Manchmal konnte sie durch den Tränenschleier die Buchstaben kaum erkennen. Schließlich ließ sie die Bögen sinken und schloss die Augen. Die Trauer lähmte sie. Lea fühlte sich kalt und tot. Sie sehnte sich nach Immo, nach seiner Umarmung, dem Trost seiner Stimme. Doch er war nicht hier, würde nie mehr an ihrer Seite sein. Sie war allein.

Ich muss zur Farm, ging es ihr durch den Sinn. Wenn die Behörden Großmutter informiert haben, dann wissen Arne und Joris noch gar nicht, dass Rebekka tot ist. Sie müssen die Wahrheit erfahren.

2

Rufe drangen an Leas Ohr, Pferde wieherten, Peitschen knallten, Ochsenkarren setzten sich in Bewegung. Für sie war all das einfach nur eine Geräuschkulisse. Nichts ergab mehr einen Sinn. Kaum wusste Lea, wie sie es geschafft hatte, pünktlich an Ort und Stelle zu sein.

Hardy hatte sie schon erwartet und ihr forschend ins Gesicht geschaut. »Ist was passiert?«

Lea hatte kein Wort der Erklärung abgegeben. Sie konnte es nicht! Konnte nicht aussprechen, dass Rebekka tot war. Fast war es Lea, als sei sie mit ihr gestorben. Nie in ihrem ganzen Leben hatte sie sich so einsam und verlassen gefühlt.

Jetzt saß sie neben Hardy auf dem Kutschbock, der nichts als ein unbearbeitetes Holzstück mit einer alten Decke als Polster war. Acht Ochsen standen vor seinem klobigen Planwagen. Die Schädel mit den mächtigen Hörnern hielten sie gesenkt.

»Meine Ochsen und ich werden dich wie in Abrahams Schoß durch die Prärie schaukeln«, sagte der Alte und blinzelte Lea beruhigend zu. »Und nun will ich ein fröhlicheres Gesicht sehen. Die Fahrt ist nicht so schrecklich, wie man dir vielleicht weisgemacht hat.«

Der Ochsentreiber krempelte die Ärmel seines Leinenhemdes auf und spukte sich in die tellergroßen Hände. Seine Augen blitzten, als er die Lederpeitsche aus der Halterung nahm und Tabaksaft in den Staub spie. »Mein Gott, bin ich froh, wieder in die Prärie zu kommen. Habe genug von der Stadt. Quincy ist wie Fisch, es stinkt einem nach vier Tagen.«

Hardy fluchte nicht, wie Lea es von den anderen Treibern gehört hatte, sondern feuerte die Tiere mit lautem »Halleluja« und dem Knallen seiner Peitsche an. Die Räder ächzten und stöhnten über den Achsen und der Wagen krachte in allen Fugen. Unter den Hufen der dahintrottenden Tiere stiegen Staubwolken auf. Der Weg, dem die Ochsen folgten, war nichts weiter als eine tiefe Fahrspur in der Wildnis. Wind kam auf und trug den Duft von Tannen und Blumen zu ihnen herüber.

Hardy schnalzte mit der Zunge. »Fahrt zu, ihr Ochsen. Hü, ihr Engelchen.«

Das Knallen der Peitsche klang wie ein Schuss. Für einen Moment zogen die Ochsen den Planwagen ein wenig energischer. Doch schon nach kurzer Zeit fielen sie wieder in ihren behäbigen Trott zurück.

Der Himmel war blau, bis auf wenige kleine Wölkchen. Das Gelände war alles andere als flach. Es wimmelte von Schlaglöchern und Unebenheiten. Aber wenn Lea den Blick links und rechts des Weges schweifen ließ, dann wirkte das Land flach. Meile um Meile wogte üppiges Gras. Manchmal kamen sie an kleinen Seen vorbei, aus denen sich Bäche speisten, dann wieder an Wiesen mit Teppichen aus Wildblumen in allen Farben. Ab und zu flog ein Vogel auf, doch ansonsten regte sich nichts. Selbst am fernsten Horizont war keine Bewegung auszumachen.

Lea hatte ein flaues Gefühl im Magen. Sie war mitten in der Wildnis! So fern von New Orleans und den Schiffen, die nach Hause fuhren, dass sie den Rückweg niemals alleine finden würde. Kannte Hardy sich hier wirklich aus?

Ihr Blick verlor sich in der Ebene und mit einem Mal vergaß sie das Rollen und Knarren des Ochsenwagens, vergaß auch ihre Trauer. Plötzlich war es ihr, als könne sie den Atem der Prärie in all der Stille wahrnehmen. Sie spürte, wie das Schweigen zunahm. Konnte man in der endlosen Einsamkeit der Prärie verloren gehen? Wollte sie das?

»Mädchen, bist du eingeschlafen?« Hardy rüttelte sie am Arm.

»Nein. Ich habe nur vor mich hin geträumt.«

»Du darfst nicht so lange in die Ferne starren.«

»Warum nicht?«

»Die Prärie packt einen. Ich kann es nicht erklären, aber es ist so. Kann einen verrückt werden lassen, diese Stille.«

»Das begreife ich nicht.«

»Die Schwermut der Prärie setzt sich einem ins Hirn. Ich habe gemerkt, wie erschrocken du gerade warst, als ich dich wachrüttelte. Völlig weggetreten.«

»Ja, ich habe einfach an gar nichts mehr gedacht. Nicht an Quincy, nicht an mein Ziel, nicht an …« Sie brach ab.

»Siehst du! Die Prärie kann machen, dass der Kopf leer wird – und bleibt.«

Gegen Abend schoss Hardy ein Kaninchen. Er fachte rasch ein kleines Feuer in einem Kreis aus Steinen an und briet das Tier darüber. Als es dunkler wurde, hängte er eine Laterne an die Wagendeichsel. Dann erhitzte Hardy Wasser und warf für einen Tee getrocknete Blätter aus einem

Beutel hinein. Die Ochsen hatte er in der Nähe angebunden und das Geschirr unter den Wagen gelegt. Nach dem Essen baute der alte Mann einen Unterstand aus Stangen und Planen auf und zauberte zwei Matratzen aus grobem Sackleinen hervor, die mit Gras gefüttert waren.

»Für meine Gäste nur das Beste!«

Im trüben Licht der Laterne sah sie, dass er lächelte. Der Abendwind spielte mit dem Feuer und ließ Funken aufstieben.

Hardy nahm eine Rolle Kautabak aus den Tiefen seiner Taschen und biss ein Stück davon ab. Er kaute eine Zeit lang darauf herum und spuckte den Saft schließlich in einem weiten Bogen an einem der Ochsen vorbei ins Gras.

»Ich habe dich schon mal gesehen. Hab gestern den ganzen Tag darüber nachgedacht. Ist schon einige Zeit her, da bist du mit dem Schwarzen Pit und seinem Gespann durch die Prärie gefahren. Ich kam von Quincy, wir sind uns auf halber Strecke begegnet«, sagte er schließlich bestimmt.

Lea zuckte zusammen. Er musste Rebekka meinen. Während Lea noch überlegte, nahm ihr der Alte die Entscheidung ab. »Hab mir zusammengereimt, dass du die junge Frau von dem Arne auf der Farm bist. Man erzählt sich in Quincy, dass er dich mitgebracht hat von irgendeiner fremden Insel und dass du nicht glücklich bist. Vielleicht ist er es auch nicht. Hätte sich ja sonst nicht aufgemacht und für den Präriehandel anheuern lassen. Der Bursche ist eigentlich ein feiner Kerl, doch manchmal reitet ihn der Teufel. Du hast nach ihm gesucht, was?«

Lea schüttelte den Kopf, doch Hardy schien ihr nicht zu

glauben. »Musst dich dafür nicht schämen. Gefunden hast du ihn jedenfalls nicht. Darum kann ich auch kein Lachen auf dein Gesicht zaubern.«

Er schien keine Antwort zu erwarten und nickte zu seinen eigenen Worten. »Und du hast ein Kind erwartet damals. Der Schwarze Pit hat davon erzählt, als ich ihn das letzte Mal getroffen habe. Es war noch nichts zu sehen, doch er hat's erraten, weil du den Duft von gebratenem Fleisch nicht riechen konntest.«

Lea zuckte zusammen. Hardy sah es und strich ihr sanft über den Arm. »Hast das Kind verloren, genauso wie seinen Vater. Manche Männer sind so. Sie taugen nicht zu Ehemännern und zu Vätern. Sind rastlose Abenteurer und erkennen erst am Ende ihrer Zeit, was sie verpasst haben. Ich bin auch einer von denen. Nur dass ich nicht da sein kann, wo viele Menschen sind. Mich treibt es immer in die Einsamkeit der Prärie, hierher, wo die Weite wohnt. War mal verheiratet, doch mein Weib brauchte Leben um sich. Andere Frauen zum Glucken, den Pastor, der ihr sagte, wo es langgeht. Ist gut, dass keine Kinder gekommen sind. So konnte jeder seiner Wege gehen. Es ist vielleicht kein Trost, aber ein Kind ohne Vater, das ist nicht recht. Aber das hilft dir auch nicht, oder?«

Lea schüttelte den Kopf. Sie lehnte sich für einen Moment gegen den Alten. Ein strenger Tiergeruch stieg aus seiner Jacke.

»Weine ruhig.«

Lea schloss die Augen. Hardy hatte sie für Rebekka gehalten. *Ich habe mir deinen Namen ausgeliehen,* wisperte es durch ihren Sinn. Und urplötzlich stieg ein Gedanke in ihr auf, so unglaublich, dass Lea ihn am liebsten verbannt hätte. Sie könnte so tun, als sei sie Rebekka und Hardys Erklärung wahr! Für einen Moment zuckte Lea vor ihrer eigenen Überlegung zurück. Es wäre eine entsetzliche, grauenhafte Lüge! Sie würde zu ihrem eigenen Vorteil Menschen täuschen und hintergehen. Konnte sie das überhaupt? Würden ihre Schuldgefühle das Lügen für sie nicht unmöglich machen?

Manchmal ist etwas Falsches richtig, wenn man es aus den richtigen Beweggründen tut!

Woher kam dieser Gedanke? Lügen war eine gefährliche Angelegenheit. Doch gleichzeitig ging ihr etwas anderes durch den Kopf. Sie würde niemandem wehtun. Arne war fort und Joris würde sie aufgrund des Betrugs für eine Weile auf der Farm bleiben lassen.

Eine winzige Stimme in ihr beharrte darauf, dass sie ihren Überzeugungen treu bleiben müsste. Es war nicht recht! Doch eine lautere Stimme in Leas Innerem fragte, was Rebekka davon gehalten hätte.

Wenn du in meine Rolle schlüpfst, dann kann Joris es dir nicht verweigern, auf der Farm zu bleiben. Du gewinnst Zeit und kannst überlegen, was du mit deinem Leben anfangen willst!

Lea legte ihre Hände an das glühende Gesicht und verharrte einige Zeit reglos. Dann ließ sie die Hände sinken und blickte lange Zeit ins Feuer. Schließlich traf sie eine Entscheidung.

»Es stimmt. Ich habe einen Menschen verloren und Arne nicht gefunden. Aber daran werde ich nicht zerbrechen!«, sagte sie mühsam.

»So ist es recht.« Der Ochsentreiber nickte ihr zu. »Weißt du, was das beste Heilmittel gegen Kummer und

Leid ist? Eine Mütze voll Schlaf. Und die werden wir uns jetzt gönnen.«

Hardy löschte das Feuer mit Erde und blies die Laterne aus. Sie schlüpften aus den Schuhen und krochen angekleidet auf ihr Lager. Lea streckte sich auf der Matratze aus, zog die Decke um die Schultern und hüllte sich tief darin ein. Die erste Lüge! Es war gar nicht so schwer gewesen. Bald würden sie die Farm erreichen und dann musste es sich zeigen.

Lea versuchte sich die Ankunft auszumalen, doch es wollte ihr nicht gelingen. Sie schloss die Augen und sah nichts anderes vor sich als die endlose weite Prärie.

3

Lea spürte, wie ihre Aufregung wuchs, je näher sie dem Ziel kamen. Sie fuhren jetzt an einzelnen Anwesen vorbei, an grünen Wiesen mit fettem Weidegras und einem in der Sonne glänzenden Bachlauf, den Pappeln und Weiden säumten. Als sie den Wagen über eine kleine Anhöhe gebracht hatten, tauchte vor ihnen ein Mann auf, der ein Pferd am Zaum führte. Über dem Sattel des Tieres lag etwas.

»Ah, da ist Joris«, rief Hardy und trieb die Ochsen an.

Lea spürte, wie ihr das Blut in die Wangen stieg. Die Begegnung kam eher als vermutet. Tief zog sie ihren breitkrempigen Strohhut ins Gesicht, um sich zu verstecken.

»He, Joris, alter Junge. Was führst du denn da spazieren?«

Der Mann blieb stehen und drehte sich um. Lea erkannte ihn sofort. Rebekkas Zeichnung hatte Joris wirklich gut getroffen. Er war groß und schlank. Das helle lockige Haar bot einen starken Kontrast zu der von der Sonne gebräunten Haut seines Gesichtes. Kräftige Arme lugten unter dem aufgekrempelten Hemd hervor. Beim Näherkommen sah Lea, dass seine Kleidung stark verschmutzt war. Über dem Pferderücken lag ein Schaf, das herzerweichend blökte.

»Hardy! Gut, dass du kommst. Vielleicht kannst du den jungen Burschen hier bis zur Farm mitnehmen.« Joris schützte sich mit der Hand vor der blendenden Sonne.

»Was fehlt ihm?«

»Ich weiß es noch nicht genau. Er lahmt. Irgendetwas mit seinen Klauen ist nicht in Ordnung. Ich habe beschlossen, ihn von der Herde zu trennen.«

»Legen wir ihn hinten in den Wagen.« Hardy sprang vom Bock und trat auf Joris zu. »Übrigens, ich habe hier jemanden für dich.«

»Für mich?« Der Mann kniff die Augen zusammen und blinzelte gegen das Licht. Erst jetzt schien er Lea wahrzunehmen. Ein tiefer Seufzer entrang sich ihm. »Du bist zurück. Das hat mir gerade noch gefehlt!«

Jeder Muskel in Leas Körper spannte sich. Ihr Atem flog, doch sie versuchte, es zu überspielen. Er hielt sie tatsächlich für Rebekka! Das Herz schlug schmerzhaft gegen ihre Rippen. Wie hätte ihre Schwester sich in solch einer Situation verhalten? Lea überlegte fieberhaft. Schließlich stieg sie bemüht ruhig vom Wagen.

»Ja, ich bin wieder da!« Sie baute sich vor Joris auf. Er war so groß, dass Lea sich wie ein Kind vorkam. Sie schob den Hut in den Nacken, um ihn besser anschauen zu können.

Grüne Augen trafen auf braune. Unwillkürlich erschauderte Lea. Der Mann war ihr schon auf Rebekkas Zeichnung unheimlich gewesen, doch jetzt schien sein Blick sie bannen zu wollen. Kein Willkommensgruß. Es sah aus, als ob Joris sie am liebsten zum Teufel schicken würde. Seine Abneigung war fast greifbar.

Woher sollte sie nur den Mut nehmen, ihm zu trotzen? Ihr wurde heiß. Lea nahm den Geruch des Fremden nach Erde, Pferd und Seife wahr. Sie sah den Schweiß auf seiner Haut, das gespannte Hemd über dem muskulösen Oberkörper, den Pistolengurt um die Hüften. Dieser Mann wirkte so wild und gefährlich wie das Land, in dem er lebte.

»Also gut, du bist zurückgekehrt«, hörte sie ihn mit eisiger Stimme das Schweigen durchbrechen. »Das ist mehr, als man von meinem Bruder behaupten kann. Mehr auch, als ich erwartet habe. Ich hatte mich gerade an den Frieden gewöhnt, der jetzt rundum herrscht, und es mir in Arnes Haus gemütlich gemacht. Dann muss ich wohl das Quartier wieder räumen und mich nach einer neuen Bleibe umschauen. Meine alte Hütte kommt nicht mehr infrage.«

Ohne ein weiteres Wort der Erklärung nickte er Hardy zu und hievte das Schaf vom Pferderücken. Die Beine des Tieres waren zusammengebunden. Das Jungtier hob den Kopf, war aber nicht fähig, sich zu rühren.

Lea merkte, wie das schlechte Gewissen in ihr anschlug. »Ich will dich nicht vertreiben. Du musst nicht Hals über Kopf gehen. Es ist doch Platz genug im Haus für zwei.« Letzteres hoffte sie zumindest.

Joris, der gerade das Schaf in eine Decke wickelte, hielt in der Bewegung inne. Dann wandte er sich ihr langsam zu.

»Ich meine …« Sie verhaspelte sich. »Solange Arne noch nicht wieder zurück ist …«

»Du willst mit mir unter einem Dach leben? Was ist passiert in den Wochen, als du fort warst? Hat man dir das Gewissen ausgetauscht? Du warst doch sonst nicht so großherzig.«

Lea öffnete den Mund, um zu antworten, doch er kam ihr zuvor.

»Bevor du es dir anders überlegst: Ich werde das Angebot zumindest vorerst dankend annehmen. Während deiner Abwesenheit habe ich einen jungen Burschen aufgenommen. Er wohnt jetzt in meiner alten Behausung und wird auf unserem Grund und Boden eine Mühle errichten. Die erste Mühle im Umkreis. Ich glaube, damit ist mehr Geld zu verdienen als mit der Schafzucht. Was diesen kleinen Kerl hier angeht«, er blickte zu Hardy hinüber, »du kannst ihn in einem von den Ställen unterbringen. Ich kümmere mich dann später um das Tier.«

Joris tippte sich zum Abschied an die Stirn. Sein letzter Blick galt Lea. »Ich werde bald nachkommen.«

Das Ochsengespann zog weiter. Sie fuhren an Farmen vorbei und kamen schließlich durch ein Dorf mit einer Werkstatt, einem Gasthaus namens *Golden* und einem kleinen Krämerladen, in dem man sich mit dem Nötigsten eindecken konnte. Hardy hatte hier eine Lieferung abzugeben. Lea betrachtete das Schild über dem Eingang des grob zusammengezimmerten Holzhauses. *Bei Bill kriegt jeder, was er will*, stand dort in dicken Lettern. Laut bimmelnd verkündeten Glocken Hardys Ankunft. Durch das große Fenster konnte Lea einen Tresen erkennen und Regale mit Waren. Sie hörte Hardy mit dem Ladenbesitzer scherzen. Sein meckerndes Lachen mischte sich mit dessen tiefem Bass.

Ein drahtiger Mann, im Mundwinkel eine Pfeife, erschien in der Tür. Bill, denn er war es wohl, starrte neugierig zu ihr herüber. In der Brille auf seiner Nase brach sich die Sonne.

»Tag auch, Lea.«

Sie konnte seine Worte kaum verstehen, da er die Pfeife nicht aus dem Mund nahm. Lea wusste keine Antwort und nickte nur.

»Gut, dass du wieder da bist. Da kann ich ja auf neue Zeichnungen hoffen. Mittlerweile kommen sogar Leute aus den umliegenden Dörfern und selbst von Quincy den weiten Weg bis hierher, um sie zu kaufen.«

Lea fuhr der Schreck in die Glieder. »Ich habe mich an der rechten Hand verletzt«, sagte sie rasch. »Da wird es erst mal nichts mit dem Zeichnen.«

Bill zuckte bedauernd die Schultern. »Pech auch. Aber ich habe da was!« Er ging in den Laden zurück und stand keine Minute später wieder beim Ochsenkarren. Er reichte ihr einen Tiegel. »Ochsensalbe. Hab's selbst ausprobiert. Das Zeug wirkt Wunder!«

Röte stieg Lea ins Gesicht. Widerstrebend griff sie nach dem Tiegel und bedankte sich.

»Keine Ursache. Und jetzt will ich sehen, dass der alte Hardy endlich wieder auf seinen Kutschbock kommt.«

Bill trat zum Wagen und lud sich einige Ballen Stoff auf. Ein älterer Mann mit struppigem Haar und wettergegerbtem Gesicht band sein Pferd am hölzernen Geländer vor dem Laden an und schlenderte zu ihnen herüber. Er legte zum Gruß einen Finger an die Hutkrempe. Dann wies er auf die Stoffballen.

»Na Bill, du kommst auch nicht mehr um den Weiberkram herum, was? Stoffe, Korsetts, Bibeln und Kochbücher. Ich hoffe nur, wir Männer behalten die Hosen an. Nicht, dass uns im *Golden* der Whisky verboten wird und es nur noch Teekränzchen und kirchliche Feste gibt. Hab gehört, dass sich ein Pastor hier niederlassen will.« Er machte ein bedenkliches Gesicht. »Den Farmern wird das gefallen, vor allen Dingen ihren Weibern. Doch mir behagt es gar nicht, dass alles so zahm werden soll.«

Hardy trat aus dem Laden. »Mir geht's wie dir, Frank, doch ich verdiene wenigstens noch an dem Krempel!« Er wies auf die Stoffballen und knuffte den Mann vor die Brust. Dann wurde sein Gesicht ernst. »Wir Treiber sollen bald für jeden Wagen Frachtsteuer zahlen. Zum Teufel auch! Wenn wir nicht wären, dann hätten die Dörfer in der Prärie weder Bohnen noch Mehl, dann müssten sich die Farmer selbst auf ihre Pferde setzen und wegen jeder Kleinigkeit in die Stadt reiten.«

Frank nickte. »Alles verändert sich. Was soll nur werden, wenn die Eisenbahn erst die Prärie durchquert?«

»Dann geh ich aufs Altenteil. Aber genug der trüben Gedanken. Noch ist es nicht so weit!« Hardy trat zum Wagen und zog etwas hervor. »Hier, Frank! Es ist ja nicht so, dass ich nur *Zahmes* dabeihabe.« Er warf seinem Freund eine Flasche zu. »Trink den Whisky schnell aus, bevor die Weiber dir noch das Saufen verbieten.« Dann wandte er sich an Lea. »Alles ausgeladen, mein Mädchen. Wir können uns wieder auf den Weg machen.«

Hardy schwang sich auf den Bock, warf den Männern, die ihnen nachblickten, noch einen Gruß zu und fuhr los. Sie passierten eine Schmiede, vor der ein dicker Mann mit lederner Schürze stand. Sein Kopfnicken war nur angedeutet.

170

»Auch so ein maulfauler Ostfriese. Wie die meisten hier. In Quincy nennen sie das Dorf schon *East Friesland.* Merkwürdiger Menschenschlag, diese Ostfriesen. Bekommen die Zähne einfach nicht auseinander. Joris gehört auch zu dieser Sorte. Er fühlt sich am wohlsten in seiner eigenen Gesellschaft, wenn du verstehst, was ich meine. Hat mit den Nachbarn wenig im Sinn. Aber was rede ich, du kennst ihn ja.«

Lea starrte gedankenverloren einem Präriehuhn nach, das vom Wagen aufgescheucht davonstob. Sie beschloss, etwas mehr über den Mann in Erfahrung zu bringen, mit dem sie leben müssen würde.

»Verstehst du das, Hardy? Ich meine, warum Joris immer so abweisend ist? Arne ist so ganz anders. Er geht auf die Leute zu und schließt schnell Freundschaften.«

Der alte Ochsentreiber kratzte sich am Kopf. »Arne ist ein Leichtfuß. Du weißt, wovon ich rede. Er glaubt an das Gute im Menschen und lässt sich immer wieder einwickeln. Ich hoffe, du nimmst mir die Ehrlichkeit nicht krumm, aber Joris gefällt mir besser. Ich nehme an, seine Art rührt daher, dass er sich davor fürchtet, anderen Menschen zu nahezukommen.«

»Er fürchtet sich? Das kann ich nicht glauben. Dieser Kerl fürchtet sich vor gar nichts.«

»O doch! Er mag sich vor nichts fürchten, auf das er schießen kann. Aber mit einer Waffe sollte man nicht auf Freunde zielen.« Der Ochsentreiber zuckte die Achseln. »Hat vielleicht mal böse Erfahrungen machen müssen, Enttäuschungen erlebt.«

»Du meinst, ein Mädchen könnte ihm das Herz gebrochen haben?«

»Kann sein. Oder aber etwas anderes. Menschen können einander sehr wehtun.«

Als sie schon fast aus dem Dorf waren, hielt Hardy vor einem schmucken Holzhaus mit hellen Gardinen. Eine junge Frau schoss aus der Tür und sprang ihnen entgegen. Sie trug einen weit schwingenden Rock und eine weiße Bluse. Unter ihrer Haube lugten vorwitzig einige helle Locken hervor.

»Hardy, wie schön, dass du da bist!«

Der Ochsentreiber sprang vom Kutschbock herunter und verschwand im Inneren des Wagens. Er kramte kurz herum und beförderte dann ein eingewickeltes Paket ans Tageslicht.

»Hokuspokus«, krächzte er.

»Oh, du bist ein Schatz!«, rief die junge Frau begeistert. »Ist es auch die richtige Farbe? Und hast du auch an Knöpfe und Spitzenbänder gedacht?«

Hardy warf sich in die Brust. »Natürlich! Gibt nichts, was ich nicht besorgen kann.«

Als die Blonde Lea sah, blieb sie unvermittelt stehen und wurde blass. Ihr Gesicht zeigte Ablehnung, fast schon Hass. Kein Wort kam über ihre Lippen. Die Frau drehte sich um und stürzte zum Haus zurück.

Verwundert warf Hardy Lea einen Blick zu. Dann zuckte er die Schultern und trug das Paket ins Haus.

Lea erholte sich nur langsam von dem Schreck. Ihr Anblick hatte der Fremden die Sprache verschlagen und mehr noch, sie entsetzt. Was mochte zwischen Rebekka und dieser Person vorgefallen sein? Sie musste es herausfinden, nur wie?

»Wie heißt sie auch noch gleich?«, fragte Lea betont beiläufig, als Hardy wieder neben ihr auf dem Kutschbock saß.

»Du meinst Tessa?« Sein Daumen wies in die Richtung, aus der sie gekommen waren.

»Ach ja, Tessa!« Sie schlug sich mit der Hand gegen die Stirn.

»Ihr seid nicht die besten Freunde, was?«

»Nein.«

Hardy blickte sie in der Hoffnung, mehr zu erfahren, auffordernd an, doch Lea schwieg. Sie biss sich auf die Lippen und vertraute darauf, dass der Ochsentreiber nicht weiterfragen würde. Doch der Alte hatte genug damit zu tun, den Wagen auf dem Weg, der immer schlechter wurde, zu lenken. Lea sorgte sich, ob sie an der letzten Gabelung auch tatsächlich richtig abgebogen waren. Konnte die Farm so weit von den nächsten Nachbarn und dem Dorf entfernt liegen?

Hin und wieder säumten Bäume den Pfad, eine Schafherde weidete auf einer Koppel. Ansonsten deutete nichts auf eine Spur von Leben hin. Schließlich, nachdem der Ochsenkarren eine scharfe Kurve genommen hatte, erreichten sie eine leichte Anhöhe.

»Jetzt haben wir es bald geschafft.« Hardy blieb stehen, nahm den Hut vom Kopf und ließ ein erleichtertes Seufzen hören. »Ist schön hier. Nichts als Land und Vieh.«

Sie fuhren die sanfte Steigung herunter, passierten die Stallungen und schließlich blieb der Ochsenkarren vor dem Haus stehen, das Lea von Zeichnungen her kannte. Es war aus dicken, behauenen Baumstämmen erbaut, hatte ein solides Dach und eine Veranda mit gedrechseltem Geländer.

Zögernd stieg Lea vom Wagen, während Hardy das Schaf in eines der Stallgebäude brachte. Als er zurückkehrte, lag ein zufriedenes Lächeln auf seinem Gesicht.

»Ich habe ihm Wasser und Futter hingestellt. Er hat gleich angefangen zu fressen.«

Hardy griff nach Leas Gepäck und trug es zur Veranda hoch. Sie stieg langsam die Stufen hinauf und folgte ihm durch die Tür. Der große Raum dahinter barg eine schlichte Küche mit vier Stühlen und einem großen Tisch, auf dem eine Petroleumlampe stand. Der Herd befand sich an der Rückwand des Hauses. Daneben eine Waschschüssel, über der an einem Haken Spüllappen hingen. Lea bewunderte den glänzenden großen Kupferkessel, die blitzenden Messingtöpfe und die Porzellanteller auf der Anrichte. In einer Nische am Fenster war ein bunter Teppich ausgebreitet, auf dem ein Schaukelstuhl stand.

Beim Blick durch das Fenster konnte Lea endlose von Hecken gesäumte Weideflächen ausmachen. Ein schmaler Weg führte zum Abtritt.

Hardy kam aus der Tür, die zu einem weiteren Zimmer führte. »So, alles erledigt.«

Lea schaute an ihm vorbei in den Raum, dessen größter Teil von einem Eisenbett eingenommen wurde.

»Darf ich?« Hardy nickte zu der Pumpe. Er griff nach dem Schwengel und Wasser schoss klatschend in die Waschschüssel. Der alte Ochsentreiber wusch sich das Gesicht und die Hände. Dann ließ er das Handtuch sinken, das sie ihm gereicht hatte, und musterte Lea.

»Und? Ist es gut, wieder hier zu sein, oder willst du mit

mir altem Knochen lieber wieder zurück nach Quincy fahren?«

»Alles ist gut. Ich war nur so lange fort und es erscheint mir vieles fremd«, sagte Lea rasch.

»Das gibt sich schnell wieder. Ich muss jetzt. Hörst du die Ochsen schreien? Meine Engelchen vermissen mich. Ich gebe ihnen noch rasch was zu saufen und dann geht's weiter.«

»Danke, Hardy. Ich würde mich freuen, wenn du mich bei deiner nächsten Fahrt auf einen Tee besuchen kommst.« Lea reichte dem Alten die Hand.

Der Ochsentreiber versprach es und Lea sah ihm nach, als er mit der Peitsche knallend von dannen zog. Dann holte sie tief Luft und ging durch das Haus.

Hier also hatte Rebekka gelebt. War sie es gewesen, die die Vorhänge der Fenster mit Schmetterlingen bestickt hatte? Und die bunten Krüge auf dem Bord an der Wand, hatte Rebekka sie gekauft?

Lea erblickte ein buntes Tuch, das über der Lehne des Schaukelstuhls hing. Sie ging darauf zu und hob es an ihr Gesicht. Es war in warmen Erdtönen gehalten und Lea glaubte, noch Rebekkas Geruch wahrnehmen zu können. Sie sank in den Schaukelstuhl.

Ach Rebekka! Wenn deine Briefe mich doch nur eher erreicht hätten! Alles hätte anders sein können. Du wärst hier, jetzt, in diesem Moment, und wir würden uns in die Arme fallen.

Für einen Herzschlag verlor Lea sich in Trauer, doch dann straffte sie die Schultern. Sie musste sich zusammenreißen. Jeden Augenblick konnte Joris kommen!

Seufzend stand sie auf und betrat das Schlafzimmer.

Ein frischer Duft nach Tannennadeln und Seife stieg ihr in die Nase. Am Fußende des breiten Bettes lagen zwei Wolldecken über einem Bezug aus derbem Leinenstoff. An der Hakenleiste neben dem Bett baumelten mehrere Hemden und Hosen. Über einer schmalen Kommode, die seitlich neben dem Bett stand, hing ein Spiegel. Lea griff nach dem Tonkrug mit Wasser und der Blechschüssel. Sie wusch sich schnell Gesicht und Hände und griff dann nach einem Handtuch, das rau, aber sauber war.

Lea stellte sich auf Zehenspitzen und erkannte in dem fast blinden Glas des Spiegels ihr blasses Gesicht, um das sich eine dunkle Wolke aus Haaren drapierte. Viele Strähnen hatten sich aus der Aufsteckfrisur gelöst. Seufzend zog sie die Nadeln heraus und griff nach der Bürste in ihrem Handgepäck. Mit festen Strichen versuchte Lea ihre Locken zu bändigen.

Ihr Kopf brummte und sie spürte eine fast unerträgliche Anspannung. Lea setzte sich auf den Bettrand und stützte den Kopf in die Hand. Sonnenlicht malte bunte Motive auf den Holzboden, doch sie nahm es kaum wahr.

Sie würde mit Joris auf engstem Raum zusammenleben. Wie sollte sie die Täuschung nur aufrechterhalten? Ihre Nerven flatterten. Sie fühlte sich als Eindringling und wäre am liebsten fortgelaufen. Hier war Joris' Zuhause, nicht das ihre.

Lea fuhr zusammen, als sich die Haustür öffnete. Hastig erhob sie sich, um den Raum zu verlassen, doch Joris stand schon im Türrahmen.

»Oh, wie ich sehe, hast du schon angefangen, dir dein Reich wiederzuerobern.«

Ohne ein weiteres Wort drängte er sich an ihr vorbei.

Sein Körper streifte Leas Arm. Sie zuckte zusammen, blieb aber stehen. Joris musterte sie aufmerksam, sah das mit Schlamm bespritzte Kleid und das gelöste Haar.

Während er nach seiner Kleidung griff und sich diese über den Arm warf, sagte er: »Du hast deine Sturheit nicht verloren. Warum bist du zurückgekommen?«

Sein unfreundlicher Ton ärgerte Lea. Gerade noch hatte sie überlegt, ihm die Wahrheit zu sagen, das Feld zu räumen, und was tat er? Sie hatte eine lange, anstrengende Reise hinter sich und wollte nichts weiter, als sich ausruhen. Sie wusste nicht, weshalb, aber alles an diesem Mann reizte sie.

»Vielleicht nur, um dich zu ärgern.«

»Wieder ganz die Alte, was?« Joris reckte sich und gähnte. »Ich bin heute zu müde für unsere Spielchen. Schwägerin, es war ein harter Tag. Ich habe vier Schafe verloren und dann ist da noch dieser kleine Kerl im Stall, bei dem ich nicht weiß, was ihn quält. Mir fehlt die Kraft, mit dir zu streiten. Wollen wir uns nicht ausnahmsweise wie erwachsene Menschen benehmen und Waffenstillstand schließen?«

»Ich habe hier niemandem den Krieg erklärt.«

»Ich auch nicht. Aber wir benehmen uns so als ob.«

Leas Wut war plötzlich verraucht. Sie trat in den Wohnraum, stellte sich ans Fenster und schaute hinaus.

Joris folgte ihr, fasste sie beim Arm und drehte Lea zu sich herum. »Sag mir die Wahrheit. Warum bist du zurückgekommen? Ich bin kein solcher Holzklotz, wie du vielleicht glaubst. Ich habe Augen im Kopf und gesehen, dass du ein Kind erwartet hast, als du gingst. Du wolltest zu dieser Insel, von wo du gekommen bist, stimmt's? Hast gehofft, dass deine Familie dich und das Kind aufnehmen wird. Doch jetzt bist du wieder hier. Was ist geschehen?«

Als sie nicht antwortete, schüttelte er sie leicht. »Verdammt noch mal, antworte mir!«

»Ich habe das Kind verloren.« Lea drehte sich von ihm fort. Lastendes Schweigen breitete sich zwischen ihnen aus. Leas Hände spielten unsicher mit dem hellen Stoff der Fenstervorhänge. Sie dachte an Rebekka und die Trauer spiegelte sich in ihren Worten wider, als sie die Geschichte erzählte, die Hardy sich zusammengereimt hatte.

»Es tut mir leid, Lea.«

Joris' Gesicht war ernst. Er war ihr so nah, dass sie die von der Sonne eingegrabenen feinen Linien in seinem Gesicht bemerkte. In den Augen flammte es auf, als habe jemand Tannenholz in ein prasselndes Feuer geworfen. Seine Hände, die ihre Arme umfasst hielten, glitten über die Handgelenke nach oben, verharrten auf ihren Schultern und ließen Lea dann los.

»Du kannst immer noch gehen. Ich habe in den letzten Wochen durch die Schafschur gut verdient und könnte dir helfen. Du hast mir nie von deiner Familie erzählt, aber überall ist es besser für dich als auf dieser Farm. Kauf dir ein Billett und fahre nach Hause.«

»Ich kann nicht, auch wenn du es gerne hättest. Mir ist klar, dass ich eine Last für dich bin. Für dich, die Farm und Arne.«

»Das habe ich nicht gesagt. Ich wollte dir nicht wehtun, Lea. Aber du gehörst einfach nicht hierher – und du weißt es. Wir haben oft genug darüber gesprochen. Auf dieser Farm ist einfach kein Platz für eine Frau. Es ist hart hier. Es gibt nichts von alledem, was du vom Leben erwartest.«

»Was erwarte ich denn vom Leben?«

»Doch zumindest einige winzige Annehmlichkeiten. Hier gibt es nur Arbeit und Staub. Dies ist eine Männerwelt, in der Schafe gezüchtet, Viehdiebe gehängt und Pferde zugeritten werden.«

»Ich bin kein verwöhntes Kind.«

»Aber glücklich bist du hier auch nie gewesen. Mach mir doch nichts vor! Du hast es dir mit fast allen im Dorf verdorben und eine Aufgabe, die dich zufriedenstellt, gibt es hier auch nicht. Du hast dich immer nach etwas gesehnt, was hier nicht zu finden ist.« Sein Blick wurde weicher. »Du hast dich nicht immer so gut in der Hand, wie du glaubst, Schwägerin. Es gibt doch jemanden, der in der alten Heimat auf dich wartet. Oder für wen waren all die Briefe, all die Zeichnungen, die du gefertigt hast und die nicht bei Bill im Laden gelandet sind? Kehre zu diesem Menschen heim!«

Es gab Lea einen Stich, dass Rebekka so einsam gewesen war. Was hatte sie nur getan, dass alle ihr gram waren?

»Arne taugt nicht für eine Ehe«, fuhr Joris fort. »Ich verdanke meinem Bruder viel, doch das hindert mich nicht daran, ihn so zu sehen, wie er ist. Aus Angst vor der Kälte und Härte des Lebens flüchtet er sich in falsche Hoffnungen. Du hast es erlebt. Er versteht es, mit lachenden Augen und tänzelnden Füßen die Menschen für sich einzunehmen. Er baut sich immer wieder neue Luftschlösser und glaubt an deren Erfüllung, doch seine Träume sind und bleiben Schäume. Und du bist einer davon!«

»Rede, so viel du willst, ich bleibe hier! Du kannst es mir nicht verweigern.«

Er wandte sich resigniert ab. »Das stimmt. Nun gut.

Irgendwann wirst du einsehen, dass ich recht habe. Doch jetzt erst mal genug davon. Wir wollten ja die Waffen ruhen lassen.«

Zögernd nickte Lea. Sie war gerne bereit, mit diesem Mann in Frieden zu leben, fragte sich aber, ob das möglich wäre.

»Ich werde nach dem Schaf sehen und mich dann frisch machen. Danach räume ich auch bereitwillig das Feld und zieh in das ungenutzte Zimmer. Das hätte ich vielleicht schon eher tun sollen, doch es gab so viel Arbeit und nie schien Zeit dafür zu sein. Was hältst du von einem Kaffee?«

Als Joris wieder ins Haus trat, lag auf seinem Gesicht ein ernster Ausdruck. Er blies die Laterne aus.

»Es ist tatsächlich eine Klauenerkrankung. Ich hoffe, dass sich keins der anderen Schafe angesteckt hat. War die richtige Entscheidung, ihn von der Herde zu trennen.«

Kurze Zeit später saßen sie gemeinsam am Küchentisch. Joris griff begierig nach der Kanne. Es herrschte Schweigen zwischen ihnen, aber weniger feindselig als zuvor. Jeder hing seinen Gedanken nach.

Während sie aßen und tranken, senkte sich das Abendlicht über die Prärie. Lea merkte, wie sich eine gewisse Mattigkeit in ihr breitmachte. Der lange Tag forderte seinen Tribut. Sie hätte sich am liebsten in ihr Zimmer zurückgezogen, wollte jedoch nicht unhöflich sein. Joris schien es ähnlich zu gehen. Er holte eine Flasche Whisky aus dem Schrank und bot ihr davon an.

Lea nickte. »Aber nur einen winzigen Schluck. Ich bin Alkohol nicht gewohnt.«

Joris zog verwundert eine Augenbraue hoch, enthielt sich aber eines Kommentars.

Lea biss sich auf die Lippen. Rebekka war gerne mit anderen Menschen zusammen gewesen und dabei war oft Alkohol geflossen. Sie war sicherlich auch in Amerika einem guten Tropfen nicht abgeneigt gewesen. Sie musste künftig vorsichtiger sein.

Joris hielt sein Getränk gegen das Lampenlicht und lächelte. »Beim Anblick des Whiskys muss ich an Arne denken. Hat er dir eigentlich erzählt, wie es ihm nach dem Kauf unserer ersten Schafe ergangen ist? Dass er sich bei der Rückreise den Mississippi hoch im stillgelegten Boiler eines Dampfschiffes versteckt hat, um einigen tollwütigen Mitreisenden zu entgehen, die ihn erschießen wollten?«

Lea schüttelte den Kopf.

Joris nahm einen tiefen Schluck, schüttelte sich leicht und setzte dann sein Glas vorsichtig ab. »Es war in unserem zweiten Jahr hier in Illinois. Wir sind nach St. Louis gefahren, um uns mit einem Viehhändler zu treffen. Es ging um Schafe und alles lief wunderbar. Der Handel klappte, nur die Anzahlung war höher als erwartet. Arne und ich mussten all unser Geld dort lassen. Es war Februar, bitterkalter Winter. Auf der Rückfahrt nach Quincy fror der Mississippi nach einem plötzlichen Kälteeinbruch zu und unser Schiff blieb im Eis stecken. Es ging nicht vor und nicht zurück. Die Männer an Bord beschlossen, sich mit Alkohol zu wärmen und zu diesem Zweck jemanden an Land zu schicken, um bei einem der umliegenden Farmer ein Fass Whisky zu kaufen. Einen Dollar sollte jeder Reisende dazu beitragen.

Aus Geldmangel konnten Arne und ich uns nicht beteiligen. Die anderen trieben ihre Scherze mit uns, nannten uns Geizhälse und Spaßverderber und ich muss sagen, wir beneideten sie in der Kälte um den Alkohol. Doch als das erste Fass geleert war und die meisten schon halbwegs betrunken, da wurde erneut gesammelt. Wieder machten wir nicht mit und unsere Mitgenossen taten sich schwer, das Geld für ein zweites Fass zusammenzubringen. Der Whisky hatte die Zungen gelöst und jetzt war es nicht nur mehr das Wort ›Geizhälse‹, das an unsere Ohren drang.

Arne wollte sich die Beleidigungen nicht länger bieten lassen und schnell brach ein Streit vom Zaun. Einer der Betrunkenen, ein feister rotgesichtiger Einwanderer aus Franken, drohte Arne umzubringen, wenn er nicht zwei Dollar auf den Tisch legte. Das war die Summe, die zum Kauf des Fasses noch fehlte. Der Kerl meinte es ernst und machte sich auf den Weg, seine Pistole zu holen. Es war einer jener hitzigen Typen, denen man es durchaus zutrauen konnte, einen Fremden für zwei Dollar zu erschießen. Arne geriet in Panik.

Mir fiel zum Glück der stillgelegte Kessel ein und so versteckte sich mein Bruder zwei Tage darin. Immer wenn ich ihm heimlich Essen zusteckte, bekam ich seine Flüche zu hören, die mir und den Schafen galten, denen er die Schuld an seiner Lage gab. Die anderen hatten doch noch das Geld zusammengebracht und tranken, solange das Schiff im Eis feststeckte. Ich sah, dass es noch tagelang dauern konnte, bis der Dampfer wieder flott war, und befreite Arne in der zweiten Nacht aus seinem Gefängnis. Es war Vollmond, wir schlichen uns heimlich von Bord und kamen über das Eis problemlos zum Ufer.

Zu Fuß wanderten wir am Mississippi entlang, um den Weg nicht zu verlieren. Schließlich kam zu unserer großen Erleichterung Quincy in Sicht. Zwei Tage arbeiteten

Arne und ich in einer Schmiede, um das Geld für die weitere Reise zusammenzubringen. Als wir gerade unser Gepäck in Pits Ochsenkarren warfen, hörten wir die Glocke des Mississippidampfers. Wir hüllten uns beide in Wolldecken, damit uns nicht im letzten Augenblick der schießwütige Franke doch noch erwischen würde.« Die Erinnerung hatte seine Züge weich werden lassen.

»Unglaublich. Welch hart erkämpfte Schafe!«

»Sie sind jeden Heller wert. Ich habe meinen Entschluss niemals bereuen müssen.«

»Wie seid ihr eigentlich darauf gekommen, es ausgerechnet mit Schafen zu versuchen?«

Joris warf ihr einen erstaunten Blick zu. »Mein Gott, weißt du eigentlich nichts von deinem Mann und seiner Familie? Was habt ihr all die Zeit über getan? Geredet vermutlich nicht.« Er lachte spöttisch.

Lea blickte zu Boden und verfluchte ihre Unvorsichtigkeit.

Joris schien keine Antwort auf seine Frage zu erwarten. »Unsere Familie hat in der alten Heimat schon seit Generationen Schafe gezüchtet. Ich kenne mich also damit aus. Für einen Veterinär gibt es nicht genug Arbeit hier und so fiel die Entscheidung schnell. Mein Vater nutzte für die Zucht überwiegend Heidschnucken. Die Tiere sind unverwüstlich und wurden in Ostfriesland zur Kultivierung der Moorlandschaft eingesetzt. Gerade für die großen sandigen Heideflächen waren sie ein Segen. Es ist eine ganz ähnliche Sorte Schafe, für die Arne und ich in besagtem Winter unser letztes Geld gelassen haben.«

»Aber man sagt doch, dass die Wolle der Heidschnucken von schlechter Qualität ist und nur an Hutmacher verkauft werden kann.« Lea erinnerte sich an die wenigen Schafe auf der Insel und deren grobe kurzfaserige Wolle.

»Richtig.« Joris war in seinem Element. Er schien den Ärger über ihre Rückkehr für einen Moment vergessen zu haben. »Deshalb habe ich auch zugegriffen, als eine Kreuzung aus Heidschnucken und Merinoschafen zum Verkauf kam. Die Einkreuzung hat die Wollqualität erheblich verbessert. Geschoren wird im Juni und im September. Arne und ich können die Arbeit auf der Farm ganz gut alleine bewältigen. Allerdings gelingt das nur, wenn mein verehrter Herr Bruder auch an Ort und Stelle ist.« Sein Gesicht verfinsterte sich schlagartig. Lea sah, wie es in Joris arbeitete. Mit einer heftigen Bewegung stellte er sein Glas ab. Gerade hatte er noch mit ihr gelacht, doch jetzt war da wieder dieser eisige Ausdruck. Leas Magen zog sich zusammen.

»Ich brauche Arne auf der Farm, doch du vertreibst ihn.«

Leas Gesicht verfärbte sich. Ihre Augen fochten einen Kampf aus. Schließlich stand sie auf. »Ich sollte besser schlafen gehen.«

Als Lea die Tür hinter sich schloss, hörte sie Joris fluchen.

Sie setzte sich schwer atmend aufs Bett und versuchte ruhiger zu werden. Sie würde bleiben, was auch immer Joris davon hielt! Und sie würde ihm zeigen, dass es sehr wohl einen Platz für sie auf der Farm gab.

Später, als Lea zwischen den kühlen Laken lag, versuchte sie nicht mehr an den Streit zu denken. Die Ereignisse des Tages vermengten sich in ihrem Kopf zu einem Karussell aus Bildern. Wie anders und fremd es hier war! Die Prärie so endlos, doch das Leben auf der Farm ähnlich dem auf einer Insel. Eine kleine Welt, jenseits der großen Städte, ihrer Unruhe und Rastlosigkeit. Das Haus, die Schafe auf den grünen Weiden, all das strahlte einen tiefen Frieden aus.

Frieden! Lea seufzte verzweifelt. Wenn dieser Friede doch auch zwischen ihr und Joris herrschen könnte!

4

Als Lea am nächsten Morgen erwachte, war Joris schon fort. Sie kochte sich einen Tee, aß etwas und ging dann nach draußen, um die Umgebung zu erkunden. Sie sah Grasland mit verstreuten Bäumen und Büschen. In einiger Entfernung lag ein kleines Wäldchen, zu dem ein schmaler Pfad führte.

Die große Weidefläche war in Koppeln aufgeteilt. Lea hörte Schafe blöken und sah im Sonnenlicht die hellen Flecken vor dem satten Grün. In der Nähe des Hauses befanden sich die Stallungen, ein Lagerschuppen und eine Schurhütte. In den Ställen waren Kühe, einige Schweine und Hühner untergebracht. In einiger Entfernung sah Lea das kleine Blockhaus, in dem jetzt Toni, der Mühlenbauer, lebte. Sie beschloss, ihm einen Besuch abzustatten. Dieser Mensch kannte sie nicht und so würde sie sich nicht verstellen müssen.

Von Weitem schon sah sie einen jungen Mann, der einen Holzstamm bearbeitete. Er strahlte eine solide Rechtschaffenheit aus. Toni war groß und breitschultrig, seine Kleidung ländlich, die eines Farmers. Bedächtig arbeitete er und nahm sie in seinem Eifer kaum wahr.

»Guten Morgen!«

Der Handwerker zuckte zusammen, blickte auf und

zog dann seinen Hut. Über sein rundes Gesicht lief ein Strahlen.

»Oh. Sie müssen die junge Frau von Arne sein. Joris hat von Ihnen erzählt.«

»Richtig. Wir kennen uns noch nicht. Ich bin Lea.« Sie streckte ihm die Hand entgegen.

»Toni. Ich versuche mich hier an der Vorbereitung des Baumaterials für eine Mühle.« Er wies auf Holz und Werkzeug, die auf dem Boden lagen. »Es gibt kein Sägewerk in der Nähe und so müssen die Stämme der Eichen, die Joris und ich gefällt haben, von Hand bearbeitet werden. Es ist eine echte Plackerei. Einige Wochen lang haben mir vier Handwerker aus Quincy geholfen. Den Rest muss ich jetzt wohl allein schaffen.«

Er wischte sich mit der Hand den Schweiß von der Stirn und deutete dann auf die Mühlsteine. »Die hat Joris aus Frankreich einführen lassen. Sie wurden mit dem Schiff nach New Orleans gebracht und dann den Mississippi hinauf. Fünf Paar Ochsen hat es gebraucht, um schließlich den Wagen zu ziehen, der die Mühlsteine bis hierher gebracht hat. Alle Siedler waren auf den Beinen, als der alte Pit mit der schweren Last vorfuhr. Es war ein halbes Volksfest!«

Stolz führte Toni sie herum. Unter einem Überstand lagen schon große Mühlenteile. Achsenrad, Flügelwelle, Zahnräder, Getriebeteile – Lea schwirrte bald der Kopf von all seinen Erklärungen.

»Das Achsenrad hat einen Umfang von zwölf Fuß«, sagte Toni gerade, als Lea in einiger Entfernung einen Reiter ausmachte.

»Ach, da kommt Joris. Vielleicht will er mir helfen.

Der Kerl hat es fast so eilig wie ich, dieses Kunstwerk fertigzustellen. Aber ich denke, zunächst ist es Zeit für eine Tasse Tee.«

Der Reiter war tatsächlich Joris. Er bedachte Lea mit einem langen misstrauischen Blick, bevor er sich Toni zuwandte. »Ihr habt euch bekannt gemacht.« Es war mehr eine Feststellung als eine Frage und Joris ließ keinem von beiden Zeit zum Antworten. »Toni, morgen kommen einige Burschen aus dem Dorf, um zu helfen. Wir müssen sehen, dass die Mühle vor dem Winter noch steht«, sagte er barsch, wandte abrupt das Pferd und ritt davon.

»Mir scheint, es passt ihm nicht, dass ich hier bin.«

Toni kniff den Mund zusammen. »Ich arbeite hart für das, was er mir zahlt, und habe eine lange Reise auf mich genommen, um hierherzukommen. Joris wird den Lohn vielfach wieder einstreichen, wenn er es klug anstellt. Die Siedler werden durch seine Mühle unabhängiger. Niemand muss mehr zur Wassermühle am Crooked Creek nach Quincy oder Brooklyn fahren.« Dann zuckte er die Schultern. »Ach, wer weiß, was ihn geritten hat. Komm, Lea, ich zeige dir meine bescheidene Bleibe und dann trinken wir einen Tee.«

Toni öffnete die Tür und schlug eine Decke zur Seite, die innen am Eingang hing. Lea nahm unbewusst den Geruch des Raumes nach Leder und Holz in sich auf. Der Mühlenbauer zündete eine Lampe an und stellte sie auf den Tisch. Die Möbel waren eine Ansammlung aus zusammengezimmerten Holzkisten, doch der Tisch und die Bank davor waren kunstvoll geschnitzt. Eine dicke Decke diente als Sitzpolster und auf dem Tisch lag ein Tuch. Über dem Herd in einer Ecke des Raumes war ein Regal angebracht, auf dem Töpfe und Pfannen standen. Der Fußboden war nichts als festgestampfte Erde.

Später, als sie langsam den Weg wieder zurückging, dachte Lea über die Mühle nach. Der Bau faszinierte sie. Das Kunstwerk an und für sich, aber auch die Vorstellung, dass mit dem Windfänger hier, mitten in der Prärie, Korn gemahlen werden konnte. Fast glaubte sie, die fertige Mühle schon vor sich zu sehen. Ein Prachtstück mit grauweißen Segeln unter blauem Himmel.

5

Zwei Wochen war Lea jetzt schon auf der Farm. Sie musste zugeben, dass alles viel besser klappte, als sie anfangs befürchtet hatte. Mit Toni und den wenigen anderen Arbeitern, die für Joris tätig waren, verstand sie sich prächtig. Aus ihm selbst wurde Lea nicht schlau. Manchmal ignorierte er sie, dann wieder nahm Lea seine beobachtenden Blicke wahr. Gelegentlich schien es, als wolle er eine Frage stellen, verkniff sich dies aber im letzten Moment. Lea versuchte, seinen Argwohn ihr gegenüber zu ignorieren. Sie ging ihm so weit wie möglich aus dem Weg. Selten einmal trafen sie sich zum Frühstück in der Küche oder zum Abendessen.

An den Alltag auf der Farm gewöhnte Lea sich rasch. Die Einsamkeit der Tage störte sie wenig. Es waren die Nächte, die sie fürchtete. Häufig wachte sie schweißgebadet auf. In ihren Träumen irrte sie in der Fremde umher oder Ferdinand Gärber verfolgte sie. In solchen Nächten begann Lea unweigerlich zu grübeln. Darüber, wie lange sie noch bleiben sollte und was geschehen würde, wenn Arne zurückkäme. Manches Mal kroch sie verzweifelt unter die Bettdecke und wartete sehnsüchtig auf den nächsten Morgen.

Nach solchen Nächten stürzte sie sich am Morgen mit

doppeltem Eifer in die Arbeit. Schon am Tag nach ihrer Ankunft hatte Lea die Ställe beim Haus zu ihrem Revier erkoren. Sie kümmerte sich um das Melken der Kühe, gab den Tieren zu fressen und schüttete Hafer und geschnittene Möhren in Futterkrippen. Lea verbrachte Stunden damit, gefüllte Wasserbehälter von der Pumpe zum Auslauf des Federviehs zu tragen. Die Hühner legten so gut, dass Hardy jedes Mal, wenn er die Farm anfuhr, Eier mit ins Dorf zu Bills Laden nehmen konnte. Abends war Lea oft so müde, das sie nicht einmal die Zeit fand, sich richtig zuzudecken. Doch gerade diese Nächte, in denen sie tief und ruhig schlief, waren ihr die liebsten.

Da Arbeit das Einzige war, was Lea von der Trauer und den schlaflosen Nächten ablenkte, schaffte sie in kürzester Zeit viel. Sie grub ein Stück Land um und umgab es mit einem kleinen Wall, wie sie es von Wangerooge her kannte. Sie pflanzte Gemüse an und setzte Kartoffeln. Das ganze Haus hielt sie blitzblank. Und sie ließ sich von Hardy Stoffe mitbringen, aus denen sie Kissen nähte und neue Tischdecken.

Eines Morgens hörte Lea nach einer schlaflosen Nacht das meckernde Jammern eines Zickleins. Eine der Burenziegen, die Joris wegen des schmackhaften Fleisches hielt, hatte am Vortag Nachwuchs bekommen. Anders als bei Schafen war bei den Ziegen das Lammen nicht auf das Frühjahr begrenzt. Lea fragte sich, ob das Jungtier verletzt oder von seiner Mutter verstoßen worden war. Da nach der schrecklichen Nacht zumindest der Tag ein guter werden sollte, sprang Lea entschlossen aus dem Bett.

Draußen breitete sich das erste fahle Morgenlicht aus.

Verschwommen sah Lea die kleine Herde, die nahe am Haus weidete. Wieder drangen klagende Laute zu ihr herüber. Das Zicklein musste ganz in der Nähe sein. Lea ließ die Absperrung hinter sich und schlich vorsichtig an die Herde heran. Als die Tiere ihr Näherkommen bemerkten, begannen sie davonzulaufen. Die Mutterziegen trieben ihre Heranwachsenden vor sich her. Es war erstaunlich, wie schnell sie Abstand zwischen sich und Lea brachten. Sie fluchte leise. Der Nebel schien die Tiere förmlich aufzusaugen. Wie sollte sie in dem Grau das verwaiste oder verletzte Tier ausfindig machen? Es hatte keinen Sinn!

Enttäuscht setzte Lea sich schließlich auf einen Stein und wartete auf das Morgenlicht. Ganz plötzlich stiegen die Schleier auf, und die Sonne tauchte alles in warmes Licht.

Jetzt konnte Lea auch wieder einzelne Burenziegen ausmachen. An ihr Aussehen, den großen Kopf und die kinnlangen Hängeohren, hatte sie sich erst gewöhnen müssen. Die Ziegen standen dicht aneinandergedrängt und Lea sah und hörte das Kleine ganz deutlich. Es lief auf wackeligen Beinen von einem Muttertier zum nächsten in der Hoffnung auf Milch. Alle Bemühungen aber brachten ihm nichts als Tritte ein. Lea floss vor Mitleid das Herz über.

Sie überlegte sich gerade eine Taktik, um näher an das Kleine heranzukommen, als ein Rascheln im Unterholz und eine kaum wahrnehmbare Bewegung ihre Aufmerksamkeit ablenkte. Im Rücken der Tiere sah sie eine schemenhafte Gestalt, die sich langsam an die Herde heranschlich. Lea starrte ungläubig auf einen riesigen Wolf. Mit angelegten Ohren schlich er näher. Der schmutzig gelbe Pelz verschmolz fast mit den Farben seiner Umgebung.

Der Präriewolf hatte es auf das mutterlose Zicklein abgesehen, das war Lea klar.

Die Ziegen schienen nichts von der Gefahr zu bemerken, in der sie schwebten. Leas Herz begann wie wild zu schlagen. Was sollte sie tun? Es war gefährlich, sich mit einem Wolf anzulegen, doch sie konnte ihm die Beute nicht einfach kampflos überlassen. Lea hatte sich entschieden. Sie sprang auf und rannte wild gestikulierend auf den Räuber zu.

Die Herde wurde unruhig. Sie hielten Abstand zu Lea, schienen jetzt aber den Geruch des Angreifers wahrgenommen zu haben. Die Ziegen drängten gegeneinander, verunsichert, welche Richtung nun einzuschlagen war. Der Wolf bemerkte die Unruhe und änderte seine Taktik. Er versteckt sich nun nicht mehr, sondern kam mit kraftvollen Sprüngen näher. Der Abstand verringerte sich erschreckend schnell. Lea bückte sich, nahm einen Stein auf und warf ihn in seine Richtung. Sie triumphierte, als der Wolf einen Herzschlag innehielt. Er knurrte wütend. Lea griff nach einem weiteren Stein und traf das Tier am Rücken. Jetzt waren die wilden Augen ausschließlich auf sie gerichtet. Der Wolf fletschte die Zähne, verharrte kurz und hechtete dann auf Lea zu.

Sie keuchte erschrocken auf, vermochte jedoch nicht, sich zu rühren. Reglos beobachtete sie das Heransprinten. Schon glaubte sie den hechelnden Atem des Wolfes riechen zu können. Das Tier würde sie anfallen, vielleicht sogar töten. Todesangst griff nach ihr. Lea begann zu schreien.

Genau in diesem Moment fiel ein Schuss. Die wild glänzenden Augen des Tieres brachen und der Wolf sank, im Sprung getroffen, zu Boden.

»Verdammt! Was hast du hier zu suchen?« Joris ließ die Waffe sinken und rannte auf Lea zu.

Ungläubig starrte Lea auf den toten Wolf zu ihren Füßen. Dann erst nahmen sie Joris und die Waffe in seinen Händen wahr.

»Das Zicklein. Ich wollte es retten.«

»Kein Tier ist die Gefahr wert, in die du dich gebracht hast. Es hätte dich das Leben kosten können. Mein Gott, Lea, hast du denn nichts gelernt? Dies ist nicht deine kleine beschauliche Insel. Die Prärie ist wild und unberechenbar. Hier gibt es nicht nur Schlangen, die auf dich warten.«

Mit bleichem Gesicht schaute sie zu ihm auf. »Es tut mir leid. Ich hörte heute Nacht das Jammern des Zickleins und …«

»Warum, um Gottes willen, hast du mich nicht geweckt?«

Ja, warum war sie nicht auf diesen Gedanken gekommen? Beschämt drehte Lea sich um und wankte an ihm vorbei auf die Herde zu. Der Schreck saß ihr noch in den Gliedern, doch sie würde jetzt nicht zusammenbrechen, sondern das tun, weswegen sie hierhergekommen war. Lea suchte nach dem mutterlosen Tier, ergriff das Zicklein und zog es zu sich heran. Die anderen Ziegen liefen meckernd davon. Das Neugeborene brüllte anfangs noch ängstlich, doch nach kurzer Zeit schmiegte sich der kleine Körper schon vertrauensvoll an Leas.

»Lass mich ihn tragen.«

Lea schüttelte stur den Kopf.

Schweigend legten sie den Weg zur Farm zurück. Beim Haus angekommen machte Joris dem Tier ein Lager aus Stroh, während Lea einen Krug mit entrahmter Milch holte. Sie tauchte einen Finger in die helle Flüssigkeit und ließ das Kleine saugen.

»Woher weißt du, wie man das macht?«

Lea sah das Staunen in Joris' Gesicht.

»Wir haben auf der Insel auch Ziegen und Schafe gehalten. In der wärmeren Jahreszeit blieben sie draußen, aber den Winter verbrachten die Tiere in einem großen Stall. Als Einstreu wurde Dünensand genutzt. Ich habe sie als Kind oft genug auf die einzige gemeinsame Weide getrieben. Und es gab immer wieder Kälber oder Zicklein, die keine Mutter hatten.«

»Und du hast dich ihrer angenommen?«

Lea nickte.

Zweifelnd musterte er sie. »Ich werde aus dir nicht schlau.«

Lea versteifte sich. Rebekka hatte sich nie viel aus Tieren gemacht. Ob sie das Vieh auf der Farm überhaupt beachtet, geschweige denn versorgt, hatte? Wohl eher nicht. Sie wich Joris' Blick aus und widmete dem Zicklein alle Aufmerksamkeit.

Das Kleine stand noch wackelig auf seinen Beinen und blickte sie mit großen Augen an. Es war nie leicht, Neugeborene das Trinken zu lehren. Allen Tierkindern schien es ähnlich zu gehen. Sie gelangten mit der dunklen Vorstellung auf die Welt, dass man mit Maul und Kopf fest stoßen müsse, um Milch zu bekommen. Deshalb versuchte das Ziegenkind, als es die Milch roch, auch sofort, den Krug umzuschubsen. Lea tauchte erneut einen Finger in die Milch, ließ das Kleine mit seiner rauen Zunge daran lecken und lockte es so allmählich mit seiner Nase in den breitrandigen Krug.

Nach und nach gelangte zumindest ein kleiner Teil der Milch in den Magen des Zickleins. Immer eifriger leckte das Kleine und steckte den Kopf in den Krug. Plötzlich schnaufte es Milch ein und nieste so prustend, dass das weiße Nass aus dem Eimer spritzte. Erschrocken stieß der kleine Kerl so kräftig gegen das Gefäß, dass sich ein großer Schwall Milch über den Kopf des Neugeborenen ergoss und ein kleiner Leas Kleid durchnässte.

Sie hatte Joris vergessen und lachte laut auf. Lea legte dem Zicklein die Arme um den Hals und streichelte es. Das Kleine schubste sie leicht an. Dann wand es sich aus der Liebkosung und vollführte einige kleine Sprünge im Stall. Wieder musste Lea lachen.

Ihr Blick traf den von Joris, der gegen einen Holzbalken lehnte und sie anstarrte. Sonnenstrahlen fluteten in staubigen Bahnen durch das Fenster. Sie verfingen sich in seinem Haar. Lea wollte sich abwenden, doch es gelang ihr nicht.

Joris lächelte ihr selbstvergessen zu. Sein Lächeln machte Lea benommen. Es ließ sein Gesicht weich werden und einen ganz anderen Mann zum Vorschein treten. Einen Mann, den sie noch nicht kannte. Eine halbe Ewigkeit lang starrten sie sich entrückt an.

Schließlich brach Joris den Bann. »Ich erkenne dich einfach nicht wieder. Seit deiner Rückkehr bist du völlig verändert. Kümmerst dich um Dinge, die dir früher einerlei waren. Der Gemüsegarten, die Sorge um die Tiere …«

Lea wusste nicht, was sie sagen sollte. Sie versuchte verzweifelt, ihre Fassung zurückzugewinnen.

»Schwägerin, wir haben uns früher so häufig gestritten. Doch jetzt … Es ist alles anders, seit du zurückgekehrt bist. Wieso?«

Lea versuchte ein schiefes Lächeln. »Ich vermute, weil Arne nicht da ist. Es ging doch meistens um ihn. Ich habe übrigens nachgedacht, Joris. Über Arne, mich und die Farm. Du willst, dass ich gehe, und vielleicht ist es wirklich das Beste. Aber ich kann das nicht sofort tun. Bitte gib mir noch etwas Zeit!«

Leas Finger glitten abwesend über das Fell des Zickleins, während sie in Joris' Gesicht nach Erleichterung oder Zufriedenheit suchte. Sie fand nichts von alledem. Es war, als ob ihre Worte ihn nicht erreicht hätten. Joris sah auf ihre streichelnden Hände. Ein Schauer lief Lea über den Rücken, als sie die Sehnsucht in seinen Augen erkannte. Für einen winzigen Moment wünschte sie sich, dem nachgeben zu können, wünschte sich, dass es seine Haut sei, die sie streichelte, sein Haar, über das ihre Hände glitten.

Die heftigen Empfindungen verunsicherten sie tief. Lea versuchte die Gedanken zu ordnen, die ihr durch den Kopf gingen. Was hatte dieser Mann an sich, dass sie so auf ihn reagierte? Mehr und mehr fühlte sie sich zu ihm hingezogen, ohne sagen zu können, warum. Wie war das möglich? Sie liebte doch nur Immo. Nach ihm sehnte sie sich schmerzlich. Sie waren sich immer ohne Worte nahe gewesen. Lea beschwor Erinnerungen an verträumte Sommertage auf der Insel herauf. Stunden, in denen das wirkliche Leben fern schien und ihre gemeinsamen Träume real, im Hintergrund das Rauschen der Wellen und das Brausen des Windes, der den Geruch der See zu ihnen trug.

Lea seufzte tief auf. Sie war nicht mehr auf Wangerooge. Die gemeinsamen Träume lagen weit hinter ihr. Sie liebte Immo, würde ihn immer lieben und doch wünschte sie sich in diesem Augenblick nichts sehnlicher, als dass Joris sie in seine Arme nähme. Sie ließ ihren Blick über ihn streifen, über das dichte lockige Haar, den vollen Mund und das kräftige Kinn. Lea glaubte, niemals zuvor einen besser aussehenden Mann getroffen zu haben.

»Verdammt, Lea, was geschieht hier eigentlich?« Joris' Stimme klang wütend. Lea wusste, wem diese Wut galt. Er schlug mit der Faust gegen das Holz der Wand.

Dies ängstigte das Zicklein. Sein Meckern brachte beide in die Realität zurück. Lea versuchte das Tier zu beruhigen, während Joris sich abrupt abwandte.

»Ich sollte wohl besser verschwinden!«

Nach diesen Worten verließ er fast fluchtartig den Stall.

6

Die ersten heißen Tage kamen und schon am frühen Morgen war die Luft drückend. Lea spürte schmerzhaft ihren Rücken, als sie sich hinunterbeugte, um ein nasses Kleidungsstück aus der Wanne zu heben. Sie hatte ihre Kleider gewaschen und für die Bettwäsche neues Wasser auf dem Herd zum Kochen gebracht. Sie schüttete es in den Waschbottich, tauchte die Arme in die Seifenlauge und fing an zu schrubben. Beim zweiten Gang tunkte sie die gereinigte Bettwäsche in sauberes Wasser und rührte die Wäsche mit einem Holzstiel, um sie zu spülen.

Lea blickte auf die feuerrote Haut und die vielen kleinen Wunden, die sie sich auf dem Waschbrett zugezogen hatte. Seufzend wrang sie die letzten Wäschestücke aus und legte sie in den Korb zu ihrer Kleidung. Dann stolperte sie zu der Leine, die zwischen zwei Bäumen gespannt war. Zum Schutz gegen die Sonne trug sie einen großen Strohhut, den Hardy ihr geschenkt hatte.

Als schließlich die helle Pracht im Wind flatterte, atmete Lea erleichtert auf. Geschafft! Es war genug gewesen für heute Morgen. Sie hatte sich eine kleine Pause verdient.

Lea kletterte unter der Absperrung durch, die das Weideland von der Farm trennte, und wanderte dem kleinen Wäldchen zu. Seit einigen Tagen war dieser Ort ihr Lieblingsplatz. Bewusst nahm sie das weiche Nachgeben des Bodens unter ihren Füßen wahr. Die Erde war fruchtbar und reif. Sie mochte den Geruch nach Sommer und Leben. Das Gras auf den Weiden wogte im Wind. Lea blickte zum Himmel und beobachtete einen Greifvogel, der dort seine Kreise zog. Sie blieb im Schatten einer großen Birke stehen und atmete tief durch. Zwischen den Bäumen sah sie die mit Blumen übersäte Wiese. Wie schön es hier war!

Langsam ließ sich Lea auf einen Baumstumpf sinken. Die Arme um die angezogenen Beine gelegt, einen Grashalm zwischen Daumen und Zeigefinger drehend, genoss sie die wohltuende Ruhe. Das Bienengesumm und der Blumenduft bezauberten sie. Lea blickte zum Himmel hinauf, dessen Unendlichkeit sie an das Meer erinnerte.

Das Meer! Sie seufzte bei der Erinnerung daran. Trotz aller Schönheit hier an diesem Ort ging es ihr nicht aus dem Kopf. Lea schloss die Augen und träumte davon, mit nackten Füßen über den Strand zu laufen. Den Wind in den Haaren zu spüren, das Wasser an den Füßen.

Erinnerungen stiegen in ihr auf. Ein Gesicht, eine Stimme. Immo! Sie vermisste ihn. Sein Lächeln, den warmen Druck seiner Finger, das Gefühl, alles mit ihm teilen zu können. Ob er immer noch so verzweifelt über die Trennung von Carlotta war? Oder gab es jetzt eine andere Frau in seinem Leben? Der Gedanke daran tat weh. Eine einzelne Träne rollte Lea über die Wange. Energisch wischte sie sie fort. Wangerooge – das war vorbei. Es hatte keinen Sinn, sich dem Heimweh zu ergeben. Sie musste nach vorne schauen. Hier, in Amerika, lag ihre Zukunft.

Das Knacken eines trockenen Zweiges ließ Lea zusammenfahren. Sie fuhr herum und presste ängstlich eine Hand gegen die Brust.

»Mein Gott, hast du mich erschreckt!«

Joris lehnte gegen den Stamm eines Baumes und betrachtete sie mit zusammengekniffenem Mund. Er war am frühen Morgen aufgebrochen, um Zäune zu reparieren und die Schafe auf eine andere Weide zu treiben, und schien jetzt auf dem Weg zurück zur Farm zu sein. Seit jenem Tag im Stall hatte er ein Zusammentreffen mit ihr stets gemieden.

Sein Blick glitt von ihrem Hut, der achtlos am Boden lag, zu ihren feuchten Augen. Es schien ihn zu stören, sie hier vorzufinden, und Lea wusste auch, warum. Dies war sein Land, sein Grund und Boden. Sein persönliches Heiligtum, das er mit niemandem außer mit Arne teilen wollte. So viel hatte sie aus den wenigen Gesprächen mit ihm schon herausgehört.

»Was für eine hübsche Blume.« Sie wies auf eine Margerite, die in einem seiner Knopflöcher steckte.

»Ach die.«

»Sie gefällt mir. Ein leuchtender Gegensatz zu deinem finsteren Gesicht«, sagte sie um einen leichten Ton bemüht.

Joris riss die Blume aus dem Knopfloch und warf sie in die Luft. Der Wind griff nach den Blütenblättern und fegte die Margerite hoch, um sie dann sachte zu Boden gleiten zu lassen. Die Luft schien plötzlich zu vibrieren. Leas Hand streckte sich nach der Blume aus. Sie hob die Margerite vom Boden auf und hielt sie gegen das Licht, das durch die Baumzweige drang. Die Ärmel ihres Kleides fielen herab. Joris blickte für den Bruchteil eines Moments starr auf Leas unbedeckten Arm und runzelte die Stirn. Er schien einen Gedanken festhalten zu wollen, doch dann schüttelte er nur leicht den Kopf und streckte die Hand aus.

»Es ist meine Blume …«

»Du hast sie weggeworfen.«

Sie sahen sich an und Hitze stieg in Lea auf, drang ihr durch Mark und Bein. Sie durfte ihn nicht länger so anschauen. Gewaltsam riss Lea sich von Joris' Augen los.

Sein Blick glitt zur Rundung ihres Nackens. Er sog hörbar die Luft ein.

»Diese Narbe … Woher rührt sie?«

Lea zuckte zusammen. Schnell zupfte sie ihr Kleid zurecht, um die alte Wunde, die sich wie eine Schlange fast bis zum Hals zog, zu verdecken.

»Es war eine Rute.«

An der pulsierenden Ader an seinem Hals sah sie, dass sein Herz schneller schlug.

»Wofür bist so grausam bestraft worden?«

»Dafür, dass ich die Lehren Luthers hinterfragt habe. Mir missfielen schon als Zwölfjährige so einige seiner Ansichten. Beispielsweise wollte mir nicht in den Kopf, dass es richtig sein sollte, einem Neugeborenen eine Rute in die Wiege zu legen. Luther soll es so gehalten haben. Seiner Meinung nach brauchte jedes Kind ein bestimmtes Maß an Zucht. Der Lehrer, den meine Großmutter vom Festland hat kommen lassen, um mich zu unterrichten, gab ihm recht und mein Aufbegehren ist mir schlecht bekommen. Er hat mich die Rute am eigenen Leib spüren lassen. Es war das letzte Mal, dass ich Widerworte gebrauchte.«

»Aber hat dich denn niemand vor diesem Menschen beschützt?«

»Nein! Meine Großmutter hielt viel von Luther und auch von dem Lehrer. Du kannst es nicht wissen, aber allein schon meine Existenz war ihrer Meinung nach eine Sünde. Und die Methoden des Lehrers der einzig richtige Weg, um das Sündhafte in mir zu bändigen.«

Lea stand auf und glättete ihr Kleid. Sie spürte Joris' Mitleid und wollte nur noch fort von ihm.

»Wir sollten zurück zur Farm gehen.«

Schweigend folgte Joris ihr. Als ein gefällter Baum ihnen den Weg versperrte, streckte er instinktiv eine Hand aus, um Lea zu helfen.

Er strich über die raue Haut ihrer Finger, die Schwielen und Risse. »Du arbeitest zu viel!«

»Ich muss mir mein Brot doch verdienen.«

Er runzelte die Stirn. »Früher war es dir wichtig, dass deine Haut hell bleibt und deine Hände weich. Außerdem hast du dich aus Angst vor Schlangen niemals mehr als dreißig Schritte vom Haus entfernt. Und jetzt finde ich dich hier, mitten in der Prärie. Ich bring es einfach nicht zusammen! Weißt du noch, der Streit, bevor dein Mann fortging? Du hast gesagt, du würdest dich in der Weite der Prärie eingesperrt fühlen, hast Arne angefleht, all dies aufzugeben und sich eine Arbeit in Quincy oder St. Louis zu suchen. Du warst so verdammt unglücklich hier. Der Farmarbeit hast du doch nie etwas abgewinnen können und den Menschen auch nicht. Mit Ausnahme von Bill, der deine Zeichnungen für gutes Geld unter die Leute brachte. Und jetzt bist du hier und arbeitest so hart wie eine Magd. Was hat dich so sehr verändert?«

Lea zuckte zusammen. Sie hatte mit ihrer Vermutung also richtig gelegen. Rebekka war nicht glücklich gewesen auf der Farm. Das tat weh.

Sie blickte an Joris vorbei, um ihm nicht ins Gesicht sehen zu müssen. »Ich habe viel erlebt in der Zeit, in der ich fort war. Da sieht man manches anders. Das Arbeiten auf der Farm tut mir gut. Es hilft mir zu vergessen.«

Eine Weile blieb es still zwischen ihnen.

»Du hast mir immer noch nicht alles erzählt, was geschehen ist, nicht wahr? Ich habe dich früher fast jeden Tag zeichnen sehen. Doch seit du zurückgekommen bist, hast du den Stift nicht mehr in die Hand genommen.«

Lea spürte, wie ein Zittern sie überfiel. Verzweifelt suchte sie nach einer Erklärung. »Ich kann es nicht mehr. Irgendwann werde ich dir auch erzählen, warum, doch nicht jetzt.«

»So etwas verlernt man doch nicht.« Joris runzelte die Stirn, doch als Lea nicht auf seine Bemerkung einging, ließ er das Thema fallen. Er fuhr erneut mit einem Finger über die harten Wölbungen ihrer Hand. »Als ich in Amerika ankam, da habe ich die Schwielen und Risse wie Trophäen getragen. Für mich waren sie sichtbare Zeichen für die Eroberung dieses Landes.«

»Ist es anfangs sehr hart gewesen?«

»Ja. Obwohl wir den denkbar besten Humus vorfanden. Die Prärie liegt auf einer Wasserscheide. Der Bear Creek führt das Wasser dem Mississippi zu, während es nach Osten durch den Missouri und Crooked Creek in den Illinois River abfließt. Im ersten Jahr haben Arne und ich nur zwei Felder bearbeiten können. Für Ochsenkarren fehlte das Geld und so mussten wir selbst den Brechpflug durch den dichten Bewuchs des Präriebodens ziehen. Wir besaßen zwar Land, haben aber von der Hand in den Mund leben müssen.«

»Dann habt ihr anfangs keine Schafe gezüchtet?«

»Wir mussten erst die Voraussetzungen dafür schaffen. Während der Zeit, in der die Felder brachlagen, grenzten wir andere Weidestücke für die Schafzucht ein und säten an den Rändern Dornenhecken aus. Das ist eine bewährte Methode, um die Tiere am Ausbrechen zu hindern. Als der lebende Zaun endlich hoch genug war, konnten wir vom Ertrag aus den gepflügten Feldern die ersten Tiere kaufen. Ich habe die Schafe geschoren und Arne die Wolle gezupft und gewaschen. Als schließlich alles aufgerollt, gebunden und zu Ballen gepackt auf dem Ochsenkarren lag, sind wir uns glücklich in die Arme gefallen. Dieses erste ertragreiche Frühjahr hat uns zusammengeschweißt, war unser ganz persönlicher Sieg. Ich glaubte damals, dass auch Arne all dies lieben gelernt hätte. Er sprach davon, dass es Zeit für ihn sei, Wurzeln zu schlagen, etwas Eigenes aufzubauen. Doch dann …«

»… doch dann brachte er mich auf die Farm.«

»Richtig. Ich weiß nicht, warum, aber seine alte Rastlosigkeit lebte wieder auf. Er ist Streitereien immer lieber aus dem Wege gegangen. Der Präriehandel, für den er sich hat anheuern lassen, brachte ihn fort von der Farm und den Konflikten mit uns beiden und bot zudem die Möglichkeit, sich in ein neues, vielversprechendes Abenteuer zu stürzen. Einerseits kann ich ihn verstehen, Lea. Doch andererseits … Wir haben zusammen so hart für all das hier gekämpft …«

Er breitete hilflos die Arme aus.

»Du liebst dieses Land, nicht wahr?«

»Ja. Es ist etwas, wofür es sich zu kämpfen lohnt. Die Prärie kann hart sein. Sie verlangt alles von den Menschen, aber sie gibt auch viel zurück. Ich liebe nicht nur das hier.« Er gab ihre Hand frei, bückte sich, nahm eine Handvoll Erde auf und ließ sie zwischen den Fingern herunterrieseln. »Sondern auch den weiten Himmel, den die Sonne am Abend in goldene Farbe taucht. Ja selbst den Wind, der so oft wie ein einsamer Wanderer über alles hinwegpeitscht. Manchmal stelle ich mir vor, auf seinen Schwingen wie ein Adler zu schweben, mit ausgebreiteten Flügeln hinauf bis in das unendliche Blau und dann weiter bis zur Sonne. Ich würde sterben für das hier. Nichts ist mit dem Gefühl vergleichbar, auf einem Stück Land zu stehen, das einem gehört. Keiner kann dich vertreiben, es dir wegnehmen und niemand kann dir vorschreiben, was du damit anfangen sollst. Die Erde gehört dir. Du kannst sie anfassen und festhalten. Jeder Stein gehört dir, jede Blume, jeder Baum und alles, was sich auf deinem Land befindet. Und wenn die Welt dich stört, dann kannst du dich auf deinem Land zurückziehen und sie einfach vergessen.«

Lea spürte, wie ihr ein Schauer über den Rücken lief. Sie roch den süßen Duft des Grases und nahm den seltsamen Zauber wahr, der sich über sie beide legte.

»Was liebst du besonders?«

»Die Weite. Die Einsamkeit und die Blumen, die Tiere. Ich kann es kaum erklären. Du musst es selbst spüren. Immer wenn ich anderswo bin, wünsche ich mich hierher zurück. Dann denke ich an die Teppiche voll von rotem Mohn, an endlose blaue Weiten aus Lupinen unter einem purpurfarbenen Himmel. Über allem dieser verschwenderische Duft und der Vogelgesang. Stundenlang kann ich einfach nur auf das Land schauen. Es ist, als ob einem die Schönheit das Herz aus dem Leib risse. Das zu sehen, zu wissen, dass es einem gehört, tut fast weh. Und doch ist es alles, was ich unter Glück verstehe. Lange Zeit habe ich nichts besessen, hatte nur mich selbst. Jetzt gehört mir ein besonderes Fleckchen Erde. Manchmal macht es mir Angst, dass ich so daran hänge. Mehr als an einem Menschen. Aber das wirst du wohl kaum begreifen.« Als ob er schon zu viel gesagt hätte, wandte sich Joris rasch um.

»Warum glaubst du das?«, fragte Lea ein wenig verletzt. »Ich weiß, was es bedeutet, sein Herz an etwas zu hängen, sich nach etwas zu sehnen.«

»Sehnsucht«, murmelte Joris bitter. »Bevor ich hierherkam, hat meine Sehnsucht einer Frau gegolten. Sie hieß Kristin. Ich hätte alles dafür gegeben, mit ihr mein Leben verbringen zu dürfen. Doch sie hat mich verlassen, verraten und ins Gefängnis gebracht. Danach war ich die Bitterkeit selbst. Arne ist es gewesen, der mich wachgerüttelt und nach Amerika gebracht hat. Das Land hat mein Herz geheilt. Niemals mehr könnte ich all dies aufgeben!«

»Du bist nicht so hart, wie du andere glauben machst.«

Joris zuckte zusammen. Sein Gesicht nahm einen versteinerten Ausdruck an. »Verdammt, Lea. Du bringst mich dazu, Dinge auszusprechen, die nur mich allein etwas angehen.«

Er starrte sie an und Lea sah einen Anflug von Verzweiflung auf seinem Gesicht. Dann stapfte Joris davon, ohne sich noch einmal nach ihr umzudrehen.

Lea blickte ihm verwundert nach. Er war und blieb undurchsichtig. Joris liebte das Land, in dem er lebte, aber zu den Menschen hielt er Abstand. Andere fühlten sich in einer Gemeinschaft stark, taten sich bei gleichen Interessen zusammen oder arbeiteten miteinander. Bei Joris war das anders. Er schien zu niemandem zu gehören. Nicht, dass er sich ausschloss oder sich zu gut für etwas wäre. Hardy, Toni und auch andere sprachen stets nur lobend von ihm. Aber nichts, was er tat, brachte Joris den Menschen näher.

Aber heute hat er etwas mit mir geteilt, dachte Lea, während sie versuchte, seinem schnellen Schritt zu folgen. Und es war noch mehr als das gewesen. Joris hatte ihr einen Blick in seine Seele gewährt.

Lea legte eine Hand auf ihr klopfendes Herz. Sie war atemlos. Was um alles in der Welt verband sie mit diesem verschlossenen Mann? Ein Gefühl brannte in Lea hoch, das von Freundschaft weit entfernt war. Seit sie Joris zum ersten Mal begegnet war, hatte etwas an ihm sie angezogen. Es war nicht nur sein gutes Aussehen, sondern auch seine Ausstrahlung, die vielleicht aus der Geborgenheit stammte, in der er aufgewachsen war. Etwas, das sie nie gekannt hatte.

Heute war sie ihm nah gewesen. Es hatte sich gut angefühlt und nichts mit den Gefühlen zu tun, die sie für Immo hegte. Die Liebe zu ihm war ruhig und beständig, so als ob sie vor Urzeiten in ihr eingepflanzt worden sei. Immo gehörte ihr Herz. Sie war von einer Zärtlichkeit für ihn erfüllt, die über Freundschaft und Vertrautheit weit hinausging. Die Erinnerung an ihn war von gemeinsamen Mosaiksteinen bestimmt, von Bildern, Gerüchen, Klängen.

Und doch sehnte sie sich auch nach Joris. Die widersprüchlichen Gefühle überfluteten Lea wie ein Strom. Als sie die Augen schloss, war es nicht Immo, den sie vor sich sah, sondern Joris, der seine Arme um sie schlang und mit den Fingern ihre Haut liebkoste. Leas Gesicht begann zu glühen. Sie spürte ein Verlangen nach Joris, das rasch zunahm und sie erzittern ließ. War sie etwa dabei, sich in ihn zu verlieben? Doch was war dann mit ihren Gefühlen für Immo? Konnte man zwei Männer zugleich lieben?

Lea stand reglos da und versuchte ihre Empfindungen zu ergründen. Sie fühlte sich schwach und hilflos wie ein Kind, zerrissen zwischen ihren Sehnsüchten. Ein Kloß bildete sich in ihrem Hals. Sie wartete darauf, dass er verschwinden würde und die törichten Tränen nicht vergossen zu werden bräuchten. Sie musste nachdenken und wollte jetzt nicht weinen!

Lea presste die zur Faust geballte Hand gegen den Mund, doch es war zu spät. Salzige Tränen blendeten sie.

Wenn es tatsächlich so war, wenn sie Joris liebte, dann durfte sie ihn nicht länger täuschen und Rebekkas Rolle spielen!

7

N ein! Lassen Sie mich in Ruhe!«

Lea wehrte sich verzweifelt, doch sie konnte die Hände nicht abschütteln.

»Hiske, hilf mir doch!«, schrie sie und versuchte dem Angreifer zu entkommen.

»Lea, Lea ich bin es, Joris! Du träumst nur!«

Sie spürte ein sachtes Schütteln. Jemand hielt ihre Schultern umfasst. Wirr blickte Lea um sich und sah direkt in Joris' Augen. Langsam kehrte sie aus den Tiefen des Albdrucks zurück in die Wirklichkeit. Hier war kein Ferdinand Gärber, der sie bedrängte.

»Alles ist gut. Es war nur ein Traum.«

Lea wandte sich von Joris ab und starrte geradeaus. Mondlicht fiel durch das Fenster. Ihre Bettdecke lag auf dem Boden. Sie spürte den Schweiß auf ihrer Stirn, atmete schwer und setzte sich langsam auf. Ihr ganzer Körper zitterte. Noch wollte die Qual des Traumes nicht weichen.

»Bitte!« Verzweifelt streckte sie die Arme nach Joris aus und er zog sie fest an sich. Sie vergrub das Gesicht an seinem Hals. Tiefe Schluchzer stiegen in ihr auf und entluden sich zitternd. Er ließ sie weinen. Seine Hände versuchten streichelnd, ihren bebenden Körper zu beruhigen.

Als Lea schließlich etwas ruhiger wurde, löste sie sich von Joris. »Danke! Es war nur eine böse Erinnerung.«

»Willst du mir davon erzählen?«

Sie nickte langsam.

»Ich habe schrecklichen Durst. Können wir etwas trinken?«

»Ich ziehe mich nur rasch an.«

Im Wohnzimmer entzündete Joris eine Kerze und erwärmte Wasser für einen Tee. Lea sah ihm zu und ein heißer Schauer überlief sie. Sie glaubte wieder, seine Arme um ihren Körper zu spüren, sein sachtes Streicheln.

»Es tut mir leid, dich geweckt zu haben.«

Er machte eine abwehrende Handbewegung. »Hast du oft schlechte Träume?«

Sie antwortete nicht sofort, sondern trat zum Fenster, schob die Vorhänge zur Seite und starrte in die mondhelle Nacht. Schließlich wandte sie sich um und setzte sich ihm gegenüber.

»Es hat mit Erlebnissen aus meiner Vergangenheit zu tun.«

»Was ist damals passiert?«

Sie überlegte lange und sagte schließlich: »Ich habe meine Kindheit bei einer Großmutter verbracht, deren Herz verhärtet war. Sie konnte mir keine Liebe schenken. Was sie sagte, war Gesetz, und ich habe mich nie aufgelehnt. Als Großmutter starb, hat mich ein Mann um mein Erbe gebracht. Ein Erbe, von dem ich nicht einmal weiß, ob es mir zugestanden hätte. Ich habe es kampflos geschehen lassen. Dieser Schuft hat mich auch noch auf übelste Weise bedrängt und bedroht. Das alles erlebe ich immer wieder in meinen Träumen.«

»Bist du deshalb mit meinem Bruder davongelaufen?«

Lea zögerte kurz. »Es wäre eine Lüge, wenn ich das behaupten würde. Ich glaubte, ihn zu lieben. Soweit man sich in kurzer Zeit über derartige Gefühle im Klaren sein kann.«

Mit einer hilflosen Geste hob Lea die Schultern und rieb, wie um sie zu wärmen, ihre Hände. Joris legte die seinen darüber. Fast glaubte Lea, er würde sie erneut in die Arme schließen, doch dann zog Joris mit einer ruckartigen Bewegung seine Hände wieder zurück. Er erhob sich und goss den Tee auf.

»Danke«, sagte Lea fast unhörbar.

»Wofür?«

»Dass du mich geweckt hast. Dass du da bist!«

»Ich danke dir, dass du mir dein Vertrauen geschenkt hast. Das ist ein großes Wagnis. Ich habe einmal schwer dafür bezahlen müssen.«

»Erzähl mir davon.«

»Ich weiß nicht. Nach deinen Träumen nun auch noch eine traurige Geschichte?«

»Bitte! Es wird mich ablenken.«

Er zuckte die Achseln und reichte ihr einen Becher. »Das Mädchen, an dem mein Herz hing, hieß Kristin. Ich habe ihren Namen schon einmal genannt, oder?«

Lea nickte.

»Wir lernten uns an ihrem achtzehnten Geburtstag kennen. Ihr Pferd war trächtig, es gab Probleme und so ließ Kristins Vater mich holen.« Er schwieg eine kurze Weile. »Kristin selbst war außer sich vor Sorge und lud alle Gäste wieder aus. Mir gelang es zum Glück, das Pferd samt dem Fohlen zu retten. Vielleicht hat sich Kristin deshalb in mich verliebt. Wer weiß? Für mich jedenfalls war es Liebe auf den ersten Blick.

Wir waren verrückt aufeinander und trafen uns heimlich. Bald kannte ich die Ställe in der Nähe ihres Elternhauses wie meine Westentasche.

Wir kamen uns nahe, doch unsere Welten lagen meilenweit auseinander. Es gab keine Brücke, keinen Steg. Natürlich sah ich das damals nicht ein. Wenn man einen Menschen bis zum Wahnsinn liebt, dann verliert man den Blick für die Realität. In meinen Träumen stellte ich mir das Leben mit Kristin in rosaroten Farben vor. Sie, die ungekrönte Herrscherin im Hause eines angesehenen Arztes. Dass ich nur Tierarzt ohne eigene Praxis war, spielte keine Rolle für mich.«

Leas Hände umschlossen den Becher mit heißem Tee. Sie pustete sachte hinein, um ihn abzukühlen. Dann nahm sie vorsichtig einen Schluck.

»Irgendwann war es vorbei mit der Heimlichkeit, oder?«

»Ja. Ich bin ein Mann, der ohne Umschweife geradewegs auf sein Ziel zugeht, und beschloss, bei Kristins Vater um ihre Hand anzuhalten. Ihre Eltern haben mir von Anfang an misstraut. Ihr Vater zog Erkundigungen über mich ein. Er war Anwalt. Ich glaubte natürlich, er würde dem Recht dienen, doch er diente nur der Obrigkeit und sich selbst. Für ihn war ich nichts weiter als ein Verräter, der sich mit Radikalen und Aufwieglern umgab.

Er tat alles, um seine Tochter von mir fernzuhalten, nannte mich einen Habenichts und Querulanten. Wobei Ersteres sogar stimmte. Meine Eltern sind gleich nach dem Ende meiner Ausbildung gestorben und haben uns kaum etwas hinterlassen. Vater ist zeit seines Lebens Schafzüchter gewesen und musste jedes Geldstück dreimal umdrehen, um mir und meinen Geschwistern eine gute Ausbildung zu ermöglichen. Ich habe das zu schätzen gewusst und mein Möglichstes gegeben.

Als ich Kristin kennenlernte, arbeitete ich in der Praxis eines befreundeten Pferdearztes, den ich von der Tierarzneischule kannte. Mein Traum war es, als selbstständiger Veterinär irgendwo auf dem Land zu leben. Es hätte mir von Anfang an klar sein müssen, dass diese Vorstellung sich niemals mit der, die Kristin von ihrer Zukunft hatte, decken würde. Blind war ich auch dafür, dass sie sich von ihrem Vater gegen mich beeinflussen ließ.

Zu der Zeit war ich befreundet mit Johann Gittermann, dem Sprecher der liberalen Bewegung in Esens. Wir kannten uns aus Studententagen. Damals gab es die ersten Versammlungen, auf denen Forderungen zur Verbesserung der politischen und sozialen Lage diskutiert wurden. Als am 18. Mai 1848 in der Frankfurter Paulskirche die Nationalversammlung zusammentrat, um die Grundrechte und eine neue Verfassung zu beschließen, glaubten wir uns den Zielen, von denen wir so oft geträumt hatten, nahe. Wir hofften auf den schwarz-rot-goldenen Geist und riefen in ganz Ostfriesland dazu auf, der Reichsverfassung in feierlichem Rahmen öffentlich Treue zu geloben. Ich schlug vor, Johann Gittermann als Redner einzuladen.

Unsere Versammlung wurde zwar verboten, doch wir ließen uns nicht von unserem Vorhaben abbringen. Nach außen taten wir einsichtig, doch heimlich bereiteten wir alles Nötige vor. Und dann kam unser großer Tag! Johann war einfach wunderbar. Seine Worte trafen die Herzen der Zuhörer. Er gemahnte die Menge, sich auch weiterhin um das schwarz-rot-goldene Banner zu scharen. Ich habe noch seine Schlussworte im Ohr: ›Durch Einheit zur Freiheit. Sie ist das höchste Gut.‹«

Joris seufzte schmerzlich auf. »Keine Stunde später wurde die Menge zerschlagen und Johann und ich als Rädelsführer wegen Hochverrats und Majestätsbeleidigung in Untersuchungshaft genommen. Es war Kristin, die uns verraten hatte. Irgendwann haben die Einflüsterungen ihres Vaters gewirkt und sie hat sich von mir abgewandt. Ich habe es gemerkt, wollte es aber nicht wahrhaben.

Mein Vertrauen zu ihr war grenzenlos und ich ließ sie an meiner Begeisterung für den frischen Wind, der bald wehen würde, teilhaben. Ein schwerwiegender Fehler. Kristin wusste Ort und Zeit der Versammlung und hat ihrem Vater davon erzählt. Für ihn ein gefundenes Fressen und eine gute Lösung, um mich und Johann Gittermann, der ihm schon lange ein Dorn im Auge war, loszuwerden. Kristin schrieb in ihrem Abschiedsbrief, dass ich mit meinem verbrecherischen Tun unsere gemeinsame Zukunft zerstört hätte.

Ich verbrachte Tage und Wochen in Einsamkeit. Auch meine Schwester, die zeit ihres Lebens regententreu war, wandte sich von mir ab. Arne hatte von all dem nichts mitbekommen. Er war, wie schon so oft, auf Schusters Rappen unterwegs. Ihn hat es damals nie lange an einem Ort gehalten. Als er nach Ostfriesland zurückkehrte und erfuhr, dass Johann und ich im Gefängnis saßen, ließ er nichts unversucht, um uns dort herauszuholen. Er fädelte eine Befreiungsaktion ein, die darin mündete, uns auf ein Schiff und weiter nach Amerika zu bringen.

Mir war alles gleichgültig. Ich trauerte immer noch

Kristin nach und war wie betäubt von ihrem Verrat. Johann entschied sich dafür, nicht mit in die Neue Welt zu kommen. Er hatte Familie und Freunde, für die er sich verantwortlich fühlte, und hoffte auf eine baldige Entlassung. So flüchteten Arne und ich alleine.

Wie ein Feigling fühlte ich mich, als ich Johann hinter den kalten Mauern zurückließ. Er war mein bester Freund und ich hatte das untrügliche Gefühl, ihn verraten zu haben. Später schrieb ich ihm, doch alle meine Briefe kamen ungeöffnet zurück. Erst durch die Zeitung erfuhr ich, dass mein Freund nach einem einjährigen Prozess und einer langen Gefängnisstrafe in die Freiheit entlassen wurde. Man hat ihn mit Triumph empfangen und wie einen Helden gefeiert, doch er scheint ein gebrochener Mann zu sein und Abstand zu allem zu nehmen, was ihn an das Geschehene erinnert. Das ist eine Schuld, die immer auf mir lasten wird.«

Lea hatte ihm wie gebannt zugehört. »Aber du hast ihn nicht gezwungen, als Redner aufzutreten. Jeder Mensch ist selbst für das verantwortlich, was er tut. Er hätte ablehnen können.«

»Er wollte ablehnen. Ich habe ihn überredet, habe ihm gesagt, dass es Männer wie ihn braucht, damit der neue Geist selbst im letzten Winkel Ostfrieslands spürbar wird. Und ich habe jedes Wort so gemeint. Die Menschen vertrauten ihm. Er war ein durch und durch guter und gerechter Mensch. Und dann hat meine blind machende Liebe ihn verraten.«

»Du hast gesagt, die Menschen hätten ihn gefeiert wie einen Helden. Wenn das stimmt, dann war sein Tun nicht umsonst. Joris, seine Worte haben ihn zwar ins Gefängnis gebracht, aber sie haben auch die Herzen der Menschen erreicht und in ihnen den Wunsch nach Freiheit entfacht.«

»Und was hat es genützt?«, fragte er scharf. »Bis heute hat sich nicht viel verändert in der alten Heimat. Immer noch sind die Auswandererschiffe voller Verzweifelter, die hier nach einer besseren Zukunft suchen.«

»Irgendwann wird sich etwas ändern. Wenn die Menschen alle an einem Strang ziehen und für ihre Rechte kämpfen. Den Anfang habt ihr damals gemacht.« Sie schwieg einen Moment. »Wirst du jemals zurückkehren können?«

»Nein. Aber ich will es auch gar nicht mehr. Jetzt gehöre ich hierher. Vielleicht habe ich immer hierher gehört und meine Inhaftierung war ein Wink des Schicksals. Ich bin glücklich in Amerika. Manchmal überkommt mich ein schlechtes Gewissen bei dem Gedanken, dass das Land, über das ich schreite, den Indianern gestohlen wurde. Amerika hat zwar eine Verfassung, die ihren Bürgern Freiheit schenkt, doch nicht den Menschen mit roter oder dunkler Haut. Sie könnten ebenso gut als Tiere auf die Welt gekommen sein. Denn viel mehr gelten sie nicht.«

»Mir tun besonders die Sklaven leid. Ich war in New Orleans auf einer Auktion. Es war furchtbar. Diese Menschen sind in einer ausweglosen Lage. Sie sitzen in der Falle.«

»Ich halte die Sklaverei für ein schweres Verbrechen. Obwohl sie hier in Illinois abgeschafft ist, respektieren die Behörden, dass in anderen Staaten Menschen als Besitz gehalten werden. Aufgegriffene Farbige werden inhaftiert, unter grausamen Bedingungen festgehalten und ihren Herren wieder ausgeliefert. Einige machen regelrecht

Jagd auf die entlaufenen Sklaven und brüsten sich damit, dass die ausgesetzten Belohnungen ein lukratives Geschäft seien. All das konnte ich nicht ertragen, deshalb …« Joris brach unvermittelt ab und sein Gesicht verschloss sich.

»Deshalb was?«, fragte Lea atemlos.

Er schüttelte nur den Kopf. »Es ist manchmal besser, nicht zu viel zu wissen. Ich will dir nichts aufbürden, Lea.«

»Du kennst meine Einstellung. Ich könnte helfen.«

»Nein!« Sein Ton war entschlossen und Lea erkannte, dass alle Versuche, ihm mehr zu entlocken, sinnlos waren. Sie beschloss daher, das Thema zu wechseln.

»Damals, in Ostfriesland. War dein Vater auch ein Anhänger der Liberalen?«

»Nein. Er hielt sich aus der Politik heraus. Vielleicht habe ich mich gerade deshalb so sehr damit beschäftigt. Vater hat es nicht leicht mit mir gehabt. Ich war zwar ein guter Schüler, doch mit einem sehr eigenen Kopf. Oft haben wir uns in den Haaren gelegen.« Er lächelte bei der Erinnerung daran.

»Ich kannte auch jemanden mit einem sehr eigenen Kopf! Sie hat sich ständig mit meiner Großmutter gestritten. Weißt du, Joris, du erinnerst mich an …«

Lea unterbrach sich gerade noch rechtzeitig. *Du erinnerst mich an Rebekka,* hatte sie sagen wollen. Während Joris erzählte, war sie ganz in ihre eigene Identität zurückgefallen und hatte den unbändigen Drang verspürt, das Vertrauen, das Joris ihr entgegenbrachte, zu erwidern, ihm eigene Erinnerungen, ihre ganz persönlichen, zu erzählen. Doch das war nicht möglich, ohne sich zu verraten. Lea zwang sich in ihre Rolle zurück und hatte mit einem Mal das Gefühl, auf hauchdünnem Eis zu schreiten. Sie starrte in die Kerzenflammen und versuchte, ihre Sinne zu sammeln.

»An wen erinnere ich dich?«, fragte Joris neugierig.

»Ich kannte jemanden, der genauso rebellisch war wie du«, sagte Lea vorsichtig.

Joris runzelte die Stirn. »War?«

»Ja. Meine Schwester. Sie ist tot.«

»Möchtest du mir davon erzählen?«

Lea zögerte kurz. *Jetzt,* schrie es in ihr. Die Versuchung, sich alles von der Seele zu reden, war riesengroß. Lea spürte, wie es hinter ihrer Schläfe schmerzhaft pochte. Sollte sie es tun? Wenn sie einmal damit anfinge, dann gäbe es kein Halten mehr. Alles würde herausbrechen wie eine Sturmflut … Die ganze Verzweiflung, die Trauer, die Angst. All das, was sie sorgsam in den letzten Winkel ihres Inneren gestopft und fest verschlossen hatte.

Joris' warmer Tonfall und seine Nähe hätten sie fast dazu gebracht, die Tore zu ihrer innersten Kammer zu öffnen. Fast! Ihre Beziehung zu Joris war plötzlich etwas so Kostbares, etwas so Zerbrechliches geworden, dass Lea es nicht durch ihr Geständnis gefährden wollte. Sie sah Joris an, der immer noch auf eine Antwort wartete.

»Ich kann nicht!«

Joris schwieg. Lea spürte, wie er sich von ihr zurückzog. Er blickte zur Uhr.

»Es ist spät. Wirst du schlafen können?«

»Ja.« Sie erhob sich. »Vielen Dank, Joris!«

»Keine Ursache.«

Ohne ein weiteres Wort stand er auf und verschwand.

Draußen klagte ein Käuzchen und der Wind ließ die Balken des Hauses leise ächzen. Wie eine lähmende Last legten sich Angst und Einsamkeit auf Lea. Mit steifen Schritten kehrte sie in ihr Zimmer zurück, stellte die Lampe auf den Tisch und ließ sich auf die Bettkante sinken.

Rebekkas Haus, in dem sie sich von Anfang an wohlgefühlt hatte, wirkte plötzlich kühl und abweisend. Es war nicht ihr Zuhause, es war nicht ihr Leben. Rebekka war eine Künstlerin gewesen, eine Rebellin. Sie dagegen nur ein blasses Abbild dessen. Lea blickte auf die Lampe und wünschte sich, deren warmes Licht möge die dunklen Schatten vertreiben.

Wenn sie doch nur ihr Geheimnis mit einem Menschen teilen könnte! Wenn es nur irgendjemanden gäbe, dem sie ihre wahre Identität preisgeben dürfte. Es war so schwer, immer eine Rolle spielen zu müssen und doch nicht aus seiner Haut zu können. Und es brachte unlösbare Probleme mit sich.

Sie dachte an Joris. Er weckte in ihr eine Unruhe, die an ein Gewitter erinnerte, das darauf wartete, sich zu entladen. Ihre Gefühle für ihn waren wie ein lodernd züngelndes Feuer. Ins Feuer aber konnte man nicht greifen, ohne sich daran zu verbrennen.

Plötzlich fühlte Lea sich schrecklich allein. Die Prärie, die Menschen hier, alles schien ihr so fremd. Sie sehnte sich plötzlich mit jeder Faser ihres Seins zurück nach der Geborgenheit, die Wangerooge einmal für sie bedeutet hatte. Wie schön wäre es, alle Probleme hinter sich lassen zu können und einen Platz dort zu haben, Frieden zu finden.

Du gehörst nicht mehr dorthin, flüsterte es in ihr.

Doch hierher, nach Amerika, gehörte sie auch nicht. Was, um alles in der Welt, wollte sie überhaupt noch hier?

Die Verrücktheit dessen, was sie tat, traf Lea wie ein Keulenschlag. Panik überkam sie. Ohne etwas wahrzunehmen, starrte sie auf das Lampenlicht und wusste nicht mehr, wie sie die Stunden der Lügen weiter überstehen sollte. Sie war nicht Rebekka! Joris würde es bald erraten und wissen, dass sie eine gemeine Betrügerin, eine Verbrecherin der schlimmsten Sorte war. Jemand, der den Tod eines Menschen verschwieg, um sich selbst einen Vorteil zu verschaffen. Und der Gedanke, dass Joris so von ihr denken könnte, ließ Lea vor Verzweiflung aufstöhnen. Sie musste fortgehen, weglaufen. Sogleich! Aber wohin sollte sie gehen?

Lea versuchte sich zusammenzureißen, doch es nützte nichts. Die Lügen, in die sie sich verstrickt hatte, lasteten auf ihrem Gewissen wie ein Sack voller Steine. Sie musste irgendjemandem die Wahrheit sagen, sonst würde sie ersticken. Einem Menschen, der sie verstand und dem sie vertrauen konnte. Aber wem?

Wie ein erlösendes Zeichen fiel ihr plötzlich jemand ein. Warum war sie nicht eher darauf gekommen? Bell!

Lea stand auf und trat, mit der Lampe in der Hand, zu dem Schränkchen an der Fensterseite. Sie öffnete eine Tür und fand bald das Gesuchte. Briefpapier und Umschläge. Sie griff nach der Feder und dem Tintenfass. Dann zog sie sich einen Stuhl zum Tisch und ergriff einen weißen Bogen. *Liebste Bell …*

Die Feder flog über das Papier und schließlich faltete Lea mit einem erleichterten Seufzer das Blatt zusammen und schob es in einen Umschlag. Den Brief wie einen Rettungsanker umklammernd, stand Lea auf und wankte zum Bett. Morgen würde sie Hardy die Zeilen mitgeben.

Lea schlüpfte unter die Decke und hüllte sich ein. In der Ferne vernahm sie das Heulen eines Wolfes. In seinem Ruf klang Einsamkeit. Eine verzweifelte Einsamkeit, die Lea die Tränen in die Augen trieb.

8

Lea hielt in der einen Hand einen Korb mit Möhren, während die andere die Sonnenhaube mit dem steifen Rand umfasste. Der Wind hatte stark zugenommen und ihr die Bedeckung fast vom Kopf geweht. Einige verirrte Sonnenstrahlen lugten zwischen den dunklen Wolken hervor, als versuchten sie darüber hinwegzutäuschen, dass ein Unwetter aufkam.

Die langen Ärmel ihres blauen Kleides behinderten sie bei der Arbeit, daher trug Lea sie bis zu den Ellenbogen aufgekrempelt. Die zarte Haut ihrer Arme hatte Kratzer und war rot von der Sonne. Lea blieb stehen und stellte den Korb ab. Sie blickte über die Weiden. Der Wind spielte mit einigen Haarsträhnen, die sich aus der Hochsteckfrisur gelöst hatten.

Ob sie Joris nach den Nächten fragen sollte, in denen er ohne ein Wort verschwand? Wohin ging er? Gab es eine Frau, die er besuchte? Doch dazu schien die Zeit nicht lang genug. Es dauerte immer nur eine Stunde, dann hörte sie die Tür erneut und alles war wieder still. Lea seufzte. Sie wagte es nicht, ihn zu fragen. Wenn Joris in aller Heimlichkeit verschwand, ohne ihr etwas zu sagen, dann hatte das bestimmt einen guten Grund.

Lea betrat das Haus und legte die Haube gedankenverloren auf den Schaukelstuhl. Sie ging in ihre Schlafkammer, um sich die Hände zu waschen, und wäre fast mit Joris zusammengestoßen.

Er schien genauso erschrocken wie sie.

»Entschuldige.« Seine Stimme klang rau, als ob er bei etwas Verbotenem ertappt worden wäre.

Mit Erleichterung dachte Lea daran, dass sie den Brief an Bell gut verborgen hatte. Ihre Augen glitten durch den Raum, über die Haarbürste, die silbern glänzende Seifendose und das kleine Buch auf dem Tisch, auf dessen Titel eine blaue Blume abgebildet war. Ihr Parfüm, Nelkenduft, hing in der Luft. Auf dem aufgeschlagenen Bett lag ihr Nachthemd aus hellem Stoff. Der tiefe Abdruck ließ erkennen, dass Joris dort gesessen hatte.

Was tat dieser Mann in ihrem Schlafzimmer? Hatte er sie vom Fenster aus beobachtet?

Sie brachte es nicht über sich, ihn zur Rede zu stellen.

»Ich komme gerade aus dem Stall. Das Zicklein ist jetzt so weit, dass es wieder zu den anderen auf die Weide kann«, sagte Lea stattdessen.

»Du hast dich wie eine Mutter um ihn gekümmert.«

»Ich werde den Burschen vermissen.«

»Er deine liebevolle Behandlung sicherlich auch.« Joris sah sie an und lächelte. Dann griff er nach ihrem Arm. »Lea, du musst besser auf deine Haut achten. Du darfst deine Ärmel nicht mehr aufkrempeln. Die Sonne ist zu stark. Die Blasen müssen höllisch wehtun.«

Joris nahm eine Flasche mit Öl aus seiner Satteltasche, zog den Korken heraus und goss die Flüssigkeit in seine Hand. Sie zuckte zusammen, als er damit über ihre verbrannte Haut strich.

»Du solltest dir auch das Gesicht einreiben.«

»Vielen Dank«, sagte Lea schnell und streckte ihre Hand nach der Flasche aus.

Sie sah über seine Schulter hinweg nach draußen. Blauschwarze Wolken trieben auf das Haus zu.

Joris stellte sich neben sie. »Sieht aus, als bekämen wir es mit einem Sturm zu tun. Es fängt schon an zu regnen.«

Der Wind wurde stärker und trieb den Niederschlag in grauen Schleiern vor sich her. Er presste das Gras auf den Boden und peitschte die Bäume.

Gemeinsam standen sie da und beobachteten das Schauspiel. Lea war sich Joris' Nähe bewusst. Sie zündete zwei Kerzen an, hatte aber Mühe, ihre Hände ruhig zu halten. Ein Blick in Joris' Gesicht verriet ihr, dass er wütend war. Lea zuckte zusammen. Auf wen? Auf sie? Aber warum? Sie griff seufzend nach dem Korb mit den Möhren und einem Messer. Lea setzte sich und begann mit gesenktem Kopf das Gemüse zu bearbeiten.

Lea beobachtete, wie Joris aus dem Zimmer ging. Das Plätschern von Wasser drang zu ihr herüber. Dann betrat Joris, angetan mit einem frischen Hemd, wieder den Raum. Um die Hüften trug er einen Lederhalfter, in dem seine Waffe steckte. Seine Augen verrieten nichts, doch Lea spürte seine Unruhe. Er sah sie unverwandt an, als suche er Antworten auf unbekannte Fragen. Schnell wandte sie den Blick ab, warf mit einer übertriebenen Geste die fertigen Möhren in einen Topf und beugte sich tief über ihre Arbeit. Einige Haarsträhnen hatten sich gelöst und fielen wie ein Vorhang über ihr Gesicht.

Sie tastete nach der nächsten Möhre, als plötzlich ein

rasselnder Laut an ihr Ohr drang. Lea drehte den Kopf ruckartig in die Richtung und riss den Mund zu einem Schrei auf, der nicht kam. Die Möhre fiel ihr aus der Hand und landete polternd auf dem Boden. Das Blut in ihren Ohren begann zu rauschen. Eine Schlange streckte sich ihr zischelnd aus dem Korb entgegen. Lea keuchte schwer. Alles um sie herum wurde unscharf. Sie fühlte sich einer Ohnmacht nahe. Es war totenstill.

»Beweg dich nicht.«

Sie blieb regungslos sitzen, wagte nur, die Augen in seine Richtung zu drehen. Joris hatte seine Waffe gezogen und zielte auf die Schlange. Und dann ging alles sehr schnell. Lea sah eine Flamme, hörte einen Schuss und ein Zischen, das sofort erstarb. Der Korb fiel zu Boden.

Lea schrie auf. Sie sah, wie Joris näher trat. Aus dem Lauf seiner Waffe stieg eine Rauchfahne auf. Er nahm ein dünnes Holzscheit auf und stocherte damit in dem Möhrenkorb herum. Nichts rührte sich. Dann griff er mit der Hand hinein und hob mit einem triumphierenden Laut die Schlange hoch.

Das Tier hatte schuppige braune Haut und war gefleckt wie ein Raubtier. Am Schwanzende schoben sich schalenartig Hornschichten ineinander. Der Kopf fehlte, eine schwarze Flüssigkeit tropfte an seiner Stelle auf den Boden.

»Eine Klapperschlange!«

Der lange Körper des Tieres glich einem dicken geflochtenen Seil. Er pendelte, von Joris in die Höhe gehalten, hin und her.

Lea holte tief Atem und versuchte sich zu beruhigen. Ihr Kiefer schmerzte, so fest biss sie die Zähne aufeinander.

Das Tier war tot. Die Schlange konnte ihr nichts mehr anhaben.

»Bring sie weg«, war das Einzige, was Lea gepresst hervorbringen konnte.

»Du brauchst keine Angst mehr zu haben. Das Fleisch lässt sich gut braten und ist genießbar.«

»Ich glaube nicht …« Die ausgestandene Angst ließ sie zittern. »Danke, dass du mir das Leben gerettet hast.«

Joris warf das tote Tier zu dem Gemüseabfall. »Es war nur eine Prärieklapperschlange. Ihr Biss ist nicht tödlich, wenn man das Gift früh genug aussaugt.«

»Trotzdem …«

Lea stützte die Arme auf den Tisch und bedeckte das Gesicht mit den Händen.

»Es ist vorbei.«

Joris' Stimme klang sanft. Er setzte sich dicht neben sie und legte beruhigend einen Arm um sie. Lea nahm die Hände vom Gesicht und lehnte sich seufzend gegen ihn. Wie lange war es her, dass jemand sie gehalten und getröstet hatte? Einen Moment nur wollte sie sich fallenlassen und das wunderbare Gefühl der Geborgenheit genießen. Sie hielt die Augen geschlossen. Ihr Kopf ruhte an Joris' Schulter. Sie spürte, wie sein Herz unruhig schlug. Fast unbewusst schlang sie die Arme fest um seinen Körper.

»Du brauchst keine Angst mehr zu haben. Alles ist gut.«

Widerstrebend öffnete Lea die Augen, löste vorsichtig ihre Umarmung und rückte von ihm ab.

»Nichts ist gut.«

Die Maskerade schnürte Lea die Luft ab. Jetzt, in diesem Augenblick der Nähe, war sie nicht länger zu ertragen. Lea sehnte sich danach, sich davon zu befreien, wie ein

Gefangener in einer dunklen Gruft, der danach lechzt, wieder Sonne auf dem Gesicht zu spüren.

»Joris, ich muss dir etwas sagen. Ich bin nicht die Lea, die du kennst.«

»Ich weiß, dass du dich verändert hast.«

»Es ist mehr als das.« Sie versuchte die richtigen Worte zu finden, doch es wollte ihr nicht gelingen, Klarheit in ihre Gedanken zu bringen. Sie stöhnte leise. »Ich wusste nicht, dass es mir so schwerfallen würde, dich zu belügen. Ich habe gedacht, ich könnte es. Zumindest eine Zeit lang. Ich habe geglaubt, es wäre kein großer Betrug. Doch jetzt ist alles anders. Du und ich …«

»Was ist mit uns?«

Im Zimmer wurde es ganz still. Nur der Wind war zu hören, der am Fenster rüttelte. Ohne es wirklich wahrzunehmen, schaute Lea auf das glänzende Gras im Regen. Ein nasses Schaf tauchte aus dem Halbdunkel auf. Auf den Wegen hatten sich Pfützen gebildet. Die Luft war voll von Laub, kleinen Ästen und Zweigen, die der heftige Wind von den Bäumen gefegt hatte. Sein Seufzen klang zu ihnen herüber, dann wurde es wieder ruhig.

Die Stille um sie herum war wie der angehaltene Atem vor dem Sturm. Joris umfasste ihre Schultern mit beiden Händen. Lea wagte nicht, sich zu bewegen. Joris' rechte Hand berührte ihre Wange und strich ihr eine Strähne aus dem Gesicht. Dann hob er ihr Kinn an. Lea konnte ihm nicht in die Augen sehen. Sie schlang ohne ein Wort erneut die Arme um ihn. Lea spürte Joris' Kinn an ihrer Wange, sein Atem strich leicht über ihre Haut und dann berührten seine Lippen sanft ihren Mund. Es fühlte sich gut an. Joris versteifte sich für einen Moment und löste sich kurz von ihr. Dann entrang sich ihm ein tiefer Seufzer. Er küsste sie wieder, diesmal lange und leidenschaftlich. Lea ließ es geschehen.

Ich sollte das nicht tun. Nicht, bevor Joris die Wahrheit kennt, dachte sie, doch seine Nähe machte sie hilflos.

»Lea, ich habe das nicht gewollt, aber ich liebe dich.«

Lea hatte sich unzählige Male gefragt, was sie wohl fühlen und was sie sagen würde, wenn ein Augenblick wie dieser käme. Wie oft hatte sie im Traum solch einen Moment herbeigesehnt. Jetzt war dieser Moment gekommen. Aber alles war anders. Sie spürte einen Kloß in der Kehle. Es wollte ihr nicht gelingen zu antworten. Zu schnell war alles gegangen, zu widersprüchlich ihre Gefühle. Dieser Mann liebte sie! War es nicht das, was ihr gefehlt hatte, worauf sie immer gewartet hatte. Sie würde nie mehr allein, nie mehr einsam sein!

Eine kurze, blitzartige Erinnerung an Immo überkam sie. Lea drängte den Gedanken zurück. Sie konnte nicht ewig einem Traum nachjagen. Joris war hier. Er hielt sie im Arm und war ihr so nah wie das Brausen des Windes, das zu ihr herüberdrang.

Lea presste sich enger an Joris und spürte, dass er ihr Haar küsste, dann ihre Augen, ihren Mund. Lust und Glück ließen sie alles um sich herum vergessen und sie erlaubte sich die Hingabe an diese neue Liebe, an das Entzücken.

Als sie daraus erwachte, die Mattigkeit und Wärme ihres Körpers wieder bewusst wahrnahm, sah sie ihn an. »Ich weiß nicht, was ich sagen soll. Es dreht sich alles in meinem Kopf. Ich glaube, ich liebe dich auch.«

Joris seufzte tief auf und sagte verzweifelt: »Ich habe versucht mich gegen diese Gefühle zu wehren. Lea, es bringt mich fast um, dass du die Frau meines Bruders bist. Ich stehe tief in seiner Schuld. Er hat mich aus dem Gefängnis geholt und halb tot auf ein Schiff nach Amerika gebracht. Ich kann ihn nicht betrügen, doch das wäre es, was wir tun würden!«

»Nein!« Sie umfasste seine Hände. »Höre mir zu, Joris. Es ist alles ganz anders. Ich bin nicht …«

Ein Bersten zerschnitt die Stille. Der Bann war gebrochen. Sie glitten auseinander. Lea blickte mit weit aufgerissenen Augen nach draußen. Ein gleißender Blitz ließ grell die Umgebung aufleuchten. Auf einen kurzen Moment der Stille folgte ein so heftiges Donnern, dass Lea sich die Ohren zuhielt. Eine Windböe fegte über die Bäume hinweg, fuhr durch den Schornstein ins Haus und wirbelte Kohlestücke auf. Regen rauschte herunter. Im Haus war es stockfinster. Nur die Kerzen spendeten ein karges Licht.

»Hab keine Angst. Es ist nur ein Sommergewitter. Du weißt ja, wie schnell sie kommen und auch wieder gehen«, beruhigte Joris sie.

Lea nickte gedankenverloren. Was wusste sie von Sommergewittern in der Prärie?

Blitze zuckten wieder über den dunklen Himmel und der Donner dröhnte so laut, dass Lea fast das heftige Klopfen an der Tür nicht wahrgenommen hätte. Joris warf Lea einen langen, bedauernden Blick zu.

Begleitet von einem Schwall Kälte betrat Hardy den Raum. Regen troff von seiner Hutkrempe.

»Tag auch.« Er riss die Kopfbedeckung vom Haupt und

deutete eine Verbeugung in Leas Richtung an. »Würdet ihr einem nassen Reisenden Unterschlupf gewähren?«

»Komm schnell herein und setz dich.« Joris wies auf einen der Stühle.

Hardy ließ sich ächzend nieder. »Was für ein Schweinewetter. Wie gut, dass ich schon so nah bei eurer Farm war. Ich habe die Ochsen untergestellt.« Er zog seinen Mantel aus und rieb sich mit einem Tuch, das Lea ihm reichte, das Gesicht trocken. Dann fiel sein Blick auf die kopflose Schlange. Weit riss er seine Augen auf. »Oh, ihr hattet schon einen ungebetenen Gast!«

»Joris hat ihm den Garaus gemacht.« Lea legte eine Hand an ihr erhitztes Gesicht. Ihre Augen suchten die von Joris. Er nickte ihr kaum merklich zu. Sie würden später reden.

Hardy strich mit einem Finger über die Haut des Tieres. »Ich will Feindschaft setzen zwischen der Schlange und dem Weibe, zwischen seinem Samen und ihrem Samen«, zitierte er die Bibel. »Ist gut, dass du sie erledigt hast, Joris. Erst letzte Woche ist ein neunjähriger Junge in Quincy an einem Schlangenbiss gestorben. Seine Eltern haben ihn zu Dick Holders gebracht. Er sollte das Gift durch Zauberformeln und Besprechungen bannen.« Er schüttelte traurig den Kopf. »Es hat nicht geklappt. Ich halte sowieso nicht viel von diesen Quacksalbern, die glauben, ein paar Worte von ihren Lippen könnten den Lauf der Natur aufhalten. Da vertraue ich doch lieber einem anderen Freund und Helfer.« Hardy zog eine Flasche mit Alkohol aus seiner Tasche und stellte sie auf den Tisch.

»Na, das war doch jetzt nur Mittel zum Zweck, damit du uns zu einem Glas einladen kannst, oder?« Joris' Stimme klang belegt. Auch er schien sich noch nicht wieder ganz in der Hand zu haben.

Der Alte hob einen Zeigefinger in die Höhe. »Ein guter Tropfen hilft tatsächlich bei Schlangenbiss. Man muss nur in reichlichen Mengen trinken. Solange das Gift seine verderbliche Wirkung ausübt, tritt keine Berauschung ein. Aber sobald man anfängt zu lallen, hat die Schlange das Spiel verloren.«

»Gut, dass wir jetzt Bescheid wissen.« Joris trat zum Küchenschrank, holte Gläser und goss ihnen ein. Lea stellte auch noch einen Krug mit Buttermilch vor dem Alten auf den Tisch und bot ihm selbst gebackenes Brot an.

Joris setzte sich dem Ochsentreiber gegenüber. Ihm schien daran gelegen, das unverfängliche Gespräch in Gang zu halten. »Es geht das Gerücht, dass ein Huhn, mit dem Hinterteil voran auf die Wunde gesetzt, bei einem Schlangenbiss Wunder wirken soll. Hast du jemals davon gehört?«

Hardy kaute mit offenem Mund und wiegte zweifelnd den Kopf. »Nein. Kann mir nicht vorstellen, dass das was nützt, und auch nicht, dass ein Federvieh so was mit sich machen lässt. Da würde ich mich eher auf Natternwurz verlassen. Das Kraut hat schon so manchen gerettet.«

»Wie wird es angewendet?«, fragte Lea.

»Man kocht Natternwurz oder auch Schlangenkraut in Milch und in dieses Gebräu wird das gebissene Glied gelegt.«

»Bist du selbst schon mal gebissen worden?«

Hardy nickte. »Ist schon Jahre her, zu meiner Anfangszeit hier in Amerika. Da hieß ich noch Gerhard und war in meinen Taufschuhen unterwegs …«

»Du meinst barfuß?«, fragte Lea.

»Richtig. Musste damals sparen, denn ich wollte mir ein Stück Land kaufen. Wie ich so mit dem Vermesser über die Prärie spazierte, spürte ich plötzlich einen Stich in meiner Wade. Das Bein fing sofort an zu schwellen. In höchster Eile band ich die Adern unterm Knie ab, nahm kurz entschlossen ein Messer und schnitt die geschwollene und blau angelaufene Wunde auf. Dann zwang ich meinen Begleiter mit vorgehaltener Waffe dazu, mir das Gift auszusaugen.«

Er klopfte mit einer Hand auf sein Halfter. »Der Kerl hat gezittert wie Espenlaub. Hatte Angst, dass er sich durch das vergiftete Blut Schaden zuzieht. Selten habe ich jemanden gesehen, der so lange und ausgiebig ausgespuckt hat. Danach hat er sich sofort aus dem Staub gemacht und später schlichtweg geweigert, noch ein einziges Wort mit mir zu reden. Dabei wollte ich ihm nur danken, doch er hat mir wütend mit seiner Peitsche gedroht. So ist aus dem Landkauf nichts geworden und ich bin seitdem als Präriehändler unterwegs. Allerdings nicht mehr in meinen Taufschuhen.« Er hob einen Fuß und wackelte mit dem Stiefel hin und her.

Lea lachte. Langsam wich die Verzauberung von ihr. Das Gewitter war fast vorbei und der Himmel klarte sich wieder auf. Sie griff nach einem Topf, füllte ihn mit Wasser und gab Bohnen hinein. Die Männer sprachen über den Stand der Felder und die Schafzucht.

»Magst du zum Essen bleiben? Es gibt Bohnen mit Speck«, erkundigte sich Lea.

»Nein, ich muss gleich weiter. Will es noch bis ins nächste Dorf schaffen. Hab Unterröcke im Wagen und ein Korsett, auf das eines der Weibsbilder schon sehnsüchtig wartet.«

»Ein Korsett?« Lea machte große Augen.

»Ja. Du weißt schon, so aus Fischbeinstäben und festem Stoff. Das schnüren sich seit Jahren die feineren Damen um die Taille. Hab eine ganze Weile suchen müssen, bis ich das Richtige gefunden hab.«

»Wer kann denn hier in der Prärie mit einem Korsett etwas anfangen?«

»Meine Kundin ist eitel. Sie hat im Laufe der Jahre etwas an Form gewonnen.« Hardys Hände modellierten einen üppigen Frauenkörper. »Auf der Hochzeit ihrer Tochter möchte die Verehrteste rank und schlank aussehen, schlanker jedenfalls als die Mutter des Bräutigams. Korsetts sollen, was das angeht, Wunder wirken. Ich habe auch ein Rosenparfüm für die Lady eingekauft und fein verzierte Nachthemden.«

Der alte Ochsentreiber grinste von einem Ohr zum anderen und beugte sich verschwörerisch zu Joris vor. »Vielleicht will sie ihrem Alten noch mal so richtig Appetit machen. Das Einheizen scheint in Mode zu kommen. Habe sogar für Bills Laden Spitzenunterwäsche mitgebracht.«

Die beiden Männer lachten, während Lea missbilligend mit der Zunge schnalzte.

Dann wurde Joris unvermittelt ernst. »Wie geht es Bills Frau?«

Hardy verzog das Gesicht. »Nicht so gut, wie mir scheinen will. Es mag ja ein Segen Gottes sein, dass sie in ihrem Alter noch ein Kind haben soll, doch diesen Segen muss Engelke sich hart erarbeiten. Hab gehört, dass sie schon seit Wochen mit Schmerzen im Bett liegt. Es geht aufs

Letzte mit ihr. Die Hebamme schleicht mit besorgtem Gesicht um das Haus wie eine Katze um den heißen Brei.«

»Hat Bill nach einem Arzt schicken lassen? Die alte Uda kann ja so allerhand, aber in diesem Fall …«

»Paul ist nach Quincy geritten, um Doktor Faber zu holen. Aber du kennst ja die Trägheit dieses Heilkünstlers. Einen Ritt durch die Prärie unternimmt der Kerl doch nur im äußersten Notfall. Außerdem bringt ihm die Sache zu wenig ein. Der Bastard kann nur rennen, wenn hohe Herrschaften nach ihm schreien und ein gefüllter Geldbeutel winkt. Hat Bill erst mal vertrösten lassen.«

»Dieser verdammte Hundesohn. Am liebsten würde ich ihn mir vorknöpfen. Aber es ist sicherlich sinnvoller, wenn ich nach dem Unwetter ins Dorf reite. Meine Kenntnisse reichen ja nur von Ochs bis Pferd, aber vielleicht kann ich doch helfen.«

»Zumindest würde es alle erleichtern. Bill kann kaum ertragen, was Engelke durchmachen muss, und sorgt sich ohne Ende.«

Lea hatte nicht gewusst, dass Bill und seine Frau Nachwuchs erwarteten. Sie war seit ihrer Ankunft nicht mehr im Dorf gewesen. Die Angst vor den Fragen, die man ihr stellen könnte, hatte sie zurückgehalten und auch die Befürchtung, der Krämer würde wieder auf die Zeichnungen zu sprechen kommen.

Hardy schien ihre Gedanken erraten zu haben. »Lea, die Leute wundern sich darüber, dass du dich hier auf der Farm verkriechst. Ich habe sie über dich reden hören. Dinge, die ich kaum glauben kann. Tessa hat mich gefragt, ob du jetzt statt der Männer im Dorf die Schafe oder den neuen Mühlenbauern verführen würdest.«

Lea sog scharf die Luft ein. »Wie kommt sie dazu, so etwas zu behaupten?«

»Tessa sagt, du hättest ihrem Liebsten schöne Augen gemacht.«

»Ich habe nicht …«

Joris legte ihr eine Hand auf den Arm. »Du brauchst es gar nicht erst zu leugnen, Lea. Ich weiß, dass du Cord nur umgarnt hast, um Arne eifersüchtig zu machen. Aber es hat ihn auch nicht davon abgehalten, der Farm den Rücken zu kehren.«

»Jetzt verstehe ich. Deshalb hat das Mädchen das halbe Dorf gegen sich«, sagte Hardy.

Joris nickte. »Alle hatten sich schon auf eine große Hochzeit gefreut – und dann kam Lea mit ihren dunklen Augen und dem feuerroten Kleid und verwandelte diesen Mann in einen Kindskopf.« Er sagte es leichthin, doch Lea sah, dass die Erinnerung daran ihm wehtat.

Sie wollte ihn unterbrechen, doch Joris hob die Hand. »Cord ist später zu mir gekommen und hat mir alles haarklein erzählt. Tessa kann ihm das Techtelmechtel nicht verzeihen. Ich habe dem Burschen geraten, noch einmal in aller Ruhe mit ihr zu sprechen, doch der Kerl hat den Kopf in den Sand gesteckt und ist weggelaufen. Soviel ich weiß, arbeitet er als Feuermann auf einem der Flussdampfer.«

Betroffenheit durchzuckte Lea. Sie glaubte jedes Wort von dem, was Joris über ihre Schwester gesagt hatte. Das war Rebekkas Art gewesen, andere aufzubringen.

Lea erschrak, als sie sich Joris' prüfendem Blick bewusst wurde. Glaubte er etwa, nach dem, was zwischen ihnen war, sie trieb auch mit ihm nur ein Spiel? Kaum merklich schüttelte sie den Kopf, doch das vertrieb seinen zweifelnden Ausdruck nicht ganz.

»Irgendwie passt das nicht zu der Lea, die ich kennengelernt habe«, murmelte Hardy in die Stille hinein. Er musterte sie erwartungsvoll. Schweiß brach Lea aus. Hoffentlich fragte er nicht weiter. Joris sollte als Erster die Wahrheit erfahren. Wenn sie doch nur endlich mit ihm allein wäre und das Misstrauen vertreiben könnte.

Joris wies nach draußen. »Es klart auf. Die Sache mit Engelke macht mich mehr als unruhig. Ich werde mein Pferd satteln und ins Dorf zu reiten.«

»Willst du denn nicht noch kurz bleiben und etwas essen?«, fragte Lea verzagt.

»Dafür fehlt mir nach dem, was Hardy erzählt hat, die Ruhe. Es tut mir leid, Lea.« Er warf ihr einen um Verständnis bittenden Blick zu, stand auf und kehrte kurz darauf mit seinem Arztkoffer und einer Tasche zurück.

»Wir sehen uns, alter Freund!« Er reichte dem Ochsentreiber die Hand.

»Viel Glück!«

»Lea, ich werde vielleicht erst morgen wieder zurück sein. Ich hoffe, es macht dir nichts aus, allein hier auf der Farm zu bleiben.«

»Nein«, sagte sie schwach.

Kurze Zeit später sahen sie, wie Joris sich auf sein Pferd schwang und davonritt.

»Das nenne ich eine schnelle Entscheidung. Ich muss auch gehen, wenn ich das Korsett noch früh genug an die Frau bringen will.« Hardy griff nach Leas Hand, gab sie aber nicht sogleich wieder frei. Er musterte sie ernst. »Mädchen, was auch immer dich quält, wenn du eine

Schulter zum Ausweinen brauchst, weißt du ja, wo du sie findest.«

Für einen Augenblick war Lea versucht, ihm alles zu erzählen. Doch dann verflog der Moment. Nein! Joris sollte der Erste sein, dem sie sich offenbarte. Ihr fiel der Brief an Bell wieder ein.

»Danke Hardy. Vielleicht werde ich darauf zurückkommen. Kannst du einen Brief für mich mitnehmen?«

»Sicher.«

Hardy nahm den Umschlag, warf einen Blick auf den Empfänger und drehte den Brief dann gedankenverloren zwischen seinen Fingern.

»Was hast du mit dem *Paradies* in St. Louis zu schaffen?« Lea wollte antworten, doch der Ochsentreiber winkte ab. »Sag nichts. Es hat auch mit dem zu tun, was du noch nicht erzählen willst, oder?« Lea nickte. Der Alte kniff die Augen zusammen. »Erst Joris und dann ich, habe ich recht?«

»Du hast es erfasst, Hardy.« Lea lachte erleichtert und umarmte ihn spontan.

Unvermittelt wurde der Ochsentreiber ernst. »Warte nicht zu lange, Lea. Vertrauen kann nur Wurzeln schlagen, wenn der Boden dafür offen ist. Geheimnisse sind wie Unkraut. Sie benötigen immer mehr Raum und rauben einem die Luft zum Atmen.«

9

Lea hatte die halbe Nacht wach gelegen und gegrübelt. Nicht nur die Sorge um Engelke und das ungeborene Kind, auch ihre eigenen brachten sie um die ersehnte Ruhe. Erst gegen Morgen fiel sie in einen bleiernen Schlaf. Jetzt fühlte sie sich müde und zerschlagen. Sie beschloss sich abzulenken und griff nach einem Korb, um Anschürholz zu sammeln. Auf dem Weg zurück sah sie von Weitem einen zweirädrigen Wagen beim Haus stehen. Joris' Pferd graste auf der Weide.

Lea beschleunigte ihre Schritte. Ihr Herz begann zu stolpern. Sie näherte sich der Farm und erspähte Joris, der Körbe und Decken zum Wagen brachte. Lea winkte ihm, doch er wandte ihr bereits wieder den Rücken zu. Ein Fremder trat aus der Tür des Hauses. Mit seiner dunkelroten Jacke, der grünen Hose und dem ledernen Hut wirkte er wie ein Paradiesvogel, der sich verflogen hatte.

»Gott bin ich froh, dass wir es bis hierher geschafft haben!«

Joris umrundete den Wagen und schwang sich auf den Kutschbock. »Lea wird sicher bald auftauchen und dir eine Tasse Tee machen, Nikolas. Die hast du dir redlich verdient, mein Freund!«

Ein Ruf ließ den bunt gekleideten Fremden die lederne

Plane des Wagens beiseiteschieben, aus dem ein Mann herauslugte. Er streckte seine Hände aus und umfasste die des Fremden.

»Gott möge es Ihnen lohnen!«

Die Stimme klang weich und warm zu Lea herüber, sie war auch nicht der Grund dafür, dass Lea ihre Hand vor den Mund schlug. Einen Herzschlag lang glaubte sie sich getäuscht zu haben, doch dann schob sich erneut eine dunkle Hand aus dem Inneren und winkte. Joris schnalzte mit der Zunge und die Räder setzten sich in Bewegung.

Sie verhalfen Sklaven zur Flucht! Joris' nächtliche Ausflüge, das fehlende Brot am Morgen, die verschwundenen Wolldecken. Jetzt ergab alles einen Sinn. Gott im Himmel, wie gefährlich das war! Lea legte ihre Hände an einen Baumstamm, ohne die narbige Oberfläche zu spüren.

Der Fremde sah dem Zweispänner nach. Lange blieb er reglos stehen und Lea, die sich wieder in Bewegung setzte, sah, dass die Schultern des Mannes herabsanken. Er drehte sich der Haustür und ihr zu. Jetzt konnte sie ihn erkennen und erschrak über sein graues, übernächtigtes Gesicht. Als ihre Augen sich trafen, zuckte er zusammen.

»Mein Gott! Stehen Sie schon lange dort?«

»Lange genug!«

»Ach herrje. Genau das wollte Joris verhindern. Wir wollten eigentlich nicht hier anhalten, doch es fehlte an Essbarem und Decken.« Er trat einen Schritt auf sie zu und streckte ihr die Hand entgegen. »Mein Name ist Nikolas Holzbart, meines Zeichens Fotograf. Sie müssen Lea sein. Es ist mir auch unter diesen besonderen Umständen ein Vergnügen, Sie kennenzulernen.«

Lea gefiel der Fremde mit den grauen Schläfen und der

tiefen, beruhigenden Stimme. Seine Augen blickten wach und aufmerksam. Er trug das lange silbrige Haar zu einem Zopf gebunden.

»Ich habe gehört, dass Sie eine Tasse Tee verdienen. Aber die werde ich Ihnen nur anbieten, wenn Sie mir erklären, was das alles zu bedeuten hat und wohin Joris unterwegs ist.«

Der Fremde wand sich unter ihrem Blick. »Das soll er Ihnen selbst erzählen, meine Liebe. Keine Stunde und Joris ist wieder hier. In der Zwischenzeit können wir unseren Tee genießen und ich erzähle Ihnen dabei, was mich in die einsame Prärie treibt.«

»Nicht das, was ich gesehen habe?«

»Nicht nur! Wie gesagt, ich bin Fotograf.«

Sie gingen ins Haus und kurze Zeit später goss Lea den Tee ein.

»Ach ja! Joris hat mich gebeten, Ihnen auszurichten, dass Engelke eine gesunde Tochter geboren hat. Es war mit großen Schmerzen verbunden, das Kind sehr schwer und außerdem lag es nicht richtig. Die Hebamme und Joris haben wohl gekämpft wie die Löwen. Die Schwangere war nach seinen Worten unendlich tapfer. Nach mehreren Versuchen hat Joris das Kind schließlich drehen können und dann ging auf einmal alles ganz schnell.«

»Das freut mich«, sagte Lea erleichtert. »Und jetzt will ich wissen, warum Sie hier sind.«

»Mich treibt die Hoffnung auf gute Bilder.« Nikolas Holzbart neigte leicht den Kopf. »Bislang habe ich allen weiblichen Versuchungen widerstanden und kann deshalb unbeschwert durch die Lande ziehen. Die Kamera ist mein Leben und meine Leidenschaft. Ich fotografiere für die

Illustrierte Mannigfaltigkeit, ein Bilderblatt aus Deutschland.«

Er wartete kurz und hob fragend eine Augenbraue. Doch als Lea kein Zeichen des Erkennens gab, setzte er zu einer Erklärung an: »Die *Mannigfaltigkeit* ist eine vierzehntägige Zeitschrift zur Unterhaltung, Belehrung und Erheiterung. Sie beinhaltet Beschreibungen aus aller Welt, Geschichten und witzige Anekdoten. Da die besten Schilderungen nur halb so viel wert sind, wenn man kein Bild vor Augen hat, werden meine Fotos zur Illustration des Blattes verwendet. Ein Lithograph lässt Zeichnungen nach meinen Aufnahmen fertigen und nutzt diese als Druckvorlagen.«

Lea blickte den Fotografen verblüfft an. »Gibt es denn für solch ein Blatt genügend Leser? Die meisten geben sich doch nur mit gehobener Literatur zufrieden. Ich will Ihre Illustrierte nicht herabsetzten, aber …«

»Sie tun nichts dergleichen. Die Gebildeten, das sind nicht unsere Käufer. Wir bringen Menschen zum Lesen, die den Buchhändler sonst nur wegen eines Gesangbuchs für die Sonntagsschule angesprochen hätten. Durch unsere *Mannigfaltigkeit* wird eine ganz neue Gruppe von Interessenten für den Buchhandel gewonnen. Einfache Leute, Handwerker, Bauern. Da diese Menschen besonders anfällig für Zeichnungen sind, werben wir mit großen Plakatbögen. Die Bilder sind unser Lockvogel für das gemeine Volk.«

»Sie bringen die Leute zum Lesen – das ist das Einzige, was zählt«, begeisterte sich Lea.

Nikolas Holzbart strahlte. »Nachdem ich vor einigen Wochen wieder einmal Italien bereist habe, wartet mein

Geldgeber jetzt auf Fotos aus Amerika – mit entsprechenden Geschichten natürlich. Ich war schon öfter hier. Das Land bietet Stoff genug für so manchen Artikel. Im Westen soll ich über die deutschen Einwanderer und die neue Mühle berichten. Die erste weit und breit. Und ich werde *der Erste* sein, der dieses Bauwerk fotografiert. Der Beitrag und die Bilder sollen eine ganze Seite in der *Illustrierten Mannigfaltigkeit* füllen.«

Lea konnte ihre Neugier nicht länger zügeln. »Woher kennt Sie Joris?«

»Er ist mir auf dem Schiff begegnet, damals bei seiner Einwanderung nach Amerika. Nach einer Weile merkten wir, dass unsere Ansichten sich ähnelten. Und so begann eine Freundschaft, die immer tiefer wurde. Doch vielleicht sollte er Ihnen auch davon selbst erzählen. Lea, darf ich Ihnen, um die Wartezeit zu verkürzen, einige meiner Bilder zeigen?«

»Gerne.«

Der Fotograf hob einen Finger und bedeutete ihr zu warten. Er ging in Joris' Zimmer und erschien kurze Zeit später mit einem Koffer.

»Ich habe Fotografien aus Italien dabei. Ein zäher alter Bursche dort, reich ist er außerdem, versorgt die *Mannigfaltigkeit* mit fabelhaften Artikeln über das Leben, die Kunst und Natur. Ich habe passende Bilder dazu aufgenommen.« Er legte eine Fotografie vor ihr auf den Tisch, die Männer auf Pferden zeigte. Sie trieben Ochsen vor sich her und hielten lange Lanzen in den Händen.

»Büffelhirten, die wildes Vieh in die Städte treiben. Das geschieht einmal jährlich in der Gegend von Kalabrien. Und hier.« Er zog die nächste Aufnahme hervor. »Das ist eine Gondel. Sie ersetzt in Venedig Wagen und Pferde. In der von unzähligen Kanälen durchschnittenen Lagunenstadt sind die Straßen oft nur zwei bis drei Fuß breit und werden ausschließlich als Gehwege benutzt.«

Staunend blickte Lea auf das schmale Boot und den Führer, der stehend und mit einem einzigen Ruder das Gefährt fortbewegte. Nikolas Holzbart zeigte ihr Männer an einem See, die mit sechszackigen Speeren fischten, Frauen in Trachten und Arbeiter bei der Weinernte.

»Italien ist wunderschön, insbesondere die Frauen.« Er küsste seine Fingerspitzen. Dann wurde sein Gesicht wieder ernst. »Nach dem Auftrag dort bin ich wieder hierher nach Amerika gefahren. Im Süden habe ich Schwarze fotografiert und komme jetzt aus den Reservaten.«

Er breitete Bilder vor ihr aus, auf denen Indianer zu sehen waren, die Land pflügten. Einer stand mit geneigtem Kopf da.

»Sie reißen den Boden auf und entschuldigen sich für die Schmerzen, die sie dem Land dabei zufügen. Die Indianer singen Lieder, um die Geister für eine gute Ernte gnädig zu stimmen.«

Der Fotograf griff erneut in seinen Koffer. Für einen Augenblick glaubte Lea, Unschlüssigkeit auf seinem Gesicht lesen zu können, doch dann zog er weitere Aufnahmen heraus und legte sie ohne ein Wort vor ihr aus. Die Bilder mussten auf den Plantagen gemacht worden sein. Lea sah wie gebannt in die Gesichter der Schwarzen. Sie erkannte den Ausdruck wieder, den sie bei der jungen Frau auf der Auktion gesehen hatte.

»Sie haben das Leid der Menschen eingefangen«, murmelte sie.

»Richtig. Ich habe diese Fotografien zum Teil heimlich machen müssen. Nicht jeder Sklavenbesitzer will sein Tun festgehalten wissen.«

Lea hörte die unterdrückte Erregung des Fotografen. »Das ist einer der Gründe, warum ich …«

Er verstummte und wies mit dem Finger nach draußen. »Joris kommt!«

Der Zweispänner näherte sich. Joris sprang vom Wagen, schirrte die Pferde ab und betrat kurz darauf den Raum. Er trat auf sie zu – und für einen Augenblick glaubte Lea, er würde sie in die Arme schließen, doch Joris ergriff nur ihre Hände.

»Ich sehe, du hast Nikolas schon kennengelernt.«

»Nicht nur das, Joris. Lea weiß auch über andere Dinge Bescheid.« Schnell setzte der Fotograf seinen Freund ins Bild.

Joris schüttelte seufzend den Kopf. »Verdammt! Wären wir doch nur gleich zum Versteck gefahren.«

Lea spürte, wie sie wütend wurde. Sie löste ihre Hände aus seinen. »Glaubst du etwa, ich kann kein Geheimnis für mich behalten?«

»Natürlich nicht. Ich wollte dich nur nicht in Gefahr bringen, Lea. Jetzt ist es wohl zu spät. Wie ich dich kenne, wirst du keine Ruhe geben, bis du alles bis ins Kleinste weißt. Also Lea, es gibt ein Netzwerk von Gegnern der Sklaverei, die Flüchtlinge aus den Südstaaten bis nach Kanada bringen. Geheime Routen, Schutzhäuser, Botschaften, die nur der Organisation bekannt sind, und Fluchthelfer. Nikolas ist einer von ihnen. Von Zeit zu Zeit reist er quer durch Amerika und kann Flüchtlinge begleiten.«

»Wie funktioniert das genau?«

»Erzähl du es ihr, Nikolas.«

»Also gut. Die Organisation hat in den letzten vierzig Jahren Tausende von Sklaven auf geheimen Wegen nach Kanada gebracht. Die Farbigen erfahren in gesungenen Botschaften Zeit und Ort des Aufbruchs. Die gefährlichste Aufgabe übernehmen vielleicht diejenigen, die sich als Sklaven ausgeben und die Schwarzen vom Gelände der Besitzer bringen. Sobald die Flüchtlinge genug Abstand zwischen sich und die Plantagen gebracht haben, erhalten sie neue Kleidung und eine andere Identität. Unterstützer der Organisation bieten den Schwarzen Unterschlupf in Scheunen, Häusern und Kirchen. Die Flüchtlinge werden mit Booten von Missouri über den Mississippi nach Illinois gebracht. Die Fluchtroute verläuft ganz in der Nähe dieses Dorfes. Daher sind wir auf Sympathisanten angewiesen, die den Schwarzen Unterkunft gewähren.«

»Einer dieser Sympathisanten bin ich«, sagte Joris ruhig.

»Wo bringst du die Flüchtlinge unter?«

»Du kennst doch die alte Hütte mit den Grassoden.«

»Die Wohnhöhle der ersten Siedler?«

»Richtig. Wenn ich eine Botschaft erhalte, dann sorge ich dafür, dass dort warme Decken und Proviant bereitliegen. Irgendjemand bringt die Schwarzen in der Nacht und ein anderer holt sie in der folgenden wieder ab.«

»Aber die Unterkunft ist doch nicht mehr als ein Loch.« Lea erschauderte. Sie dachte an den Ausflug, bei dem Joris ihr das Erdloch gezeigt hatte. Es besaß nur eine Tür und ein winziges Fenster. Der First bestand aus Holz. Wilde Blumen hatten sich ausgesät und gaben dem Dach eine bunte Färbung. Joris hatte ihr erklärt, dass die Erde vor dem Bau zwei bis drei Fuß tief ausgegraben wurde. Zumeist am Südhang eines Hügels, um etwas Schutz gegen die winterlichen Stürme aus Nord und Nordwest zu haben.

Lea erinnerte sich an den Blick ins Innere der Behausung und das Gefühl, vor einem finsteren Loch zu stehen. Die Wohnhöhle hatte einen Fußboden aus festgetretenem Lehm. Ein Ofen beherrschte den Raum, dessen Abzugsrohr oben durch das Grassodendach ragte. Ein Tisch und zwei Truhen dienten als Sitzgelegenheit. Ihr Blick war auf eine Eidechse an der Wand gefallen und sie hatte sich trotz des Sonnenlichtes, das durch die geöffnete Tür fiel, unbehaglich gefühlt. Wie mochte es erst sein, wenn der Eingang verschlossen war und Dunkelheit die Flüchtlinge umfing?

Joris schien ihren Gesichtsausdruck richtig gedeutet zu haben. »Es ist zu ertragen, Lea. Arne und ich haben unsere ersten Monate dort verbracht, daher weiß ich es genau. Niemand würde auf den Gedanken kommen, dass sich im Grashaus jemand versteckt. Und so soll es auch sein. Es wird noch besser, wenn die Mühle erst fertiggestellt ist. Ich werde sie als Deckung benutzen. Hinter einem Dutzend Säcken Mehl wird ein Flüchtling nicht auffallen.«

Lea spürte, wie ihr Herz vor Aufregung schneller schlug. Sie war sich der Gefahr, in die sich die Männer brachten, bewusst und der spannenden Erwartung, mit der die beiden sie betrachteten.

»Ihr seid wahre Helden!«, sagte sie schließlich mit bebenden Lippen.

Joris tat einen tiefen Atemzug und Lea sah die Erleichterung in seinen Augen.

Nikolas legte schweigend weitere Aufnahmen auf den

Tisch. Lea musste sich zwingen, die Augen nicht abzuwenden. Misshandelte Schwarze und Frauen, die tote Kinder in den Armen hielten und sie anklagend dem Betrachter entgegenstreckten, waren darauf zu sehen. Ihre Körper wirkten ausgemergelt, die Gesichter hoffnungslos. Lea sah Menschen vor erbärmlichen Hütten und einen Mann, dessen Rücken blutig von Peitschenschlägen war.

»Sie leiden – und die Welt sieht zu. Ich weiß nicht, ob mein Verleger auch nur eines dieser Bilder veröffentlichen wird, doch ich will versuchen ihn dazu zu überreden. Den Farbigen zur Flucht verhelfen ist das eine. Doch es reicht nicht! Die Menschheit muss wissen, was hier geschieht.« Nikolas war immer lauter geworden.

Schließlich fuhr er ruhiger fort: »Ich habe nicht nur die Gesichter der Farbigen und das, was ihnen widerfahren ist, festgehalten, sondern auch ihre Lieder und Geschichten. Sie haben mir fast das Herz gebrochen. Kein Mensch sollte erleiden müssen, was sie durchmachen. Die Sklaverei ist etwas Schlimmes. Es kann nicht Gottes Wille sein, dass ein Mensch Besitz eines anderen ist.«

Für einen Moment schwiegen sie, dann stand Joris auf und holte Gläser aus dem Schrank.

»Lasst uns auf das Erreichen unserer Ziele anstoßen und auf die Freundschaft!«

»Und dann werde ich euch Aufnahmen zeigen, die einem das Herz aufgehen lassen!«

Nikolas hielt sein Versprechen nach dem zweiten Whisky. Lea sah den Mississippi, befahren von unzähligen Flussdampfern. Sie glaubte, den Rauch aus den Schornsteinen emporsteigen zu sehen. Nikolas Holzbart hatte die Feuermänner auf den Schiffen, Farmer bei der Ernte,

Schafe auf den Weiden und Viehtreiber auf Pferden fotografiert. Es war die letzte Aufnahme, die Leas Atem stocken ließ. Vor ihr erstreckte sich die Prärie. Das Gras und die Blumen schienen sich im Wind zu wiegen. Wolken trieben ihre Schatten und der Himmel wölbte sich wie beschützend über das Land.

Bewegt griff Lea nach Nikolas' Arm. »Du bist ein Zauberer. Niemals zuvor habe ich solche Fotos gesehen. Ich komme von Wangerooge, einer Insel, auf der sich im Sommer reiche Gäste tummelten. Das lockte eine Menge Fotografen an. Doch ihre Bilder gleichen deinen nicht im Geringsten. Die Damen und Herren wirkten auf ihnen wie steife Puppen. Bei dir lebt alles!«

»Die Leser der *Mannigfaltigkeit* sollen *erleben*, wovon ich berichte. Sie sollen mit den Sklaven leiden und die Indianer in ihren Reservaten sehen. Ich will ihnen vor Augen führen, was aus den Menschen geworden ist, die hierher ausgewandert sind, wie sie leben und arbeiten.«

Er sprang auf und breitete die Arme aus. »Amerika ist so groß. Es gibt unendlich viel zu entdecken und zu berichten. Ich will all dies über das große Wasser tragen. Wisst ihr, die Menschen dort lechzen nach Berichten über den *Fernen Westen*. Das Wort wirkt auf sie wie ein Zauberwort, dessen Anziehungskraft sie nur schwer widerstehen können. Schon allein aus diesem Grund widmet sich die Illustrierte diesem Thema. Es wird den Verkauf in die Höhe treiben.«

»Ach, ich würde nur zu gerne deine Berichte lesen«, sagte Lea verzückt.

Ihre Worte schienen Nikolas einen Dämpfer zu versetzen. Er ließ sich langsam wieder auf seinen Stuhl nieder.

»Tja, das mit den Berichten ist der Haken an der Sache. Schreiben ist nichts, was ich wirklich gut kann. Es fehlt mir noch ein guter Mann für die Texte. Ohne die richtigen Worte nützt auch die beste Aufnahme nichts. Ich habe versucht Mitarbeiter der deutschen Zeitungen in Quincy und St. Louis abzuwerben, jedoch ohne Erfolg. Und das ist nicht mein einziges Problem. Der Verleger der *Illustrierten Mannigfaltigkeit,* Paul Winterhaupt, wünscht in einer der nächsten Ausgaben die Geschichte einer jungen Frau herauszubringen, die ganz alleine nach Amerika ausgewandert ist und hier ihr Glück gemacht hat.« Resignierend hob er die Hände. »Alle Auswanderer, mit denen ich gesprochen habe, sind als Familien angereist und wurden größtenteils schon von Verwandten erwartet. Wo, um Himmels willen, soll ich solch eine Person ausfindig machen, die auch noch spannend schreiben kann?«

Lea dachte an Rebekkas Briefe, ihre lebendigen Schilderungen und auch daran, dass Nikolas Holzbart schon so vielen Menschen geholfen hatte.

»Ich könnte dir behilflich sein, wenn eine Reise von der Nordseeinsel Wangerooge nach Amerika das ist, was dein Verleger sich vorstellt. Es existieren auch Zeichnungen, die alles veranschaulichen. Wenn mit dem Glück ein beruflicher Erfolg verknüpft sein muss, dann kann ich damit nicht aufwarten. Ich arbeite bei Joris auf der Farm. Das ist alles.«

Nikolas Holzbart war begeistert. »Du könntest mir wirklich helfen. Und wegen dem fehlenden Glück mach dir mal keine Sorgen. Du hast es vom einfachen Inselkind zur Schriftstellerin in Amerika gebracht. Zumindest werden wir es den Lesern so verkaufen. Das ist doch was!

Ich habe unzählige Bilder auf meiner Reise in den Westen gemacht. In New Orleans habe ich die Auswandererschiffe fotografiert. An Illustrationen wird es also nicht mangeln. Wenn du noch Zeichnungen während der Reise gefertigt hast – umso besser. Und, Lea, es soll dein Schaden nicht sein. Die *Mannigfaltigkeit* verkauft sich so gut, dass der Herausgeber überlegt, das Blatt auch hier in Amerika zu vertreiben. Hier gibt es ja schließlich deutschsprachige Einwanderer genug. Der Verlagsinhaber hat mich gebeten, nach einem geeigneten Standort für die Druckerei Ausschau zu halten und Personal anzuwerben. Könntest du dir vorstellen, als Berichterstatterin bei uns mitzuarbeiten?«

In Leas Kopf wirbelten die Gedanken durcheinander. Sie, Mitarbeiterin eines Bilderblattes? Das wäre ein Traum. Aber würde sie dem überhaupt gewachsen sein? Sie hatte immer schon gerne Geschichten erzählt, doch es war schließlich etwas anderes, dies für eine richtige Leserschaft zu tun. Lea merkte, dass der Fotograf sie immer noch auffordernd ansah.

»Warten wir erst einmal ab, ob dir meine Geschichte gefällt«, bremste sie seine Begeisterung. Doch er ließ sich nicht davon abhalten, schon mal ein Foto von ihr zu machen.

»Komm, setz dich hierher. Ich werde den Vorhang ganz zurückziehen, um genügend Licht zu haben. Das Verbrennen von Magnesium möchte ich mir sparen. Das wird dem Bild zugutekommen. Es wird weicher und heimeliger wirken.«

Während Joris die Tiere fütterte und sie selbst sich unbehaglich hin und her bewegte, sprang Nikolas begeistert um Lea herum, zog an dem Kragen des weinroten Kleides, zupfte ihr Haar zurecht. »Ich werde eine Aufnahme für dich auf Blech ziehen. Dann ist sie fast unverwüstlich. Ein weiterer Abzug ist natürlich für die *Mannigfaltigkeit* bestimmt. Damit wir auch das passende Gesicht zu unserer Auswanderergeschichte haben.«

Aus einer kleinen handlichen Tasche, die enorm schwer zu sein schien, kramte Nikolas eine Kamera hervor. Hinter dem Haus hatte er in Windeseile ein Zelt aus gummiertem Segeltuch aufgebaut.

Das fertige Foto roch nach Chemikalien und einem Überzug, mit dem Nikolas es versehen hatte. Lea blickte ungläubig auf das Porträt einer jungen Schönheit mit sehnsüchtigen Augen. Ihr erstaunter Blick streifte den Fotografen.

Nikolas lächelte ihr zu. »Wenn ich es nicht besser wüsste, dann würde ich bei diesem Bild an eine feurige Italienerin denken.«

Lea errötete. Sie dachte an ihren unbekannten Vater und wünschte sich, das Rätsel ihrer Vergangenheit lüften zu können. Sie seufzte tief. Es würde für immer ein Geheimnis bleiben!

10

Als Nikolas sich verabschiedet hatte, fiel Lea erschöpft in den Schaukelstuhl. Sie fühlte sich wie gerädert. Ihr Blick schweifte nach draußen. Leichter Dunst lag über der Weide. Vögel lärmten. Sie krächzten und zogen am Himmel ihre Kreise.

Joris war noch einmal zu den Ställen gegangen und kam jetzt auf das Haus zu. Er schritt geruhsam an den wilden Lupinen vorbei und öffnete dann die Tür. Er brachte den Geruch nach Gras und Blumen mit sich ins Zimmer.

Joris lehnte sich gegen den Türrahmen und sah Lea einfach nur an. Tief in ihrem Herzen begann es zu beben. Sie versuchte ein Zittern zu unterdrücken, vermochte es aber nicht. Ein Lächeln legte sich auf ihr Gesicht und dann lachten sie beide. Einfach nur aus Freude aneinander und darüber endlich allein zu sein. Vielleicht auch, weil gemeinsames Lachen unverfänglicher war als eine Umarmung. Sie sahen sich mit leuchtenden Augen über den Raum hinweg an, der noch trennend zwischen ihnen lag.

Lea atmete tief durch. Es würde sich kein besserer Moment finden!

»Joris, ich bin so stolz auf dich und danke dir für dein Vertrauen. Und ich will es erwidern! Es gibt etwas, das du wissen musst. Und ich werde es dir jetzt auf der Stelle erzählen, bevor wieder etwas dazwischenkommt.« Sie war unvermittelt ernst geworden.

»Du hast es schon angedeutet. Wenn es um meinen Bruder geht, Lea, er muss dich einfach freigeben. Du liebst ihn doch nicht mehr, oder?«

Lea schüttelte den Kopf und wollte etwas sagen, doch Joris hob die Hand. »Ich werde mit ihm sprechen. Wir finden gemeinsam einen Weg!«

»Joris, Arne braucht mich nicht freizugeben. Ich gehöre nicht zu ihm. Habe nie zu ihm gehört. Ich bin nicht Lea. Nicht die Lea, die du kennst.«

Joris runzelte die Stirn und ihr wurde bewusst, wie wirr ihre Worte klangen.

Sie versuchte es erneut. »Sie war meine Schwester und hieß Rebekka. Ich habe erst hier in Amerika erfahren, dass sie tot ist, und wusste mir keinen Ausweg, als ihre Identität anzunehmen.«

Lea schwieg für einen Moment. Sie trat ans Fenster, um Joris' ratlosem Blick zu entgehen, und versuchte verzweifelt sich zu sammeln, Klarheit in ihre Gedanken zu bringen. Es musste ihr gelingen, die richtigen Worte zu finden!

Zunächst maß Lea dem dunklen Punkt in der Ferne keine Bedeutung zu. Doch dann erkannte sie einen Reiter, der langsam auf die Farm zutrabte. Der Mann trug einen großen breitkrempigen Hut.

Lea gab einen gequälten Seufzer von sich. »Es ist zum Verzweifeln! Ich muss dir noch so viel erzählen und ausgerechnet jetzt kommt jemand.«

»Ich bin gleich wieder bei dir.«

Joris öffnete die Tür und trat hinaus.

Der Reiter kam näher, riss den Hut mit der breiten

Krempe vom Haupt und warf die Kopfbedeckung jubelnd in die Luft.

»Guten Tag, Joris!«

»Arne!«

Lea hörte die Ungläubigkeit aus seiner Stimme heraus. Dann erst registrierte sie, was Joris gesagt hatte. Arne! Der Name traf Lea bis ins Mark. Jeder Muskel in ihrem Körper spannte sich. Es verschlug ihr den Atem. Keuchend hielt sie sich am Holz des Küchentisches fest.

Das durfte einfach nicht wahr sein. Nicht jetzt, nicht in diesem Augenblick! Nackte Verzweiflung überkam sie. Es rauschte in ihren Ohren, doch Lea zwang sich zur Ruhe. Sie durfte jetzt nicht ohnmächtig werden!

»Du hast dich sicherlich schon gefragt, ob ich überhaupt noch einmal den Weg nach Hause zurückfinden werde. Mein Gott, bin ich froh, dich wiederzusehen«, drang es zu ihr herüber.

Sie sah, wie der Mann die Zügel anzog, vom Pferd sprang und dicht vor Joris stehen blieb. Es war tatsächlich Arne. Sein Gesicht entsprach Rebekkas Zeichnungen, nur die Unbeschwertheit in den Zügen hatte sich verloren. Der Bart, der auf den Bildern noch gefehlt hatte, machte ihn älter.

»Du bist es wirklich.«

»Ich sehe ein bisschen wüst aus. Es ist nur der Bart.«

»Lange nicht gesehen, Bruder.«

»Zu lange nicht, Joris. Du kannst dir nicht vorstellen, wie schön es ist, wieder hier zu sein. Davon habe ich in den einsamen Nächten geträumt.«

»Du bist freiwillig gegangen.«

»Ich weiß. Und jetzt bin ich wieder daheim. Die Bäume

sind gewachsen, während ich fort war. Und die Schafe sehen ganz prächtig aus. Du hast die Farm gut in Schuss gehalten, Bruder. Ich komme gerade rechtzeitig, um mit dir das Heu einzufahren.«

»Ich habe schon geglaubt, du hättest der Farm ganz und gar den Rücken gekehrt.«

»Ach was! Es war nur die Herausforderung, die mich wegtrieb. Du kennst mich doch, Joris.«

»Ja. Du hast dir wieder mal mit einer sinnlosen Idee den Kopf vernebelt. War ja auch eine gute Gelegenheit, allen Schwierigkeiten aus dem Weg zu gehen, nicht wahr? Mein Gott, Arne, findest du nicht, dass es langsam Zeit ist, erwachsen zu werden?«

»Auf dem letzten Treck bin ich es geworden. Es war kein Zuckerschlecken, das kannst du mir glauben. Es ist nicht einfach, wochenlang auf einem schaukelnden Wagen zu sitzen, sich mit durchgehenden Pferden und betrügerischen Geschäftspartnern herumzuschlagen. Kannst du dir vorstellen wie es ist, wenn einem Nase und Mund von Staub zugeklebt sind, man auf nacktem Boden schlafen muss und ungenießbares Essen serviert bekommt, weil der Koch wieder einmal trinkt? Diese Reise hat mir das Herumstreunen ausgetrieben.«

»Das hoffe ich. Willkommen zu Hause, Arne!« Ein Ruck ging durch Joris' Körper. Er trat auf den Bruder zu und schloss ihn in die Arme.

»Ist Lea auch da? Sie wird mächtig getobt haben.« Arnes Stimme klang unsicher.

Lea sog zitternd die Luft ein. Sie sah, wie Joris erstarrte und sich dann jäh von Arne löste.

»Reib dein Pferd ab und dann komm erst mal herein.«

Lea schlug die Hände vor das Gesicht. Wenn sie sich doch nur mit Joris hätte aussprechen können! Ihr Blick wanderte umher. Sie war für einen Herzschlag versucht zu fliehen. Doch wohin sollte sie gehen? Sie sank in sich zusammen. Es wäre nur eine Flucht auf Zeit. Irgendwann musste sie Arne gegenübertreten und ihm erklären, dass Rebekka tot war! Er hatte ein Recht darauf, es zu erfahren!

Während Leas Gedanken Karussell fuhren, betrat Joris das Zimmer.

»Er ist zurück.« Schmerz klang in seiner Stimme.

»Ich weiß.« Sie sprang auf und ergriff seine Hände. »Joris, versprich mir eins: Bitte urteile nicht vorschnell über mich. Ich könnte es nicht ertragen.«

»Ich über dich urteilen? Wessen willst du dich denn schuldig gemacht haben?« Er schüttelte verständnislos den Kopf, doch bevor Lea eine Erklärung vorbringen konnte, löste sie sich von ihm. Arne trat ins Haus. Er blieb in einiger Entfernung stehen und betrachtete sie.

»Guten Tag, Lea.«

Die Luft war plötzlich so spannungsgeladen wie vor einem Gewitter im Sommer. Wie hypnotisiert starrte Lea den Fremden an. Wann würde er den Schwindel merken? Sie musste etwas sagen, jetzt sofort. Doch ein Kloß saß in ihrer Kehle und kein Wort wollte über ihre Lippen kommen. Sie hätte sich zu gern in einem Mauseloch versteckt.

Arne stieß sich vom Türrahmen ab und trat näher.

»Ich habe mir nächtelang Worte der Entschuldigung überlegt, doch jetzt fallen sie mir nicht mehr ein. Es tut mir so leid, dich im Stich gelassen zu haben. Du kannst mir glauben, dass dies die Wahrheit ist. Ich weiß, dass ich es nicht verdient habe, aber kannst du mir verzeihen?«

Er streckte die Arme nach ihr aus, doch Lea starrte ihn nur mit weit aufgerissenen Augen an. Ihr Herz klopfte wie rasend.

»Bitte! Ich habe einen schrecklichen Fehler gemacht. Du glaubst nicht, wie sehr ich dich vermisst habe. Ich würde all das hier liebend gerne wieder hergeben, wenn ich mein Tun damit ungeschehen machen könnte.« Er trat näher an den Tisch und warf ihr einen klimpernden Beutel zu.

Lea fing ihn ungeschickt auf und schob ihn dann zur Seite, als enthielte er Gift. Sie stand rasch auf und griff nach dem Kessel.

»Ich …« Ihre Kehle war rau und trocken, wie mit Sand gefüllt. »Ich werde uns Tee kochen. Danach können wir reden.«

Wie nach einem Rettungsanker griff Lea nach dem Pumpenschwengel. Schweiß stand auf ihrer Stirn.

Als sich eine Hand auf ihre Schulter legte, schreckte sie zusammen. Arne drehte sie sanft zu sich herum.

»Ich will nicht reden, Lea!«

Er betrachtete sie schweigend, umfasste sie dann und zog sie mit einer jähen Bewegung in seine Arme. Seine Lippen legten sich weich auf ihre und vor ihren Augen begann sich alles zu drehen. Das Blut rauschte in ihren Ohren. Sie blieb zunächst stocksteif stehen, begann dann jedoch, sich zu wehren.

»Lass sie sofort los!«

Arne hatte sie schon freigegeben, bevor Joris den Satz ausgesprochen hatte. Abrupt trat Arne einen Schritt zurück. Ungläubigkeit lag auf seinem Gesicht. Sein Atem ging keuchend. Er trat zum Pumpenschwengel, goss sich Wasser in die hohlen Handflächen und besprengte sein

Gesicht. Dann starrte er Lea an wie einen Geist. Die Anspannung stieg.

»Was geht hier eigentlich vor?«

Als keine Antwort kam, trat Arne auf Lea zu und schob mit einer schnellen Bewegung den Ärmel ihres Kleides bis über den Ellenbogen hoch und suchte ihren Arm nach etwas ab. Dann ließ er sie plötzlich los, als ob er sich verbrannt hätte.

»Du bist überhaupt nicht Lea. Wo ist sie?« Sein Blick schweifte suchend umher.

Lea ließ sich auf einen Stuhl fallen und bedeckte ihr Gesicht mit den Händen. »Ich bin ihre Zwillingsschwester.«

Und dann begann sie mit brüchiger Stimme zu erzählen.

Ihre Worte hinterließen ein drückendes Schweigen. Von draußen war das Blöken der Schafe und das Rauschen der Bäume im Wind zu hören. Doch keines der Geräusche drang in Leas Bewusstsein. Sie wagte nicht, Joris anzusehen, und konzentrierte sich deshalb ganz auf Arne. Sein Gesicht war jetzt nicht nur angestrengt, sondern grau.

»Ich kann nicht glauben, dass sie tot ist. O Gott, es ist alles meine Schuld!«

»Du hättest das Unglück nicht verhindern können.«

»Aber wenn ich hier gewesen wäre, wenn ich ihr beigestanden hätte, dann …«

Arne stand auf und trat ans Fenster. Lea sah, wie es in seinem Gesicht arbeitete. Arnes Mundwinkel zuckten. »Ich werde morgen nach Quincy reisen, um mit eigenen Augen ihren Namen auf der Passagierliste zu lesen. Vielleicht werde ich dann glauben können, dass sie tot ist. Entschuldigt mich. Ich muss allein sein«, brachte er gepresst hervor, schob den Stuhl zurück und ging hinaus.

Lea sah ihm nach, bis Arne in einem der Ställe verschwunden war.

Joris hatte die ganze Zeit über geschwiegen. Leas Blick streifte über sein Gesicht, das blass war und versteinert wirkte. Schnell senkte sie den Blick. Joris betrachtete sie wie eine Fremde. Lea spürte, wie sie zu frösteln begann.

»Du hast den Tod deiner Schwester geschickt ausgenutzt. Ich kann nicht begreifen, dass ich auf dich hereingefallen bin. Diese vielen Lügen! Und ich habe sie alle geglaubt.«

Lea hatte das Gefühl, jemand greife ihr nach der Kehle. »Es waren nicht alles Lügen.«

»Nein?« Er lachte bitter auf. »Du hast nur niemals die Wahrheit gesagt. Aber das ist natürlich was anderes. Wie musst du dich über mich amüsiert haben. Den Kerl, der so leicht zu täuschen ist. Der sich wie ein verliebter Ochse in dein Zimmer schleicht, um Dinge zu berühren, die dir gehören, nach dir riechen. Was wolltest du? Eine Farm besitzen, die dir nicht zusteht? Deine Verführungskraft an einem Mann ausprobieren, der sich nicht von dir verführen lassen durfte? Sehen, wie weit ich gehen würde? Was?« Er war in seiner maßlosen Enttäuschung immer lauter geworden.

»Bitte, Joris, hör auf!« Hilflos breitete Lea die Arme aus. »All dies … Es ist einfach geschehen. Mir ist bewusst, wie furchtbar falsch es war, Rebekkas Platz einzunehmen, aber ich war in einer Notlage und habe mich deshalb dazu entschlossen.«

»Eine Notlage ist keine Entschuldigung für Betrug! Mein Gott, ich glaubte, die Frau meines Bruders zu lieben. Kannst du dir vorstellen, wie weh das getan hat? Es wäre so leicht für dich gewesen, mich weniger leiden zu lassen.«

»Bitte, lass es mich erklären.«

»Es gibt nichts zu erklären.« Joris' Hand schlug krachend auf den Küchentisch. »Warum ist mir die Täuschung nicht eher aufgegangen? Ich habe die Wahrheit unbewusst schon an dem Tag geahnt, als wir uns im Wäldchen begegnet sind. Du hast die Blume hochgehoben und die Ärmel deines Kleides sind nach unten gerutscht. Oberhalb des Ellenbogens hätte eine Narbe sein müssen. Die, nach der Arne vorhin geschaut hat. Die Lea, die ich kannte, hatte sich an einem Holzsplitter den Arm aufgerissen. Ich selbst habe die Wunde genäht und sie ist auch gut verheilt. Doch die Narbe blieb. Ich wusste damals im Wäldchen ganz genau, dass etwas seltsam war, mir wurde aber nicht deutlich, was. Ich konnte den Gedanken nicht fassen. Wie kann man so verblendet sein!«

Er war aufgestanden und wandte ihr kalt den Rücken zu.

»Joris, bitte versuche doch, mich zu verstehen. Ich wusste weder ein noch aus. Die Trauer um Rebekka lähmte mich und so habe ich nach dem Halm gegriffen, der sich mir entgegenstreckte. Ich habe nicht geahnt, dass es mir so schwerfallen würde, dich zu belügen. Und das ist die Wahrheit.«

Als Joris sich zu ihr umdrehte, sah Lea Zorn und Enttäuschung in seinem Gesicht.

»Ach wie rührend. Es ist dir schwergefallen, mich zu belügen. Die ganze Zeit, die wir zusammen verbracht haben.

All die Momente, in denen wir uns so nahe waren. Du hättest mir alles erzählen können. Ich hätte es verstanden.«

»Ich habe ständig daran gedacht. Und ich war oft genug nahe daran, es zu tun. Aber ich konnte nicht. Da war die Angst, du würdest dich so verhalten, wie du es jetzt tust. Die Angst vor deiner Ablehnung.«

»Hast du eine Ahnung, wie mir in diesem Moment zumute ist? Ich komme mir vor, als sei ich benutzt und verraten worden. Ja, vor allen Dingen verraten.«

»Das wollte ich nicht.«

Joris durchbohrte Lea mit einem Blick, der all ihre Hoffnungen schwinden ließ. Verletztheit und noch etwas anderes lag darin. Vielleicht die Erinnerung an einen anderen Betrug. Sie hatte die Narben eines Verrats aufgerissen, der immer noch an Joris nagte.

»Du kannst hier nicht bleiben.« Seine Stimme klang endgültig. »Es ist mir egal, wohin du gehst. Ich werde dir Geld geben, damit du verschwindest. Am besten zurück auf diese Insel, von der du gekommen bist. Arne kann dich morgen mitnehmen nach Quincy. Ich reite ins Dorf und übernachte dort. Wenn ich zurückkomme, dann möchte ich dich hier nicht mehr sehen!«

Lea hatte das Gefühl, die Sonne verdunkle sich. Als Joris fort war, schlang sie die Arme um ihren Leib und rang nach Atem. Tropfen fielen auf ihr Kleid, sie fing hemmungslos zu weinen an.

Sie wusste nicht, wie lange sie sich dem Ansturm der Tränen hingegeben hatte. Irgendwann spürte sie, wie sich jemand neben ihr auf die Bank setzte. Eine Hand berührte Leas Wange und strich ihr das Haar aus dem Gesicht. Durch den Tränenschleier erkannte sie langsam den

Mann. Arne war gekommen und Lea versuchte mit dem Weinen aufzuhören.

»Lass mich bitte allein!«

Arne schüttelte den Kopf und nahm sie ohne ein Wort in die Arme.

»Wie musst du gelitten haben! Deine Schwester tot – und niemand, dem du davon erzählen konntest. Joris und du, ihr habt euch ineinander verliebt, oder?«

Lea nickte nur. Im Zimmer wurde es ganz still. Nur der Wind war zu hören, der am Fenster rüttelte und die Blätter der Bäume rauschen ließ.

»Rebekka sah zwar aus wie ich, aber ich bin nicht Rebekka. Ich habe gedacht, ich könnte es sein. Zumindest eine Zeit lang. Ich habe geglaubt, wir wären zwei Hälften eines Ganzen und ich hätte deshalb das Recht, für eine Weile in ihre Haut zu schlüpfen. Doch das war falsch.«

Arne setzte sich Lea gegenüber und betrachtete sie aufmerksam.

»Mein Gott, du siehst wirklich genauso aus wie sie!« Er wandte das Gesicht ab, doch Lea sah seine Erschütterung und den tiefen Kummer. »Weißt du, mir kommt es vor, als sei alles nur ein böser Traum. In den Monaten, die ich fort war, hatte ich genug Gelegenheit zum Nachdenken. Ich habe mir geschworen, mich zu ändern, und gehofft, dass Lea …« Er hielt inne. »Ich schaffe es nicht, sie Rebekka zu nennen. Kannst du das verstehen?« Lea nickte.

»Ich hatte gehofft, dass Lea mir glauben würde und wir einen neuen Anfang wagen könnten. Wir haben nicht die harmonischste Ehe geführt. Anfangs ja, aber dann fühlte ich mich immer mehr eingeengt. Ich suchte nach Freiheit und glaubte, sie auf dem Wagentreck zu finden.«

Er verzog das Gesicht zu einem misslungenen Lächeln. »Nach einem Streit redete ich mir sogar ein, Lea einen Gefallen zu tun. Doch die letzten Monate haben mir gezeigt, dass Freiheit und Alleinsein nichts miteinander zu tun haben. Ich war auf dem Treck von Anfang an nur unglücklich und habe das Ende der Reise herbeigesehnt.«

»Von dem Kind hast du nichts gewusst, oder?«

»Nein. Ich war wohl zu sehr mit mir selbst beschäftigt. Ich bin wahrscheinlich kein sehr feinfühliger Mensch.« Er hob hilflos die Schultern. »Aber wir haben uns geliebt. So gut oder schlecht, wie wir es eben konnten.«

»Ich weiß«, sagte Lea schlicht.

Arne seufzte. »Ich habe einen Teil des Gespräches zwischen dir und Joris gehört. Wenn du willst, dann nehme ich dich morgen mit nach Quincy. Du brauchst kein Geld von meinem Bruder anzunehmen, ich kann dir aushelfen.«

»Danke.«

Lea vermochte sich später nicht mehr zu erinnern, wie sie die Stunden überstanden hatte, bis sie die Farm verließen. Sie packte ihre Koffer, versorgte die Tiere und verbrachte eine Nacht voller dunkler Träume.

Am Morgen streifte sie ein letztes Mal im Haus und auf der Farm herum, um schließlich zu Arne auf den Wagen zu steigen. Er schnalzte mit der Zunge und die beiden Pferde setzten sich in Bewegung. Die Wagenräder knirschten auf der harten Erde. Lea blickte nicht zurück. Der Wind trieb Staub vor sich her, der ihnen den Mund austrocknete. Doch Lea wollte auch nicht reden. Sie musste über die Zukunft nachdenken.

Als sie eine Rast einlegten, hatte sie einen Entschluss

gefasst: »Ich werde nicht nach Wangerooge zurückfahren, sondern mir ein Zimmer in der Stadt suchen. Nikolas Holzbart, ein Fotograf, hat mir Arbeit angeboten.«

Der letzte Satz stimmte nicht ganz. Sie wollte lediglich Arne beruhigen. Er sollte sich nicht verpflichtet fühlen, sich um sie zu kümmern. Doch je länger Lea darüber nachdachte, desto deutlicher wurde ihr, dass es genau das war, was sie tun wollte. Ihr Herz klopfte und ein Prickeln überlief sie. Vielleicht war sie im Begriff, eine Dummheit zu begehen. Vielleicht sollte sie das Geld von Arne lieber nehmen und nach Hause zurückkehren. Doch der Gedanke, für Nikolas zu arbeiten, ließ sich nicht mehr vertreiben. Sie war hierhergekommen, um Rebekka zu finden, mit ihr zu leben und nicht, um wieder heimzukehren. Das wäre ja wie aufgeben. Es würde sie klein machen. Und das wollte Lea nie mehr sein.

Jener verhängnisvolle Tag fiel ihr wieder ein, als Ferdinand Gärber sie bedrängt hatte. Eine Ewigkeit schien seitdem vergangen. Damals war sie vor ihm und seinen Drohungen davongelaufen. Heute würde sie das nicht mehr tun. Die letzten Monate hatten ihr viel abverlangt, aber auch viel gegeben. Das Land hatte ihr beigebracht, Stellung zu beziehen und sich zu wehren.

Lea erinnerte sich an Hiske. Sie hatte in ihrem Leben manches Leid tragen und damit fertigwerden müssen. Lea hatte einmal gefragt, wie sie all das nur aushalten konnte, und Hiske hatte geantwortet: »Man lebt einfach weiter, denn es bleibt einem nichts anderes übrig. Was auch geschieht, was man auch verliert, die Sonne geht unermüdlich auf und wieder unter.«

Lea verdrängte energisch den Gedanken an Hiske, an

Wangerooge und auch den an die Farm und Joris. Gestern Nacht hatte sie noch geglaubt, alles verloren zu haben. Doch so war es nicht. Sie hatte immer noch sich selbst!

Vielleicht war das Zusammentreffen mit dem Fotografen ein Wink des Schicksals gewesen. Sie würde Nikolas ihre Dienste anbieten, gleich morgen, und schreiben, bis ihre Finger wund waren.

Lea spürte, wie sich in ihrem Inneren etwas regte. Eine zarte Pflanze, die ans Licht drängte. Joris würde ihr nicht verzeihen! Das tat unsagbar weh, doch sie würde damit leben müssen. Und sie würde nicht daran zerbrechen! Lea atmete tief durch und richtete sich auf. Sie spürte, wie sie langsam in den Rhythmus des Lebens zurückkehrte.

Als Lea das Gesicht der Sonne entgegenstreckte, musste sie die Augen zusammenkneifen. Im hellen Licht leuchteten die Blumen der Prärie wie ein bunter Sternenteppich. Der schwere Stein auf ihrer Brust wurde etwas leichter.

Sie atmete tief durch. Sie würde das alles hinter sich lassen und einen neuen Anfang wagen.

4.

Quincy
März 1855

I

Warum bist du nicht zu mir gekommen? Ich hätte dir nur zu gerne geholfen.« Bell schüttelte verständnislos den Kopf.

»Oh, du siehst ja, ich habe mir selbst zu helfen gewusst.« Lea wies auf ihren Sekretär, auf dem sich die Papiere stapelten. »Ich muss schon gegen die Uhr arbeiten, um rechtzeitig fertig zu werden. Jeden Freitag schickt Nikolas einen Laufburschen, der die Berichte abholt und mir neue Fotografien bringt.«

Bell blickte sich anerkennend um. Der Raum, in dem Lea arbeitete, hatte ein großes Fenster zum Garten. Auf der Fensterbank lagen, ebenso wie auf dem Schreibtisch und den Stühlen, beschriebene Blätter. Sie alle trugen Leas gestochen scharfe Handschrift. An der Wand hingen eine große Uhr und einige Fotografien. Auf ihnen waren Dampfboote, Ochsentreiber mit ihren Gespannen und der neue Gasthof *The Horse* zu sehen, in dem Bell abgestiegen war.

An sonstigem Mobiliar gab es im Raum noch einen riesigen Schrank mit einer Vielzahl von Schubladen und Regalen. Dutzende von Büchern lagen darauf. Bell legte den Kopf schräg und studierte einige Titel. *Wissen aus aller Welt* stand dort und *Die Tiere des Erdballs*.

»Mein Arbeitsmaterial. Ich muss ja schließlich wissen, worüber ich schreibe«, lachte Lea.

»Ich frage mich, wie du es schaffst, so gute Texte zu verfassen.«

Bewundernd blickte Bell auf die *Illustrierte Mannigfaltigkeit* in ihren Händen. Auf der ersten Seite prangte eine Zeichnung der Prärie.

»*Wenn die Prärie ihren geblümten Frühlingsmantel anlegt, so erscheint sie in ihrem schönsten Schmuck. Veilchen leuchten zwischen den zarten Gräsern und Erdbeerblüten versprechen einen reichen Überfluss an süßen Früchten. Wilde Rosen und Astern, so üppig wie sie kein Garten der Erde aufziehen kann, nicken einem zu, als habe die Hand des ewigen Werkmeisters sie gerade erst geschaffen*«, zitierte Bell aus dem Text darunter. »Das ist wunderschön, Lea.«

»Ich bin zufrieden. Weißt du, es macht mir große Freude, diese Manuskripte für Nikolas anzufertigen. Er ist ein begnadeter Fotograf. Es sind seine Aufnahmen, die es mir erst ermöglichen zu schreiben.«

»Na, nun stell dein Licht nur nicht unter den Scheffel. Was wären seine Fotografien ohne deine Texte!« Bell schlug mit glänzenden Augen eine weitere Seite auf. Sie zeigte eine ägyptische Pyramide. Der Artikel darunter trug die Überschrift: »Gift und Gegengift«. Bell las halblaut und ihre Mundwinkel begannen zu zucken.

»*Ein Professor aus Rostock hat in einem Buch über die Entstehung der ägyptischen Pyramiden geschrieben und zu beweisen versucht, dass diese nicht Werke der Kunst, sondern der schaffenden Natur wären. Professor Lichtenberg aus Göttingen behauptet, dieses Buch könnte nicht besser widerlegt werden, als wenn man in einer dagegen zu schreibenden Abhand-*

lung zu beweisen suchte, dass des Rostocker Professors Schrift nichts als eine unwillkürliche Kristallisation der Tinte sei. Köstlich, Lea!«

»Mir blieb nur wenig Raum für einen Text und so habe ich mich auf diese Zeilen beschränkt.«

»Bist du eigentlich die einzige Berichterstatterin, die für Nikolas arbeitet?«

»Es gibt noch einen Mitstreiter, der heißt Rupert. Wir teilen uns die Aufgaben. Rupert widmet sich mehr den Themen, die Männer angehen. Er hat es außerdem übernommen, die Fotografien und Berichte nach Deutschland weiterzuleiten. Ich dagegen bin für den Verkauf der *Mannigfaltigkeit* hier in Amerika zuständig.«

Bell riss die Augen auf. »Ich dachte, das Bilderblatt wird nur in Deutschland verkauft.«

»Bis vor Kurzem war es auch so. Vor acht Wochen ist zum ersten Mal eine Kiste mit einer Anzahl von 250 Exemplaren in Quincy angekommen und die Zeitschrift hat sich sehr gut verkauft. Seitdem vertreiben wir regelmäßig eine kleine Auflage in Amerika. Ich führe Buch über die Verkäufe, bezahle die Boten und händige ihnen die Illustrierten und die Umhängetaschen aus.«

»Wird die Zeitschrift nur in Quincy verkauft?«

»Nein. Ein Teil der Bilderblätter findet ihren Weg auf Planwagen bis in die Prärie, andere werden auf Dampfbooten nach St. Louis und New Orleans verschifft. Der größte Teil bleibt allerdings hier in der Stadt. Wenn einer der Boten erkrankt, dann springe ich auch schon mal als Laufbursche ein. Du magst es nicht glauben, aber es macht mir Freude, unser Blatt an den Mann zu bringen. Ich versuche immer möglichst viele der vermögend aussehenden

Deutschen anzusprechen. Man muss freundlich und hartnäckig sein.«

»Ich kann mir das genau vorstellen und frage mich, wie du es aushältst. All diese Geldsäcke, einer wahrscheinlich hochmütiger als der andere. Und dann die Hungerleider, die nur darin herumblättern. Wie viele Körbe holst du dir so an einem Tag?«

»Nicht so viele, wie du vielleicht glaubst. So mancher Reiche kauft ein Exemplar, ist begeistert und ordert die *Mannigfaltigkeit* regelmäßig. Und die Armen – lass sie zu Geld kommen, dann erwerben auch sie unser Bilderblatt!«

Bell schüttelte lächelnd den Kopf. »Lea, du hast dich verändert! Wo ist nur das schüchterne Mädchen geblieben, mit dem ich auf die große Reise gegangen bin? Du kannst stolz auf dich sein!«

»Ich bin nicht auf alles stolz. Du weißt es, Bell.«

»Jeder macht Fehler. Das gehört nun einmal zum Leben.«

Lea verzog das Gesicht, als ob sie Zahnweh hätte. »Lass uns lieber von etwas anderem reden. Mein Arbeitstag ist schon lange zu Ende. Was meinst du, wollen wir etwas essen? Danach kann ich dir Quincy bei Nacht zeigen. Darauf freust du dich doch sicher besonders.«

»Wie hast du das nur erraten? Ich möchte unbedingt die Pokerspieler im *Full House* beobachten und die Tänzerinnen im *Sunrise*. Mal sehen, ob sie mir noch was beibringen können.«

»Willst du das Pokern tatsächlich nur beobachten? Das würde mich aber wundern …«

Bell seufzte. »Du kennst mich viel zu gut. Ich werde

wohl wieder die Finger nicht davon lassen können. Das kann für dich ein langer Abend werden. Ich habe schon immer gerne Karten gespielt, aber seit ich auf einem der Riverboat-Casinos für einen erkrankten Spieler eingesprungen bin, ist es ganz um mich geschehen.«

»Was sind das nur für Leute, die am helllichten Tage Zeit für solche Vergnügungen haben?« Lea schüttelte verständnislos den Kopf.

»Oh, da treffen die unterschiedlichsten Menschen zusammen. Edle Herren mit Frack und Zylinder samt passenden Damen, denen man den Reichtum schon an der Nasenspitze ansieht. Aber auch wild aussehende Männer des Westens, mit eckigen, glatt rasierten Gesichtern. Und, Lea, sie spielen nicht nur am Tag, sondern bis weit in die Nacht hinein. Mir kommt es vor, als ob Poker für viele die einzig große Passion wäre. Kein Wind, kein Wetter, nicht die sengende Mittagshitze, nicht einmal die Seekrankheit kann sie davon abhalten.«

»Das klingt stark nach dem, was die Säufer an die Theke treibt.«

»Das Geheimnis besteht darin zu wissen, wann der richtige Zeitpunkt gekommen ist, um auszusteigen. Das ist beim Trinken nicht anders. Ich habe mich oft heimlich darüber amüsiert, wie all diese Menschen, die sonst nichts miteinander zu tun haben, gemeinsam über ihren Karten sitzen und einander mit misstrauischen Mienen beäugen. Es ist faszinierend zu beobachten, wie manchmal die Zahl der Scheine pro Einsatz zu fantastischer Höhe wächst. Dann ist die Spannung auf dem ganzen Dampfboot spürbar und alle kommen herbeigelaufen, um das große Ereignis mitzuerleben.

Gute Spieler betrachten ihre Karten, ohne eine Miene zu verziehen. Und plötzlich sagt einer ›Full House‹ und steckt den ganzen Reichtum ein. Auf diesen schwimmenden Saloons dreht sich alles nur ums Pokern! Wer Geld hat, mischt die Karten und die Übrigen sitzen dabei und sehen zu, wie die anderen verlieren. Es ist ein einziges großes Schauspiel!«

Lea betrachtete Bell mit einem liebevollen Blick. »Dir zuliebe werde ich mich heute Abend begeistern lassen und sogar einen Einsatz riskieren. Ich will dich unbedingt spielen sehen!«

Sie konnte es immer noch kaum fassen, dass die Freundin tatsächlich vor ihr stand. Bell war am Vormittag angekommen und hatte sie mit ihrem Besuch überrascht. Leas zweiter Brief, in dem sie schrieb, dass sie nun in Quincy lebe, hatte Bell zusammen mit dem ersten erreicht. Bell lud Lea ein, sie in St. Louis zu besuchen. Als Lea nicht gekommen war, hatte sich Bell nach einigem Hin und Her auf den Weg gemacht, um sich mit eigenen Augen davon zu überzeugen, dass es Lea an nichts fehlte.

»Wir werden uns nicht auf der Straße bewegen können, ohne dass sämtliche Männer dir hinterherstarren.« Lea strich bewundernd über den Stoff des tief ausgeschnittenen taubenblauen Kleides, das Bell trug. Es war von auffallender Schlichtheit und verlangte eine Schönheit wie Bell, den Glanz ihres hellen Haares und den Kontrast ihrer weißen Haut. Das Haar trug die Freundin zu einem schlichten Knoten im Nacken geschlungen. Sie war sich ihrer Wirkung sehr wohl bewusst und ihre Mundwinkel zogen sich nach oben, als sie sich vor Lea drehte.

Lea lachte leise. »Andere würden in der Aufmachung

aussehen wie Küchenmädchen, doch dich lässt es strahlen.«

»Nun ist aber genug mit Schmeicheleien. Pack endlich deine Sachen zusammen. Ich habe Hunger und der Abend wartet auf uns.«

Lea öffnete die schwere Eichentür und die beiden Frauen traten in den Sonnenschein hinaus. Das Geschäftshaus, in dem Lea arbeitete, stand in einem der reicheren Viertel der Stadt. Auf Treppenstufen standen junge Mädchen, die die ersten Frühlingsblumen anboten. Damen und Herren promenierten auf den Straßen. Ihre prächtigen Gewänder leuchteten im Sonnenlicht. In diesem Stadtteil Quincys sah man die gestreiften Kattunkleider der einfachen Leute selten. Hier hatte die neueste Mode von New Orleans Einzug gehalten.

Kaufleute und Händler, rechtschaffen wirkend in ihren dunklen Anzügen, schritten schnell aus und unterhielten sich auf dem Weg nach Hause über die Marktlage. Ein Sprachengewirr drang an ihre Ohren. Lea dachte daran, wie angenehm es war, dass für Nikolas nur Deutsche arbeiteten. Das machte es ihr leichter. Sie verstand die Amerikaner mittlerweile recht gut, tat sich mit dem Sprechen selbst aber noch schwer.

Es herrschte trotz des späten Nachmittags noch reges Treiben. Kutschen ratterten über den Steinweg, Handwerker schrien einander Worte zu, vom Landungsplatz drangen die Signale der Flussboote. Das Wetter war herrlich. Ein strahlender Tag! Lea tat einen tiefen, glücklichen Atemzug.

Ein Mann mittleren Alters in gut sitzendem Anzug ließ einen begeisterten Laut hören und zog vor ihnen den Hut.

Er war groß, korpulent und machte trotz seiner eleganten Kleidung einen raubeinigen Eindruck. Der Mann deutete eine Verbeugung an und setzte ein gewinnendes Lächeln auf, das seinem groben Gesicht mit den grünen Augen das Aussehen eines Kobolds verlieh.

»Das ist Rupert Waalkes«, stellte Lea ihn vor. »Ich habe dir vorhin von ihm erzählt. Rupert, meine Freundin Bell.«

»Es vergoldet meinen Abend, Sie kennenzulernen, Bell.« Rupert strahlte und machte Anstalten, Bell zu umarmen. Sie wich ihm geschickt aus. Lea roch an seinem Atem, dass Rupert heute schon den Saloon aufgesucht hatte.

»Wir haben leider noch etwas vor und müssen uns eilen. Einen schönen Abend für dich, Rupert«, sagte sie schnell und zog Bell mit sich fort.

»Ein komischer Kauz. Und angetrunken noch dazu.« Bell rümpfte die Nase.

»Ich kann ihn ganz gut leiden. Man muss ihn nehmen, wie er ist. Weißt du, wie er mich nennt? Das *mannigfaltige Mädchen für alles*. Alle Menschen, die er mag, neckt er. Seit ich das weiß, macht es mir nichts mehr aus. Rupert hat bislang für eine deutsche Wochenzeitung gearbeitet, die Anstellung aber durch seine Unzuverlässigkeit verloren. Nikolas hat lange überlegt, ob er diesen Kerl einstellen soll. Er ist wirklich nicht der Fleißigste, aber seine Berichte haben Feuer und Biss.«

»Er hat heute aber nicht nur gearbeitet …« Bell hob eine Augenbraue.

»Nikolas hat ihm schon Vorhaltungen deswegen gemacht. Rupert hat nur gelacht und behauptet, ich hätte sowieso mehr im Kopf als er und eine überschäumende Fantasie noch dazu. Da sei es ganz gut, wenn er einen Teil seiner Zeit im Saloon verbringt und mir das Schreiben überlässt. Wenn ich mich aber beschweren würde, dann wäre er geneigt, sein Verhalten zu ändern.«

»Und, hast du dich beschwert?«

»Nein. Ich bin im Grunde meines Herzens froh darüber, die Tage mit so viel Arbeit füllen zu können. So komme ich nicht zum Nachdenken. Weißt du, Bell, ich liebe es zu schreiben und unabhängig zu sein. Der Lohn ist nicht sonderlich hoch, doch es reicht für ein Zimmer im Haus der Witwe Dreesmann und die täglichen Mahlzeiten.«

Das Zimmer hatte Arne ihr besorgt. Lea seufzte kaum hörbar, als sie an die ersten Wochen dachte. Es war hart gewesen. Sie hatte gearbeitet bis zum Umfallen, um nicht nachdenken zu müssen, und ihre freie Zeit mit langen Spaziergängen verbracht. Stunde um Stunde lief sie durch die weniger belebten Stadtteile, verweilte manchmal in der Nähe des Mississippi und lauschte dem Singen der Vögel und den Geräuschen der Dampfer.

Zu Hause, in der Geborgenheit ihres Zimmers, überließ sie sich still ihrer kleinen Welt. Sie lebte wie in einer gläsernen Glocke. Sprach wenig, aß und trank, ohne etwas zu schmecken, und schlief unruhig. Jeden Morgen ging sie zur Arbeit und in den freien Stunden auf Streifzüge. Immer auf der Suche nach etwas, das sie nicht benennen konnte.

Nach und nach verblasste ihre Rastlosigkeit, wie alles Gute und Schlechte im Leben einmal verblasst. Mehr und mehr kehrte ihr inneres Gleichgewicht zurück und Lea hatte irgendwann das Gefühl, einen Abschnitt ihres Lebens hinter sich gelassen zu haben.

Es war später Herbst, als Lea sich während eines Streifzugs unversehens auf einer kleinen Wiese in der Nähe eines Friedhofs wiederfand. Durch die ausladenden Zweige der Laubbäume, die sich wie ein Zelt über die Lichtung spannten, fielen Sonnenstrahlen und malten wandernde Schatten auf das Grün. Lea war wie hypnotisiert. Sie konnte sich nicht sattsehen an den Lichtpunkten und ließ sich staunend auf einen Baumstumpf nieder.

Vergessene schwarze Beeren leuchteten im späten Sonnenlicht. Alles war still und schien so unberührt, als habe vor ihr noch kein Mensch seinen Fuß hierher gesetzt. Der Ort hatte etwas Verzaubertes. Es war, als ob er darauf gewartet hätte, von ihr entdeckt zu werden.

Und an diesem Ort kam Lea schließlich mit sich selbst ins Reine. Jeden Sonntag spazierte sie zu der Lichtung, setzte sich in den milden Schatten der Bäume und dachte nach. Anfangs kreisten ihre Gedanken um Joris, ihre Gefühle für ihn und ihre Schuld. Doch mit der Zeit gelang es ihr, sich davon zu lösen.

Ja, sie hatte sich in Joris verliebt, aber es war keine unauslöschliche, unabänderliche Liebe gewesen. Heute erkannte Lea, dass sie aus ihrer Suche nach Geborgenheit und Gemeinschaft entsprungen war und aus dem Verlangen, das Joris in ihr geweckt hatte. Ihr Körper war seinen eigenen Gesetzen gefolgt. Wenn sie nur mit Joris darüber sprechen könnte! Doch er hatte keinen ihrer Briefe beantwortet.

Lea dachte an Immo, an seinen Platz in ihrem Herzen. Sie wünschte sich plötzlich mit einer Heftigkeit, die sie erschreckte, nach Wangerooge zurückkehren zu können. Doch sie waren nicht für einander bestimmt. Genauso wenig, wie sie für Joris bestimmt gewesen war. Lea dachte an die Zeit auf der Farm zurück. Und auf einmal tat es nicht mehr weh.

Der Wind wehte manchmal den Duft wilder Blumen bis zu ihrem Schreibtisch herüber. In solchen Momenten konnte es noch passieren, dass Lea sich nach der Prärie sehnte. Doch diese Momente dauerten nie lange.

Während die Sonntage vergingen, erkannte Lea, dass die Zeit mit Joris wichtig für sie gewesen war und zu einem Wendepunkt in ihrem Leben geführt hatte. Seine Ablehnung hatte sie dazu gebracht, auf eigenen Füßen zu stehen. Schon aus diesem Grund war sie ihm dankbar und würde ihn niemals vergessen.

Jetzt konnte sie sich von dem Vergangenen lösen und der Zukunft zuwenden. Sie erkannte schnell, dass das Schreiben ihre Berufung war. Durch nichts und niemanden würde sie sich von ihrem Weg abbringen lassen!

Leas Streifzüge wurden seltener, ihr Lachen häufiger. Sie erlebte ihren ersten Winter in Amerika, verbrachte lange Abende vor dem warmen Ofen und musste sich morgens durch hohe Schneewehen kämpfen. Lea arbeitete sich mehr und mehr bei der *Mannigfaltigkeit* ein und wandte sich mit Leidenschaft Nikolas' Fotos, ihren Artikeln und Berichten zu.

Die beiden Freundinnen näherten sich jetzt den Flussbooten. Bell wies auf die dickbäuchigen Schiffe und hielt sich die Ohren zu. Ihr Blick glitt von den mit Ochsen oder Pferden bespannten Fuhrwerken, die mit Waren beladen wurden, zu dem Stadtteil hinüber, auf den sie zusteuerten. Dächer und Häusergiebel schimmerten im Licht der letzten Sonne.

»Die unteren Räumlichkeiten in eurem Stadthaus stehen noch leer. Weißt du, wer sie nutzen wird?«, fragte Bell.

»Wir! Nikolas hat den deutschen Verleger überreden können, eine eigene Druckerei für Amerika hier einzurichten. Stell dir vor, Bell, ich werde dabei sein, wenn der Setzer meine Texte zusammenstellt.«

»Auf diesen Nikolas Holzbart bin ich wirklich neugierig.« Bell strich sich nachdenklich einige Haarsträhnen aus der Stirn, die der Wind gelöst hatte.

»Er wird dich bestimmt fotografieren wollen. Die schönste Pokerspielerin im ganzen Westen!«

»Und die Unterkunft bei dieser Witwe Dreesmann ist gut?«, lenkte Bell die Freundin geschickt ab.

»Ich bin zufrieden. Das Zimmer ist zwar klein und spärlich möbliert, aber an der Südseite befindet sich ein Garten, den ich nutzen darf. Es ist wunderschön dort und sehr ruhig, da eine hohe Steinmauer ihn umgibt. In meiner freien Zeit bin ich oft dort und lese oder schreibe. Die Miete beinhaltet auch ein sehr reichhaltiges Frühstück. Du siehst, ich kann mich nicht beklagen.«

»Aber die werte Dame duldet bestimmt keinen Herrenbesuch, stimmt's?«

»Richtig!« Lea lächelte. »Doch das beschwert mich nicht.« Dann wurde sie unvermittelt ernst. »Wir sind in der Nähe des Friedhofs. Bell, ich würde dir gerne etwas zeigen.«

Je näher sie der Kirche kamen, desto mehr verblasste das unruhige Treiben ringsherum. Die beiden Frauen ließen sich auf der Bank vor einem schlichten Gedenkstein nieder, der mit wenigen Worten an das Unglück auf dem Mississippi erinnerte, bei dem Rebekka ertrunken war.

»Wenn ich Sehnsucht nach Ruhe und Frieden habe, dann treibt es mich hierher. Es ist meine einzige Verbindung zur Vergangenheit.«

Bell griff nach ihrer Hand. »Du bist immer noch traurig. Das ist ganz natürlich. Doch dein Leben hier in Amerika ist so voll und ereignisreich.«

»Und doch kommt es mir manchmal so vor, als ob etwas Wesentliches fehlte. Ich habe meine Arbeit, Freunde, Bekannte, aber niemanden, mit dem ich verwandt bin. Rebekka war alles, was ich hatte. Vielleicht zieht es mich deshalb immer wieder hierher.«

»Hast du eigentlich jemals wieder etwas von Wangerooge gehört?«

»Ich habe Hiske geschrieben, aber bisher noch keine Antwort bekommen.«

»Und dieser junge Mann, in den du damals verliebt warst?«

Bells unverblümte Fragen brachten Lea nicht mehr in Verlegenheit. Sie kannte die Freundin lange genug, um zu wissen, dass sie aus Interesse und nicht aus Neugier gestellt wurden.

»Ich habe daran gedacht, Immo zu schreiben. Oft schon. Es gibt so viele Erlebnisse, die ich nur zu gern mit ihm teilen würde. Doch abends in meinem Zimmer, wenn ich Papier und Tinte zur Hand habe, dann fallen mir plötzlich die richtigen Worte nicht mehr ein.«

»Er geht dir immer noch nicht aus dem Kopf, stimmt's?«

Lea nickte. »Sogar, als ich glaubte, in Joris verliebt zu sein, da habe ich mich manchmal nach Immo gesehnt. Zwischen uns ist etwas …« Sie suchte nach Worten und sagte schließlich: »Ich kann es dir nicht beschreiben. Einmal, da habe ich es Herzensnähe genannt. Es ist das Wissen, zu jemandem zu gehören. Ich empfinde es selbst hier in Amerika, wo Immo doch so weit von mir entfernt ist. Kannst du dir das erklären?«

»Ist es vielleicht Heimweh, Lea? Sehnst du dich tatsächlich nach Immo oder mehr nach Wangerooge?«

Lea seufzte. »Irgendwie nach beidem. Ach Bell, ich weiß es nicht. Im Grund ist es ja auch gleich. Was ich weiß, ist, dass Immo mich nicht liebt. Von daher ist es am besten, wenn ich mir jeden Gedanken an ihn aus dem Kopf schlage. Auch das ist ein Grund, warum ich Hiske geschrieben habe. Vielleicht lese ich in ihrem Antwortbrief, dass er längst geheiratet hat. Es mag sein, dass Carlotta zurückgekehrt ist. Wer weiß …« Sie zuckte die Achseln.

»Ich glaube, du bist immer noch in ihn verliebt. Mädchen, vergiss diesen Burschen endlich! Die Vergangenheit ist vorbei. Wir leben im Heute. Du musst vorwärtsgehen, deiner Bestimmung und besseren Zeiten entgegen. Und du bist auf dem richtigen Weg dorthin, das sehe ich doch! Vielleicht verklärt sich in deiner Erinnerung alles nur.

Es ist gut, dass du dieser alten Frau geschrieben hast. Knüpfe wieder einen losen Faden nach Wangerooge. Lass dir von ihr erzählen, was auf der Insel geschieht. Und, Lea, fang endlich an zu leben! Du bist ein so hübsches Mädchen. Es gibt doch bestimmt genug Burschen in dieser Stadt, die sich für dich interessieren. Vielleicht solltest du ab und zu mal eine Einladung annehmen, dich nach einem netten Begleiter für die freien Tage und langen Nächte umsehen. Das könnte dich auf andere Gedanken bringen. Ich zumindest würde es ausprobieren.«

Als sie Leas abwehrende Handbewegung sah, lachte Bell. »Verabschiede dich endlich von deiner Artigkeit!«

»Ich glaube, das gelingt mir nicht, Bell. Niemand kann aus seiner Haut.«

»Na ja, da deine Witwe Herrenbesuch sowieso nicht gestattet, ist dies sicher eine ganz nützliche Entscheidung. Obwohl – mir würde es nicht schmecken. Du glaubst nicht, wie gut bewundernde Männerblicke tun und was für ein Gefühl es ist, auf Händen getragen zu werden.«

2

Make your game, gentlemen!«, klang es zu ihnen herüber, als sie das Spielhaus betraten. Das Klappern der Würfel übertönte fast die Klaviermusik. Aufgesetztes Gelächter drang an Leas Ohr. Zögernd folgte sie Bell in einen von Tabakgeruch geschwängerten Raum. Der Boden war mit weichen Teppichen ausgelegt und von der Decke hingen samtene Baldachine. Eine Vielzahl von Kronleuchtern tauchte alles in warmes Licht. Der Glanz wurde nur noch übertroffen von den Roben der Frauen. Staunende Blicke streiften Bell, die trotz der Schlichtheit ihres Aufzugs wie eine Königin wirkte.

Lea war es gleichgültig, ob und wer sie beachtete. Mit der Hand strich sie unauffällig über den Stoff ihres neuen Kleides. Das erste Kleid überhaupt, das sie sich in Amerika gekauft hatte. Es war aus handgesponnenem Leinenstoff. Das Material war derb, billig und eigentlich gewöhnlich gewesen. Aber Lea hatte den Stoff so häufig gewaschen und gebleicht, dass aus dem unansehnlichen Braun ein zartes Beige geworden war. Das fertige Kleid mit dem kleinen runden Ausschnitt und den gerüschten Ärmeln passte ausgezeichnet zu ihrer dunklen Haut und ihren braunen Augen.

Bell blieb bei einem der Pokertische stehen und Lea

blickte neugierig über die bunte Menschenansammlung, die sich um sie herum bewegte. An dem Tisch vor ihnen pokerte ein Chinese in weit geschnittener Tracht. Ein langer Zopf hing über seinen Rücken. Ihm gegenüber saß ein bunt herausgeputzter Stutzer mit spöttischer Miene. Der dritte Mann glich einem Straßenräuber.

»Vielleicht ein Goldwäscher, der Glück gehabt hat«, mutmaßte Bell.

»Was ist das für ein Landsmann?«, flüsterte Lea und wies auf den vierten, sehr gepflegt aussehenden Spieler.

»Ich schätze, einer dieser glatt polierten Krämer, die momentan gute Geschäfte machen.«

»Und was mag dies nur für ein Landsmann sein?«, wisperte eine Stimme dicht an Leas Ohr.

Sie fuhr erschrocken herum. »Nikolas! Was machst du denn hier?«

»Guten Abend, Lea. Das Gleiche könnte ich eher dich fragen. Mir sind vor Verblüffung fast die Augen aus dem Kopf gefallen.«

»Ich bin mit Bell hier. Ich hab dir doch von ihr erzählt. Sie hat mich mit einem Besuch überrascht und da Pokern ihre Leidenschaft ist, mussten wir natürlich heute Abend gleich ins *Full House.*«

Lea zog an Bells Ärmel, doch die hatte schon längst die Aufmerksamkeit ihrer Freundin. »Bell, das ist Nikolas Holzbart.«

»Nachdem ich schon so viel von Ihnen gehört habe, freue ich mich, Sie kennenzulernen.« Bell streckte ihm ihre Hand entgegen.

»Die Freude liegt bei mir.« Er betrachtete sie hingerissen. »Hat Sie schon einmal jemand fotografiert?«

Die beiden Frauen begannen zu prusten.

»Ich habe es ihr schon prophezeit«, lachte Lea.

Bell ging nicht auf Nikolas' Frage ein. »Pokern Sie?«

»Ich hab es erst vor Kurzem gelernt. Auf der Reise den Mississippi hoch nach St. Louis hat mir ein alter Knabe die Feinheiten des Spiels beigebracht.«

»Oh, es ist gut, das Sie es nicht für ein reines Glücksspiel halten wie die meisten Anfänger. Es ist wichtig, das Spiel zu kennen und vor allen Dingen seine Mitspieler einschätzen zu können. Behalten Sie Ihren Gegner im Auge und Ihnen wird schnell klar sein, wann Sie passen und wann Sie den Einsatz erhöhen sollten. Sie dürfen nur nicht zu stark bluffen, das Blatt nicht überreizen, sonst ist alles verloren. Und, das Allerwichtigste, Sie sollten nie um mehr spielen, als Sie haben.«

»Ich glaube, ich sollte Unterricht bei Ihnen nehmen.«

Lea sah, wie er Bell mit den Augen verschlang, und konnte ein leises Auflachen nicht unterdrücken.

»Kommen Sie, Nikolas. Dort am Tisch sind gerade zwei Plätze frei geworden. Man lernt am besten beim Spiel.«

Lea sah, wie Nikolas einen Stuhl für Bell zurückschob. Er selbst ließ sich zwischen ihr und einem schweren vierschrötigen Mann nieder.

»Kapitän Swallow«, stellte der sich vor. Seine Zigarre wanderte fortwährend von einem Mundwinkel in den anderen. Der vierte Spieler war ein junger Stutzer namens James Potters.

»Ich gebe!« Bell hatte das Pik-Ass gezogen, verteilte die Karten und schob ihren Einsatz in die Mitte des Tisches. Sie konzentrierte sich auf den Fächer aus fünf Karten in ihrer Hand.

Lea bemerkte, dass Nikolas weniger sein Blatt als vielmehr Bell betrachtete. Das war nicht zu seinem Vorteil. »Ich passe!« Er zuckte die Schultern und legte seine Karten verdeckt auf den Tisch. Sein Blick streifte fragend den Kapitän, dessen Gesicht fast im Qualm seiner Zigarre verschwand.

»Ich warte noch ab.«

»Ich erhöhe«, sagte Bell ruhig und hielt zwei Geldscheine in die Luft.

Der Kapitän brachte es kaum fertig, seine Freude zu verbergen. »Ich verdopple.«

»Sie scheinen mir etwas im Schilde zu führen, mein Lieber. Ich lege trotzdem noch mal dasselbe drauf«, sagte Bell beinahe entschuldigend. Beiläufig wanderte ihr Blick vom Kapitän zu dem Stutzer, dessen Miene nichts verriet. Seine gepflegten Hände verharrten reglos.

»Wie viel haben Sie gesetzt?«, krächzte der Kapitän ungläubig.

»Ich sagte, ich gehe mit und erhöhe noch einmal um dasselbe.«

Der Kapitän warf seine Karten auf den Tisch. »Full House! Und jetzt lassen Sie mich sehen!«

Er streckte schon die Hand nach den Scheinen aus, da legte Bell lässig vier Zweier auf den Tisch.

»Das kann nicht mit rechten Dingen zugegangen sein!« Wütend fegte der Dicke alle Karten auf den Boden. Seine Hand fuhr zum Gürtel und plötzlich hatte er ein Messer in der Hand.

»He, he, mein Freund!« Nikolas war sofort zur Stelle.

»Dieses verdammte Weib muss betrogen haben!« Bedrohlich kam er auf Bell zu. »Geben Sie es zu, sonst …«

Nikolas stürzte sich auf den massigen Mann. Alles ging plötzlich sehr schnell. Fäuste klatschten vor, Schreie und dann flog ein Messer durch den Raum und blieb im Holz des Pokertisches stecken.

Ein Mann im eleganten Geschäftsanzug mit dem Kreuz eines Ochsen bahnte sich einen Weg durch die Menge, die sich um die Kämpfenden geschart hatte. Die Musik verstummte. Mit einer einzigen Handbewegung riss er die beiden Streithähne auseinander.

»Wir dulden keine Schlägereien im *Full House!*« Seine Stimme war tief und dröhnend. »Es ist außerdem verboten, Waffen mitzubringen. Ich werde nach dem Town Marshall schicken. Wem von Ihnen gehört das Messer?« Mit zusammengekniffenen Augen musterte er die beiden.

Während der Kapitän bei den Worten des Mannes erbleichte, schien Nikolas unbeeindruckt.

»Das Messer gehört mir.« Scheinbar zerknirscht blickte Nikolas auf. »Können wir beide uns vielleicht draußen unter vier Augen unterhalten? Ich werde Ihnen alles erklären. Das erspart dann vielleicht den Marshall. Es gab ein kleines Missverständnis. Meine Schuld. Ich bin zum ersten Mal in diesem Lokal und mit den Regeln nicht vertraut.«

Würdevoll nickte ihm der bullige Hüter zu und gemeinsam schritten die beiden zur Tür.

»Gott im Himmel, da hätte ich fast meine Existenz verspielt. Dieser verdammte Jähzorn!«, murmelte der Kapitän mit bleichem Gesicht.

Kurze Zeit später kehrte Nikolas zu ihnen zurück. Er sah zufrieden aus.

»Ihr Messer wurde natürlich einkassiert«, raunte er dem Kapitän zu. Dieser entschuldigte sich vielmals, gab eine Runde aus und verließ dann schnellen Schrittes das Lokal.

Bell prostete Nikolas zu. »Vielen Dank für Ihre Hilfe. Ich habe übrigens nicht betrogen.«

»Das war mir klar. Sie haben den Kapitän glauben gemacht, ein ordentlich schwaches Blatt zu haben, und ihn dann zu einem erhöhten Einsatz gereizt.«

Nachdenklich betrachtete Bell ihn. »Es war leicht, ihn zu bluffen. Ich frage mich die ganze Zeit, warum Sie für diesen Kerl Ihren Hals riskiert haben.«

»Ich wusste, dass er morgen mit einem der Dampfboote ausfahren muss. Wenn er inhaftiert worden wäre, hätte ihn das vielleicht seine Anstellung gekostet.«

»Was geht es Sie an, ob dieser Hitzkopf seine Stellung verliert. Sie sind ihm doch nichts schuldig!«

»Das wohl nicht, aber wenn ich jemandem helfen kann, dann tu ich es. Der Kapitän ist kein schlechter Kerl, nur zu aufbrausend. Einer von der wütigen Sorte, die handeln, ohne nachzudenken. Er sollte entweder keine Waffe tragen oder sich von Spielhäusern fernhalten.«

»Nikolas, du bist einfach zu gut für diese Welt«, sagte Lea liebevoll.

Bell schüttelte den Kopf. »Das zahlt sich nicht aus. Ich meine, zu viel Güte. Wenn andere streiten, dann hält man sich am besten raus. Das Gleiche gilt für Elend und Unglück. Es bleibt einem nichts anderes übrig, als mit geschlossenen Augen daran vorbeizugehen.«

»Meine liebe Bell, du bist nicht so hart, wie du uns glauben machen willst. Ich denke nur an Christine, die

Tänzerin. Ohne deine Hilfe wäre sie im Gefängnis gelandet. Und mir hast du auch geholfen, damals bei unserer Abreise. Als Gärber auf das Schiff kam.«

»Ihr zwei seid mir wie Schwestern. Außerdem bin ich dir ja wohl zu mehr als das verpflichtet. Aber mich für Fremde einsetzen – entschuldige, aber das würde mir nie einfallen. Es gibt überall Ungerechtigkeit und Not. Da würde ich ja Tag und Nacht kein Ende finden.«

»Es gelingt nicht allen und jedem zu helfen, da stimme ich Ihnen zu. Aber man kann einen Anfang wagen. Viele Tropfen Hilfe können zu einem reißenden Fluss werden«, sagte Nikolas leise.

Nach seinen Worten blieb es eine Weile still. Bell setzte ihr Glas, das sie schon an den Mund führen wollte, wieder ab. Sie sah erst Lea und dann Nikolas an.

»Ihr beide habt euch doch nicht für irgendeine heikle Sache gewinnen lassen und bringt euch in Gefahr, oder?«

Lea blickte zur Seite, während Nikolas einen Finger an die Lippen hob. »Kommt, wir gehen besser.«

Kühler Wind wehte ihnen entgegen, nachdem die Tür des Spielhauses sich hinter ihnen geschlossen hatte. Nikolas stellte den Kragen seiner Jacke hoch und die Frauen hüllten sich tief in ihre Mäntel ein.

»Also, was ist nun? Bringt ihr euch in Gefahr?«

»Ich nicht«, sagte Lea stockend.

»Aber Sie, oder?« Bell funkelte Nikolas an. Ihr Mund näherte sich seinem Ohr. »Was ist es? Eine Vereinigung, die im Verborgenen dafür kämpft, dass die Indianer in den Reservaten besser behandelt werden?«

Nikolas hob die Hand. »Wir sollten das Thema beenden. Es geht um Menschenrechte und die Einstellung zum

Leben. Bei manchen Dingen, da fühlt man sich einfach verpflichtet, etwas zu tun.«

»Ich nicht! Ich fühle mich nur für mich selbst verantwortlich. Vor meiner Nase könnten die Häscher mit einem entlaufenen Sklaven Katz und Maus spielen. Ich würde ihm nicht helfen, auch wenn das Mauseloch direkt vor meiner Nase wäre.«

Lea verzog das Gesicht, und Bells Augen weiteten sich. »Das ist es, nicht wahr? Sie arbeiten als Fluchthelfer. Nikolas, wissen Sie eigentlich, was Sie da tun?«

»Ja, verdammt noch mal.« Er drehte sich zu ihr um und jetzt lag ein Stolz auf seinem Gesicht, den Lea noch nie bei ihm bemerkt hatte. »Ich kann mein Leben riskieren für was und wen ich will. Mich hindert weder die Verantwortung für eine Frau noch für Kinder oder Eltern. Jeder hat ein Recht darauf, frei zu sein und menschenwürdig zu leben. Ich kann nicht anders, als dafür zu kämpfen. Die Versklavung von Menschen ist ein großes Verbrechen und wird irgendwann die Amerikaner entzweien. Spätestens dann wird sich jeder von uns die Frage stellen müssen, ob er für oder gegen die Sklaverei ist.«

»Wie meinst du das, Nikolas?« Lea blickte ihn an.

»Der Bruch zwischen den freien und den Sklavenstaaten ist unvermeidlich. Wenn es so weit ist, dann nützt es nichts mehr, die Augen zu verschließen.« Der Fotograf blieb stehen und sah Bell an. »Sie leben in St. Louis. Wenn es zum Bürgerkrieg kommt, auf welcher Seite werden Sie dann stehen?«

Für einen Moment verharrte Bell reglos. Dann setzte sie sich gedankenverloren in Bewegung, ohne Nikolas eine Antwort zu geben.

Schweigend schlenderten sie bis zum Gasthaus, in dem Bell sich einquartiert hatte. Es wirkte solide und einladend.

»Gute Nacht, Lea. Wir sehen uns morgen.« Bell zog die Freundin an sich und hauchte einen Kuss auf ihre Wange. Dann streckte sie Nikolas die Hand entgegen. »Wissen Sie, was mir am Pokern besonders gefällt?«

Nikolas schüttelte den Kopf.

»Dass die Welt draußen bleibt. Es gibt nur die Spieler und die Karten. Niemand muss sich entscheiden, hinter welcher Fahne er marschiert.«

»Sie sind wirklich eine kluge Frau, Bell.« Er hauchte einen Kuss auf ihren Handrücken.

»Werden Sie dieses reizende Kind nach Hause bringen?« Sie nickte in Leas Richtung.

»Selbstverständlich. Ihnen eine gute Nacht.«

»Sie haben ein großes Herz, mein Freund. Passen Sie gut darauf auf.«

3

Einen Tag nach Bells Abreise kam ein Brief von Hiske. Der Bote hatte ihn abgegeben und Lea konnte es kaum erwarten, mit der Post alleine zu sein. Die neugierigen Blicke der Witwe Dreesmann ignorierend nahm sie den Umschlag an sich und verschwand auf ihr Zimmer. Leas Finger zitterten, als sie das Kuvert öffnete und zwei Bögen herauszog. Dicht an dicht hatte Hiske ihre kindlichen Buchstaben gesetzt, die die Reihen füllten. Der Brief war lange unterwegs gewesen – schon seit Mitte Dezember. Lea begann zu lesen.

Wie habe ich mich über deinen Brief gefreut. Gott sei Dank, wissen wir nun endlich, wo du bist und wie es dir geht. Ich habe mir solche Sorgen um dich gemacht, mein Kind.

Der warmherzige Ton tat gut. Lea sah Hiskes liebes Gesicht vor sich. Begierig las sie weiter. Die alte Haushälterin schrieb von ihrer Erschütterung über Rebekkas Tod, ihrer Traurigkeit und dem Entsetzen darüber, dass Lea völlig auf sich gestellt gewesen war. Lea hatte berichtet, dass sie zunächst auf der Farm untergekommen war und dann in Quincy Arbeit gefunden hatte. Von ihrer Beziehung zu Joris wusste Hiske nichts.

Wer hätte gedacht, dass du einmal für eine Illustrierte schreiben würdest! Ich bin so stolz auf dich und will sehen, ob ich nicht ein Exemplar der Mannigfaltigkeit *bekommen kann.*

Du fragst, wie es auf der Insel aussieht. Es ist so kalt und ungemütlich, dass selbst der letzte Gast die Segel gestrichen hat.

Lea, ich will dir noch von einem Unglück erzählen, bei dem ich viel an dich denken musste. Am 6. November hat ein Auswandererschiff auf der Reise nach Amerika bei Spiekeroog Schiffbruch erlitten. Viele Menschen fanden den Tod. Auch auf Wangerooge sind einige Verunglückte angetrieben. Es war grausig, Lea. Wir haben sie auf dem Friedhof begraben.

Du fragst in deinem Brief nach den Sommergästen und der Vermietung. Es waren in diesem Jahr so viele Erholungssuchende wie noch nie zuvor auf Wangerooge. Wir konnten nicht dagegen an. Mehr als fünfzig Helfer hat die Hofrätin vom Festland ordern müssen. Köche, Diener, Wäscherinnen und viele mehr. Dazu Musiker und andere Künstler zur Unterhaltung. Tagsüber konntest du auf der ganzen Insel Gäste antreffen, sie flanierten selbst durch die fernsten Dünen. Zu den Badezeiten war ein Drängeln am Strand, wie du es noch nicht gesehen hast.

Zumindest erzählen das Stine und die vier anderen Witwen, die für die feinen Damen die Badekarren ins Wasser schieben und wieder herausziehen. Stundenlang haben sie in der Hitze schuften müssen und zuletzt gebetet, dass der Sommer endlich zu Ende geht. Die männlichen Gäste haben so viele Seehunde geschossen, dass ich dachte, es seien gar keine mehr übrig geblieben.

Abends wurde es dann so richtig gemütlich – zumindest für die, die keine Arbeit damit hatten. Gefärbte Lampen schau-

kelten im Gesträuch beim Pavillon. Sänger gaben ihr Bestes, Musiker spielten auf und die Gäste tanzten, lauschten oder labten sich am Tee. Manchmal ließen sie sich auch von einem Feuerwerk belustigen. Du liest richtig, Lea: Feuerwerk! Die Hofrätin ließ Türme von alten Körben aufbauen. Diese wurden entzündet und stürzten unter vielen Flammen in sich zusammen. So eine prächtige Unterhaltung wie in diesem Jahr hat die Insel noch nie gesehen. Für die Hofrätin Westing und ihren Gatten war diese glänzende Saison allerdings auch die letzte. Ist vielleicht das Beste, denn was das Leiten des Badebetriebs angeht, ist der Geheime Hofrat ja schon lange keine Hilfe mehr. Ein Hauptmann Keppel aus Oldenburg wird sein Nachfolger und die ihn gesehen haben, sagen, dass er ganz umgänglich sei.

Das Jahr war auch für mich ein gutes. Ich habe das Haus bis unters Dach vermieten können. Die Hofrätin hat gute Preise für uns Insulaner ausgehandelt und so muss ich diesen Winter wohl nicht darben.

Lea, einen Wermutstropfen gibt es allerdings doch. Es ist dieser schreckliche Kerl, der sich das Haus deiner Großmutter unter den Nagel gerissen hat. Ja, ich sage unter den Nagel gerissen, denn ich will nicht glauben, dass alles mit rechten Dingen zugegangen ist. Ich kannte Frau Brons und weiß mit Bestimmtheit, dass sie niemals all ihren Besitz aufs Spiel gesetzt hätte. Und ich werde die Hoffnung nicht aufgeben, dass man diesem Burschen irgendwie doch noch beikommen kann.

Immo und die Hofrätin sind nach Bremen gefahren, um Erkundigungen über ihn einzuziehen. Hofrätin Westing sagte, sie wolle einmal abklopfen, ob mit dem Windhund auch alles seine Ordnung habe. Genützt hat es nichts. Aber Immo *hat Andeutungen gemacht. Er bleibt dran an der Sache. Es scheint nicht alles zu stimmen mit diesem feinen Burschen. Aber der Kerl ist glatt wie ein Aal. Der versteht sich aufs Reden wie kein Zweiter und auch darauf, Zwietracht zu säen.*

Nun aber genug von diesem Menschen. Lea, ich will gleich zu Immo rennen und ihm von deinem Brief erzählen. Deine Adresse soll er auch haben, dann schreibt er dir sicherlich bald. Im letzten Jahr hat er mit der Schule begonnen. Immo ist ein so guter Lehrer. Die Kinder gehen fröhlich zum Unterricht – das hat es hier noch nie gegeben. Vielleicht liegt es daran, dass Immo den Rohrstock nicht gebraucht und keine Ohrfeigen verteilt.

Er selbst ist weniger fröhlich. Ich glaube, das kommt davon, dass du fort bist. Er vermisst dich, Lea, das merke ich. Dieser dumme Junge! Das hätte ihm schließlich auch eher klar werden können, dann wärst du vielleicht noch hier.

So, jetzt weißt du erst mal alles. Eines noch: Solltest du Heimweh haben, dann zögere keine Minute und komme nach Hause!

Es grüßt dich von Wangerooge
Hiske

Immos Brief kam wenige Tage später. Lea hatte schon jeden Tag darauf gehofft und auf dem Weg von der Arbeit das Herzklopfen nicht unterdrücken können. Unbewusst war sie die letzten Schritte zur Wohnung schneller gegangen.

Nun, da der Brief tatsächlich vor ihr lag, zögerte sie, ihn zu öffnen. Sie drehte das Kuvert zwischen den Fingern, griff jedoch schließlich entschlossen nach dem Brieföffner. Das war einfach lächerlich! Was glaubte sie denn, was in diesem Brief stand? Immo empfand lediglich Freundschaft für sie. Und so würden auch seine Zeilen klingen.

Sie hatte sich nicht geirrt. Immo schrieb mit einer Leichtigkeit, die Lea denken ließ, er säße neben ihr und sie höre seine Stimme. Er erzählte von den Alltäglichkeiten auf der Insel, Dingen, von denen er wusste, dass sie Lea wichtig waren. Von den Gästen und ihren Eigenheiten, von den Insulanern und einem Schiff, das in der Harle auf ein Riff gelaufen war. Immo war dem Segler mit einigen Männern entgegengerudert. Sie hatten die schlimmsten Schäden behoben und das Schiff in Sicherheit gebracht. Daraufhin wurde ihnen ein Drittel der Ladung zugestanden. Von dem Erlös hatte Immo Bücher und Schulmaterial für »seine Kinder« gekauft.

Lea lächelte, während sie Zeile um Zeile las. Immo schrieb nur von den schönen Dingen. So, als ob er alles Unerfreuliche, Hässliche beiseitelassen wollte. Mit keinem Wort erwähnte er ihre Abschiedsszene am Strand und auch von Carlotta oder Ferdinand Gärber hörte Lea nichts.

Sie war Immo dankbar dafür und fühlte sich ihm nah, so wie früher. Es war, als säßen sie wieder nebeneinander in den Dünen und schütteten sich gegenseitig das Herz aus, als wären die Monate dazwischen nicht gewesen.

In der Nacht träumte Lea von einem glücklichen Wiedersehen. Sie rannte bei Ebbe Hand in Hand mit Immo am Wasser entlang, stieg über gischtumspülte Steine und bewunderte Seesterne und Muscheln. Es roch nach Meer und die Luft schmeckte salzig. In den Sanddünen verweilten sie eine Weile und ließen sich von der Sonne wärmen. Dann stiegen sie wieder zum Wasser hinab. Der Strand, eine weite Fläche aus hellem Sand, ging in das Meer über, das nur durch eine schmale Linie schäumender Gischtkronen vom Himmel getrennt schien. Immo küsste sie vor dem Wrack eines alten Seglers, der mit Schalentieren und Seetang überkrustet war. Über ihnen schwebten Wasservögel auf der Suche nach Nahrung.

Am nächsten Morgen hatte Lea den Traum noch so deutlich vor Augen, dass ihr die Tränen kamen. Sie griff nach Immos Brief und schob ihn in die Tasche ihres Kleides. Es war kindisch, doch sie musste seine Zeilen einfach bei sich tragen, wenigstens ein Stück von Wangerooge.

Lea schrieb Immo gleich am nächsten Tag und schlug ebenfalls einen freundschaftlichen Ton an. In den einsamen Nächten jedoch träumte sie von mehr als nur Freundschaft. In ihrer Fantasie liebte Immo sie. Abends im Bett brauchte Lea nur die Augen zu schließen und sie waren zusammen. Manchmal versank sie in der Vorstellung, Immo würde nach Amerika reisen und sie nach Hause zurückholen.

Tagsüber verbannte sie die Träume in den hintersten Winkel ihres Herzens und redete sich ein, dass es aus der Einsamkeit geborene Wunschträume waren, denen sie keine große Bedeutung beimessen durfte.

4

Die Druckpresse ist angekommen und die Lithografien sind auch schon da«, rief Nikolas eines Morgens anstelle einer Begrüßung. Er winkte Lea und Rupert, ihm zu folgen.

Über der Tür, die zur Druckerei führte, hing seit dem Morgen ein neues Schild mit der Aufschrift: *Illustrierte Mannigfaltigkeit – das intelligente Bilderblatt.* Mitten im Raum stand, umgeben von etlichen Transportkisten, die in mehrere Teile zerlegte Druckpresse.

»Es ist alles gut angekommen! Seht nur, sie haben uns sogar ein Rollpult geschickt. Das wiegt ganz schön. Und hier sind die Typensätze und die Druckerschwärze.«

Lea strich darüber. »Gewaltig.«

»Nicht wahr! Der Rahmen wurde mit Riemen festgezurrt an der Seitenwand des Wagens hierhertransportiert. Ich erwarte jeden Moment den neuen Schriftsetzer. Er kann mir beim Aufbau helfen.«

Ein junger Mann schob sich durch die Tür und deutete eine Verbeugung an »Hier ist er schon! Ich bin Kalle von Felten.«

»Noch so ein junges Gemüse«, lästerte Rupert und zwinkerte Kalle freundschaftlich zu.

Sie schüttelten einander die Hände. Kalle war klein und

drahtig, sein offenes Gesicht mit Sommersprossen übersät und das rote Haar stand ihm bürstenartig vom Kopf ab.

»Das ist genau der Typ Maschine, an dem ich mein Handwerk gelernt habe.«

Es dauerte nicht lange, und die Druckpresse war einsatzbereit.

»Sehen Sie nur, wie leicht sie zu bedienen ist.« Kalle kurbelte die leere Druckform hoch und senkte den Tiegel einmal ab. »Jetzt fehlen nur noch die Lettern, Papier und Druckerschwärze, dann ist die Druckerei komplett.«

»Das werden wir gleich haben!«

In der Nähe des Fensters, wo mehr Licht hereinfiel, baute Nikolas das Zubehör für die Setzmaschine auf: den Schriftsatz, den Setzkasten, den Winkelhaken und die Lederschürze.

»Und jetzt zeig mal, was du kannst!«

Kalle zog die Jacke aus, krempelte seine Ärmel auf und band sich die Lederschürze um. Er nahm den Winkelhaken in seine linke Hand und begann zu setzen. Lea hörte das Klickklick, als er nach den Lettern griff, und erstarrte vor Staunen. Kalles rechte Hand bewegte sich so schnell, dass sie ihm kaum folgen konnte. Innerhalb kürzester Zeit war der Winkelhaken mit Lettern gefüllt. Der junge Bursche verlegte den Block von drei Zeilen auf ein flaches Holzbrett.

»Das ist das Setzschiff«, erläuterte er, während seine Hände weiterhuschten.

Als Kalle den Bericht fertig hatte, fügte er ihn in den Formrahmen ein und fixierte alles mit Schließkeilen. Dann kippte er die Platte, um die Justierung zu überprüfen. Schließlich färbte der Rotschopf die Walzen ein, lud die Presse und drehte die Kurbel. Dann zog er ein bedrucktes Blatt in die Höhe. Seine Augen leuchteten.

»Eine fabelhafte Presse! Sie druckt sauber und verteilt die Schwärze völlig gleichmäßig. Sehen Sie nur!« Er reichte Lea das noch feuchte Blatt.

»Wunderbar!«

»Du bist der beste Druckergeselle, den ich je gesehen habe. Die Einrückungen sind gleichmäßig, das Druckbild sauber und ohne Fehler. Dazu dieses schnelle Arbeiten!«, lobte Nikolas respektvoll.

»Da hast du einen guten Griff getan«, stimmte Rupert ihm zu.

Kalle verbeugte sich leicht. Sein Gesicht hatte eine rote Färbung angenommen.

»Nikolas, was hältst du davon, wenn wir die erste in Quincy gedruckte Ausgabe als Werbeexemplar kostengünstig herausgeben? Es kann ja ruhig eine dünne Nummer sein. Wir würden uns einen guten Ruf erwerben und den Lesern den Mund wässrig machen für die nächsten Ausgaben.« Lea blickte begeistert auf den Probedruck.

»Vorschlag angenommen!«

»Wollen wir nicht über die Druckerei berichten, die hier ihr Zuhause gefunden hat? Und vielleicht in dem Zusammenhang auch über den neuen Stadtteil?«

»Ich könnte mit den Männern sprechen, die so emsig an den neuen Bauten arbeiteten, und mit den Kaufleuten, die dort ihre Geschäfte abwickeln wollen«, bot Rupert an.

»Gute Idee.« Niklas zauberte eine Flasche hervor und holte vier Gläser. »Auf den Erfolg der *Mannigfaltigkeit!*«

Am frühen Morgen hatte es gestürmt und geregnet. Auf den Wegen lagen noch abgebrochene Äste, aber die Sonne und der blaue Himmel versprachen einen schönen Tag. Es roch nach feuchtem Laub und Frühlingsblumen.

Durch den Regen hatte der Staub sich gelegt. Das würde für ihr Vorhaben von Vorteil sein. Lea schloss eine der Kisten, in denen sich die Illustrierten befanden, und trug sie nach draußen. Seit der Ankunft der Presse vor vier Tagen waren sie ausschließlich mit dem Erstellen und Drucken der *Mannigfaltigkeit* beschäftigt gewesen. Heute nun sollten die Bilderblätter verkauft werden.

»Kalle und Rupert haben sich auf den Weg zu den Ochsentreibern gemacht. Die Laufburschen habe ich überall in der Stadt verteilt. Was meinst du, Nikolas, wo sollten wir uns aufbauen?«

Der Fotograf stellte vorsichtig einen großen Aufsteller ab, während er eine der Kutschen heranwinkte. »In der Nähe der Dampfboote. Vielleicht unter der großen Eiche. Dort müssen alle vorbei, die zu den Schiffen wollen.«

»Dann stehen wir ja fast auf der Straße.«

»Stimmt! Da werden wir garantiert nicht übersehen.«

Eine Kutsche hielt und Nikolas half zunächst Lea in den Wagen und verstaute dann die Kisten mit den Zeitschriften und den Aufsteller. Kurze Zeit später richteten sie sich unter den ausladenden Zweigen der Eiche ein. Der Verkehr rauschte an ihnen vorbei. Kutschenräder ratterten über die Steine, Ochsen brüllten und Treiber fluchten. Frauen kamen mit gefüllten Einkaufskörben von den Booten, die direkt am Anleger Waren verkauften.

Während Lea Kisten öffnete und Nikolas den Aufsteller in Position brachte, scharte sich erstes Publikum um die beiden. Lea schichtete zwei Kisten aufeinander und kletterte hinauf. Nikolas stellte sich an ihre Seite und schwenkte eine Ausgabe des Bilderblattes wie eine Siegesfahne.

Lea formte mit den Händen ein Sprachrohr und rief: »Meine Damen und Herren, ich bitte um Ihre Aufmerksamkeit! Was Sie hier sehen, ist die erste auf amerikanischem Boden gedruckte *Illustrierte Mannigfaltigkeit!* Sie gehören zu den Glücklichen, die diese Zeitschrift zu einem sagenhaft günstigen Preis erwerben können.

Und hier die Themen: Welche Geschäfte eröffnen im neuesten Viertel unserer Stadt? Wie arbeitet der schnellste Schriftsetzer im Westen? Welche Gebiete in der Prärie werden für günstiges Geld zur Besiedelung freigegeben? Ostfriesen aufgepasst! Wo wird der schwarze Tee angebaut und verarbeitet und wie reist er um die Welt? Dies und vieles mehr, dazu ausdrucksstarke Bilder, die ihresgleichen suchen – das ist unsere *Mannigfaltigkeit!*«

Nikolas ging in die Knie und hob den großflächigen Aufsteller in die Höhe. Auf einer Seite waren Chinesinnen beim Rösten von Tee über offenem Feuer zu sehen.

»Ahs« und »Ohs« wurden rasch von allen Seiten laut.

Lea holte kurz Luft und rief mit fröhlicher Stimme weiter. »Außerdem heute: die romantische Geschichte der indianischen Loreley. Vor Ihnen steht der bekannte Fotograf Nikolas Holzbart, der die zu Tränen rührende Geschichte aus den Reservaten mitgebracht hat.«

»Ein Häuptling hat sie mir persönlich erzählt!«, überschrie Nikolas das Getuschel um sie herum. Er drehte den Aufsteller um. Auf der zweiten Seite war ein wunderschönes Indianermädchen zu sehen. Sie schwebte als Wassergeist über dem Mississippi und streckte ihre Arme nach einem Mann aus, dessen Kahn, von einer Stromschnelle ergriffen, kenterte.

»Pioniere und Abenteurer – dies ist euer Blatt! Die *Mannigfaltigkeit* sorgt für Belehrung und Unterhaltung!«, brüllte Nikolas und bahnte sich mit dem Aufsteller einen Weg durch die immer größer werdende Menge, damit auch jeder die Illustrationen in Augenschein nehmen konnte.

Lea begann währenddessen Leseexemplare der *Mannigfaltigkeit* zu verteilen. Die Zeitschrift wanderte von Hand zu Hand und die Begeisterung nahm zu. Applaus brach aus. Die Leute drängten sich um sie, um ein Blatt zu kaufen. Diejenigen, die nicht lesen konnten, fragten andere nach dem Inhalt. Man wies auf die Abbildung des Geschäftshauses, in dem die Druckerei untergebracht war. Es wurde über die Händler im neuen Viertel diskutiert und über Leas Artikel, der die Entstehung von Perlen beleuchtete. Sie hatte Theorien verschiedener Naturforscher gegenübergestellt. Ruperts bissiger Bericht über ägyptische Landpostboten, Schnellläufer mit Glöckchen an den Füßen, fand Lacher und auch Leas Bericht über die Banane, das *Mysterium der himmlischen Konditorei*. Nikolas' Gesicht strahlte, während Lea kaum schnell genug kassieren konnte und bald bei der letzten Kiste angelangt war.

Der reißende Absatz der *Mannigfaltigkeit* fand ein jähes Ende durch einen kräftigen Mann, der sich mit finsterer Miene einen Weg durch die Menge bahnte.

»Was ist hier los?«, brüllte er.

»Nichts. Wir werben nur für die *Illustrierte Mannigfaltigkeit*. Möchten Sie auch ein Exemplar?«, fragte Lea.

»Mein Name ist Jesse Blackson. Ich bin hier der Marshall und muss meiner Pflicht nachkommen. Sie halten den Verkehr auf. Das kann ich nicht gestatten!« Er wies auf die Menge, die sich bis auf die Straße drängte.

Der Mann sprach sehr schnell und Lea hatte nur die Hälfte verstanden. Sie blickte hilfesuchend zu Nikolas, der weniger Schwierigkeiten mit der englischen Sprache hatte.

»Sie können Ihre Zeitschrift nicht einfach mitten auf der Straße verkaufen. Hier in Amerika gibt es Gesetze, die befolgt werden müssen. Haben Sie überhaupt eine Lizenz zum Vertrieb?«

»Selbstverständlich. Wir verkaufen die *Mannigfaltigkeit* nicht das erste Mal. Dies ist nur die erste in dieser Stadt gedruckte Ausgabe.«

»Nun gut. Dann stören Sie die öffentliche Ordnung. Straßen und Wege dieser Stadt dürfen nicht verstopft werden. Das führt nur zu Streit und Prügeleien.«

»Hier, unter der Eiche, das ist doch öffentlicher Grund und Boden.«

»*Sie* stehen unter der Eiche, die Menschenmenge aber mitten auf der Straße!«

»Dafür können wir nichts. Marschall, wir wollen doch nur über unser Bilderblatt informieren und sind gleich wieder weg.«

»Das haben Sie ja jetzt getan.« Jesse Blackson wandte sich den Umstehenden zu und versuchte, die neugierig Gaffenden zu verscheuchen. »Die Vorstellung ist zu Ende, Leute. Bitte gebt den Weg wieder frei. Der Kutscher da vorne flucht schon ganz ordentlich und ich sehe hinten eine Frachtladung für die Dampfboote kommen.«

Die Menge murrte.

»Los, los, los! Oder muss ich deutlicher werden.« Der Gesetzeshüter griff zum Pistolenhalfter.

»Was soll das? Wir stehen hier ganz friedlich beieinander!«, kam es aus der Menge.

»Dieser Kerl will uns drohen. Glaubt, weil er Marshall ist, kann er das Maul aufreißen«, rief ein anderer.

»Wir lassen uns nicht vorschreiben, wann es Zeit ist zu gehen!«

»Packen Sie den Rest Ihrer Zeitschriften und verschwinden Sie, bevor das hier zu kochen anfängt«, zischte der Marshall in Leas Richtung.

»He, Jesse, warum lässt du diese Leute nicht ihren Job machen? Du setzt dich doch nur für die Fuhrleute ein, weil dir das Frachtsteuern in die Kasse spült«, empörte sich ein Grauhaariger.

»Wer hat dich gewählt? Ein Haufen scheißender Affen?«

Ein Pferdeapfel schoss an ihnen vorbei und riss dem Marshall den Hut vom Kopf.

»Verdammt! Das habe ich nicht gewollt!«, schrie Nikolas. »Lea, lauf und bring dich in Sicherheit. Ich versuche dem Marshall zu helfen.«

»Schnappt ihn euch …«

Es regnete Pferdeäpfel. Wie ein aufgestörter Bienenschwarm wimmelten die Männer mit erhobenen Fäusten um den Vertreter des Gesetzes und Nikolas herum.

Lea wand sich aus der Menge, die immer größer wurde. Sie rannte auf ein Bankgebäude zu und sprang keuchend die Treppen zum Eingang hinauf, um besser sehen zu können.

Als eine Pistole losging und jemand in die Knie sank, schrie sie auf. Einen Augenblick stand sie wie gelähmt, dann rannte sie die Stufen hinunter, stürzte sich in das Getümmel und brüllte: »Halt! Bitte hört auf!«

Hände griffen nach Lea und schoben sie fort. Doch sie ließ sich nicht beirren und drängte in die Mitte des Geschehens.

»Ihr sollt aufhören«, lärmte sie und begann zuerst auf die Männer einzuschlagen und schließlich wie wild zu schreien.

Die Kerle, die sich um sie herum verkeilt hatten, hielten verunsichert inne und nahmen Abstand, als ihnen bewusst wurde, dass sich eine Frau unter ihnen befand.

»Seid ihr denn ganz und gar verrückt geworden? Dieser Mann sorgt für Recht und Ordnung in eurer Stadt und ihr prügelt auf ihn ein. Ich bin die Schuldige«, kreischte Lea.

Die Augen der Männer, deren Fäuste schon den Schlag führen wollten, wurden wieder klar und die Blicke wanderten von Lea zum Marshall. Langsam dämmerte ihnen, wozu sie sich hatten verleiten lassen.

»Kommen Sie, Jesse.« Lea reichte ihm eine Hand. Einige Angreifer murmelten Entschuldigungen und halfen dem am Boden Liegenden auf. Stöhnend kam der Marshall hoch. Blut lief ihm aus Nase und Ohr. Sein rechtes Auge hatte eine blaue Färbung angenommen.

»Wo ist Nikolas?« Lea sah sich suchend um.

»Ihr langhaariger Freund hat sich auf mich geworfen, als die Pistole losging.«

»Nikolas!«, schrie Lea.

»Hier! Eine Kugel hat ihn erwischt«, brüllte jemand.

Lea fegte durch die zurückweichende Menge und ließ sich neben ihrem Freund auf die Knie sinken. Sie berührte ihn sanft am Arm, doch er reagierte nicht.

Der Marshall umfasste Nikolas und drehte ihn vorsichtig um.

Blinzelnd schlug der die Augen auf. Sein Gesicht war kalkweiß. »Marshall! Sie scheinen noch lebendig zu sein. Dann hat sich's ja gelohnt!«

»Für Sie wohl kaum! Wo haben Sie Schmerzen?«

»Es ist der Oberarm. Tut höllisch weh. Was ist mit Lea?«

»Ich bin hier. Mir geht es gut!«

»Bleiben Sie bei ihm. Ich hole einen Arzt«, befahl der Marshall.

Lea versuchte, einen klaren Kopf zu bewahren. Sie riss einen langen Streifen vom Rock ihres Kleides und band Nikolas' Arm damit ab. Dieser stöhnte leise auf und verlor dann das Bewusstsein. Lea fühlte sich selbst einer Ohnmacht nahe, biss aber die Zähne zusammen.

Das Unglück hatte alle ernüchtert. Schuldbewusst blickten einige zu Boden, andere scharrten unruhig mit den Füßen. Schließlich zerstreute sich die Menge langsam. Vier Männer blieben an Leas Seite. Kurz darauf sah sie den Marshall und einen fülligen Mann mit einer schwarzen Tasche auf sich zukommen. Der Arzt beugte sich über Nikolas, untersuchte ihn und gab Anweisung, ihn auf einer Bahre wegzutransportieren. »Mein Haus ist hier ganz in der Nähe. Die Kugel sitzt im Oberarm. Ich werde sie herausholen. Der Bursche kommt wieder in Ordnung.«

Nikolas saß aufrecht im Bett. Er wies triumphierend auf seinen Arm, der in einer Schlinge baumelte. »Er ist noch dran.«

Lea stieß erleichtert die Luft aus und umarmte ihn.

»Mein Gott, bin ich froh, dass alles so glimpflich ausgegangen ist. Da haben wir uns ja in einen Schlamassel geritten!«

»Das ist eine gute Geschichte für unsere nächste Ausgabe«, sagte Nikolas munter. Er schilderte Rupert und Kalle in bunten Farben das Geschehen.

»Ihr habt eindeutig mehr erlebt als wir«, sagte der Setzer trocken.

»Aber auch unsere Kisten sind leer! Und die der Laufburschen auch. Sie haben alle Exemplare verkauft. Das Geld für die nächste Ausgabe liegt also schon bereit. Ein Erfolg auf ganzer Linie.« Stolz reckte Rupert den Kopf in die Höhe.

»Von kleinen Tiefschlägen abgesehen. Vielen Dank, Jungs, dass ihr mich besucht habt. Ich werde noch einige Tage hier ausharren müssen. Und weil das so ist, muss ich mit Lea jetzt eine Liste der Sachen zusammenstellen, die sie mir bringen soll. Geht ihr ruhig wieder an die Arbeit.«

Als die beiden Männer fort waren, fiel Nikolas' Fröhlichkeit in sich zusammen. Er seufzte tief auf und ein ernster Blick streifte Lea.

»Wir haben ein Problem!«

»Du kannst dir die Auszeit ruhig gönnen. Wir kommen alleine ganz gut zurecht.«

»Ihr schon. Aber die Flüchtlinge nicht, die ich morgen Nacht zu Joris bringen soll!«

Lea blickte ihn entsetzt an. Mit wackeligen Knien ließ sie sich neben Nikolas auf das Bett sinken.

»Wo musst du sie in Empfang nehmen?«

»Auf einer Farm, die einem alten Knaben namens Jacko gehört und etwa auf halber Strecke zwischen Quincy und East Friesland liegt. Jacko betreibt seit einigen Wochen einen Pionier-Landhandel und nutzt diesen als Deckmantel für den Transport der Flüchtlinge. Für die Fahrt von der Farm bis zum Grashaus steht ein Pferdewagen bereit. Kannst du eigentlich mit einem Gespann umgehen?« Der letzte Satz kam betont gleichgültig.

»Ich habe schon als Kind mit dem Inselkutscher die ankommenden Gäste abgeholt und zu den Quartieren gebracht. Den leeren Wagen durfte ich lenken und um die Pferde habe ich mich auch oft gekümmert. In den Herbsttagen, wenn kein Gast sich blicken ließ, bin ich über den Strand geritten, um ihnen Bewegung zu verschaffen.« Ihre Augen hatten einen träumerischen Ausdruck angenommen, der sich sogleich wieder verlor.

Unausgesprochen stand eine Frage im Raum. Lea griff nach Nikolas' Hand. »Ich werde die Flüchtlinge zum Grashaus bringen!«

5

Lea fühlte sich nicht wohl. Sie trug ein dunkles Kleid und einen weiten schwarzen Umhang, der sich beim Reiten im Wind blähte. Ihr Haar war verborgen unter einem großen breitkrempigen Hut.

Nikolas hatte ihr zu diesem Aufzug geraten. Trotz des hellen Mondscheins bestand die Welt nur aus grauen Schatten und sie war einer davon.

Erleichtert blickte sie von der Wegbeschreibung auf die Farm vor sich. Es gab keinen Zweifel, dies musste sie sein!

Lea stieg vom Pferd und reckte die verspannten Glieder. Sie band das Pferd an, stieg die Holzstufen zur Eingangstür hinauf und klopfte.

»Wer ist da?«, wisperte es.

Lea nannte das Losungswort und die Tür öffnete sich. Jemand leuchtete ihr direkt ins Gesicht. Als sie sich an die Helligkeit gewöhnt hatte, erkannte Lea ein kleines verhutzeltes Männlein mit grauem Bart.

»Wer sind Sie?« Die Stimme des Mannes zitterte leicht und Lea entging es nicht, wie er nach seiner Waffe tastete.

»Das tut nichts zur Sache. Ich habe Nikolas' Auftrag übernommen. Er ist angeschossen worden und kann nicht kommen.«

Der Alte zögerte kurz, dann trat er zu ihr nach draußen.

»Drüben.« Er nickte zu einem kleinen Stall hin, der sich hinter der Farm befand. Dort klopfte er mit den Fingerknöcheln einen bestimmten Rhythmus. Nach einem kurzen Murmeln schoben sich drei schemenhafte Gestalten ins Freie. Sie trugen dunkle Umhänge und Kapuzen. Zwei von ihnen waren muskulös und groß. In der dritten Person glaubte Lea eine Frau zu erkennen. Ein voller Mond stand am Himmel und beleuchtete die gespenstische Szene.

Lea hörte den dunklen Singsang der Farbigen, das Vibrieren in ihren Stimmen.

Leas Magen zog sich nervös zusammen, als ihr bewusst wurde, dass das Schicksal dieser Menschen in ihrer Hand lag.

»Wir müssen uns beeilen. Ich bin gewarnt worden. Häscher sollen einen Wink erhalten haben«, nuschelte der Graubart.

Lea huschte hinter ihm her, kletterte auf den bereitstehenden Wagen und ergriff die Zügel. Die Flüchtlinge verschwanden im Inneren des Karrens.

»Viel Glück!«

Lea blickte angestrengt auf Nikolas' Karte. Zu Jackos Farm hatte sie es ohne Schwierigkeiten geschafft, doch die jetzt auftauchende Abzweigung verunsicherte sie. Unwillkürlich zügelte Lea die Pferde und schaute zurück. Weit entfernt konnte sie im hellen Schimmer des Mondlichts die Felder sehen, an denen sie vorbeigekommen war. Der Pfad geradeaus schien wie ein dunkler Tunnel. Zu beiden Seiten säumte Gebüsch den Weg.

Die Prärie wirkte in der Nacht fremd. Angst stieg in ihr auf. Bewegungslos lauschte sie auf die unzähligen Geräusche um sich herum. Ein leichter Wind brachte Blätter zum Rascheln. Es knackte im Gehölz. Was, wenn irgendwo hinter den Sträuchern jemand ihr auflauerte? Was, wenn man ihr schon auf die Schliche gekommen war?

Sie hatte sich zu diesem Unternehmen bereit erklärt, doch nun, da sie mittendrin steckte, drohte ihr alles über den Kopf zu wachsen. Was konnte sie ganz allein gegen die Gefahren der Wildnis und eine Horde Sklavenfänger schon tun? Schweiß lief Lea über die Stirn.

»Gibt es Probleme?«

Lea zuckte zusammen. Die weiche Stimme gehörte einem der Sklaven, der jetzt seinen Kopf durch die Lederplane steckte. Er sprach langsam und deutlich, so dass sie seine Worte gut verstehen konnte. Lea riss sich zusammen. Diese Menschen verließen sich auf sie! Sie allein war für ihr Leben verantwortlich und durfte sich nicht von dunklen Schatten abhalten lassen!

»Ich musste mir nur über den Weg klar werden«, sagte sie beruhigend und hoffte, die richtigen Worte gewählt zu haben.

Lea presste die Lippen fest zusammen und trieb die Pferde an. Bald hüllte dunkles Gebüsch den Wagen ein. Nur hier und da bahnte sich das silberne Mondlicht einen Weg durch das Dickicht. Ein Geräusch ließ Lea zusammenfahren, doch es waren nur Präriehühner, die sie aufgescheucht hatten. Und endlich fand sie die Abzweigung, die Nikolas aufgezeichnet hatte. Der selten genutzte Pfad führte in die direkte Nähe des Grashauses.

Die Zeit verstrich quälend langsam. Lea versuchte, ihre Gedanken von möglichen Verfolgern abzulenken. Sie dachte an Joris und konnte sich nicht länger der Tatsache verschließen, dass sie ihn wiedersehen würde. All die Monate hatte sie sich eine Aussprache mit ihm gewünscht, doch nun kroch die Angst vor seiner Ablehnung in ihr hoch. Verzweifelt schüttelte Lea auch diesen Gedanken ab.

Allein in der Wildnis, nur von ihren düsteren Befürchtungen angetrieben, verlor sie jegliches Gefühl für die Zeit. Das Rauschen eines Baches, das sie in der Ferne hören konnte, mischte sich unter die inzwischen vertrauten Geräusche der Prärie.

Wieder erreichte sie eine Abzweigung. Konnte es sein, dass sie schon kurz vor dem Ziel war? Lea starrte angestrengt in die Nacht und dann stahl sich ein befreites Lächeln auf ihr Gesicht. Die Mühle! Sie konnte von Weitem die Mühle ausmachen!

Erleichterung durchströmte sie. Bald würde es geschafft sein! Doch schlagartig verschwand das erlösende Gefühl. Geräusche durchschnitten die Stille der Nacht. Lea zuckte zusammen und wurde kreidebleich. Hufgetrappel!

Sie trieb die Pferde an, die in fliegender Hast über die Prärie jagten. Ihre Hände wurden feucht, doch sie umklammerte die Zügel nur umso fester. Ihr Puls raste. Was sollte sie jetzt tun? Anhalten und versuchen, Tiere und Wagen zu verstecken, oder fahren wie der Teufel? Ihre Augen suchten vergeblich nach einem möglichen Schlupfwinkel. Sie raste an der Mühle vorbei und folgte dem verborgenen Pfad in das nahe gelegene Wäldchen.

Unbarmherzig lenkte Lea die Pferde durch das dichte Unterholz. Der Boden war weich und Lea hoffte, das Moos würde ihre Spuren schnell verschlucken. Es schien endlos zu dauern, bis sie dorthin gelangten, wo der Wald am dichtesten war. Lea hielt den Karren an. Im Licht des anbrechenden Morgens konnte sie die im Dickicht fast unsichtbare Holzbrücke erkennen, die über eine große trockengefallene Senke führte.

»Schnell, springt vom Wagen und versteckt euch. Da drüben, unter der Brücke, ist eine tiefe Mulde. Kriecht unter das Gestrüpp«, raunte sie nach hinten.

Ohne ein Wort glitten die drei Gestalten zu Boden und hechteten davon.

Lea seufzte erleichtert auf. Jetzt musste sie nur noch versuchen, den Wagen zu verstecken. Und sie wusste auch schon, wo. Vielleicht war es noch zu schaffen!

In fliegender Hast trieb Lea die Pferde an. Der Wald lichtete sich und sie bog auf den Weg zur Farm ein. Erleichtert erkannte sie in einiger Entfernung die Ställe. Lea warf einen Blick zurück. Noch waren ihre Verfolger vor dem Dunkel des Waldes nicht zu erkennen. Sie hörte nur ihre Schreie und die Pferdehufe. Leas Herz klopfte so stark, als würde es jeden Moment zerspringen. Sie hielt auf Joris' Farm zu und erreichte endlich die Stallungen, sprang vom Kutschbock, riss das Scheunentor auf und zog den Karren und die Pferde hinein. Dann verschloss sie das Tor rasch.

Leises Wiehern begrüßte sie. Es roch angenehm nach Heu und Leder. Lea strich sich den Schweiß von der Stirn. Ihre Haare klebten nass am Kopf. Mit leisem »Sch, sch, ruhig, ruhig« beruhigte sie die dampfenden Pferde und strich ihnen über die Nüstern.

Deutlicher drang nun das Klappern von Hufen an ihre Ohren. Die Verfolger kamen näher. Leas Herz raste inzwischen so schnell, dass ihr Atem stoßweise kam. Am Hals und in den Schläfen pochte ihr Blut. Wenn die Männer nun auf die Idee kamen, den Stall zu durchsuchen? Womit sollte sie ihre Anwesenheit erklären? Es würde ihnen sicher nicht schwerfallen, eins und eins zusammenzuzählen.

Direkt neben dem Stall kamen die Reiter zum Stehen und Lea vernahm undeutliche Stimmen. »Verdammt! Der Kerl ist wie vom Erdboden verschluckt!«

»Was haben Sie zu dieser nächtlichen Zeit auf meinem Grundstück verloren?« Lea zuckte zusammen. Das war die Stimme von Joris!

»Wir jagen entlaufene Sklaven, waren einem Fluchthelfer auf den Fersen. Doch jetzt haben wir ihn verloren. Einem Hinweis nach verläuft die Fluchtroute hier entlang.«

»Ich weiß nichts von solch einer Route.«

»Haben Sie etwas gehört oder gesehen?«

»Nein. Ich bin mir sicher, dass hier in der Nähe der Farm niemand vorbeigekommen ist. Die Abzweigung dort drüben führt direkt ins nächste Dorf. Vielleicht hat der Bursche den Weg genommen.«

»Henk, wir dürfen uns nicht aufhalten lassen, sonst entkommt der Kerl«, hörte Lea eine junge Stimme sagen. »Lass uns endlich weiterreiten.«

»Ich werde heute Nacht die Augen aufhalten«, versprach Joris.

Lea atmete erst auf, als die Reiter außer Hörweite waren. Sie fühlte sich auf einmal sehr erschöpft. Ihr wurde bewusst, in welcher Gefahr sie geschwebt hatte und dass sie an diesem Tag über sich hinausgewachsen war.

»Nikolas, bist du hier irgendwo?«, hörte sie Joris leise rufen.

Mit zitternden Knien öffnete Lea das Tor und wankte hinaus. Im fahlen Licht des Mondes erkannte sie seinen fassungslosen Gesichtsausdruck.

»Lea! Was um Gottes willen tust du hier? Und wo sind die Flüchtlinge?«

Sie berichtete in aller Eile.

»Unter der Brücke, sagst du? Ich werde mich um die drei kümmern. Geh ins Haus und ruh dich aus.«

»Erst nachdem ich die Pferde versorgt habe.«

»Gut.« Joris ging zum Wagen, drehte sich aber noch einmal um. »Ich schätze, du wirst bis morgen früh hierbleiben müssen. Schon für den Fall, dass die Männer umkehren.«

6

Selbst wenn das Haus auf dem Mond oder in den Wipfeln eines Baumes gestanden hätte, es hätte Lea nicht fremdartiger vorkommen können. Sie trat durch die Tür und kam sich wie ein Eindringling vor. Ein wehmütiges Gefühl erfasste sie. Noch vor Kurzem war ihr die Farm Schutz und Zuflucht gewesen. Das war erst wenige Monate her und kam ihr doch vor wie eine Ewigkeit.

Langsam bewegte sie sich durch die Räume, berührte Dinge, die Joris oder Rebekka gehört und mit denen sie zu tun gehabt hatten. Liebkoste Kissen, Decken und Vorhänge, die sie selbst gefertigt hatte. Doch all dies brachte die Nähe nicht zurück. Schließlich wandte Lea sich seufzend ab und trat zum Fenster. Der volle Mond tauchte die Prärie in bleiches Silber. Lea lehnte ihren Kopf gegen den Fensterrahmen und starrte hinaus. Nicht das Haus hatte sich verändert, sie selbst war eine andere geworden. Sie gehörte nicht mehr hierher.

Die Enge des Raumes schien Lea plötzlich so erdrückend, dass sie sich umdrehte, nach dem Schaukelstuhl griff und ihn nach draußen trug. Lea setzte sich unter den Lindenbaum, der nahe am Haus stand.

Ein kühler Wind wehte. Sie hüllte sich in ihren Umhang und wickelte eine Decke um sich. Schafe blökten und eine Eule glitt dicht an ihr vorüber. Lea schloss für einen Moment die Augen, fuhr aber erschrocken zusammen, als Joris' Stimme die Nacht durchdrang.

»Was, um Himmel willen, machst du hier draußen?«

»Ich warte auf dich. Ich konnte es im Haus nicht aushalten.« Sie zuckte hilflos die Schultern. »Lass uns eine Weile hierbleiben.«

»Ich hole mir einen Stuhl und etwas zum Trinken. Das können wir jetzt gut gebrauchen nach diesem Abenteuer.« Joris bemühte sich um einen leichten Tonfall.

»Sag mir noch schnell, ob die Flüchtlinge in Sicherheit sind.«

»Alles bestens. Sie sitzen trocken im Grashaus. Du hast deine Sache gut gemacht.«

Kurze Zeit später saßen sie sich mit einem Whisky gegenüber. Nachdem Joris sich ausgiebig nach Nikolas erkundigt hatte, herrschte beklemmendes Schweigen.

Schließlich atmete Joris tief ein und sagte: »Ich muss dich um Verzeihung bitten. Ich bin dir einiges schuldig geblieben. Auf deine Briefe hast du nie eine Antwort bekommen. Und, Lea, unsere letzte Begegnung … Ich hätte dir gegenüber nicht die Beherrschung verlieren dürfen. Aber du hast mich so wütend gemacht. Seitdem habe ich immer wieder über deine Beweggründe nachgedacht. Warum hast du mir nicht schon viel eher die Wahrheit gesagt? Ich hätte es verstanden!«

»Ich kannte dich zu wenig und hatte nicht das nötige Vertrauen. Ach Joris, was habe ich euch nur angetan! Arne hat sich nach meinem Geständnis wunderbar gehalten …«

»… aber Joris ist rasend geworden«, beendete er ihren Satz.

Plötzlich mussten beide lachen. Ein befreiendes Lachen. Lea spürte, wie ihr das Herz leichter wurde.

»Wie solltest du auch anders reagieren? Du hast mich für selbstsüchtig gehalten und warst über alle Maßen enttäuscht.«

»Stimmt! Ich war bis ins Mark getroffen, verletzt und gekränkt. Nach so langer Zeit alleine auf der Farm habe ich geglaubt, nie wieder lieben zu können. Und dann kamst du, Lea, die Frau meines Bruders – unerreichbar und doch alles, was ich mir wünschte. Durch dich veränderte sich mein Leben. Alles wurde heller und leichter. Ich begann zu träumen. Doch durch dein Geständnis brach das Kartenhaus meiner Wünsche in sich zusammen.«

»War es sehr schlimm für dich?«

»Ein Albtraum.«

»Arne hat mir erzählt, dass er jetzt die Mühle betreibt und du auf der Farm arbeitest. Er behauptet, dass nicht ich der Grund dafür bin.«

»Ich musste mich für eine Weile in mein Schneckenhaus zurückziehen. Arne hat das verstanden. Er hat mich in Ruhe gelassen und sich intensiv mit der Mühle beschäftigt. Dass wir räumlich getrennt sind, hat nichts mit unserem Verhältnis oder mit dir zu tun. Ich glaube, Arne wird ein guter Müller. Er liebt den Umgang mit Menschen und davon hat er auf der Mühle genug. Außerdem versteht er sich prächtig mit Toni. Ein einziges Mal nur war ich wütend auf ihn.«

»Wann?«

»Als er mich mit der Floskel ›Die Zeit heilt alle Wunden‹ trösten wollte. Damit meinte er sowohl seine Trauer als auch die meine. Ich habe ihn hinausgeworfen. Darin bin ich gut – du weißt es! Damals konnte ich mir nicht vor-

320

stellen, dass es mir irgendwann wieder besser geht. Doch mittlerweile hat sich der Mittelpunkt meines Lebens verschoben. Ich habe mich wieder auf das Land konzentriert, an dem mein Herz hängt. Diese Liebe hilft mir auszuhalten, dass ich ein Leben ohne dich führen muss. Denn das muss ich doch, oder?«

Lea nickte. Sie spürte einen Kloß in der Kehle. »Es war wohl die Sehnsucht nach Nähe, die mich Geborgenheit mit Liebe verwechseln ließ.«

Joris nickte. »Ich habe in deinen Briefen davon gelesen.« Er drehte sein Whiskyglas zwischen den Fingern und blickte in die Vollmondnacht hinaus. »Nachdem du fort warst, glaubte ich vor Kummer verrückt zu werden. Ich habe bis zum Umfallen gearbeitet. Das hat geholfen. Aber du fehlst mir!« Seine Augen suchten die ihren und Lea las unermessliche Sehnsucht darin.

»Ich habe mich auch mit Arbeit betäubt. Es ist ein Glück, dass ich jetzt mit dem Schreiben mein Geld verdienen kann.«

»Ist es wirklich das, was du unter Glück verstehst?«

»Ach Joris! Glück – was ist das überhaupt? Der Himmel auf Erden, das ewige Feuer? Ich glaube nicht daran. Glück ist ein flüchtiges Gut. Wenn ich schreibe, dann macht mich das meistens glücklich. Aber auch während meiner freien Zeit bin ich nie ganz unglücklich.«

»Dann warst du auf der Farm also auch nie ganz glücklich?«

»Die Zeit mit dir, das war etwas anderes. Eine so intensive Nähe zu einem Menschen habe ich nie zuvor erlebt. Es war wie ein Traum, für eine kurze Zeit. Doch ein Traum kann nicht ewig dauern.«

Sanft schloss er sie in die Arme. Lea tat einen tiefen bebenden Atemzug und legte den Kopf an seine Brust. Durch das Hemd konnte sie sein Herz schlagen hören. Sie fühlte, wie seine Hand über ihr Haar strich. Dann schob Joris sie sacht von sich.

»Werde ich von dir hören?«

»Ich bin gut im Briefeschreiben.«

Er lachte leise. Und mit diesem Lachen ließ Lea die Traurigkeit, die sie umfangen gehalten hatte, hinter sich. Joris liebte sie und hatte ihr verziehen!

»Joris, ich glaube jetzt kann ich mit dir zusammen ins Haus gehen.«

Die Zeit verrann, doch sie merkten es kaum. Sie redeten, bis die Sonne zurückkehrte und mit ihr der neue Tag. Leas Augen sogen sich an der gelben Kugel fest, die leuchtend rot in den klaren Himmel stieg. Ein wunderbarer Anblick. Ein Anblick, der Erinnerungen weckte.

Ich reise der Sonne entgegen! Sie glaubte, Rebekkas Abschiedsworte zu hören und sie vor sich zu sehen, wie sie ihre Arme nach dem Feuerball ausstreckte, als wolle sie ihn umfangen und nie wieder loslassen.

Nichts ist für die Ewigkeit. Das ganze Leben ist Ankunft und Abschied und meine Zeit mit Joris war ein Teil davon, dachte Lea.

Als sie die Farm verließ, küsste Joris sie zum Abschied auf die Wange. Sein Kuss war leicht und flüchtig.

»Alles Gute, Lea! Pass auf dich auf!«

»Ich verspreche es dir. Und du auch auf dich!«

Sie lösten ihre Hände voneinander und für einen Herzschlag vergaß Lea ihren festen Vorsatz, jegliche Gefühlsausbrüche zu vermeiden. Sie schluchzte leise auf und wandte

sich schnell von ihm ab. Hastig stieg sie auf den Kutschbock und griff mit zitternden Händen nach den Zügeln.
Der Wagen setzte sich in Bewegung. Tief holte Lea Atem
und fand schließlich ihre Selbstbeherrschung wieder.

Sie verabschiedete sich von der vertrauten Landschaft,
die sie vielleicht nie wiedersehen würde. Sie dachte an das,
was hinter ihr lag, und an das, was vor ihr lag. An ihre Arbeit und an Nikolas, der auf Nachrichten wartete.

Auf einmal verspürte sie eine drängende Ungeduld. Sie
konnte es kaum noch erwarten, in die Stadt zu kommen
und die Hand nach der Zukunft auszustrecken.

7

Die ersten Lichtstrahlen fielen durch das Fenster herein und wärmten Leas Gesicht. Langsam tauchte sie aus tiefem Schlaf auf und einen Moment lang kniff sie wegen der Helligkeit die Augen zusammen. Zum ersten Mal seit Langem hatte sie eine traumlose Nacht verbracht. Lea fühlte sie sich erholt und voller Tatendrang.

Gestern hatte sie Nikolas in aller Kürze von ihrem Abenteuer und seinem glücklichen Ausgang erzählt. Ungläubig hatte er ihrem Bericht gelauscht und sie schließlich überschwänglich in die Arme geschlossen. Lea lächelte in sich hinein. Wie sehr sie seine Freundschaft genoss!

Beherzt sprang sie jetzt aus dem Bett, zog sich an und machte sich nach einem raschen Frühstück auf den Weg in die Druckerei.

Nikolas erwartete sie schon. Sein Arm hing in einer Schlinge, doch das hinderte ihn nicht daran, die Arbeit des Setzers zu kontrollieren.

Lea konnte nur mit dem Kopf schütteln. »Was tust du hier?«

»Ich kann die faulen Stunden nicht länger ertragen.«

Rupert steckte den Kopf zur Tür herein. »Nikolas, ich habe einen Brief für dich. Ist gerade mit dem Eilboten gekommen.«

In seinen Augen blitzte Neugier. Nikolas nahm gelassen den Umschlag entgegen und steckte ihn in seine Jackentasche. Erst nachdem Rupert verschwunden war, zog er ihn wieder hervor und öffnete das Kuvert.

»Ich lasse dich mal allein.« Lea machte Anstalten zu gehen.

»Halt, warte.« Der Fotograf hob den Kopf, sah Lea kurz an und blickte dann wieder mit gerunzelter Stirn auf den Bogen in seiner Hand.

»Es geht um dich. Du bist eingeladen.«

»Ich? Von wem?«

»Ich habe dir doch von dem alten Knaben aus Italien erzählt. Dem, der für die *Mannigfaltigkeit* schreibt.«

»Ja. Was ist mit ihm?«

»Nun, er ist hier in Quincy. Hat sich im besten Hotel der Stadt eingemietet und bittet darum, mit dir sprechen zu können. Hör dir nur an, was er schreibt: ›Bester Nikolas! Ich bin nach Amerika gereist, um die junge Frau zu treffen, die neuerdings Texte für unsere *Mannigfaltigkeit* schreibt. Würdest du sie in meinem Namen bitten, mich im *Quincy's Best* aufzusuchen? Ich werde mich heute den ganzen Tag dort aufhalten und auf sie warten. Morgen können wir beide uns dann gerne treffen. Danke und Gruß. Kaspar Steinberg.‹«

Lea runzelte die Stirn. »Ich verstehe nicht, was dieser Mann von mir will. Der Weg von Italien nach Amerika ist etwas zu weit, nur um Kritik zu üben.«

»Wer weiß, vielleicht hast du den alten Burschen so beeindruckt, dass er dich unbedingt kennenlernen möchte. Finde es heraus, Lea!«

Keine Stunde später trat Lea aus ihrer Haustür und winkte eine Kutsche heran. Während der Fahrt zermarterte sie sich den Kopf über die Gründe für diese Einladung. Es konnte ja eigentlich nur um ihre Arbeit bei der *Mannigfaltigkeit* gehen. Unbehaglich rutschte Lea auf dem Sitz hin und her. Sie hatte keine Lust, einem völlig Fremden Rede und Antwort zu stehen.

Die Kutsche bog in das prächtigste Viertel der Stadt weit oberhalb des Flusses und dann waren sie auch schon beim Gasthaus angekommen. Der Kutscher zügelte die Pferde, nahm seinen Lohn entgegen und fuhr davon. Lea blieb unentschlossen vor dem *Quincy's Best* stehen. Für einen Moment erwog sie, sich einfach umzudrehen und zu gehen, doch dann siegte die Neugier. Entschieden schüttelte sie ihre Beklommenheit ab. Sie würde sich auf keinen Fall verunsichern lassen!

Mit gestrafften Schultern und erhobenen Hauptes betrat sie den Empfangsraum und bat den Portier, Kaspar Steinberg über ihre Ankunft zu informieren. Bemüht ruhig ertrug Lea einige Minuten lang die neugierigen Blicke des Personals, war dann aber erleichtert, als ein Mann mit reserviertem Gesichtsausdruck ihr bedeutete, ihm zu folgen. Der Diener führte sie ins Restaurant des Hauses. Er nahm ihren Mantel und geleitete sie zu einem abgeschirmten Tisch beim Fenster, auf dem zwei Gläser und eine Flasche Wein standen. Der Diener schob ihr einen Stuhl zurück und verschwand nach einer angedeuteten Verbeugung. Einige Gäste blickten neugierig herüber.

Lea betrachtete mit großen Augen den Raum, der ganz in Weiß und Gold gehalten und verschwenderisch mit Blumen dekoriert war. Auf hellen Teppichen standen zierliche Möbel und wertvolle Gemälde schmückten die Wände. Von der Decke hingen prächtige Kronleuchter. Die Tür zum Restaurant öffnete sich und ein alter Mann trat ein. Einen Augenblick blieb er wie unschlüssig stehen, näherte sich dann aber mit raschen Schritten ihrem Tisch.

Lea blickte ihm entgegen. Der Fremde war mittelgroß, schlank und hielt sich sehr gerade.

Als ob es ihn große Mühe kostete, streckte er ihr die Hand entgegen. »Ich bin Kaspar Steinberg.«

Er sprach Deutsch, was Lea verwunderte. Seine Stimme hatte nicht einmal einen italienischen Akzent.

»Lea Brons.«

Der Mann betrachtete sie auf eine Weise, die Lea ungehörig gefunden hätte, wenn da nicht diese Gerührtheit auf seinem Gesicht gewesen wäre. Sein Blick ruhte lange auf ihrem Gesicht und glitt dann zu dem dunkelblauen Kleid mit den schmalen Ärmeln. Lea entschied sich, die Musterung hinzunehmen, und betrachtete nun ihrerseits den Mann. Kaspar Steinberg hatte ein rundes, glatt rasiertes Gesicht, auf dem ein gütiger Ausdruck lag. Sein weißes Haar trug er länger, als es üblich war, doch es wirkte nicht ungepflegt. Lea stockte der Atem, als sie die Narbe einer Wunde über der rechten Wange sah. Sie war tief, blutrot, ein altes, längst verheiltes Wundmal, das die helle Haut wie ein Peitschenhieb durchschnitt. Als ob er ihren fragenden Blick spürte, legte der alte Mann eine Hand darauf.

Schließlich sagte er: »Es muss Ihnen merkwürdig vorkommen, dieses erbetene Treffen. Bitte entschuldigen Sie mein Drängen, aber ich bin alt und mir bleibt vielleicht nicht mehr viel Zeit. Ich musste einfach hierherkommen und Sie sehen, musste wissen …« Er brach ab. Voller Staunen sah Lea, wie ihm eine Träne über die Wange rollte. Der alte Mann schluckte.

»Ich muss es anders anfangen.« Er setzte sich ihr gegenüber und schien nach Worten zu suchen.

Durch das geöffnete Fenster wehte eine sanfte Brise herein und strich über Leas Gesicht. Auf dem Steinweg im Garten schritt eine junge Frau und pflückte Blumen. Das Geräusch ihrer Schritte klang zu ihnen herüber und beruhigte Lea.

Kaspar Steinberg hatte die Hände gefaltet auf den Tisch zwischen ihnen gelegt. Als er endlich sprach, bebte seine Stimme leicht. »Wie ähnlich du ihr bist. Es ist für mich wie ein Wunder.«

»Wem bin ich ähnlich?«

»Cecilia, meiner verstorbenen Frau. Diese Augen, das Kinn und sogar die Farbe deiner Haare.«

»Ich kenne keine Cecilia. Wir sind ganz sicher nicht miteinander verwandt. Es muss sich um einen Irrtum, einen Zufall handeln.«

Lea fragte sich allmählich, ob der Fremde noch bei Verstand war. Trieb die Einsamkeit ihn dazu, sich in verrückte Geschichten hineinzusteigern? Unauffällig blickte sie zur Tür. Am liebsten würde sie jetzt aufstehen und gehen.

Die Lippen des Mannes zuckten und die Narbe pochte. »Bitte entschuldige meine Sprunghaftigkeit. Es war eine lange, in aller Eile unternommene Reise. Zumal ich nicht genau wusste, ob meine Vermutung sich bestätigen würde. Doch jetzt gibt es keinen Zweifel mehr. Ich habe dich gefunden! Ich bin dein Großvater, Lea! Als ich das Bild von dir in der *Mannigfaltigkeit* sah, da ist mir fast das Herz stehen geblieben. Die Ähnlichkeit mit Cecilia ist in jeder Linie deines Gesichts zu finden. Außerdem trägst du wie sie den Engelskuss.«

Er wies auf das herzförmige Muttermal unterhalb ihres linken Auges. »Es wird erzählt, dass die Engel den Kindern, die sie besonders lieb haben, ein Geschenk mitgeben. Der Kuss ist ein Zeichen dafür, dass du gesegnet bist und zu jeder Stunde ein Himmelswesen über dich wacht.« Kaspar Steinberg lächelte und hob wie entschuldigend die Hände. »Das ist natürlich eine Legende.«

Lea stockte der Atem. Nur mit Mühe konnte sie die Frage stellen, die ihr auf der Seele brannte. »Sie behaupten, mein Großvater zu sein. Was ist mit meinem Vater? Wo ist er?«

Ein Schatten legte sich auf das Gesicht des alten Mannes. »Stefano ist tot. Ich werde dir die ganze Geschichte erzählen. Es gibt nur noch dich und mich, mein Kind.«

»Nur noch dich und mich ...« Lea wiederholte seine Worte wie ein Echo. Sie konnte es kaum glauben. Ihre Augen glitten über das Gesicht des Mannes, sahen eine entfernte Ähnlichkeit mit Rebekka, mit sich selbst, die sie bislang nicht wahrgenommen hatte. Konnte es wirklich wahr sein, was er sagte? Es wäre berauschend, plötzlich einen Großvater zu haben, Teil einer Familie zu sein, von deren Existenz sie nie zuvor etwas geahnt hatte.

Sie sah den alten Mann atemlos an, umklammerte die Armlehnen ihres Stuhls und forschte in seinem Gesicht, in seinen Augen. Konnte er ermessen, was in ihr vorging?

»Ich möchte dir etwas zeigen.«

Kaspar Steinberg griff in die Tasche seiner Jacke und zog einen Lederbeutel hervor. Er öffnete die Bänder, entnahm dem Beutel eine kleine Miniatur und reichte sie Lea.

»Hier. Ein winziges Bildnis von Cecilia, deiner Großmutter. Ich trage es immer bei mir.«

Ungläubig blickte Lea auf das kleine, zart gemalte Porträt. Sie dachte für einen winzigen Moment an das Medaillon mit dem Bildnis ihrer Mutter, mit dem sie selbst keinerlei Ähnlichkeit hatte. Bei der Miniatur, auf die Lea jetzt blickte, war das gänzlich anders. Sie blickte in ihr Ebenbild. Das dunkle Haar der Frau war ungebändigt. Sie trug ein weinrotes Kleid mit einer schmalen Halskrause und als einzigen Schmuck eine Kette mit einem tropfenförmigen Anhänger. Lea schluckte und blickte hilfesuchend zu ihrem Großvater.

»Du erkennst es auch sofort, nicht wahr? Es ist unglaublich! Kannst du dir vorstellen, wie das für mich war, dieses mir so vertraute Gesicht in der *Illustrierten Mannigfaltigkeit* zu entdecken? Ich fühlte mich in meine Jugend zurückversetzt. Dunkel und schön wie du, so war Cecilia. Ein wenig ungezügelt, aber gerade das liebte ich an ihr. Du bist ihr nicht nur äußerlich ähnlich. Als ich deine Artikel las, die eine ganz eigene Note haben, da glaubte ich, Cecilias Stimme zu hören. Es hätte sie sein können, die diese Geschichten schrieb.«

Lea konnte ihre Augen nicht von dem Bild lösen. Die Dampfer auf dem Mississippi, Geräusche, die von draußen hereindrangen, alles schien mit einem Mal seltsam unwirklich.

Schließlich sah sie auf und begegnete dem liebevollen

Blick ihres Großvaters. Er erhob sich, umrundete den Tisch und breitete die Arme aus. Lea sprang auf und warf sich an seine Brust. Tränen stürzten ihr aus den Augen. »Jetzt kann ich dir glauben. Was für ein Glück, dass du mich gefunden hast.«

Sie verharrte in seiner Umarmung, bis die Tränen versiegten. Lea hörte den Herzschlag ihres Großvaters und gab sich ganz dem entspannten Frieden hin. Eine Welle von Wohlgefühl überflutete sie und sie wünschte nichts sehnlicher, als alles über ihre Familie zu erfahren. Sie hatte schon jetzt das Gefühl, zu diesem Mann zu gehören. Es war, als hätten sie, jeder für sich, eine harte Probezeit überstanden und wären nun durch unsichtbare Bande verbunden.

Schließlich löste sie sich aus den Armen ihres Großvaters. Er nahm Leas Hände und sein Gesicht leuchtete vor Freude.

»Ich fühle mich reich beschenkt, mein Kind. Was für ein Wunder! Du musst mir alles über dich erzählen und dann werden wir das Mosaik unserer beider Geschichten zusammensetzen.«

Kaspar Steinberg schenkte Wein ein und reichte ihr ein Glas.

»Auf den Schatz, den ich entdeckt habe!« Er nickte ihr bedeutungsvoll zu. »Ich habe uns gebackene Hühnchen mit Kartoffeln und Salat bestellt.«

Als das Essen serviert wurde, gab Lea ihrem Großvater das Medaillon zurück. Er ließ es wieder in den Beutel gleiten und sie aßen schweigend. Trotz der Aufregung und der vielen Gedanken, die ihr durch den Sinn schossen, genoss Lea die Mahlzeit. Sie hatte seit dem frühen Morgen nichts mehr gegessen. Schließlich schob sie den Teller zurück, der gleich darauf von fleißigen Händen entfernt wurde. Kaspar Steinberg prostete ihr zu.

»Erzähle mir von damals, als ihr jung ward«, bat Lea ihn.

»Nun, Cecilia war Italienerin. Ich habe sie auf einer Reise kennengelernt und mich verliebt. Wir heirateten noch auf dem Schiff. Es war ein Geistlicher an Bord und wir fanden all das wunderbar romantisch. Von Haus aus waren wir beide nicht unvermögend. Ich hatte ein Weingut von meinem Vater geerbt, auf dem wir später lebten. Es lag in der Pfalz, oberhalb eines Bauerndorfes. Ein Verwalter kümmerte sich um alles. Viele Leute aus dem Dorf arbeiteten in meinen Weinbergen. Mir selbst wäre das nie in den Sinn gekommen, ich kannte es ja nicht anders, als dass die Leute im Dorf unsere Knechte waren.

Ich lebte für Cecilia und meine Studien, verbrachte lange Stunden in der großzügigen Bibliothek unseres Hauses und lud mir ab und zu Gelehrte ein, die mich unterrichteten, oder ging auf Reisen. Einmal im Jahr fuhren wir für zwei Monate nach Italien.

Cecilia verbrachte ihre Zeit mit Malen. Ihre Bilder waren wunderschön. Sie hatten etwas ganz Eigenes und wurden bald berühmt. Es galt als chic, einen Steinberg zu besitzen, was uns die Türen der wirklich Reichen öffnete. Nicht nur unser Ansehen stieg, auch unser Wein war plötzlich begehrt.

Auf unserem Gut lebten wir sehr zurückgezogen, als wären wir die einzigen Menschen weit und breit. Abgesehen von den Reisen und kleinen Ausflügen in die Welt der Kunstliebhaber verlief unser Leben in müßigen Bahnen. Wir waren damals zweifellos sehr egoistisch. An die Arbeiter in den Weinbergen oder die Armut der Welt verschwendeten wir keine Gedanken. Es schien unser Recht zu sein, so und nicht anders zu leben.

Eine wunderbare Köchin versorgte uns mit Speisen aus aller Herren Länder und mehrere Gärtner verwandelten die Anlagen um das Anwesen in einen Lustgarten. An warmen Tagen ließ sich Cecilia einen Korb mit Leckereien packen und wir machten Ausflüge zu zweit.« Er schloss die Augen. Ein Lächeln lag auf seinem Gesicht, das sich bei dem Gespräch entspannt hatte.

»Merkwürdig, wie genau ich mich noch daran erinnern kann. Wir glaubten wirklich, unser Leben würde so weitergehen, so unbeschwert bleiben und von Leid verschont werden. Doch dem war nicht so.«

Ein tiefer Seufzer entrang sich ihm. Kaspar Steinberg stand auf, stellte sich ans Fenster und blickte auf den Fluss hinunter. Lea trat neben ihn.

Schließlich fuhr der alte Mann fort. »Als Cecilia mir erzählte, dass sie schwanger sei, war ich der glücklichste Mensch auf der Welt. Unser Kind – das schien der Gipfel unserer Träume. Wir suchten ein Zimmer für den neuen Erdenbürger aus, bestellten Stoffe, eine Wiege und ließen bunte Vorhänge aufhängen. Doch dann geschah das Unglück. Cecilia, immer schon wirbelig und umtriebig, wollte auch während der Schwangerschaft nicht auf gemeinsame Ausflüge verzichten.

Eines Tages, sie war im achten Monat, bat sie mich inständig darum, noch einmal mit ihr einen der umliegenden Berghügel zu erklimmen. Es war der, auf den wir so oft schon hinaufgewandert waren. Ich appellierte an ihre

Vernunft, doch ohne Erfolg. Sie versprach mir, dies sei dann auch wirklich der letzte Ausflug.

Und er wurde es, im wahrsten Sinne des Wortes. Als wir die Anhöhe erreichten und Arm in Arm ins Tal hinunterblickten, lösten sich Felsbrocken unter unseren Füßen und rissen uns in die Tiefe. Während ich mir nur einige Abschürfungen und diese Verletzung im Gesicht zuzog«, er deutete auf die Narbe, »hatte es Cecilia härter getroffen. Sie blutete aus tiefen Wunden. Ich bettete sie auf ein Lager aus Jacken und Decken und rannte ins Dorf, um Hilfe zu holen. Doch als ich mit dem Arzt zurückkehrte, war Cecilia schon tot. Während ich völlig außer mir war und Gott und die Welt verfluchte, rettete der Arzt mit einem beherzten Schnitt meinem Sohn das Leben.«

Lea sah ihren Großvater besorgt an. Der alte Mann ballte die Hände zu festen Fäusten, seine Fingerknöchel wurden weiß.

»Großvater?« Sie legte ihm eine Hand auf den Arm.

Er fuhr sich über die Augen, wie um dunkle Schatten zu verscheuchen, und setzte sich wieder an den Tisch. Sein Gesicht sah grau und müde aus.

»Es geht schon wieder, mein Kind. Die Erinnerung daran tut nach all den Jahren immer noch weh. Doch es sollte nicht das einzige Leid bleiben, das mir widerfuhr. Gerüchte kamen im Dorf auf. Es hieß, Cecilia hätte einen Geliebten gehabt und das Kind sei von ihm. Neid und Missgunst ließen schnell den Vorwurf laut werden, ich hätte meine geliebte Frau umgebracht. Diese Behauptungen brachten mich, der so sehr litt, fast um den Verstand. Ich widersprach, ich beschwor die Leute, doch niemand glaubte mir.

Das war mehr, als ich ertragen konnte. Von einem Tag auf den nächsten kehrte ich meiner Heimat den Rücken, verkaufte das Gut und zog mit meinem kleinen Sohn Stefano nach Italien. Cecilias Familie empfing uns mit offenen Armen.

Die Sehnsucht nach Cecilia ist über all die Jahre mein Begleiter geblieben – und das Heimweh. Letzteres konnte ich zeitweilig befriedigen. Da es an Geld nicht mangelte, reisten Stefano und ich immer wieder in die alte Heimat. Ich fuhr auch gerne auf die Inseln an der Küste, wo ich schon oft die Sommerfrische mit Cecilia verbracht hatte. Wir hatten gelernt, die versteckten Eilande an der Nordsee und das raue Meer zu lieben.

Die Zeit schritt voran und Stefano, ein aufgewecktes Kind, wurde erwachsen. Er machte mir Freude und war arbeitsamer, als ich es je gewesen bin. Von seiner Mutter hatte er das Künstlerische geerbt und da Cecilias Familie *Perlai*, Perlenschmuckmacher aus Familientradition, sind, spezialisierte er sich auf die Herstellung besonderer Schmuckstücke aus Glas. Er verarbeitete Gold und Silber und gab damit dem mundgeblasenen und handmodellierten Glasschmuck seine eigene Note. Stefano war nicht minder erfolgreich, als es seine Mutter mit ihren Bildern gewesen war. Sie wäre stolz auf ihn gewesen.

Während ich selbst an meinem zurückgezogenen Dasein festhielt, mich als Lyriker und Romancier versuchte, brauchte Stefano Leben um sich. Er liebte es, zu reisen, andere Menschen kennenzulernen. Doch all die Schönheit der großen Städte, die Wunder des Orients und die Fahrten über die Meere konnten ihm die Sehnsucht nach dem einfachen Leben auf den Inseln nicht austreiben. Immer wieder zog es ihn nach Wangerooge, wo wir während seiner Kindheit viel Zeit verbracht hatten.

Auf seiner letzten Reise dorthin verliebte sich mein Sohn unsterblich in eine junge Frau. Er kehrte nach Italien zurück und erzählte mir davon und auch, dass sie unglücklich verheiratet sei. Ich versuchte ihm diese Beziehung auszureden, jedoch ohne Erfolg. Wir überwarfen uns sogar deswegen. Stefano hätte die junge Frau am liebsten sofort mit nach Hause gebracht, doch sie bestand nach seinen Worten darauf, sich ihrem Mann, der zur See fuhr, erklären zu müssen. Und so trennten die beiden sich. Stefano schrieb lange Briefe, die jedoch unbeantwortet blieben. Ich freute mich und hoffte insgeheim, dass seine Geliebte sich besonnen und gegen ihn entschieden hätte. Stefano wurde immer unruhiger. Eines Tages hielt er es nicht mehr aus und beschloss, nach Wangerooge zu reisen.«

Kaspars Miene verdüsterte sich. »Er wollte seine Geliebte nach Italien holen, doch sein Vorhaben misslang. Stefano starb bei einem Kutschenunfall. Ich habe meinen Sohn niemals wiedergesehen.«

Er strich sich eine weiße Strähne aus dem Gesicht. Seine Hand zitterte.

Leas Hals war wie zugeschnürt. *Er wollte seine Geliebte nach Italien holen!* Stefano hatte ihre Mutter nicht verlassen, sondern geliebt. Es war der Tod gewesen, der sie getrennt hatte, ein Unglück! Tränen stiegen ihr in die Augen, als sie daran dachte, was dieses Wissen für ihre Mutter bedeutet hätte. Ob Stefanos Briefe sie jemals erreicht hatten? Oder hatte Großmutter auch diese verschwinden lassen? Sie würden es nie mehr erfahren.

Die Stimme ihres Großvaters brachte Lea in die Gegenwart zurück. »Ich sah dein Gesicht in der *Mannigfaltigkeit* und las, dass du auf Wangerooge geboren wurdest. Es passt alles zusammen. Du bist ohne Zweifel meine Enkeltochter, auch wenn sich das wahrscheinlich nie beweisen lässt.«

»Vielleicht doch! Warum ist mir das nur nicht eher eingefallen! Du sagtest, mein Vater hat Schmuck hergestellt. Ich besitze ein Medaillon meiner Mutter!«

Sie griff nach der Kette um ihren Hals und zog das Schmuckstück hervor.

Ehrfürchtig nahm Kaspar Steinberg das Kleinod entgegen.

Als er den Hebel an der Seite berührte, sprang der Deckel auf. Schweigend betrachtete der alte Mann das Porträt. Seine Finger glitten über den verzierten Rahmen, der die Miniatur einfasste. Schließlich hob er den Kopf und sah Lea an.

»Das ist eine von Stefanos Besonderheiten gewesen. Diese Verzierungen, die vielen Ranken und Blüten. Das Bildnis der Liebsten, gebettet in ein Meer von Blumen.«

Dann, als ob ihm ein Gedanke gekommen sei, löste Kaspar Steinberg mit einer geschickten Bewegung das Bildnis aus der Halterung. Vorsichtig drehte er die Miniatur um. Ein Keuchen entrang sich seiner Kehle.

»Sieh doch nur!«

Lea war mit einem Satz neben ihm. Sie blickte in das Gesicht eines Mannes mit dunklem Haar und ebensolchen Augen.

»Stefano!« Die Stimme des alten Mannes klang gepresst. »Mein Gott, sie war tatsächlich seine Liebste!« Er ließ die Hand sinken, als sei ihm der Schmuck plötzlich zu schwer geworden.

Lea legte ihm tröstend eine Hand auf die Schulter. »Was für eine unglückliche Geschichte!«

Der alte Mann richtete sich auf. »Ich glaube, es würde deine Eltern sehr glücklich machen, wenn sie wüssten, dass wir beide uns gefunden haben. Ihre Geschichte hat doch noch ein gutes Ende genommen. Du darfst nicht zurückschauen, Lea. Was war, ist unwiederbringlich vorbei. Du bist die Zukunft!« Er griff nach seinem Weinglas und nahm einen großen Schluck. Dann wandte er sich erneut dem Medaillon zu, drehte mit einer entschlossenen Bewegung das Bildnis seines Sohnes um und gab Lea den Schmuck zurück. »Und nun will ich deine Geschichte hören.«

Sie redeten stundenlang. Kaspar Steinberg erfuhr von seiner zweiten Enkeltochter Rebekka, ihrer gemeinsamen Kindheit und von Leas Reise nach Amerika. Natürlich erfuhr der alte Mann auch alles über Ferdinand Gärber. Er erregte sich so sehr, dass Lea begriff, dass dieser Mann nicht nur eine sanfte Seite besaß.

Es wurde spät und später. Schließlich brach der Abend über sie herein und Kaspar Steinberg bat seinen Diener, eine Kutsche zu besorgen.

»Ich werde dich begleiten.«

Lea hakte sich bei ihrem Großvater ein und fühlte sich befreit und glücklich.

»Schau nur, wie herrlich der Fluss aussieht.«

Lea blickte auf den Mississippi hinunter, dessen Wasser von der Abendsonne golden gefärbt war. Die Raddampfer mit ihren Laternen sahen von oben wie riesige Glühwürmchen aus, die über glänzende Pfade schwebten.

»Wunderschön!«

»Nicht wahr. Wie alles an diesem Tag!«

Kurze Zeit später lehnte Lea sich in die ledernen Sitze der Kutsche zurück. Während das Gefährt durch die mondhelle Nacht fuhr, konnten sie nicht aufhören zu reden.

»Lea, ich habe nachgedacht und möchte dir einen Vorschlag machen. Was hältst du davon, die kommenden Monate bei mir in Italien zu verbringen? Ich kann es kaum mehr abwarten, dir unseren Besitz zu zeigen. Danach können wir nach Wangerooge fahren und deine Angelegenheiten regeln. Ich werde in der Zwischenzeit Erkundigungen über diesen Betrüger einholen und Maßnahmen gegen ihn vorbereiten.«

»Italien?«, flüsterte Lea verwirrt.

»Ich wünsche mir so sehr, dass du mich dorthin begleitest.«

»Aber was ist mit meiner Arbeit hier, mit Nikolas und der *Mannigfaltigkeit?* Ich kann das alles doch nicht einfach aufgeben.«

»Das brauchst du nicht. Hast du vergessen, dass ich auch für die Zeitschrift schreibe? Wir werden es gemeinsam tun. Wir werden in Zukunft *alles* gemeinsam tun!«

Leas Augen wurden feucht. Es war wie ein Traum! Unglaublich! Diese Begegnung stellte ihr ganzes Leben auf den Kopf. Sie würde Italien kennenlernen und danach mit Großvater nach Wangerooge reisen! Allein hätte sie vielleicht nicht den Mut aufgebracht, doch mit ihm zusammen schien es das Selbstverständlichste der Welt zu sein.

»Erzähl mir von Italien. Dein Anwesen ist schön, nicht wahr?«

»Wunderschön! Du wirst es sehen! Unser Landsitz liegt

an einem Hang, an dessen Fuß sich ein Flüsschen entlangschlängelt. Das alte Herrenhaus wirkt trotz der gewaltigen Ausmaße anheimelnd, zumindest empfinde ich es so. Jeder deiner italienischen Vorfahren hat ein wenig daran verändert oder erneuert. Das Ganze fügt sich erstaunlich harmonisch zusammen. Dazu der liebliche Fluss und die Wälder um das Anwesen. Du wirst unseren Besitz lieben lernen, Lea.«

»Jetzt hast du mir etwas zum Träumen gegeben!«

Sie waren vor Leas Haus angekommen. Sie küsste ihren Großvater auf die Wange, winkte zum Abschied und ging hinein.

Mit einem Gefühl großer Dankbarkeit glitt Lea unter die weichen Laken. Wie schön es war, sich der Liebe und Fürsorge eines anderen Menschen überlassen zu können! Was für eine Erleichterung, die Sorgen nicht mehr allein tragen zu müssen! Lea seufzte glücklich auf. Das Schönste aber war, dass es jemanden gab, zu dem sie gehörte, dem sie etwas bedeutete. Sie hatte wieder eine Familie. Die Aufregung darüber prickelte in ihren Adern wie Wein. Was für ein unschätzbares Geschenk! Es war, als habe Großvater ihr die Welt auf einem goldenen Tablett serviert.

Sie schloss die Augen und versuchte die Bilder, die er mit seinen Worten heraufbeschworen hatte, mit Leben zu füllen. Mit einem Lächeln auf den Zügen schlummerte sie schließlich ein.

Als Nikolas am nächsten Tag von all dem erfuhr, konnte er sich kaum beruhigen.

»Das ist ja wirklich unglaublich! Die *Mannigfaltigkeit* hat euch zusammengebracht!«

Stolz klang aus seiner Stimme, als sei dies sein Verdienst.

Sie saßen zu dritt auf einer Klippe über dem Mississippi und genossen die Sonne. Lea sog den Duft von Blumen ein, auf denen sich erste Schmetterlinge tummelten. Sie warf ihrem Großvater einen liebevollen Blick zu. Heute Morgen hatte sie fast an einen schönen Traum geglaubt, doch Kaspar Steinberg saß in Fleisch und Blut neben ihr und sie schmiedeten gemeinsam Pläne.

»Ich werde euch die Reise nur erlauben, wenn ihr zusammen diese spannende Geschichte für die *Mannigfaltigkeit* zu Papier bringt.«

Lea lachte. »Das ist eine unserer leichtesten Übungen. Wir werden auch weiterhin die unglaublichsten Artikel schreiben, nicht wahr, Großvater?«

»Nikolas wird sich kaum noch retten können!«

»Ich hoffe darauf. Ich würde ja gerne länger mit euch plauschen, doch es wartet noch ein Auftrag.« Er erhob sich.

Nachdem Nikolas gegangen war, saßen Lea und ihr Großvater noch eine Weile schweigend beisammen und betrachteten das Treiben auf dem Fluss.

Ein weißer Schmetterling taumelte durch die Luft und setzte sich auf Leas Hand. Sie rührte sich nicht. Die Flügel klappten auf und zu und blieben schließlich, wie Segel eines Schiffes, aufrecht stehen. Der Wind strich über die samtenen Härchen, die im Sonnenlicht schimmerten. Lea vertiefte sich in die Muster auf den Flügeln.

»Alles scheint nach einem bestimmten Plan gewebt zu sein.« Sie entsann sich, dass irgendjemand einmal gesagt hatte, alle Geschöpfe seien aus einem Guss. Dies würde bedeuten, dass dieses federleichte Wesen und sie eins waren. Das war ein gutes Gefühl.

»Großvater, glaubst du, dass die Wege des Lebens vorgezeichnet sind?«

»Vielleicht. Das fertige Motiv werden wir vermutlich erst erkennen können, wenn das Ziel erreicht ist.«

Ein Schauer überlief Lea und ihre leichte Bewegung ließ den Schmetterling erzittern. Er senkte die Flügel und taumelte über sie beide hinweg, der Sonne entgegen.

Es war so still, dass Lea den Luftzug nicht nur spürte, sondern auch zu hören glaubte. Ihr ging auf, dass sie die Stille liebte. Etwas, das es in Quincy selten gab. Die Menschen in der Stadt redeten ständig. Jeder glaubte, etwas zu sagen zu haben, und ließ dem anderen kaum Raum für eigene Worte. Hier, an der Seite ihres Großvaters, konnte sie Stille und Frieden finden.

Ganz allmählich ließ Lea die Geräusche und das Leben in dieser Stadt am Ufer des Mississippi wieder an sich herankommen. Sie wandte den Kopf und blickte auf die Häuser. Trotz aller Betriebsamkeit würde sie Quincy vermissen. Hier hatte sie erste eigene Schritte gewagt, etwas zuwege gebracht. Sie hatte Dinge getan, die ihr auf der Insel unmöglich erschienen wären. Hier war sie aus Rebekkas Schatten herausgetreten und hatte zum ersten Mal gewusst, was sie wollte und was sie nicht wollte! Obwohl die Erinnerungen schwächer wurden, fühlte sie sich Rebekka jetzt näher als jemals zuvor. Sie verdankte ihr so viel! Letztendlich die Reise zu sich selbst. Es war ein langer Weg gewesen. Ein Weg mit Höhen und Tiefen, gekrönt durch das Zusammentreffen mit Großvater. Mit ihm zusammen hatte sie das Herz und den Mut, alle Herausforderungen des Lebens anzunehmen. Die Rückkehr nach Wangerooge war eine davon.

Vom Wasser her blies eine leichte Brise herüber. Bienen summten in den ersten Frühlingsblüten. Lea wünschte sich plötzlich, die Zeit würde eine Weile stillstehen und es ihr erlauben, sich an den Gedanken zu gewöhnen, Enkeltochter zu sein. Sie fühlte sich wie ein Schmetterling, der gerade erst aus dem Kokon geschlüpft war und seinen Flügeln noch nicht so recht traute. Doch die Uhr drehte sich unbeirrt weiter.

5.

Wangerooge
Spätsommer 1855

I

Lea stand an der Reling und blickte auf das Meer hinaus. Ihr Großvater hatte recht gehabt. Sie liebte Italien und würde immer wieder dorthin zurückkehren. Doch die Monate in dem fremden Land hatten ihr auch deutlich gemacht, dass weder die Schönheit der Landschaft noch das angenehme Leben auf dem Familiensitz Wangerooge aus ihren Gedanken verdrängen konnte.

Amerika dagegen schien, obwohl sie dort mehr zurückgelassen hatte, als irgendjemand ihr hätte nachschicken könnte, in weiter Ferne zu liegen. Manchmal dachte sie an Hardy, von dem der Abschied ihr so schwergefallen war, und an Bell.

»Ach Lea, ich werde dich fürchterlich vermissen«, hatte diese geklagt und sie mit einem wunderbar weichen Handmuff als Lebewohlgeschenk überrascht.

»Wie schön! Ich habe leider kein Abschiedspräsent für dich, Bell.«

»Wenn du erst ein großes Haus auf der Insel führst, dann komme ich dich besuchen. Ich werde unter falschem Namen anreisen und mich wie eine Gräfin aufführen.« Sie hatte Nikolas leicht angeschubst. »Vielleicht kann ich dich überreden, mich zu begleiten. Wir könnten uns als ein gediegenes altes Ehepaar ausgeben.«

»Mit dir würde ich fast alles wagen!«

Lea lächelte bei dem Gedanken an die Briefe, die sie seitdem ausgetauscht hatten. Irgendwann würden sie sich wiedersehen.

Breitbeinig stemmte Lea sich gegen das Wogen und Schaukeln des Schiffes. Der Wind fuhr mit warmen Fingern durch ihr Haar. Es war drückend heiß. Lea genoss die salzige Gischt auf ihrer Haut und den Anblick der Nordsee.

Sie reisten mit wenigen Passagieren vom Festland nach Wangerooge.

»Ich bin so gespannt, Großvater!«

»Hast du dieser Insulanerin – wie hieß sie noch gleich – unser Kommen mitgeteilt?«

»Du meinst Hiske. Ja, sie erwartet uns.«

Lea hatte ihr alles geschrieben und Hiske, die treue Seele, berichtete ihrerseits von der gänzlich veränderten Lage auf der Nordseeinsel.

Unser kleines Wangerooge hat am Tag des Jahreswechsels einen wahrlich ungleichen Kampf mit dem Meer geführt. Wir Insulaner sind verschont geblieben, doch die Insel hat schwere Verwundungen davongetragen.

Nach der glänzenden Badesaison im Sommer war Wangerooge an Silvester von einer verheerenden Sturmflut heimgesucht worden. Viele Inselbewohner hatten ihre Häuser verloren und auf Anraten der Regierung Wangerooge verlassen, um am Festland neu zu siedeln. Ein harter Kern dagegen, zu dem auch Hiske gehörte, war auf der Insel geblieben.

Mein liebes Kind. Du wirst alles völlig verändert vorfinden. Die Insel ist in zwei Teile zerrissen. Mein Haus ist kaum beschädigt, doch von der Heimstatt deiner Großmutter steht nur noch die Fassade. Auch die Badeanstalt, der Stolz der Geheimen Hofrätin, ist ein Raub der Fluten geworden. Viele Wohnhäuser sind gänzlich vernichtet, die übrigen beschädigt oder nur noch Ruinen. Stell dir nur vor, rund um den Turm liegt jetzt freier Strand. Der Friedhof, die herrschaftlichen Anlagen, wo die Gäste lustwandelten, und auch die meisten unserer eigenen Gärten – alles dahin. In den Trümmern des alten Dorfes ist auf Dauer kein Bleiben möglich. Fortgesetzt nagt das Meer im Westen weiter und entführt Sand und Strand gen Osten. Das alte Wangerooge gibt es nicht mehr. Was soll nur aus unserer Insel werden?

Lea spürte, wie ihr die Tränen kamen. *Alles dahin! Das alte Wangerooge gibt es nicht mehr.* Wie würde es sein, heimzukommen? War Wangerooge immer noch der Ort, nach dem sie sich sehnte?

Lea blickte hinauf zu den Wolken, die vor einem türkisfarbenen Himmel trieben. Die Farben wandelten sich unablässig.

Alles verändert sich, dachte Lea wehmütig.

Ihre Gedanken glitten zu Ferdinand Gärber. Hiske hatte auch von ihm und seinen neuen Machenschaften geschrieben.

Denke dir nur: Dieser Gauner hat den Großherzog mit schönen Worten eingelullt und sich das Privileg erschlichen, ein Privatbad einrichten zu dürfen. Zwölf Badekutschen hat die Regentschaft ihm dafür zur Verfügung gestellt, die Pavillons, das Fortepiano und einige andere Sachen zum Gebrauch überlassen. Der windige Bursche führt sich auf, als sei er König von Wangerooge, und lässt die Leute nach seiner Pfeife tanzen. Du glaubst nicht, wie dieser Verbrecher die wenigen Gäste ausnimmt, die sich hier eingefunden haben. Von Fürsorge und Unterhaltung kann keine Rede sein. Im Gegenteil! Da er keinen Nebenbuhler zu fürchten braucht, nimmt der Schuft, was er nur kriegen kann. Dieser Räuber stopft sich die Taschen voll, während er das Personal äußerst schäbig bezahlt. Es ist ein Trauerspiel!

Lea runzelte bei dem Gedanken an Hiskes Worte die Stirn. Ihr Großvater hatte Erkundigungen über Gärber eingezogen und in Erfahrung bringen können, dass dieser für die angesehene Bankiersfamilie Krummrat als Agent den Kontakt zu Kunden in Bremen gepflegt hatte.

Nicht erst durch Kaspar Steinbergs Brief an den Inhaber des Bankhauses waren Zweifel an der Rechtschaffenheit Gärbers laut geworden. Die Bankiers hatten sich schon vor einiger Zeit von Gärber getrennt und diskrete Nachforschungen angestellt. Sie fanden heraus, dass die seriösen Geschäfte Gärbers nur Fassade für seine üblen Machenschaften gewesen waren. In der Zeit seiner Tätigkeit für die Krummrats hatte er sowohl die Kunden als auch die das Bankhaus betrogen.

Vier alleinstehende Frauen, samt und sonders treue Kundinnen, waren plötzlich und unerwartet gestorben und der Finanzberater hatte ihr Vermögen eingestrichen. Letzteres hatte die Krummrats veranlasst, die Gendarmerie einzuschalten. Wie weit die Angelegenheit gediehen war, musste sich in Bremen herausstellen.

Großvater hatte ein Treffen mit dem Inhaber des Bankhauses veranlasst. Lea hoffte, dass sich Gärber schon in Haft befand. In Hiskes letztem Brief stand nichts darüber. Niemand auf der Insel schien etwas von dem Netz, das sich immer dichter um Gärber zusammenschloss, zu ahnen.

Lea seufzte tief auf. Hoffentlich würde sie diesem Mann nicht erneut begegnen. Sie merkte, wie ihre Unterlippe zu zittern begann, und schüttelte über sich selbst den Kopf. Wo, um alles in der Welt, war nur ihr Mut geblieben? Sie hatte doch in Amerika ganz andere Hürden genommen! Außerdem war sie nicht allein. Leas Blick streifte den Mann, der an ihrer Seite stand und sie liebevoll betrachtete. Sie schenkte ihm ein Lächeln, das er erwiderte.

Lea versuchte, sich ihre innere Unruhe nicht anmerken zu lassen, doch ihr Großvater schien sie dennoch zu spüren. Er legte seine warmen Hände um die ihren und nickte Lea aufmunternd zu. Sofort wurde ihr leichter ums Herz. Was auch immer sie auf der Insel erwarteten mochte, sie würden sich dem gemeinsam stellen! Bald würde der Kreis sich schließen und sie wieder auf Wangerooge sein.

2

Die Insel tauchte aus dem Dunst auf wie ein Traumgebilde. Weiße Wolken glitten vom Eiland auf den Dampfer zu, wie eine Truppe von Bediensteten, die ihnen entgegeneilten. Leas Ohren lauschten dem Rauschen des Wassers, durch das die *Telegraph* schnitt. Sie blickte über das Meer bis hin zur Insel, die langsam deutlicher wurde. Ihre Augen standen voller Tränen.

Schon von Weitem erkannte sie Hiske unter den Wartenden. Ihr weißes Spitzenkäppchen leuchtete in der Sonne. Sie trug trotz der Hitze des Tages ihre sonst nur den Sonntagen vorbehaltene Jacke mit den langen Schößen. Als Lea festen Boden unter den Füßen hatte, kämpfte sie sich durch eine leichte Sandverwehung und warf sich in Hiskes Arme. Sie drückten einander so fest sie nur konnten.

»Ach Kind, endlich bist du wieder da!« Hiske schob Lea ein Stück von sich und betrachtete sie ausgiebig. Sie griff in Leas Haar, das sie wie so häufig offen trug. Ihre Augen wanderten über das leichte weinrote Kleid, unter dem der bestickte Kragen einer hellen Bluse hervorblitzte. »Wunderschön siehst du aus. Fast so vornehm wie die Gäste der Hofrätin.«

Neugierig blickte sie zu Kaspar Steinberg, der in seinem

braunen Leinenanzug elegant wirkte. »Und Sie müssen Leas Großvater sein.« Sie streckte ihm die Hand entgegen.

»Kaspar Steinberg.« Er verbeugte sich leicht. Der Wind blähte seine Jacke. Er hatte seinen Hut in die Hand genommen, damit keine Böe ihn davontrug. »Danke, dass Sie uns abholen.«

»Na, das ist ja wohl eine Selbstverständlichkeit.«

Zögernd kamen nun auch andere Insulaner auf die Neuankömmlinge zu und begrüßten sie. Erstaunt bemerkte Lea, wie gut es ihr tat, die bekannten Gesichter wiederzusehen. Unwillkürlich hielt sie Ausschau nach Immo, doch er war nicht unter den Wartenden. Eine tiefe Enttäuschung übermannte sie. Sie hatte versucht sich ihr Wiedersehen vorzustellen, hatte sich Worte für ihn zurechtgelegt.

Und jetzt war er nicht da! Lea seufzte innerlich und verscheuchte wehmütig die Gedanken an ihn. Sie wollte ihre Aufmerksamkeit auf ihre Heimkehr richten. Die Insel, die vertrauten und so lang vermissten Gerüche und Geräusche.

Das Echo der Sturmflut schien immer noch in der Luft zu liegen. Oder schwebte es nur durch ihren Sinn? Das Rauschen der Wellen war wie eine Mahnung, dass die Elemente jederzeit wieder toben könnten. Lea sah zu dem Inselgras, das in einem Augenblick im Wind tanzte und im nächsten von einer Böe zu Boden gedrückt wurde. Das Meer war wie zu allen Zeiten unberechenbar. Aber gerade darin lag ja auch seine Faszination.

Es ging ein frischer Wind, der die Hitze erträglicher machte. Er peitschte die Wellen und zerstäubte sie zu einem feinen Sprühnebel, der zu ihnen herüberwehte. Lea füllte ihre Lungen mit der salzigen Luft und nahm alles mit jeder Faser auf. In den letzten Monaten hatte sie nur an Wangerooge zu denken brauchen – und in ihr erwachte eine so große Sehnsucht, dass sie meinte, keinen Tag länger in Italien bleiben zu können. Es war schön gewesen dort, aber nach Wangerooge hatte sie Heimweh.

In ihren Träumen war sie am Meer spazieren gegangen, an der Brandung, das Gesicht im Wind. Jede Welle, die über ihre Füße geschwappt war, hatte einen kleinen Freudenschrei ausgelöst. Lea war so leicht zumute gewesen, sie hätte bis ans Ende der Welt laufen können. Das Glücksgefühl aus ihren Träumen ergriff auch jetzt wieder Besitz von ihr. Lea blickte über das Meer. Das Sonnenlicht warf Glanzpunkte auf die Wellen und verzauberte die Dünen, die von reinem Weiß zu sein schienen. Wie schön würde es erst sein, wieder einen Sonnenuntergang zu beobachten, wenn die glühende rote Kugel versank, während Dunkelheit sich über Strand und Dünen legte.

Lea fühlte sich matt und erschöpft von der Reise, aber gleichzeitig auch wach und angespannt. Sie war wieder zu Hause! Ein unbeschreibliches Gefühl von Leichtigkeit erfasste sie.

Ein Ruf ließ sie jäh aus ihren Träumerein hochfahren. Als sie den Kopf umdrehte, erkannte sie den Kutscher Heye Harms, der sie mit einer Handbewegung in sein Gefährt einlud.

»Kommt jetzt!« Hiske griff trotz Kaspar Steinbergs Einwänden nach Leas Koffer.

Während die Kutsche der Ansiedlung entgegenschaukelte, stob ein Schwarm Seevögel auf und verlor sich rasch wieder am Himmel. Als sie den Dünenwall passiert hatten, breitete sich das Dorf vor Lea aus.

Auf einen Blick erkannte sie die Verheerungen, von denen Hiske geschrieben hatte. Der Anblick schnürte ihr die Kehle zu. Ihre Augen suchten und fanden das Haus, in dem sie und Rebekka ihre Kindheit verbracht hatten. Nur noch die Wände waren übrig geblieben. Der Schornstein und ein großer Teil des Ziegeldaches fehlten. Dort, wo ehemals die hohen Schiebefenster gewesen waren, klafften jetzt Löcher wie tote Augen. Die Türen hingen aus den Angeln und den Gemüsegarten gab es nicht mehr.

Sie spürte einen bitteren Geschmack auf der Zunge. Urplötzlich verflog ihr Gefühl der Leichtigkeit, die Freude über die Heimkehr. Sie hatte sich etwas vorgemacht. Die Insel aus ihren Träumen gab es nicht mehr. Vielleicht war es falsch gewesen, nach Wangerooge zurückzukehren. Tränen stiegen ihr in die Augen. Die Insel hatte sich verändert, genau wie sie. Lea hatte geglaubt, durch ein unlösbares Band mit Wangerooge verbunden zu sein, doch jetzt begann sie sich zu fragen, was, um alles in der Welt, sie nur hier wollte.

»Ist alles in Ordnung?« Hiske berührte sacht ihren Arm.

Lea holte zitternd Atem. »Es ist nur der Anblick.«

Die alte Frau nickte mit trauriger Miene. »Wir haben als Erstes die verbliebenen Gebäude der herrschaftlichen Badeanstalt für die Gäste wieder in Schuss bringen müssen. Schließlich sichern sie uns das tägliche Brot. Vor Kurzem erst waren der junge Erbgroßherzog von Sachsen-Weimar mit Gefolge hier sowie einige Offiziere des neuen preußischen Kriegshafens an der Jade.«

»Hat die Regierung die Schäden schon in Augenschein genommen?«, fragte Leas Großvater.

»Ja. Im Frühjahr ist eine Delegation aus Oldenburg gekommen. Die Herren haben beschlossen, dass nicht hier, sondern im Südosten der Insel ein neuer Leuchtturm erbaut werden soll.«

Kaspar Steinberg runzelte die Stirn. »Und was ist mit euch? Warum baut ihr eure Häuser nicht auch dort wieder auf? Es ist doch hier im Dorf nicht mehr sicher.«

»Es ist uns nicht erlaubt, dort zu siedeln. Die Regierung hält die Insel für unbewohnbar und will uns aufs Festland schicken.« Hiske seufzte tief auf. »Aber ein alter Baum lässt sich nicht mehr so leicht verpflanzen und auch einige junge Schösslinge wollen nicht fort. Wir werden trotz aller Gefahren hierbleiben.«

»Wann wird der neue Leuchtturm gebaut?«

»Bald. Es sind schon Ingenieure angekommen und ein Geograf namens Bertram aus Berlin, der die Dünen ausmessen soll. Es geht wohl um die Höhe des Turms. Dieser Bertram entwirft auch eine Linie für die Fahrt der Schiffe und zeichnet Karten.«

»Ihr dürft also nicht im Osten siedeln.« Kaspar Steinberg war immer noch bei ihren vorherigen Ausführungen. Er legte einen Finger an die Lippen; Lea hätte zu gerne gewusst, was hinter seiner Stirn vorging.

Schließlich hielt der Kutscher vor Hiskes Haus und sie stiegen aus. Hiske öffnete ihre Gartenpforte und lud Lea und Kaspar mit einer Handbewegung ein, ihr zu folgen. Ihr Haus war von der Sturmflut verschont geblieben und hatte sich kein bisschen verändert. Dankbar blickte Lea auf die hellen Lehmwände, die winzigen, mit Blei verglasten Fenster, die braunen Türen und das Strohdach. Hiske führte sie in ihre Wohnstube, in der es immer etwas muffig und nach Rauch roch. Die Teppiche waren abgetreten und die Vorhänge zerschlissen. Von draußen klang das Gackern von Hühnern und das Meckern einer Ziege zu ihnen herein.

Die alte Frau wies auf die beiden Stühle mit dem Strandhafergeflecht. Sie selbst nahm auf einer Bank Platz.

»So, und nun werde ich uns eine gute Tasse Tee ansetzen und dabei können wir alles Weitere in Ruhe besprechen. Weißt du, Lea, ich bin so glücklich, dich zu sehen. Alle waren erschüttert damals, als du so einfach auf und davon bist. Und ich habe mir manchen Vorwurf anhören müssen.«

»Das tut mir leid.«

»Ich habe immer gesagt: In Amerika wartet Rebekka auf sie. Gut, dass ich es nicht besser wusste. Die Hofrätin hat sich furchtbar aufgeregt, auch über diesen schrecklichen Menschen, der sich plötzlich im Haus deiner Großmutter breitmachte. Aber davon habe ich dir ja schon geschrieben. Wir dachten, dass der Kerl nach der Sturmflut endlich die Segel streicht, doch stattdessen reißt dieser Bursche nun alles an sich, was von der Pracht unseres Seebades übrig geblieben ist.«

Nachdenklich musterte sie die Teetasse in ihrer Hand. »Er ist wie Katzengold, wisst ihr. Man darf ihm nicht trauen. Mit seiner Honigstimme lullt er die Menschen ein. Sogar der Großherzog ist auf ihn hereingefallen.«

Nicht nur er, dachte Lea und warf ihrem Großvater einen bedeutungsvollen Blick zu. Sie hatten sich gestern in Bremen mit Herrn Krummrat getroffen und dieser hatte sie zur Verschwiegenheit verpflichtet.

»Wir haben ihn bald, doch Gärber soll nicht im letzten Augenblick noch Lunte riechen und fliehen! Wir sammeln jetzt schon seit Monaten Material gegen ihn. Erst vor Kurzem bin ich einen entscheidenden Schritt vorangekommen. Einer seiner Vertrauten, ein Geldeintreiber, hat mir Zusammenarbeit zugesichert. Er will Beweise für Gärbers Schuld am Tod zweier Kundinnen liefern.«

Um von Gärber abzulenken, stellte Lea eine Frage, die ihr seit ihrer Ankunft auf dem Herzen lag: »Wo ist Immo eigentlich?«

»Ich wäre noch auf ihn zu sprechen gekommen, denn er schickt herzliche Grüße. Er ist in verschiedenen Angelegenheiten auf dem Festland unterwegs. Immo hofft, die Regentschaft zu der Einsicht bringen zu können, dass die Stelle eines Schulmeisters auf der Insel erhalten bleiben muss. Seine Eltern sind nach Horumersiel gezogen, doch Immo will nicht von hier fort.«

»Glaubst du, dass er Erfolg haben wird?«

»Ich weiß es nicht. Vielleicht kann er die Herrschaften überzeugen. Morgen werden wir es erfahren, dann kommt er zurück. Ich denke, sein erster Weg wird zu dir führen. Zumindest hat er so etwas angedeutet. Übrigens ist Immo einer der wenigen, die nicht für Gärber arbeiten. Statt Dienste für ihn zu übernehmen und die Seebadeanlagen wiederherzurichten, hat er das Haus seiner Eltern neu aufgebaut. Dort wohnt er jetzt ganz alleine.«

Wie immer, wenn sie an ihr Wiedersehen mit Immo dachte, stiegen verwirrende und beunruhigende Gefühle in Lea auf. Stand immer noch ihre letzte Begegnung in den Dünen zwischen ihnen, als sie ihm ihre Liebe anvertraut und er sie abgewiesen hatte?

3

Lea hatte schlecht geschlafen. Vielleicht war es die Anspannung vor dem Wiedersehen mit Immo, die ihr so sehr zu schaffen machte, oder die lange Reise und all die widersprüchlichen Gefühle, die Wangerooge in ihr auslösten.

Großvater war mit Hiske nach dem Frühstück ins Dorf gegangen. Ihr war von den beiden Ruhe verordnet worden.

»Kalkweiß bist du im Gesicht. Und gegessen hast du wie ein Spatz«, hatte die alte Haushälterin gemeint. »Wir können uns ja später am Landungsplatz treffen, um Immo zu begrüßen.«

Lea rieb sich die Wangen, um die Blässe zu vertreiben. Sie würde erst mal an den Strand gehen und später dann durch die Dünen der *Telegraph* entgegen.

Als sie die Tür öffnete, wurde sie vom reinen Geruch der frischen Seeluft begrüßt. Sie wählte einen Weg zum Wasser, der nicht an den Verheerungen der Sturmflut vorbeiführte.

Ein Schimmern lag über dem Meer. Die Wellenkämme leuchteten hell im Sonnenlicht. Lea lief am Strand entlang und beobachtet das Hereinwogen der Flut. Sie ließ sich von der Wucht des Windes, der mit ihrem Haar spielte, vorantreiben. Ihr Kleid bauschte sich wie ein Segel. Über Lea kreischten Möwen. Sand flog gegen die Waden, dass es brannte, doch das machte ihr nichts aus. Es tat gut mit dem Meer allein zu sein. Die bitteren Gefühle des gestrigen Tages verflogen. Hier fühlte sie sich willkommen geheißen und wie befreit. Das Meer, der Himmel und die Wolken waren unverändert, genau wie der ewige Wind. Diese Elemente waren es, die das Band geflochten hatten zwischen ihr und dieser Insel. Häuser konnte man wieder aufbauen! Lea lachte befreit auf, als ihr das klar wurde.

Schließlich war es Zeit, zum Landungsplatz zu gehen. Sie wählte den einsamen Pfad durch die Dünen.

Wäre Lea nicht so sehr in Grübeleien versunken gewesen, hätte sie vielleicht die Gestalt bemerkt, die hinter ihr herschlich. Tatsächlich war ihr der Verfolger schon am Strand auf den Fersen gewesen. Er hatte zwischen den Dünen gekauert und sie beobachtet. Während der Mann nun den Abstand zwischen ihnen verringerte, blieb sie stehen und bahnte sich vorsichtig einen Weg durch eine Ansammlung kleinerer Büsche.

Diesen Augenblick nutzte der Verfolger. Er holte auf. Lea hörte das Rascheln der Zweige hinter sich und fuhr mit einem Schreckenslaut herum. Ihre Augen weiteten sich angstvoll.

»Sie!«

Da sprang Ferdinand Gärber vor und packte Lea bei den Handgelenken. Die Gewalt seines Angriffs warf beide zu Boden. Sie rollten übereinander. Lea versuchte schreiend sich aus seiner Umklammerung zu befreien, doch Gärber hatte sie schließlich überwältigt. Mit zusammengebissenen Zähnen versuchte Lea, seinen schweren Körper von sich zu schieben, aber es gelang ihr nicht. Sie spürte, wie ihre Kräfte nachließen. Gärbers Lippen verzerrten sich zu einem triumphierenden Lächeln.

»Spiel doch nicht die Überraschte. Denkst du, die Nachricht von deiner Heimkehr würde mich nicht erreichen?«

Der betrügerische Finanzberater stand auf und riss Lea mit sich hoch. Er zog sie näher zu sich heran. Lea schrie und versuchte erneut sich zu befreien, doch es war sinnlos.

»Immer noch so kalt und abweisend! Trotzdem: Es ist schön, dass du zurück bist von deiner Irrfahrt. Ich habe gewusst, dass es dich irgendwann nach Hause treiben würde.«

»Was wollen Sie von mir?« Leas Stimme klang schrill.

»Dich will ich! Du bist mir die ganze Zeit nicht aus dem Kopf gegangen und ich bin die anderen Frauen leid, die nichts als Stroh im Hirn haben. Weißt du, ich habe dich unterschätzt, meine Liebe. Bei unserem letzten Zusammentreffen glaubte ich noch, du wärst mit einem warmen Platz in meinem Bett zufrieden. Mittlerweile ist mir klar geworden, dass dieser Vorschlag eine Beleidigung für dich war. Ich plane im Osten ein Seebad aufzubauen, das seinesgleichen an der ganzen Küste sucht. Du und ich könnten die Regenten dieses kleinen Inselreiches sein!«

Lea schnappte nach Luft. Ihr aufkommender Zorn half ihr über die lähmende Furcht hinweg.

»Sie sind ja größenwahnsinnig! Ich will, dass Sie mich sofort loslassen.«

»Weißt du, mein Engel, wenn ich mir etwas in den Kopf gesetzt habe, dann bekomme ich es auch. Und dich wollte ich von Anfang an haben. Du wirst mich jetzt zu meinem

Haus begleiten und da werden wir alles Weitere unter vier Augen besprechen.«

»Es gibt zwischen uns nichts zu besprechen«, spieh Lea ihm entgegen.

Er krallte seine Finger fester in ihre Haut. Lea spürte, wie die Beine unter ihr nachzugeben drohten. Sie biss sich auf die Lippen, um eine Ohnmacht zu unterdrücken, und klammerte sich an die Hoffnung, dass ihnen irgendjemand auf dem Weg ins Dorf begegnen würde.

»Los jetzt und wage ja nicht davonzulaufen!« Gärber stieß Lea vorwärts.

Sie zitterte am ganzen Leib. Dieser Kerl war vollkommen verrückt. Aber gerade das machte ihn so gefährlich. Vielleicht gelang es ihr zu fliehen, wenn sie ihn von sich ablenkte.

»Ich muss eines wissen: Haben Sie den Tod meiner Großmutter verschuldet?« Lea legte ein angstvolles Beben in ihre Stimme. Er sollte ruhig glauben, dass seine Kaltblütigkeit ihre Furcht noch schürte und sie gefügiger werden ließ.

Gärber blickte sie lauernd an. Dann zuckte er die Schultern. »Jahrelang habe ich gemeinsam mit der Alten ihr Vermögen gemehrt. Irgendwann war es Zeit, den Lohn einzustreichen. Weißt du, Lea, in gewisser Weise habe ich deine Großmutter bewundert. Sie war verwegen genug, Risiken einzugehen. Die Alte hat mit ihrem Vermögen gespielt wie ein Pianist auf dem Klavier. Doch trotz aller Bereitschaft zum Wagnis hätte sie es nie zum Äußersten kommen lassen. Ich habe die Sache etwas vorangetrieben. Der Schock, alles verloren zu haben, hat sie umgebracht. Gut für mich, sonst hätte ich nachhelfen müssen.«

Lea spürte, wie sich sein Griff ein wenig lockerte. Ihr brach der Schweiß aus. Jetzt! Mit einer gewaltigen Anstrengung entriss sie sich seiner Umklammerung und begann zu rennen.

»Halt! Bleib sofort stehen!«

Sie hielt auf die ersten Häuser zu, die in der Ferne vor ihr auftauchten. Lea rannte weiter und immer weiter. Keuchend rang sie nach Luft. Ihr Herz schlug, als wolle es zerspringen.

Wütendes Geschrei klang hinter ihr. Gärber schien näher zu kommen. Aus Leas Kehle entrang sich ein Schluchzer. Sie zwang sich vorwärts, lief und lief. Jeder Atemzug wurde zur Qual, die Lungen drohten zu platzen. Plötzlich spürte sie den keuchenden Atem ihres Verfolgers im Nacken. Er griff nach ihr.

Doch abermals gelang es ihr, sich von Gärber loszureißen, und sie stürmte mit tränenblinden Augen vorwärts. Plötzlich hörte sie Hufgeräusche, dann eine bestürzte Stimme: »Lea!«

Immo sprang vom Pferd und rannte auf sie zu. Er sah ihr verängstigtes Gesicht und – ihre Erleichterung.

»Immo!«

Er streckte die Hände nach Lea aus und sie stolperte ihm entgegen. Immo schloss sie in seine Arme. Seine Augen glitten über ihr Gesicht zu den Händen, die blutige Spuren trugen. Angst stieg in ihm auf.

»Was hat dieser Schuft mit dir gemacht?«

Gärber, der in einiger Entfernung stehen geblieben war, gab einen belustigten Laut von sich. »Gar nichts. Ich wollte die Dame nur küssen. Ist das etwa verboten?«

»Lea?«

»Er wollte mich zwingen, mit ihm zu kommen.«

Immo spürte, wie sie in seinen Armen zitterte. Er drückte Lea beruhigend an sich.

Mittlerweile war auch der Gendarm, der mit Immo nach Wangerooge gereist war, angekommen. Er zügelte sein Pferd, saß ab und warf Immo einen fragenden Blick zu. Dieser nickte zu Gärber hinüber. Der Schutzmann baute seine massige Gestalt vor dem betrügerischen Finanzberater auf.

»Gehe ich recht in der Annahme, dass Sie Ferdinand Gärber sind?«

»Was wollen Sie von mir?«

»Eine Erklärung vorerst einmal. Was ist zwischen Ihnen und dieser jungen Dame geschehen?«

»Sie hat mich mit ihren Reizen becirct. Als ich sie küssen wollte, ist sie davongelaufen, flatterhaft, wie junge Frauen so sind.«

»Hören Sie nicht auf ihn, er lügt«, rief Lea.

Immo löste sich von ihr und trat auf Gärber zu. »Ich weiß ganz genau, was für ein Schuft Sie sind. Sie haben nicht nur das Leben etlicher Menschen auf dem Gewissen, sondern sich auch noch an Leas Erbe bereichert, von den anderen Schurkereien, derer Sie sich schuldig gemacht haben, ganz zu schweigen. Doch jetzt ist der Tag der Abrechnung gekommen!«

»Ich weiß nicht, wovon Sie sprechen.« Gärber wandte sich an den Gendarmen und wies auf Immo. »Dieser Mann hier ist ein Querulant. Sie sollten ihn festnehmen und von der Insel bringen. Er stört den Wiederaufbau der Badeanstalt und widersetzt sich meinen Anweisungen, obwohl die Regentschaft mir freie Hand gelassen hat.«

Immo spürte, wie sein Zorn ins Unermessliche stieg. Er musste an sich halten, um dem arroganten Kerl nicht ins Gesicht zu schlagen. Aber er wusste, aus welchem Grund der Schutzmann hier war, und allein dieser Gedanke beruhigte ihn.

»*Sie* werden bald gehen«, presste Immo hervor, ohne auf die Worte Gärbers einzugehen.

»Das hatte ich auch vor. Diesen kleinen Disput können wir ja wohl als beendet betrachten.« Scheinbar kleinmütig zuckte der Betrüger die Schultern und wollte sich an dem Gesetzeshüter vorbeidrücken, doch dieser hielt ihn zurück.

»Halt! Ohne mich gehen Sie nirgendwo hin. Ich bin gekommen, um Sie festzunehmen. Ihnen wird Betrug, Fälschung und noch so einiges mehr vorgeworfen. Ich werde mit Ihnen zum Logierhaus gehen, wo Sie Ihre Sachen packen können. Bitte machen Sie keine Schwierigkeiten. Der Dampfer wartet und bringt uns dann in Kürze von der Insel.«

Gärber starrte den Gendarmen fassungslos an. »Es muss sich um einen Irrtum handeln. Guter Mann, ich bin mir keiner Schuld bewusst. Wer erhebt diese Vorwürfe überhaupt?«

»Ein Bankhaus, soweit mir bekannt ist. Aber das ist nicht von Belang. Ich habe meine Order. Dieser junge Mann hier hat mich zu Ihnen geführt.« Er wies auf Immo.

Gärber betrachtete den Schutzmann aufmerksam. »Wissen Sie, dass ich mit dem Großherzog gut bekannt bin. Er hat, wie gesagt, mich und das Seebad unter seine Fittiche genommen. Der Großherzog hält große Stücke auf mich und lässt mir auf der ganzen Insel freie Hand. Was glauben Sie, wird passieren, wenn er erfährt, dass Sie an der Ausführung eines Fehlurteils beteiligt waren? Wie war noch gleich Ihr Name?«

»Der tut hier nichts zur Sache. Ich führe nur Befehle aus. Und mit Drohungen hat bei mir noch niemand etwas erreicht. Kommen Sie endlich«, gab der Mann unbeeindruckt zurück.

»Nein!«

Gärber sagte nur dieses eine Wort. Sein Arm schoss vor und die Faust traf den Gendarmen mitten ins Gesicht. Dieser taumelte und glitt zu Boden. Gärber drehte sich um und wollte fliehen, doch Immo war schneller. Seine Faust schnellte vor und traf Gärbers Nase. Sein Kopf flog zur Seite. Immo packte den Betrüger und hielt ihn fest.

»Nehmen Sie sofort Ihre schmutzigen Hände von mir!«

Mittlerweile hatte sich der Schutzmann aufgerappelt. Er gab ein wütendes Knurren von sich und baute sich mit gezogener Waffe vor Gärber auf.

»Jetzt können Sie den Kerl loslassen.«

Immo beugte sich zu Gärber vor und sagte leise und deutlich: »Wenn Sie sich noch einmal an Lea vergreifen, dann töte ich Sie!« Er stieß Gärber in Richtung des Gesetzesvertreters. »Bitte bringen Sie diesen Kerl aus meinem Gesichtsfeld!«

Blut rann in einem dünnen Faden aus Gärbers Nase. Sein Rock war zerrissen und die Haare hingen ihm wirr ins Gesicht. Seine Augen funkelten hasserfüllt.

»Das wird Ihnen noch leidtun!«

Der Gendarm ergriff ihn wortlos und zog den fluchenden Kerl mit sich fort.

Immo umfing Lea erneut. »Mein Gott, wenn er dir nun etwas angetan hätte!«

Fest drückte Immo Lea an sich und legte seine Wange an ihre. Er stand still und spürte dankbar ihre Nähe. So viel Zeit war vergangen, so viele Monate, in denen Lea weit fort gewesen war. Es war alles seine Schuld. Wie hatte er nur so ein Dummkopf sein können! Immos Finger fuhren über Leas Haar. Er hielt sie mit einer Heftigkeit fest, die ihn erschreckte.

Du musst es ihr sagen, wisperte eine leise Stimme in ihm.

Doch eine andere Stimme sagte, dass es keinen Sinn hatte. *Wangerooge wird ihr nicht mehr genügen. Du kannst Lea ja wohl kaum bitten, ihr neues Leben aufzugeben, nur um mit dir zusammen zu sein.* Ein Anwesen in Italien kam nicht gegen eine bescheidene Kate auf einer kleinen Insel an. Er konnte ihr nichts bieten. Sie hatte einmal von Liebe gesprochen, doch das war lange her. So viel war geschehen. Gefühle änderten sich. Keiner wusste das besser als er!

Nachdem Lea die Insel verlassen hatte, war ihm ganz allmählich klar geworden, dass sie es war, die er liebte. Carlotta – das war ein schrecklicher Irrtum gewesen. Er hatte geglaubt, sie wäre die Richtige für ihn, und anfangs sogar gemeint, seine Traurigkeit rühre daher, dass sie ihn verlassen habe. Doch jedes Mal, wenn er versuchte, sich an Carlotta zu erinnern, erschien Leas Bild vor ihm. Ihr Lächeln, ihre dunklen Augen spukten in seinem Kopf herum. Endlich musste Immo sich eingestehen, dass es nicht Carlotta war, nach der er sich sehnte. Sie hatte ihm die Freiheit geschenkt, die wahre Liebe zu erkennen. Er wusste plötzlich, dass er ohne Lea nicht leben wollte. Er wollte sie mehr als irgendetwas in seinem Leben.

Verzweifelt hatte er versucht Lea zu finden. Doch alle seine Nachforschungen waren ohne Ergebnis geblieben. Auf der Passagierliste des Schiffes, mit dem sie nach Amerika gereist war, stand noch ihr Name, doch danach verlor sich Leas Spur. Alle möglichen Gedanken waren ihm durch den Kopf geschossen und wie aufgeschreckte Vögel in verschiedene Richtungen davongeflattert. Anfangs hatte er seine Koffer packen und selbst nach Amerika reisen wollen, um sie zu finden. Doch wo beginnen? Und was, wenn sie wieder zurückkehrte und er nicht da wäre? Schließlich klammerte Immo sich daran, dass sie irgendwann zurückkehren würde!

»Woher wusstest du, dass Gärber hinter mir her war?«

Leas Stimme riss Immo aus seinen Gedanken.

»Ich habe Hiske beim Landungsplatz angetroffen. Deinen Großvater habe ich auch kennengelernt. Nur du warst nirgends zu finden. Als Heye dann erzählte, dass er Gärber hinter dir zum Strand hat gehen sehen, da habe ich mir Sorgen gemacht und bin aufs nächste Pferd gesprungen.«

»Und der Gendarm …«

»… ist mir gefolgt. Ich arbeite schon eine geraume Weile mit dem Bankhaus Krummrat zusammen, um Gärber zu überführen. Als die Bitte an mich herangetragen wurde, den Schutzmann zu begleiten, habe ich gerne eingewilligt.«

»Du hast versucht Gärbers Machenschaften aufzudecken?«

Immo nickte. »Als du fort warst, da erkannte ich schnell,

dass mit diesem feinen Herrn irgendetwas nicht stimmt. Aus Hiskes Worten konnte ich mir zusammenreimen, was kurz vor deiner Abreise geschehen war. Ich begann heimlich, Gärber zu beobachten und Informationen über ihn zusammenzutragen. Ich stattete dem Arzt, der den Tod deiner Großmutter festgestellt hat, einen Besuch ab und brachte die Hofrätin Westing dazu, mit mir nach Bremen zu reisen, um Licht in die üblen Machenschaften dieses Kerls zu bringen. Doch unsere Bemühungen blieben erfolglos.

Schließlich stieß ich beim Bankhaus Krummrat auf offene Ohren. Sie unterstützten mich bei meiner Suche nach Beweisen. Ich machte einen Mann ausfindig, der für Gärber gearbeitet hat und von ihm übers Ohr gehauen worden war. Es hat einige Überredungskünste und Geld seitens des Bankiers gekostet, den Kerl zum Reden zu bringen. Doch zu guter Letzt ist es gelungen. Der Mann hat ausgepackt und ein Haftbefehl ist gegen Gärber erlassen worden. Der Tag, an dem die Falle zuschnappen sollte, war von langer Hand vorbereitet.«

»Es war der heutige Tag, nicht wahr?«

Immo nickte. »Es hat mir wehgetan, dass ich ausgerechnet bei deiner Ankunft gestern nicht dabei sein konnte, doch das ließ sich nicht ändern. Ich habe den Besuch bei der Schulbehörde vorgeschoben und bin nach Bremen gereist.«

»Meine Großmutter war nicht die Einzige, die Gärber betrogen hat, oder?«

»Richtig. Er ist ein Verbrecher der übelsten Sorte, hat nicht nur betrogen, sondern auch gemordet. Vor einiger Zeit bin ich in dem kleinen Fischerdorf gewesen, wo Gärber aufgewachsen ist, und habe mich nach ihm erkundigt. Wer Gärbers Vater war, weiß niemand. Es heißt, seine Mutter habe für Lohn gerne Schäferstündchen mit reichen Männern verbracht. Als Gärber noch ein Kind war, heiratete sie einen Gelegenheitsarbeiter, einen Säufer und Schläger. Er vergriff sich nie an seinen leiblichen Söhnen, aber an Ferdinand und seiner Mutter.«

»Mein Gott, was für eine Kindheit«, murmelte Lea.

»Ja. Die Schule war wohl der einzige Lichtblick in seinem Leben. Ich habe mit Gärbers altem Lehrer gesprochen. Dieser Finanzberater war sein bester Schüler und konnte ungemein gut mit Zahlen umgehen. Er soll jede freie Minute genutzt haben, um zu lernen. Mit sechzehn stahl er dann den einzigen wertvollen Schmuck seiner Mutter, nahm an Geld, was er finden konnte, und verschwand. Der Lehrer hat nie wieder etwas von ihm gehört.

Ich habe Gärbers Spur dann in Bremen wieder aufnehmen können. Er hat den Schmuck verpfändet und in gute Kleidung und eine angemessene Adresse investiert. Es gelang ihm schnell, unter einem falschen Namen Lehrbursche bei einem Bankhaus zu werden. Seine Brillanz, was das Rechnen angeht, die perfekten Manieren, die er sich angeeignet hatte, und das angenehme Äußere öffneten ihm nach und nach alle Türen. Schließlich landete er bei den Krummrats und nutzte das angesehene Bankhaus als Fassade für seine verbrecherischen Tätigkeiten.«

»Was für ein verpfuschtes Leben!«

»Jeder Mensch ist für seinen Weg verantwortlich, Lea. Gärber hat einen klugen Kopf. Er hätte sein Leben ändern können.«

»Da hast du recht.«

Als sei ihr jetzt erst bewusst geworden, wie lange sie schon in seinen Armen lag, löste sich Lea verlegen von Immo.

»Hiske und Großvater werden sich sicher Sorgen machen. Wir sollten zu ihnen gehen.«

»Gott sei gepriesen, dass Immo dich gefunden hat!« Hiske schloss Lea in ihre Arme, während ihr Großvater Immo mit grenzenloser Erleichterung im Gesicht die Hand schüttelte.

»Vielen, vielen Dank!«

Kurz darauf versammelten sich die vier gemeinsam mit den übrigen Insulanern beim Landungsplatz, um Gärbers Abgang von der Insel zu beobachten. Den meisten stand die Freude über seine Festnahme ins Gesicht geschrieben. Zu lange hatte dieser Mann sie unter seiner Knute gehalten.

Die Menge bildete einen Gang, als der Gendarm mit seinem Gefangenen auf das Boot zusteuerte, das sie zur *Telegraph* bringen würde.

Gärber blickte der Menge mit funkelnden Augen entgegen. »Ich habe so viel für die Insel getan und ihr jagt mich davon wie einen räudigen Hund! Dabei bin ich der Einzige, der das Zeug hat, den Badebetrieb hier wieder aufzubauen!« Er entwand sich dem Griff des Schutzmannes und richtete seine Augen flehentlich auf die Inselbewohner.

»Die Regentschaft hat mir versprochen, dass wir am Fuße des neuen Leuchtturms ein Seebad bauen dürfen. Ich bringe den Großherzog dazu, dass ihr dort siedeln könnt, das verspreche ich euch. Es braucht dazu nur eins:

Lasst uns den Gendarmen zum Teufel jagen. Wer mir heute hilft, dessen Schaden soll es nicht sein. Wer mir aber nicht beisteht …« Mit zur Faust erhobener Hand kam Gärber drohend auf die Leute zu.

Die Insulaner wichen furchtsam zurück. Noch hatte Gärber nicht allen Einfluss verloren.

»Ihr braucht keine Angst vor ihm zu haben. Er hat euch nichts mehr zu sagen. Es ist lediglich seine Stimme, mit der er immer noch einschüchtern und täuschen kann. Aber nur, wenn ihr es zulasst«, rief Immo beschwörend.

Gemurmel setzte ein und dann rückten die Insulaner wieder näher.

»Halt! Keinen Schritt weiter!«

Der Schutzmann packte entschlossen den Arm Gärbers und zog ihn mit sich. Dieser wehrte sich, sah dann aber die Aussichtslosigkeit seines Vorhabens ein.

Wut verzerrte seine Züge. Er spuckte aus. »Elendes Lumpenpack!«

Lea zupfte Immo am Ärmel. »Ich hab immer noch Angst vor ihm. Lass uns verschwinden. Ich glaube, der Kerl führt irgendetwas im Schilde.«

In diesem Moment sah Immo etwas in Gärbers Hand aufblitzen.

»Er hat ein Messer!«

Mit einem Satz sprang der Gefangene auf Lea zu, doch Immo warf sich zwischen die beiden. Seine Hände griffen nach Gärbers Arm. Ein Schrei ertönte, dann ein Klirren. Das Messer fiel zu Boden. Immo sah aus dem Augenwinkel, wie Leas Großvater die Waffe mit einer schnellen Bewegung einkassierte.

Die Insulaner heulten vor Wut.

»Wir machen diesem Verbrecher gleich hier den Prozess!«, schrie einer.

Die johlende Menge stieß Gärber zu Boden und wollte sich auf ihn stürzen, doch Immo, der sich wieder hochgerappelt hatte, hielt sie zurück.

»Halt, wartet! Tut das nicht! Ich bin unverletzt. Es hat keinen Sinn, Gewalt mit Gewalt zu vergelten.« Er wandte sich dem Gendarmen zu. »Schaffen Sie ihn uns aus den Augen, aber rasch!«

»Gott, bin ich froh«, sagte Lea, als das Signal ertönte und das Schiff mit seiner unliebsamen Fracht davonfuhr.

Hiske stemmte die Hände in die Hüften und blickte dem Dampfer nach. »Ein Glück, dass wir diesen Kerl los sind.« Sie wandte sich Immo zu. »Ist mit dir auch wirklich alles in Ordnung, mein Junge?«

»Eine gute Brise Meeresluft um die Nase und eine Tasse von deinem Tee – dann bin ich wieder ganz der Alte! Und, Lea, die frische Brise will ich jetzt und sofort haben. Unser Wiedersehen war ganz und gar nicht so, wie ich es mir vorgestellt habe. Lass uns zum Strand gehen. Wir haben einiges nachzuholen.«

»Du bleibst heute Abend doch zum Essen, Immo? Es gibt frische Fleischsuppe und Schafsschinken mit Klößen.« Hiskes Ton hätte kaum einen Widerspruch geduldet und so nickte Immo nur lächelnd.

Am Abend, als Immo gegangen war, betrachtet Lea sich im Spiegel über dem Waschtisch. Sie löste das Tuch und ließ es zu Boden fallen. Dann beugte sie sich näher zu ihrem Antlitz und berührte mit einem Finger die Stelle auf ihrer Wange, die Immo zum Abschied geküsst hatte. Röte stieg Lea ins Gesicht. Sie schüttelte den Kopf über ihre Reaktion. Es war ein freundschaftlicher Kuss gewesen, mehr nicht.

Lea seufzte. Nichts hatte sich verändert. Nicht ihre Liebe, nicht seine Freundschaft. Es war schön gewesen, die Zeit mit ihm zu teilen, in Erinnerungen zu schwelgen. Schön und doch auch bitter. Denn Immos Freundschaft reichte ihr nicht mehr. Sie würde es nicht lange ertragen können, sich zu verstellen.

Lea blickte aus dem Fenster. Die Wolken teilten sich ganz kurz und sie sah den Mond, rund und leuchtend. Traurigkeit stieg in Lea auf. Sie löschte das Licht und kletterte in ihre Koje mit den frischen, festgesteckten Laken.

Vielleicht sollte sie Immo ihr Herz ausschütten. Nein! Sie würde den gleichen Fehler nicht ein zweites Mal machen. Es konnte nur in einer weiteren Peinlichkeit enden.

Von draußen hörte sie das Rauschen des Meeres. Sie war müde. Die Helligkeit des Mondes drang durch den leichten Vorhang. Lea drehte sich auf die andere Seite und barg ihr Gesicht im Kissen.

4

Immo genoss das Zusammensein mit Lea am Strand. Er beobachtete sie wehmütig und sehnte sich schmerzhaft danach, Lea wieder in den Armen zu halten.

Zwei Wochen waren seit dem unrühmlichen Abschied Gärbers vergangen. Zwei Wochen, in denen sie die Insel für sich neu entdeckt hatten. Durch die Sturmflut war vieles verändert, doch einige ihrer Lieblingsplätze gab es noch. Die Verheerungen waren schlimm, aber es würde nicht so bleiben. Viele fleißige Hände bauten Altes wieder auf und erschufen Neues.

Immo beobachtete, wie der Wind Lea die Haare ins Gesicht wehte. Am liebsten hätte er sie mit den Fingern zurückgestrichen. Sein Blick glitt zu ihrem Gesicht. Sie hatte sich verändert. Früher war Lea oft zaghaft und unsicher gewesen. Ein kleines Mädchen, das hin- und hergerissen war zwischen ihrer Schwester und der Großmutter. Sie hatte es beiden recht machen wollen und war nur zu oft zwischen die Stühle geraten.

Während ihrer Reise in die Neue Welt war Lea jedoch zu einer Frau herangereift, die genau zu wissen schien, was sie wollte. Vielleicht lag es daran, dass sie sich aus eigener Kraft eine Zukunft aufgebaut hatte. Sie war jetzt Berichterstatterin, gefragte Mitarbeiterin der *Mannigfaltigkeit*.

Immo mochte ihre neue Selbstsicherheit. Es machte das Zusammensein mit Lea noch interessanter, ihre Gespräche intensiver.

Immo lächelte. Ja, Lea hatte sich sehr verändert, aber bei genauerem Hinsehen erkannte er immer noch das Mädchen in ihr.

»Es ist so schön, den Wind zu spüren. Wie ich das vermisst habe!«, rief sie ihm zu.

Über ihnen wölbte sich ein wolkenloser blauer Himmel. Ein lauer Wind wehte und vertrieb die Hitze des Tages. Die Sonne hatte das Meer in Gold und Rot getaucht. Hohe Wellen rollten an den Meeressaum und nasse Muscheln glänzten im Licht.

Sie schlugen den Weg zwischen den Dünen ein, schritten die allmähliche Steigung hoch, bis der Strand tief unter ihnen lag.

»Du hast dich gut gehalten dafür, dass du so lange nicht hier oben warst«, lobte er Lea, als sie den höchsten Punkt erreicht hatten.

Sie ließ sich neben ihm nieder und beschattete die Augen mit der Hand. »Wie wunderschön der Anblick ist!«

Sie hatte recht. Man konnte den Bogen sehen, in dem sich die Insel in die See erstreckte, den leeren Strand und die fernen Brecher. Das Meer war überzogen mit weißen Schaumkronen. Hohe Wellen ließen weiße Gischt aufspritzen. Möwen kreisten kreischend über ihnen. Ihre Schwingen hoben sich wie helle Segel vor dem Blau des Himmels.

»Wie ein wunderschönes Gemälde, nicht wahr!«, sagte Immo.

Sie nickte. »Es tut der Seele gut.«

»All dies – was haben wir für ein Glück!« Er griff nach Leas Hand.

»Du besonders, weil du immer hier leben kannst.«

»Das könntest du auch.«

Lea löste sich von ihm und wandte sich ab. Immo sah, wie es in ihrem Gesicht arbeitete. Ihre Lippen zitterten.

»Nein. Es geht nicht, Immo. Ich will es dir schon seit Tagen sagen, doch es fällt mir schwer. Großvater und ich, wir verlassen bald wieder die Insel.«

Immo blickte zu Boden, nahm gedankenverloren einen Halm auf und drehte ihn zwischen den Fingern. »Ich kann dich verstehen. Du hast mir so viel von Italien erzählt – was hat Wangerooge dagegen schon zu bieten. Noch dazu, wo die Insel kaum mehr ist als ein Schlachtfeld.«

»Das ist es nicht …«

Er hörte Leas Worte kaum. Immo versuchte krampfhaft an etwas anderes zu denken. »Die Angelegenheiten mit Gärber habt ihr klären können?«, fragte er deshalb schnell.

»Ja. Einen Teil des Vermögens meiner Großmutter werde ich zurückbekommen und das Haus wurde mir auch zugesprochen. Doch du weißt ja selbst, dass ein Wiederaufbau an der alten Stelle sinnlos ist. Großvater hat sich dafür eingesetzt, dass die Insulaner schon bald beim neuen Leuchtturm siedeln dürfen. Ich werde das Geld nutzen, um mich vielleicht am Bau eines neuen Logierhauses zu beteiligen. Dann bleiben mir immer noch Verbindungen nach Wangerooge. Ich könnte einen Teil der Sommer hier verbringen. Wir könnten uns sehen …«

Immo schwieg. Sie würde von hier weggehen! Plötzlich wurde ihm die Tragweite ihrer Worte bewusst. Er spürte einen jähen Druck hinter den Augen, der in einen scharfen Schmerz überging. Sein Kopf begann zu dröhnen. Er wandte sich von Lea ab, dem Meer zu. Auch das Geräusch der Brandung tat ihm weh.

»Wann werdet ihr fahren?«

»Mittwoch. Großvater packt schon die Koffer.«

Ein Stich durchfuhr ihn. »Ich werde dann nicht hier sein. Morgen in aller Frühe fährt mein Schiff und bringt mich erst am Donnerstag zurück. Hiske hat sicher davon erzählt, dass ich noch einmal zum Festland reisen muss. Es geht diesmal tatsächlich um die Schule. Die Entscheidung soll fallen …«

Lea nickte.

Immos Schläfen hörten nicht auf zu pochen. Er hätte weinen mögen um Lea, um die Liebe, die sie ihm einmal angeboten und die er abgelehnt hatte. Jetzt war alles zu spät.

Er zwang sich, den Schmerz zu ignorieren, griff in seine Jacke und zog einen Schlüssel heraus. »Hier. Der Zweitschlüssel zum Haus. Du hast doch meine Bücher so gerne gelesen. Ich bin zwar nicht da, doch meine Kate steht dir jederzeit offen.«

»Danke. Es hat so gutgetan, dich wiederzusehen, mit dir zu reden. Du bist mir immer der beste Freund gewesen. Ohne dich …« Ein Schluchzer entrang sich ihr. Lea sprang auf. »Ich muss gehen. Auf Wiedersehen, Immo! Ich schreibe dir.«

Immo streckte die Arme aus und drückte Lea fest an sich. *Bitte geh nicht!* Seine Hände strichen über ihr Gesicht, ihr Haar, als wolle er sich alles für immer einprägen. Er versuchte zu sprechen, doch die Stimme versagte ihm. »Pass auf dich auf!«, brachte er schließlich hervor.

»Ja.«

Sie entriss sich ihm förmlich.

Immo sah ihr nach, wie sie den Dünenpfad entlangschritt. Er glaubte zu erkennen, dass ihre Schultern bebten. Mit hängendem Kopf ließ Immo sich in die Sandmulde sinken und schlug die Hände vor das Gesicht.

Zu spät!, hämmerte es in seinem Kopf.

Die hohe Sonne warf kurze Schatten. Der Wind drückte das lange Inselgras nieder. Immo fröstelte. Plötzlich fühlte er sich trotz des warmen Windes taub vor Kälte.

5

Lea stand vor der Eingangstür von Immos Haus und fragte sich, was, um alles in der Welt, sie eigentlich hier wollte. Großvater hatte Karten für den Dampfer und bald würde es losgehen. Eigentlich hätten sie schon vorgestern fahren sollen. Wie verrückt von ihr, die Abreise um zwei Tage zu verschieben! Großvater hatte ihre Erklärung, dass sie ihren Aufenthalt auf der Insel so lange wie möglich genießen und keine Zeit in Bremen vergeuden wollte, ohne weitere Fragen hingenommen.

Den wahren Grund hatte Lea ihm verschwiegen. Sie hoffte, Immo noch einmal sehen zu können. Er war gestern vom Festland zurückgekehrt. Lea hatte anfangs vorgehabt, zum Landungsplatz zu gehen, um ihn zu überraschen. Doch sie wagte es nicht, als es so weit war. Was, wenn er die Begründung für ihr Bleiben erriete? Sie könnte es nicht ertragen. Abends hatte Lea sich eine Närrin gescholten und in den Schlaf geweint. Jetzt stand sie vor Immos Haus. Die *Telegraph* fuhr in weniger als zwei Stunden.

Lea konnte die Kühle des Sommermorgens durch ihre dünnen Schuhe spüren. Bald würde es warm werden, doch noch kroch der kalter Seewind ihre Beine hoch und ließ sie zittern. Sie dachte an Italien und die Wärme dort, die Blumen, das große Anwesen. Ihr Leben würde schön werden.

Zaghaft klopfte sie an Immos Haustür. Als niemand öffnete, trat sie zum Fenster und spähte hinein. Immo schlief. Die Vorhänge der Butze waren zugezogen. Lea klopfte gegen die Scheibe, aber er reagierte nicht. Sie drehte sich langsam um und stolperte mit tränennassen Augen zur Gartenpforte. Als sie die Hand in ihre Tasche steckte, um nach einem Tuch zu greifen, berührten ihre Finger einen Gegenstand. Gott, sie hatte immer noch den Schlüssel! Lea zog ihn hervor und starrte darauf. Etwas begann sich in ihr zu regen. Sie fühlte eine Freude in sich aufsteigen, die ihr selbst albern vorkam. Ohne nachzudenken, kehrte sie um und lief erneut auf die Haustür zu. Der Schlüssel glitt ins Schloss und beim Drehen spürte sie, wie sich der Riegel zurückschob. Lea drückte leise die Klinke herunter und trat ein. Das Herz schlug ihr bis zum Hals.

Wie dumm das alles war! Sie hatte sich eingeredet, einfach nur noch einmal Lebewohl sagen zu wollen. Doch in Wahrheit hoffte sie immer noch. Schon gestern hatte sie das getan. Doch worauf? Warum konnte sie es sich nicht endlich eingestehen, dass Immo sie nicht wollte. Damals nicht und heute nicht. Lea holte tief Atem. Sie musste sich beeilen. Sie würde Immo nicht wecken, nur einen Blick auf sein schlafendes Gesicht werfen.

Leise öffnete sie die Tür zur Küche, in der sich Immos Schlafbutze befand. Morgenlicht fiel durch das Fenster und erhellte den Raum.

Lea sah Immos Kleider auf einem Stuhl liegen. Seine verdreckten Schuhe lagen darunter. Es musste spät geworden sein gestern Abend, dass er sich nicht mehr die Zeit genommen hatte, sie an den rechten Platz zu stellen.

Geräuschlos bewegte sie sich auf die Butze zu und schob die Vorhänge zur Seite. Sie sah auf die Gestalt unter der Decke, betrachtete den geliebten Mann, wie er schlief, sah das Heben und Senken seines Brustkorbes, sein erschöpftes Gesicht. Das helle Haar schien mit den Farben des Kissens zu verschmelzen. Sie versuchte sich sein Gesicht einzuprägen. Wie gerne würde sie es berühren. Ein letztes Mal ihre Finger darübergleiten lassen. Es brach ihr das Herz, ihn verlassen zu müssen. Tränen brannten in ihren Augen.

Sie hob die Hand und strich über seine Wange. *Lebwohl! Ich werde dich vermissen!* Morgen um diese Zeit würde sie schon weit fort sein. *Und jetzt geh endlich, Lea, bevor du dich ganz und gar zum Narren machst!*

Lea wandte sich ab. Ihr Herz krampfte sich vor Wehmut zusammen. Die Schlüssel fielen mit einem leisen Klicken auf den Tisch. Lea ging zur Tür und ein leiser Schluchzer kam über ihre Lippen. *Aus! Vorbei!*

»Wer ist da? Lea!« Immos Stimme klang erschrocken.

Sie drehte sich um. »Ich bin es, ja. Es tut mir leid, dich aufgeweckt zu haben. Ich wollte nur den Schlüssel zurückbringen und schnell Lebwohl sagen, doch du hast so fest geschlafen …«

Immo schoss hoch und starrte sie ungläubig an. »Was machst du noch hier auf der Insel? Ihr wolltet doch schon vorgestern fahren?«

Sie brachte ein schiefes Lächeln zustande. »Ich habe mich anders entschieden, wollte die Tage auf Wangerooge bis zum letzten Moment auskosten. Es ist früh genug, heute abzureisen.« Lea entfernte sich von ihm und ging zur Tür. »Leg dich ruhig wieder hin, Immo. Es ist noch zeitig am Morgen und ich muss mich jetzt schnell auf den Weg machen.«

Immo war mit einem Satz aus dem Bett. »Lea, einen Augenblick noch.«

Sie sah ihn fragend an. Mit drei Schritten war er bei ihr. Ihre Hände berührten sich. Lea entging seine Unsicherheit nicht, er schien nach Worten zu suchen.

»Musst du wirklich gehen? Ich meine fortgehen?«

Die Worte kamen so leise, dass Lea für einen Moment glaubte, sich verhört zu haben.

»Immo, mein Schiff fährt in weniger als zwei Stunden!«

Er löste sich von ihr und nahm ihr Gesicht zwischen seine Hände.

»Du kannst dir nicht vorstellen, wie sehr ich mir wünsche, dass du bleibst.«

»Aber ich *muss* gehen. Großvater wartet auf mich, er wird sich wahnsinnige Sorgen machen …«

Wieder schien Immo mit sich zu ringen. »Dann begleite ich dich. Es dauert keine halbe Stunde und meine Sachen sind gepackt.«

»Du willst mitkommen nach Italien? Aber die Schule, das Haus, alles hier …«

Er machte eine wegwerfende Handbewegung. »Ich werde darüber hinwegkommen und die Schüler auch. Die letzten Tage – ich bin fast verrückt geworden bei dem Gedanken, dass du bei meiner Rückkehr nicht mehr da sein würdest. Lea, ich glaubte, ich könnte dich gehen lassen, aber ich kann es nicht. Daher beschloss ich, zwei Tage eher nach Wangerooge zurückzufahren, um dich aufzuhalten, mit dir zu reden. Doch es war wie verhext! Meine Kutsche hatte einen Unfall und ich habe das Bewusstsein verloren.

Man brachte mich zu einer Krankenstation, wo ich betäubt dalag.«

Ein erschreckter Laut kam über Leas Lippen.

»Es ist alles in Ordnung«, beruhigte Immo sie. »Ich glaubte natürlich, dich verpasst zu haben. Als ich gestern endlich das Schiff erreichte, war ich verzweifelt. Ich bin wie ein herrenloser Hund über die ganze Insel gestromert. Habe nach dir gesucht, obwohl ich wusste, dass du fort warst, und bin schließlich wie tot ins Bett gefallen.«

Ein Funke Hoffnung keimte in Lea auf. »Immo, noch einmal ganz langsam: Du willst Wangerooge verlassen, um mit mir zusammen zu sein?«

»Ja, auch wenn der Abschied mir wehtut und du mich wahrscheinlich für verrückt hältst. Lea, mag es auch zu spät sein, es dir zu sagen, aber du bist so lange ein Teil dieser Insel, ein Teil meines Lebens gewesen, dass ich den Gedanken, du könntest weggehen, *mich* verlassen, nicht ertragen kann.« Immo zögerte einen Augenblick, dann sagte er: »Es ist besser, du weißt es: Ich liebe dich!«

Lea merkte, wie ihr die Tränen kamen. »Aber was ist mit Carlotta? Du liebst doch sie?«

»Ich habe sie geliebt, aber diese Liebe war anders als die Gefühle, die ich für dich empfinde. Du hattest deinen Platz in meinem Herzen lange vor Carlotta, aber ich habe meine Gefühle für dich nie als Liebe angesehen. Doch nachdem du gegangen warst, änderte sich das. Den Abschied von Carlotta verschmerzte ich überraschend schnell, aber an dich musste ich immerzu denken. Lea, ich habe dich so sehr vermisst. Ich habe dich gesucht, doch du warst wie vom Erdboden verschluckt.

Du ahnst nicht, wie verzweifelt ich war. Und dann kam dein Brief. Ich hoffte, dass du heimfinden würdest. Ich wollte dich nicht mit meiner Liebe erschrecken und habe daher auch nichts davon geschrieben. Alles sollte so sein wie immer, damit du ruhigen Herzens zurückkehren könntest.

Und schließlich bist du gekommen. Ich dachte, das Glück wäre zum Greifen nah. Doch dann war alles anders. Dein Großvater, sein Vermögen, deine neue Unabhängigkeit, deine Arbeit für die *Mannigfaltigkeit* … Ich glaubte, all das würde uns trennen. Warum solltest du dein Leben auf Wangerooge an meiner Seite verbringen wollen, wenn dir in Italien alle Wege offenstehen?

Deshalb habe ich auch geschwiegen und versucht gegen meine Liebe anzukämpfen. Ich wollte dir einfach nur ein guter Freund sein, doch es hat nicht geklappt, Lea. Meine Vernunft war nicht stark genug.« Er lächelte ihr schüchtern zu. »Lea, stoße mich nicht zurück. Wir waren uns einmal so nahe. Lass mich euch nach Italien begleiten.«

Lea spürte, wie ihr das Blut in den Kopf schoss und Hoffnung in ihr aufstieg.

»Sag mir, dass ich nicht träume!«

Er lächelte, aber Lea sah, dass seine Lippen bebten. »Ich wüsste nicht, wie ich ohne dich weiterleben sollte, und daher gehe ich da hin, wo du bist. Italien, Amerika – es ist mir ganz gleich. Du hast mich einmal geliebt und ich bin fest entschlossen, dich dazu zu bringen, es wieder zu tun.«

Lea spürte, wie ihr vor Rührung die Knie weich wurden. Sie blinzelte gegen die aufgestiegenen Tränen an und starrte den Mann vor sich an. Er ließ die Arme sinken, streckte die Hand aus und wischte ihre Tränen fort. Lea lehnte sich gegen seine Hand, die sie liebevoll streichelte. Sie bildete sich das alles nicht ein! Sie war am Ziel!

»Aber, das tue ich doch schon. Ich meine, dich lieben«, wisperte sie.

»Wirklich? Nach allem, was geschehen ist?«

»Ja, Immo. Daran hat sich nichts geändert. Während der Reise, in Amerika, in Italien – immer habe ich mich nach dir gesehnt.«

Immo schaute sie lange an, ohne ein Wort zu sagen. Schließlich flüsterte er zärtlich: »Dann heirate mich, Lea.«

Sie blickte in seine Augen und fand dort in jenem unverwechselbaren Blau dieselbe Liebe, die sie von Kind auf begleitet hatte. Dieser Mann hatte ihr Wärme gegeben, er hatte sie geliebt, ohne es zu wissen. Ganz langsam legte sich ein Strahlen über ihr Gesicht.

»Ich tue es, aber nur unter einer Bedingung.«

»Ja?«

»Dass wir hier auf der Insel bleiben.«

Er warf den Kopf in den Nacken und lachte glücklich. »Nichts, was ich lieber täte! Mein Gott, Lea. Warum mussten wir diesen Umweg gehen?«

»Ach Immo. Damals wäre es zu früh gewesen. Erst als du glaubtest, mich verloren zu haben, hast du erkannt, wie wichtig ich dir bin. Diese Erfahrung musstest du wohl machen. Und ich habe so viel erlebt und gelernt. Über mich und über das Leben. Ich habe Menschen getroffen, die mir wichtig sind. Es war unser Schicksal, eine Weile getrennt zu sein, um zu erkennen, was wir einander bedeuten.«

Immo zog sie behutsam an sich. »Es gibt niemanden, der mir so wichtig ist wie du!«

Damals, vor unendlich langer Zeit am Strand von Wan-

386

gerooge, hatte Lea sich um alles in der Welt gewünscht, dass Immo sie küssen möge. Jetzt, in diesem Moment, tat er es.

Ein Sonnenstrahl fiel durch das Fenster. Lea streckte lachend eine Hand nach dem Lichtbündel aus. Sie hatten das Glück gefunden und würden es nicht wieder hergeben.

Epilog

Es war eine wunderschöne Nacht. Eine Nacht wie Samt und Seide. Das Meer wirkte durchscheinend und schimmerte wie Perlmutt. Nur das Wellenrauschen und die vereinzelten Schreie schläfriger Vögel, die es vielleicht aufgeschreckt hatte, waren zu hören.

Sie gingen durch die Dünen zur Brandung hinunter. Kein Mensch begegnete ihnen. Der Wind frischte auf und große Wolken trieben über den sternenbedeckten Himmel. Lea schlang das Tuch enger um sich.

»Wir hätten im Haus bleiben sollen. Es ist zu kalt«, sagte Immo.

»Es ist herrlich!«

»Wollen wir ein Stück am Wasser entlanggehen?«

Sie griff nach seiner Hand.

»Das Meer ist noch nie so schön gewesen.«

»Das kommt, weil wir es gemeinsam betrachten.«

»Ach Immo! Ich bin so glücklich!«

Wie war es nur möglich, dass ihr das Glück in der Morgensonne unwirklicher schien als unter dem samtenen Schwarz der Nacht!

Immo nahm sie in die Arme und strich ihr über das glänzende Haar. »Lea, ich möchte niemals wieder von dir getrennt sein.«

»Deshalb wirst du mich ja auch bald nach Italien begleiten«, neckte sie ihn.

Die nächsten Wochen würden sie dafür nutzen, Leas Großvater zu besuchen. Er würde sie dann wiederum nach Wangerooge zurückbegleiten, um bei der Hochzeit dabei zu sein. Und nicht nur er! Bell und Nikolas würden auch kommen. Lea konnte es kaum erwarten, ihnen Immo vorzustellen.

Sie entfernten sich wieder vom Wasser und blieben auf einer Düne stehen. Im Mondlicht erschien jede Erhebung so deutlich wie unter der Sonne. Endlos weit dehnte sich der Strand. Silbrig und weiß schimmerte der Sand und sanft rollten die Wellen heran.

Lea hob den Kopf. Sie versuchte die Sterne zu zählen, doch es gelang ihr nicht. Wie kleine Perlen, aufgereiht an einem Netz aus Tausenden von Fäden, die den Himmel umspannten, schienen sie. Winzig kleine Lichtpunkte, die aufflammten, flackerten und erloschen. Das alles in einem gleichmäßigen Takt, einem Reigen, so alt wie die Welt selbst. Es war so ergreifend, in das gewebte Sternennetz zu schauen, dass Lea Tränen in die Augen stiegen. Sie blinzelte sie fort und griff nach Immos Hand. Er drückte sie sanft. Auch seine Augen hingen an dem glänzenden Lichtermeer.

Lea fühlte sich wie eine Feder, die auf dem leichtesten Windhauch schweben konnte. Die lange Reise, die hinter ihr lag, war vergessen, ihre Suche endlich zu Ende. Sie war zu Hause.

Schlusswort

Dieser Roman ist meiner Fantasie entsprungen. Er lehnt sich zwar an wahre Ereignisse und Lebensgeschichten an, ist aber ein ganz eigenständiges Werk.

Dank

Mein Dank gilt Hans-Hermann Briese, der mich indirekt an seiner Reise zum mittleren Westen Amerikas teilhaben ließ. Seinen Eindrücken, die er in einer Mischung aus Reisebericht und Lyrik zusammengetragen hat, entstammt auch das nachfolgende Gedicht, das mich inspiriert hat:

Gateway West

Das Tor zum Westen
Draufgänger Pioniere
Ausgestoßene Einwanderer
Gesetzlose Gottesfürchtige
Freibeuter Biedermänner
Desperados Ehrsame
Scharlatane Rechtschaffene
Kerle wie John Wayne
aus Iowa zeigen euch
wo's langgeht
weichen muss
wer nicht gelernt hat
zu besitzen

Mein weiterer Dank gilt Alfons und Elfriede Goldenstein, die mir von ihren Reisen nach Golden, Illinois, erzählt haben. Alfons Goldensteins Vater, Heinz Goldenstein, schrieb das Buch »Der Müller Gerd Ebens zwischen Ostfriesland und Illinois«. Ein Müllerroman, angelehnt an Toni Goldenstein, der 1886 nach Amerika auswanderte und als Verwalter der heute noch bestehenden Windmühle der Familie Henry Reemts Emminga in Golden arbeitete. Das Buch hat mir die Windmüllerei nahegebracht. Elfriede Goldenstein war mir eine große Hilfe, indem sie handverfasstes Material entziffert und aufgearbeitet hat. Zum Gedenken an den Vorfahren von Alfons Goldenstein habe ich den jungen Müllerburschen in meinem Roman Toni genannt.

In diesem Zusammenhang sei noch erwähnt, dass die Begebenheit mit dem eingefrorenen Mississippidampfer und dem Versteck in einem stillgelegten Kessel nicht meiner Fantasie entsprungen ist, sondern sich im Winter 1849/1850 in ähnlicher Form tatsächlich zugetragen hat. Betroffen waren Hinrich Flessner und Hinrich Franzen, der Schwager des späteren Mühlenbauers Hinrich (Henry) Reemts Emminga. Alle drei stammten aus Holtrop bei Aurich.

Inspiration

Auswandern – das Wort hat eine Saite in mir berührt, meine Fantasie beflügelt. In mir wuchs der Wunsch, Menschen auf ihrem Weg in eine neue Heimat zu begleiten, all das Schöne, aber auch die Mühen und Enttäuschungen mitzuerleben.

Im 19. Jahrhundert wanderten in bis dato nicht gekanntem Ausmaß Menschen nach Nordamerika aus. Die Überquerung des Atlantiks war nicht nur teuer, sondern auch ein gefährliches Wagnis, das meist nur diejenigen auf sich nahmen, denen keine andere Wahl blieb.

Die Neue Welt lockte die Einwanderer mit günstigem Klima, fruchtbarem Boden, Nahrung in Hülle und Fülle und gutem Lohn für fleißige Arbeit. Die grenzenlosen Weiten verhießen Reichtum und Abenteuer. Dazu warb Amerika mit gerechten Gesetzen, einer freien Regierung und – nicht zuletzt – mit einem herzlichen Willkommen.

Für manchen stellte sich im gelobten Land Amerika allerdings nicht alles als so positiv dar, wie es suggeriert worden war. Die Schinder der Vergangenheit wurden häufig durch neue ersetzt. Das konnten Eisenbahngesellschaften, reiche Farmer oder Geldgeber wie Banken sein. Viele Pioniere mussten zeit ihres Lebens hart arbeiten und nahmen viele Entbehrungen auf sich. Der Erfolg hatte seinen Preis.

Trotzdem träumten viele Menschen von Amerika, doch den meisten fehlte es an Geld für die Überfahrt. Wer es dennoch schaffte, fand entweder eine neue Heimat, Akzeptanz und Annahme oder blieb ein Fremder im Land seiner Träume.

Hauptursachen für die deutschen Auswanderungswellen

Das 19. Jahrhundert ist eine Zeit im Wandel. Die Schlagworte Freiheit, Gleichheit und Brüderlichkeit hallen durch die Lande. Nach dem gemeinsamen Krieg gegen Napoleon hoffen die Menschen vergebens auf Einigkeit, wirtschaftliche Entfaltung und soziale Veränderungen.

Mehrere Missernten sorgten zudem für die Verarmung großer Teile der Bevölkerung. Damit eine Familie überhaupt genug zum Leben hatte, mussten Frau und Kinder mitarbeiten. Krankheitsbedingte Ausfälle waren ein Luxus, den man sich nicht leisten konnte.

Auch für Handwerker waren die Zeiten nicht rosig. Die Löhne verloren an Kaufkraft und die Industrialisierung war noch nicht so weit fortgeschritten, dass neue Arbeitsplätze einen Ausweg geboten hätten.

Die soziale Verelendung und politische Unzufriedenheit ließ die Bürger im Frühjahr 1848 aufbegehren und dem veralteten System entgegentreten. Forderungen nach sofortiger Verbesserung der Lebens- und Arbeitsbedingungen und Bildung für die Kinder wurden laut. Am Ende aber siegten die alten Machthaber.

Als die Hoffnung auf politische Veränderungen starb, wanderten viele Menschen nach Amerika aus. Es waren oft die mutigsten und unbequemsten Männer und Frauen, die diesen Schritt wagten.

Eine große Zahl Auswanderer wählte den Weg in die Neue Welt über New Orleans. Es war erheblich leichter, von dort aus ins Landesinnere zu gelangen als über den beschwerlichen Landweg von der Ostküste aus.

Flussdampfer brachten die Ankommenden vom Mississippi-Delta aus zunächst nach St. Louis. Hatten in der Stadt früher Trapper ihre Felle verkauft, so entwickelte sie sich unter dem Strom der Einwanderer schnell zum Tor des Westens. St. Louis wurde im Zuge der weiteren Besiedelung der Knotenpunkt für Ankömmlinge. Von hier aus wurden die großen Trecks zusammengestellt, die in das Landesinnere einbrachen und entgegen aller Verträge Indianerland in Besitz nahmen.

Die Bedeutung St. Louis' als »Tor zum Westen« (Gateway West) wird im heutigen Stadtbild durch einen Bogen riesigen Ausmaßes symbolisiert, von dem aus man einen Blick über den Mississippi nach Westen, aber auch ostwärts über das beeindruckende Panorama werfen kann.

Hilfreiche Literatur

Arends, Fridrich, *Schilderung des Missisippithales*, unveränderter Nachdruck 1974 der Ausgabe Emden 1838, Verlag Schuster, Leer

Benscheidt, Anja/Kube, Alfred, *Brücke nach Übersee – Auswanderung über Bremerhaven 1830–1974*, Historisches Museum Bremerhaven, Wirtschaftsverlag NW, Bremerhaven 2006

Deutsches Auswandererhaus Bremerhaven (Hrsg.), *Das Buch zum Deutschen Auswandererhaus*, Publisher Wirtschaftsverlag NW, Bremerhaven 2006

Deutsches Schifffahrtsmuseum, *Auswanderung Bremen–USA*, Führer des Deutschen Schifffahrtsmuseums Nr. 4, herausgegeben 1976 anlässlich der Ausstellung »Auswanderung Bremen–USA« in Zusammenarbeit zwischen dem Staatsarchiv Bremen und dem Deutschen Schifffahrtsmuseum Bremerhaven, Gesamtherstellung: Werbedruck Bremen

Deutsches Schifffahrtsmuseum Bremerhaven, *Auf Auswandererseglern, Berichte von Zwischendecks- und Kajütpassagieren*, Führer des Deutschen Schifffahrtsmuseums Nr. 5, herausgegeben 1976 anlässlich der Sonderausstellung »Auswanderung Bremen–USA«, Gesamtherstellung: Werbedruck Bremen

Douglas, George B., *Das Illustrierte Mississippithal dargestellt in 80 nach der Natur aufgenommenen Ansichten von H. Lewis nebst einer historischen und geographischen Beschreibung der den Fluss begrenzenden Länder, mit besonderer Rücksicht auf die verschiedenen den oberen Mississippi bewohnenden Indianerstämme*, Verlag Arnz & comp., Düsseldorf 1857

Goldenstein, Heinz, *Der Müller Gerd Ebens zwischen Ostfriesland und*

Illinois, Mühlenverlag Alfons Goldenstein, Verden an der Aller 2002

Hartung, Wolfgang (Hrsg.), *Wangerooge, wie es wurde, war und ist,* neue Bearbeitung im Auftrag des Oldenburger Landesvereins für Geschichte, Natur- und Heimatkunde, Edo Dieckmann Verlag, Oldenburg 1951

Hoerder, Dirk/Knauf, Diethelm, *Aufbruch in die Fremde, Europäische Auswanderung nach Übersee*, Edition Temmen, Bremen 1992

Hoogstraat, Jürgen, *Von Ostfriesland nach Amerika*, Bibliothek Ostfriesland, Verlag und Druck Soltau-Kurier, Norden 1990

Jürgens, Hans-Jürgen, *Wangerooge, Zeugnisse aus alter Zeit*, Rhode-Druck-Verlag, Harsewinkel-Marienfeld 1977

Lasius, Georg Sigismund Otto, *Beschreibung der zum Herzogthum Oldenburg gehörigen Insel Wangerooge und ihrer Seebade-Anstalt nebst von herzoglicher Regierung approbiertes Police- und Bade-Reglement.* 1821, gedruckt in der Schulz'schen Buchdruckerey, Oldenburg; Faksimileausgabe bei Carl. Ed. Schünemann KG, Bremen 1975

Littmann, Enno, *Friesische Erzählungen aus Alt-Wangerooge,* Verlag von Ad. Littmann, Oldenburg 1922

Löher, Franz, *Land und Leute in der alten und neuen Welt, Band III, Reiseskizzen aus Amerika und Europa,* Erscheinungsjahr 1858, Verlag Lexicus.de, Auflage: Veränd. Neuaufl., Bad Kleinen 2008

Nahmer, Uda von der, *Mir in der Ferne bleibt nichts wie die Erinnerung,* Annettes Briefe von Iowa nach Ostfriesland 1885–1915, Ostfriesische Landschaftliche Verlags- und Vertriebsgesellschaft, Aurich 2004

Ostfriesischer Kurier vom 13.1.2006, Seite 14 ff., *Solange wir noch in Bremerhaven sind, können wir noch weglaufen*

Ostfriesischer Kurier vom 23.12.2006, Seite 42 ff., *Von Westermarsch über Lintelermarsch nach Iowa*

Ostfriesischer Kurier vom 30.12.2006, Seite 14 ff., *Da Du Deinen Sohn Redlof vorausgeschickt hast wie Johannes in der Wüste …*

Ostfriesland Kalender: 1928, 1934, 1936, 1978

Ostfriesland Magazin: 7/1988, 1/1990, 2/1993, 3/1994, 11/1995, 9/1996, 6/1997, 5/1998, 12/1998, 3/1999

Ostfriesland – Zeitschrift für Kultur, Wirtschaft und Verkehr 1976

Pausback, Paul-Heinz, *Überseeauswanderer aus Schleswig-Holstein*, herausgegeben 2000 vom Nordfriesischen Museum Ludwig-Nissen-Haus Husum und dem Nordfriisk Instituut, Bräist/Bredstedt

Rosenkötter, Michael, *From Westphalia into the world*, Eine ostwestfälische Bauernfamilie sucht das Glück in den Vereinigten Staaten von Amerika, Books on Demand GmbH, Norderstedt, 2. Auflage 2003

Schnücker, Georg, *Die Ostfriesen in Amerika*, Eine illustrierte Geschichte ihrer Kolonien bis zur Gegenwart, Central Publishing House, Cleveland, Ohio 1917

Schmedes, Theodor H.D., *Herrschaftliches Badeleben und verheerende Sturmfluten, Die Insel Wangerooge nach ihrem früheren und gegenwärtigen Zustand (1855)*. Herausgegeben von Nils Aschenbeck, Verlag Atelier im Bauernhaus, Fischerhude 1996

Siebs, Benno Eide, *Die Wangerooger. Eine Volkskunde,* Verlag Schuster, Leer 1974

Sonntagsblatt vom 10.08.1997, Heimatalbum Spezial: *Wo in Amerika noch Plattdeutsch gesprochen wird*

Unser Ostfriesland Nr. 18/1987, 19/1987, 11/1988, 4/1998, 2/2004, 18/2005

Wienke, Anna, *When the Wind blows*, Golden, Illinois, Taylor Publishing Company 1998. (Die Übertragung ins Deutsche, *Wenn der Wind weht,* von Frieda Schwarz aus Aurich lag mir als Manuskript vor)

Wikipedia – verschiedene Beiträge

Wikipedia, *Das Pfennig-Magazin,* Ausgaben von 1854. (Verschiedene Berichte in der *Illustrierten Mannigfaltigkeit* sind an Beiträge aus den o.g. Pfennig-Magazinen angelehnt)

Hinweisen möchte ich außerdem noch auf das Auswandererhaus in Bremerhaven, das für mich eine Inspirationsquelle war.

Stefanie Zweig

»Mit großer Wärme und Herzlichkeit erzählt.« *Cosmopolitan*

»Stefanie Zweig beobachtet sehr genau.« *Süddeutsche Zeitung*

978-3-453-40778-7

Nirgendwo in Afrika
978-3-453-81129-4

Irgendwo in Deutschland
978-3-453-81130-0

Nur die Liebe bleibt
978-3-453-40516-5

Doch die Träume blieben in Afrika
978-3-453-81127-0

Karibu heißt willkommen
978-3-453-40734-3

Und das Glück ist anderswo
978-3-453-81126-3

Der Traum vom Paradies
978-3-453-40646-9

Das Haus in der Rothschildallee
978-3-453-40617-9

Die Kinder der Rothschildallee
978-3-453-40778-7

Leseproben unter: **www.heyne.de**